CELUI QU'ON AIME

PAR

AUGUSTE RICARD.

ÉDITION ILLUSTRÉE DE 25 VIGNETTES PAR BERTALL.

PRIX : 95 CENTIMES.

PARIS
GEORGES BARBA, LIBRAIRE-ÉDITEUR
7, RUE CHRISTINE, 7

AUGUSTE RICARD

CELUI QU'ON AIME

PRÉFACE.

Qui que vous soyez, monsieur, ou madame, il est impossible que, de loin en loin, vous ne donniez pas une soirée au théâtre de la Porte-Saint-Martin, cette vaste grange, bâtie en six semaines avec de la boue et du crachat, et que, cependant, les mugissements du drame n'ont pas fait écrouler encore.

Dites, si vous le voulez, que les corps similaires ne peuvent s'entre-détruire; pour moi, je respecte le drame!

Donc, à la Porte-Saint-Martin il y a:

D'abord ce qu'il y a dans tous les théâtres: un directeur qui sue sang et eau pour attirer le public et pour lui servir des excitants capables de réveiller son appétit qui s'éteint; quelques auteurs, dont les ouvrages sont reçus à l'unanimité, alors qu'ils sont encore informes et décousus dans l'illustre cervelle de ces messieurs. A côté de ces enfants de la maison s'agitent le menu fretin dramatique, les auteurs en serre-file. On jette de temps en temps à l'un d'eux l'aumône de la représentation, et cela fait prendre patience aux autres.

Mon Dieu qu't'es donc joli, mon Aloïde!.. trop beau pour un homme, parole

La patience est l'art d'espérer!

Il y a encore à la Porte-Saint-Martin de beaux décors, un amphithéâtre, comme à l'Opéra, beaucoup de comparses, un vilain foyer, le souvenir de madame Dorval et Moessard!

Enfin, — au dernier les bons, — il y a M. Alexandre Dumas, l'auteur d'Antony!

Ne saute pas la page, lecteur trop pacifique! Je ne veux pas faire aussi mon coup de feu dans cette guerre que d'indiscrètes plumes ont fait naître entre M. Dumas et M. Victor Hugo; — guerre assez douce d'ailleurs, ou plutôt grande manœuvre dans laquelle les chefs, qui ont recommandé l'usage des cartouches sans balles, pourraient fort bien n'avoir eu que l'idée de faire du bruit pour que l'on parlât d'eux.

— Eh! que me font tous ces vains débats? Dieu merci, je n'ai jamais pris place dans une coterie, et je ne connais l'amusant orgueil des chefs que l'on s'est si bêtement donnés que par ouï-dire. Pas un seul grand homme n'est venu s'asseoir à côté de mon bureau et toucher de ses doigts sacrés le pupitre où j'écris; pas un [illegible] m'a tendu sa main, ouvert sa tabatière. Philosophe de la rue du Gros-Chenet, je descends le fleuve de la vie, au quatrième, sur le devant, bien loin des petites gloires, des petits génies, des petits noirceurs du monde littéraire. Là, j'écris ce que je sens, ce que je vois, et ce n'est pas ma faute si ce que je vois n'est pas toujours beau.

Or donc, j'ai cité le nom de M. Dumas pour vous rappeler seulement qu'à la Porte-Saint-Martin, un drame, intitulé *Angèle*, a été donné par cet auteur. Je ne l'ai pas vu, moi, ce drame, car je redoute beaucoup plus encore nos comédiens que nos hommes de lettres, et je ne sais pas de prose si mesquine qui ne soit rendue plus mesquine encore par les acteurs d'aujourd'hui. Quand M. Dumas, dont la prose est admirable, fait un drame, je le lis au coin de mon feu, tout haut quelquefois et en déclamant, avec mon bonnet de coton sur la tête, et sur mon dos une veste de castorine, que ma femme ferait remplacer par une jolie robe de chambre, si ma femme était moins avare!

Je déclame donc M. Dumas, parce que ma vanité me laisse croire que j'entre mieux dans sa pensée, — qu'il exprime toujours avec tant d'élévation et de force, — qu'un comédien qui débite cela pour de l'argent et qui soupire après son souper, au lieu de soupirer avec le poëte qui lui a confié un rôle.

C'est ainsi que j'ai lu *Angèle* dernièrement, et tout de suite il m'est venu une pensée.

La voilà :

Il y a dans ce drame le personnage d'Alfred qui, comme celui d'Alcide Durand, le héros de mon livre, offre la peinture d'un homme moins amoureux que spéculateur dans les liaisons qu'il forme avec les femmes. Plein d'une sollicitude paternelle pour mon nouvel enfant, j'ai pensé d'abord que l'on ne manquerait pas de crier au plagiat et de dire que, renversant l'ordre accoutumé, je faisais des romans avec des pièces de théâtre.

Et puis je me suis rassuré : d'abord parce que le roman était commencé bien longtemps avant la représentation d'*Angèle*, ensuite parce que mon héros suit une tout autre route que celui de la Porte-Saint-Martin et procède à l'exécution de ses plans par des moyens tout à fait différents. Il y a entre Alfred et Alcide Durand toute la distance qui sépare un roué de bas étage d'un roué du grand monde, toute la distance qui sépare une ambition dont les vues ont quelque chose d'élevé, d'une cupidité, d'une soif d'argent infiniment épicière. M. Dumas a pris son type dans un boudoir peint par Cicéri; moi, j'ai pris le mien dans une mansarde. L'un est dans la bonne compagnie comme chez lui, c'est son monde, ce sont ses eaux, il y nage en se jouant; l'autre, quand ce qu'il nomme sa bonne étoile l'a jeté dans des intimités confortables, est mal à l'aise, se tient toujours sur le qui-vive et ne se tire d'affaire qu'à force de présence d'esprit, travail fort pénible. Bref, j'avais commencé mon livre avant qu'*Angèle* parût, je l'aurais commencé après. Il y avait plus d'une manière de traiter ce caractère d'homme, et, dès mon début, j'avais pris celle que les habitudes littéraires de M. Dumas ont dû lui faire négliger.

Quant à ceux qui diront que je ne suis pas fâché d'une occasion qui fait naître un rapprochement entre un homme justement célèbre et moi, je les laisserai dire. Il y a dans ce reproche le texte d'un article de journal, et bienheureux l'écrivain de la presse périodique qui trouve un texte en se levant pour la colonne du jour; j'en sais quelque chose!

Il faut que tout le monde vive, et les journalistes surtout.

D'ailleurs il fallait bien que je vous disse quelque chose, lecteur bénévole, madame Choppart, mon intermédiaire accoutumé, étant fort malade des suites d'une peur, — bien naturelle, la pauvre femme! — qu'elle a eue dernièrement dans la rue Transnonain, et mon éditeur, — un gros garçon qui n'est jamais content, — m'ayant demandé une préface, la chose la plus exécrable à lire et à faire.

Et je date, et je signe puisque c'est la mode.

AUGUSTE RICARD.

De mon quatrième sur le devant, — 25 mai.

CELUI QU'ON AIME.

CHAPITRE PREMIER. — Vie pittoresque.

— Mais, Rose, est-ce que mon habit n'est pas un peu râpé?

— Non, non, mon ami. Pendant ta maladie, je l'ai donné au tailleur, qui l'a remis à neuf... Collet de velours... et puis des anglaises sur le devant.

— Et mes bottes?

— Oh! le père Giffard, le cordonnier du second, les a raccommodées. Il ne travaille que pour femme cependant; mais il n'a rien à me refuser. Je suis une si bonne pratique! d'ailleurs, tous les matins je donne du mou à son chat, et c't homme, il est sensible à mes attentions. Un bienfait n'est jamais perdu, comme dit la romance... Ah! Alcide, jette donc tes cheveux à gauche... je t'aime-t'y avec ta touffe sur le côté. Vrai, t'es beau comme M. Lafond dans *Père et Parrain*; mais, par exemple, t'es pas si ennuyeux que la pièce.

— Mademoiselle Rose fait de la critique littéraire!

— Oh! j' dis ça, histoire de plaisanter... Mais, mon Dieu, qu' t'es donc joli, mon Alcide!... trop beau pour un homme, parole! On ne dirait jamais qu' t'as été malade.

— Voilà pourtant un mois que je suis là sur ce grabat...

— Grabat! t'es joliment difficile! Un lit d'acajou... et de la plus belle qu'on peut dire! Ah! dame, il n'y a plus que la paillasse dedans, vu que les matelas ont payé l'apothicaire... Mais mon Alcide était malade, et j'aurais vendu tout pour lui... je me serais vendue moi-même...

— Si la chose eût été à faire!

Rose regarda avec une expression chagrine M. Alcide, qui mettait sur sa poitrine l'unique sautoir de cachemire qu'elle possédait, et elle dit :

— Oh! Alcide, comment peux-tu me dire de ces choses-là!

— Allons! ne vas-tu pas te fâcher?... Donne-moi donc ta chaîne, j'y suspendrai mon lorgnon?

— Eh! mon pauvre ami, dit Rose toute déconcertée, ma chaîne!... tu ne sais donc pas qu'elle est en gage?...

— En gage! Mais manqueriez-vous d'ordre, mademoiselle Rose Chappuis?

— J'ai eu mon amant malade, M. Alcide Durand!

— J'entends. Eh bien! va donc m'emprunter celle de Fanny... Je t'en prie, ma petite Rose!

— C'est que, vois-tu, c'est humiliant comme tout de dire qu'on a eu affaire à ce scélérat de Mont-de-Piété. Les femmes, c'est si méchant! Fanny ira dire cela aux autres, et on se moquera de Rose.

— Je croyais que, pour moi, tu saurais faire un sacrifice d'amour-propre. Je me trompais, voilà tout!

Rose, à ces mots de monsieur Alcide, rougit beaucoup. Elle le regarda avec un air de tendre reproche; son regard éloquent racontait toute une longue histoire : on y voyait ce qu'elle avait apporté de dévouement et de tendresse à son Alcide; on y voyait tout ce qu'elle était encore capable de faire pour lui. Alcide soutint froidement ce regard, et sur ses lèvres glissa un sourire d'orgueil, ce sourire du maître devant la soumission de l'esclave.

En un clin d'œil, Rose courut chez mademoiselle Fanny, sa voisine; elle rapporta la chaîne, dont les anneaux brillèrent tout de suite sur le satin noir du gilet de M. Alcide.

La toilette était terminée, il n'y manquait rien : les bottes, le pantalon et l'habit étaient purs du moindre atome de poussière; le chapeau de soie posé sur l'oreille gauche d'Alcide, quoique d'une mode un peu vieillie, avait encore, grâce à la brosse de blaireau, un aspect fort respectable : la cravate était mise dans le dernier goût.

Les gants glacés de Rose avaient passé dans les mains de son coquet favori; ils craquaient de toutes parts, car M. Alcide Durand tenait beaucoup du carabinier pour la charpente osseuse; mais Rose eût donné bien plus que ses gants pour que son amant fût heureux.

Vous savez qu'elle avait déjà donné son lit.

Alcide se disposait à sortir quand il se rappela qu'un homme qui porte une chaîne d'or est forcé d'avoir une bourse et quelque chose dedans. Il comprenait le ridicule de ces élégants qui, avec un fonds d'orfévrerie sur eux, n'ont pas en poche l'argent de la vitre que, par mégarde, ils peuvent casser à la devanture du boutiquier, lequel, par parenthèses, n'entend pas raillerie là-dessus.

— Rose, dit-il en l'embrassant pour prendre congé, Rose, donne-moi donc de l'argent dans ta jolie petite bourse verte!

Rose ne savait qu'aimer et obéir; elle tira d'un tiroir quelques pièces blanches, les seules qui, pour le moment, composassent son budget de fille sensible, et les jetant dans la bourse, elle tendit le tout à Alcide, qui le prit avec ce beau calme d'un roi citoyen qui daigne encaisser sa liste civile.

Nous pourrions étendre la comparaison :

Le contribuable qui paye ainsi son monarque adoré est très-souvent dans la misère. Ainsi était Rose, et, comme le contribuable, elle venait de donner à Alcide l'espoir de son dîner; mais, encore comme le contribuable, elle reçut, en échange de son petit cadeau, une poignée de main si énergique qu'elle oublia les impérieux besoins de l'estomac, et qu'elle se sentit comme une démangeaison de crier Vive mon petit roi!

Le roi de Rose connaissait fort bien la position précaire de la pauvre enfant, mais il connaissait encore mieux la nécessité d'avoir de l'argent dans sa poche; il oublia que l'heure sainte de la réfection sonnerait pour sa sujette, et il partit.

La bonne fille, quand elle jugea qu'il devait être dans la rue, ouvrit sa fenêtre pour le voir encore. Au bout de la rue d'Amboise, il disparut en tournant dans celle de Richelieu; elle lui envoya alors par la voie des airs un baiser plein de tendresse, et, dans son langage pittoresque de demoiselle libre, elle dit :

— C'est pas un homme, Alcide, c'est un amour!

L'amour de mademoiselle Rose eût été un Mars où un Hercule pour une autre mieux faite aux distinctions mythologiques. Il était d'une taille élevée; une santé grosse, robuste, s'épanouissait lourdement sur sa face, qu'un poil noir et dru entourait, selon la nouvelle mode, laquelle veut que les hommes ressemblent à des bêtes. Sous ce rapport, Alcide était on ne peut mieux partagé, et dans les promenades publiques, au balcon de l'Opéra, dans les boudoirs du faubourg Saint-Germain, on eût difficilement, je vous jure, rencontré un orang-outang plus velu que monsieur Alcide Durand.

Alcide, qu'il faut connaître du haut en bas, puisqu'il est le héros de cette nouvelle épopée que je vous adresse, lecteur bien-aimé, Alcide était un de ces hommes qui tiennent de madame leur mère, ou de la Providence, cette autre mère de nous tous, une organisation physique comme celle que la poésie prêtait à Hercule, et que toute la garde nationale de Paris reconnaît dans son digne commandant, M. le maréchal Lobau; une de ces belles et puissantes carcasses d'homme dans lesquelles les poumons aspirent l'air avec la vigueur d'un soufflet de forge, dont l'estomac, fer et platine, défie le mordant du rhum, du kirsch, du genièvre, et digère en se jouant des monceaux de truffes ou des hectolitres de haricots de Soissons; superbes machines humaines qui nient la migraine, doutent de l'inflammation, et ne comprennent pas les maux de nerfs.

Il avait cinq pieds huit pouces, Alcide Durand, et, pour soutenir ce haut édifice, la nature prévoyante l'avait gratifié d'une multitude de muscles durs comme pierre, qui, après avoir sillonné tout son individu, se renforçaient encore derrière ses jambes, et lui composaient les mollets les plus gros, les plus fermes que tibias de chrétien eussent jamais portés en serre-file. Ajoutez à cela une taille raisonnablement fine, une tête bien jetée sur les épaules, un œil, que dis-je? deux yeux noirs fendus en amandes, des dents comme des perles, des mains d'assez bonne compagnie, et vous aurez une idée exacte de ce qu'était M. Alcide Durand, le favori de mademoiselle Rose Chappuis, fille tendre de la rue d'Amboise.

— Ouf! disait Alcide en suivant la rue de Richelieu et en respirant avec toute la force d'un requin qui prend de l'air au-dessus de la vague, ouf! me voilà enfin dehors! Rester au lit un mois pour une meurtrissure à la tête! C'est humiliant, avec une santé comme la mienne! Mais enfin, m'en voilà quitte. Une autre fois, je me défierai du punch et des escaliers au travers desquels il vous jette avec tant de force.. Du punch, d'ailleurs, à quoi bon? C'est une boisson qui, à la longue, doit altérer le teint ou faire tomber les cheveux... Boire du punch c'est une faute, et je ne pécherai plus. C'est bon tout au plus pour ces auteurs qui n'ont d'idées qu'avec de l'alcool, ou qui se donnent des gastrites pour étudier l'orgie au profit de leurs livres! Mais moi...

— *Monsieur, achetez un porte-crayon d'argent avec la plume et l'encrier : voyez l' travail!*

Alcide, à ces mots que lui débita un beau jeune homme dans la rue Vivienne, leva la tête. Une expression de mécontentement glissa sur ses lèvres, mais il la réprima; et, après avoir jeté un rapide et furtif regard autour de lui, il dit :

— Ah! c'est toi, Hippolyte.

— Eh oui! c'est moi! un peu plus tu me jetais à la renverse. C'est vrai aussi, tu marches la tête basse et en ruminant comme si tu avais quelque compte à rendre à la sixième chambre!

Alcide se mordit les lèvres pour empêcher un mot de colère de sauter au tympan de M. Hippolyte, et il répondit :

— La sixième chambre? Ah çà! le tribunal correctionnel t'occupe donc toujours, mon pauvre garçon?

— Dis donc que c'est moi qui l'occupe! il m'a encore condamné à huit jours ce mois-ci.

— Pouah!

— Hein? est-ce que mes paroles sentent mauvais, par hasard?...

— Non, c'est... c'est cette femme qui vient de passer près de nous et qui est infectée de musc.

— Ça te va joliment de faire le difficile pour les odeurs, toi qui as vendu des pastilles du sérail sur le boulevard Poissonnière!!!

Alcide devint écarlate, sa large main, qui se serrait, fit gémir les coutures des gants glacés de Rose Chappuis. Il regarda Hippolyte d'un œil moitié dédaigneux, moitié colère, comme Achille certainement dut regarder Thersite avant de le tuer d'un coup de poing. Plus prudent que le fils de Thétis, cependant il avala sa colère, ce qui, par parenthèse, doit être fort indigeste. Hippolyte comprit qu'un grand péril venait de le menacer; mais, intrépide comme un pensionnaire de la sixième chambre, il supporta l'œillade enflammée du grand Alcide, et il dit prenant toutefois un air moins familier :

— Allons, je vois que tu es toujours le même! que diable! tu es un homme comme il faut, ou tu es un homme comme moi. Si t'as de la naissance et de la littérature, va-t'en dans le beau monde, avec ton physique tu pourras t'y pousser. Eh! mon garçon, si tu n'es qu'un gracieux va-nu-pieds comme moi, faut pas faire tant de poussière et rougir de ton métier. Mais je vois que tu n'es plus fâché; causons d'amitié : t'auras l'air de me marchander ces porte-crayons, et nous enfoncerons quelque jobard. Tiens, en voilà un qui sort de la galerie Vivienne. Oh! c'te tête qu'il a! Il n'y a qu'un Nhollandais, un tripier de province ou un épicier de Paris qui puisse avoir un air aussi bête que ça. Allumons-le; y aura soixante centimes pour toi.

Alcide, sur la figure duquel un observateur plus fin qu'Hippolyte eût découvert les signes d'un violent dégoût, Alcide fit un soupir de détresse, et il se résigna à remplir son rôle dans la comédie qui allait se jouer. Pris à l'improviste par un camarade qui connaissait son savoir-faire, il ne pouvait nier cette fatale science; il succombait sous le poids d'antécédents trop flatteurs. Il était dans la rue Vivienne, comme un orateur célèbre qu'un ordre du président du conseil surprend dans un moment où il voudrait se taire et poussé à la tribune malgré lui. Là, il faut qu'il calomnie les Polonais, qu'au fond du cœur il aime peut-être, parce que, la semaine passée, il calomniait les républicains, la Fayette et Dupont (de l'Eure). Ne remonte pas le torrent qui veut!

Hippolyte, retournant dans ses mains l'un de ses porte-crayons, commença à haute voix en s'adressant à Alcide :

— Oui, monsieur, c'est de l'argent, avec le contrôle de la Monnaie. Vous avez le porte-crayon, la plume et l'encrier. Voyez l' travail! *Dis donc, es-tu toujours avec Rose Chappuis? Si d'hasard tu n'en voulais plus, tu pourrais prendre la grosse Françoise, l'Alsacienne de la rue des Colonnes. Son homme est à la Force pour des difficultés qu'il a eues, à grands coups de pied, avec le cocher du cabriolet numéro vingt-deux, un blond qui fait la femme avantageusement.*

— Et combien votre porte-crayon, mon cher? *Veux-tu te sauver avec ta Françoise! C'est une femme à caporal.*

— Il faut vendre ça huit francs, monsieur. *T'as tort, Françoise est distinguée dans ce qu'elle est!*

— Je vous en donne six francs, pas un sou de plus. *Distinguée? Joliment! Elle fume deux cigares tous les matins à jeun.*

— Six francs! mais, monsieur, voyez donc comme c'est conditionné, ça vaudrait dix francs dans les boutiques d'orfévre... *Quéqu' ça t' fait, qu'elle fume? Tu fumes bien, toi!*

— Allons! je mettrai sept francs, c'est mon dernier mot. *Ecoute donc, Polyte, ce n'est pas la même chose. C'est comme si tu me disais que, parce que je jure, une femme peut jurer aussi; mais, d'ailleurs, j'ai d'autre projets. Tel que tu me vois, je n'ai pas toujours vendu des pastilles du sérail. J'ai eu une position dans le monde, et j'ai l'ambition de m'y élever encore.*

— Oh! vous mettrez bien sept francs cinquante centimes. *Je disais bien, moi, que tu étais un ex-quelque chose! D'abord, Camille, le garçon de fourneau de l'ancien café de la Paix, m'a toujours assuré que tu savais le latin, et que, par conséquent, tu ne sortais pas de la crotte. Et puis, d'ailleurs, quand tu es bien ficelé, comme dans ce moment, avec un habit bon genre, on voit qu't'es pas du commun.*

— Sept francs, oui ou non. *J'aperçois le pigeon qui flaire ton porte-crayon. Adieu, je te quitte... Il faut qu'à cinq heures je sois à un rendez-vous. Si tu ne parles pas à Rose de ce que je viens de te confier, nous serons amis. Si tu jases, je te tue!*

Alcide s'éloigna en disant.

— Sept francs, décidez-vous.

— Non, non, répondit Hippolyte, il me coûte sept francs vingt-cinq centimes.

Alors l'honnête figure dont les deux aigrefins avaient parlé entre eux avant d'en venir à leurs confidences, fondit, comme la foudre de Jupiter, sur le porte-crayon, compta sept francs cinquante à Hippolyte, et courut montrer à ses amis et connaissances un morceau de cuivre argenté qui valait bien vingt-cinq sous.

CHAPITRE II. — Avant Dîner.

— Combien faudra-t-il mettre de couverts, monsieur? demanda l'un des garçons du café du Périgord.

— Oh! n'en mettez que quatre. Il nous est mort trois membres de notre banquet annuel.

Jules de Nerville, après avoir donné cet ordre, se jeta sur une chaise, et, s'emparant d'un journal, il s'enfonça courageusement dans un compte rendu de la chambre des députés, comme un homme qui a du temps à tuer et qui n'a pas un bilboquet.

Jules de Nerville paraissait âgé de vingt-huit ans; sa figure était agréable, sa taille bien prise; de légères moustaches ombrageaient sa lèvre supérieure, et, à ses éperons d'acier, on jugeait qu'il était officier de cavalerie; car il avait une tournure trop élégante pour être un marchand de chevaux, et des façons trop simples pour être un des inutiles de l'état-major de notre patriotique garde nationale.

Il y avait d'abord dans l'expression de ses traits, et surtout dans une ride qui ne faisait que poindre sur son front, toute l'histoire d'un jeune homme à la mode : de l'ennui et beaucoup d'amour pour les plaisirs qui brûlent la vie. Mais en l'examinant avec plus d'attention on trouvait dans son regard des jets de flamme révélant par intervalles un cœur qui avait beaucoup encore à donner aux passions et que les joies du monde n'avaient qu'engourdi.

Nerville se croyait de bonne foi un homme usé, et, partant de cette idée, il s'ennuyait franchement de la vie.

Mais, tout en croyant à cette satiété avec religion, il n'en faisait pas parade pour se faire plaindre par les jeunes demoiselles, et se faire admirer par les niais. Il n'était pas de ceux qui ont pris le parti d'être infiniment malheureux, infiniment blasés deux ans après la sortie du collége et qui sont dégoûtés d'un monde qu'ils n'ont jamais vu.

Ces machines à spleen vivent ordinairement dans une peau de bête, et Jules de Nerville était un garçon d'esprit.

Il n'avait que le tort d'avoir foi à l'ennui, une foi robuste.

— Au fait, disait-il quelquefois, je ne m'ennuie peut-être pas; il faudra que je me fixe là-dessus.

Malheureusement, le torrent de la vie l'entraînait! et il suspendait l'étude précieuse qu'il voulait faire sur lui-même, pour courir au bois de Boulogne sur son cheval anglais, et dans les salons de sa connaissance, où il galopait, à pied, avec une grâce remarquable.

Mais ce pauvre jeune homme, qui ne se connaissait pas lui-même, aurait pu demander des renseignements sur lui aux personnes de son cercle. Toutes lui eussent dit :

— Vous êtes spirituel, brave, étourdi, bon comme une jeune fille, emporté comme un Africain... un homme charmant!

Le chevalier de Nerville, maintenant au café du Périgord, et ennuyé, sérieusement ennuyé d'un discours de l'honorable M. Viennet, sur les queues des partis, allait peut-être se croire frappé à mort par le consomptif de la Grande-Bretagne, lorsque les amis avec lesquels il devait faire son dîner de fondation parurent dans le salon où il les attendait.

Des poignées de main, des embrassades aussi pétulantes que celles des marquis de Molière, furent échangées.

— Enfin, disait Jules, je vais donc passer une soirée vraiment joyeuse. Savez-vous bien, mes enfants, que je craignais presque que vous ne vinssiez pas! Depuis notre sortie du collége, nous avons la coutume de nous réunir une fois l'an dans un banquet d'amis. Mais en trois années, nos rangs se sont éclaircis d'une manière bien tragique : Alfred est mort, Oscar est mort, Henri est marié, ce qui revient au même. Mais enfin, nous qui avons résisté aux plaies mortelles de ce monde, à la vie qui tue, nous qui vivons, de par Dieu! amusons-nous.

— Mais, dit l'un des nouveaux venus, l'an passé nous étions sept à table, il en est mort trois, reste quatre, et nous ne sommes que trois cependant.

— Attendons encore un quart d'heure, dit de Nerville, le numéro quatre arrivera peut-être.

— Oui, oui, le quart d'heure de grâce, et pendant ces quinze minutes un mot, messieurs, sur ce que nous avons fait cette année; en ma qualité d'avoué, je prends la parole. Vous saurez donc que ma clientèle s'arrondit. J'ai six clercs. Le contentieux de deux ministères a été confié à mon intègre direction. Je n'ai encore que le cabriolet; mais je vois poindre sur l'horizon de l'avenir l'équipage, l'hôtel et une femme de la finance.

— Moi, dit un autre, la médecine m'emporte aussi vers de beaux destins. J'ai déjà refusé la croix trois fois, mais j'ai accepté une chaire à la Faculté. Depuis longtemps ma science roule dans une voiture qui est bien à elle. Je ne suis pas loin du demi-million. La fille d'un vieux professeur me l'a bien promis.

— Ma foi, messieurs, dit en riant le chevalier de Nerville, je n'ai pas à produire un inventaire aussi beau de ma position. Les douze mois de l'année, au lieu d'apporter chacun leur pierre à l'édifice, en ont fait tomber une... et quand l'édifice n'était qu'à moitié sorti de terre; vous sentez que, de ce train là, il y rentre à vue d'œil. C'est ce qui arrivera bientôt.

—Ah! ah! le gaillard, dit en riant le médecin Dulock, il est ruiné! Farceur, va!

— Ne va pas faire de lettres de change, au moins, cria Hubert, l'avoué, d'une voix tonnante. Le hasard pourrait m'envoyer le dossier, et ce ne serait jamais qu'à mon corps défendant que je ferais faire de la grosse contre toi!

— Un moment, un moment! dit Jules de Nerville. Diable, comme vous y allez!... Toi, Dulock, rassure-toi, ou plutôt ne ris pas encore : je ne suis pas tout à fait un homme mort. Dix mille francs de rente me restent, mon cher!... J'en ai bien pour un an! Et quant à toi, Hubert, sois tranquille : tu ne seras jamais forcé d'exercer, en pleurant, contre ton camarade de collége. J'ai horreur de la Dette. Ruiné, je me réfugierai dans le pain sec ou dans un suicide de bonne compagnie. Messieurs, je vous convie au banquet de ma vie de l'année prochaine, ou à mon enterrement.

— Ah bah! ne te tue pas, dit le docteur.

— Mais, répliqua l'avoué, que veux-tu donc qu'il fasse avec son pain sec? Joli conseil que tu lui donnes là!

— Eh! mon Dieu, il y aura peut-être une guerre. Il sera fait colonel, et dans l'armée il pourra trouver un bon mariage. Non, va, ne te tue pas, Jules!

— Au fait, répondit le chevalier, si tu crois que je ne doive pas...

— Certainement; et puis je te prêterai, nous te prêterons de l'argent.

— Tiens! c'est encore vrai, dit l'avoué : il pense à tout, ce diable de docteur! Ce sera bien le diable si la chicane et la médecine réunies ne te mettent pas à flot.

La conversation prit ensuite une direction plus grave.

Dulock et Hubert, tous deux hommes d'honneur et de générosité, que l'habitude du travail et l'aridité de leurs études avaient formés à une logique un peu plus serrée que celle du jeune capitaine de cavalerie, leur camarade, firent doucement comprendre à celui-ci qu'il y avait dans la vie une façon de vivre heureux sans manger, comme un fou, son patrimoine. Leur morale était un peu large cependant, elle accordait encore beaucoup aux joies du monde; elle sentait son café du Périgord.

Des mots légers, sans suite, de ces plaisanteries gracieusement égoïstes, qui avaient commencé l'entretien, on en était venu à de douces expansions : le jargon du monde et son aimable insensibilité avaient pâli devant les souvenirs du collége. Le docteur Dulock et l'avoué Hubert, qui n'étaient pas de chevaleresques personnages, et qui, dans le commerce de la vie, apportaient, comme d'autres, leur tribut de cupidité et d'avarice à la civilisation, avaient retrouvé, en présence de leur ancien camarade, leurs élans de la jeunesse. Ils se reposaient un peu de leur âge mûr; ils disaient, dans toute l'abondance de leur cœur : Ruine-toi, Jules, et viens nous trouver!

Qui sait? Dulock et Hubert se proposaient peut-être en secret de pressurer davantage le client, l'année prochaine, au profit de l'amitié. La vertu parfaite est si difficile dans une ville où tout est hors de prix! Il faut avoir beaucoup d'argent dans sa poche pour être honnête homme.

Mais le quart d'heure de grâce était écoulé. Le chevalier de Nerville, pour faire trêve peut-être à des protestations, à des offres dont son orgueil s'effarouchait, dit à ses amis :

— Le numéro quatre, messieurs, a laissé passer l'heure. A table, nous boirons à sa santé!

— Ou au repos de son âme, dit le docteur. J'ai dans l'idée qu'il est mort aussi, celui-là.

— Tu n'étais pourtant pas son médecin, Edouard! dit de Nerville en pressant un citron au-dessus des huîtres.

— Non, répondit Dulock; s'il est expédié, ce n'est pas de ma façon.

Au même moment, la tête d'un homme qui montait du rez-de-chaussée au salon du premier, où les trois amis étaient installés déjà, parut au sommet de l'escalier tournoyant qui joint ces deux parties du café du Périgord. Aussitôt un cri fut poussé par le joyeux trio.

— C'est lui! c'est le numéro quatre!

— Désespéré, messieurs, de vous avoir fait attendre, dit le nouveau venu; mais vous sentez qu'une invitation qui date d'un an...

— Pas de cérémonie entre nous, dit brusquement le docteur. Voilà ta place, Alcide Durand, et prends ta part de ce dîner en ta qualité d'ancien élève de Louis-le-Grand. Nous sommes convenus de cinquante francs par tête. Si tu es en fonds, tu payeras; si tu n'as pas le sou, on payera pour toi.

— Je prends acte de la seconde partie de ta proposition, dit Alcide. Je suis plus pauvre qu'un Polonais réfugié.

En parlant ainsi, il se plaça, et tendit la main par dessus la table à Jules de Nerville, que, cependant, il avait embrassé déjà.

— Au fait, dit le docteur en les regardant, vous étiez des intimes au collége. Aimez-vous bien, mes enfants... et buvons!

CHAPITRE III. — Discussions d'ivrognes.

— Morbleu! dit le docteur Dulock, dont la gravité médicale était humide de vin, je soutiens que le champagne est une niaise liqueur.

— Tu n'es qu'un Béotien, dit Hubert, l'avoué, avec une grande gravité d'ivrogne. Le champagne est la boisson du monde poli, du monde... distingué.

— Ouiche!!! une tisane aigrelette qui n'a pas plus de corps que l'eau filtrée, une piquette acide qui vous pince bêtement le système nerveux, et qui ne dit rien, mais absolument rien à l'estomac! C'est comme votre bordeaux! Un peu au rôti, je ne dis pas... et encore... Garçon, une bouteille de chambertin! Alcide, tu en boiras avec moi!

— Non, non certes; je suis fixé, mon cher... Le champagne! je ne sors pas de là!

— Mais d'où vient cette préférence?

— C'est que mon champagne m'excite doucement, et que ton chambertin me griserait.

— Ah! d'abord, s'écria Jules de Nerville, on ne boit plus de bourgogne, Dulock. Il faut être Auvergnat ou médecin pour supporter ce gros vin-là. Commun! docteur, commun!

— Oui, dit l'avoué, qui roulait ses yeux comme un chanoine en goguettes, oui, messieurs, mettons-y de la bonne foi... La bonne foi dans les discussions convient aux gens d'honneur.

— Eh bien! où veux-tu en venir? dit le docteur.

— Je veux en venir... à te prouver... mais sans passion, que ton chambertin n'est bon que pour des Osages et des garçons de bureau; et, comme a dit Nerville : Commun, exécrablement commun... grossier... lourd... épicier... cheval normand!

— Allons, l'avoué est ivre! dit Jules de Nerville.

— Ivre! moi, ah! Jules, tu te couvres d'infamie en disant cela! Et moi qui suis de ton avis encore contre ce boucher de Dulock, contre le bourgogne... Ah!... ah! Jules, c'est mal. C'est égal, tu as tort, Dulock, d'injurier le champagne.

— Tais-toi, ivrogne! Le champagne est une des absurdités du siècle.

— Enfer! c'est lui qui inspire toute notre littérature confortable! indique-moi l'écrivain de la *Revue de Paris*, le *feuilletoniste* d'un journal un peu propre, l'auteur édité par Renduel ou par Fournier, qui ne vante pas le champagne et son influence sur l'esprit!

Le médecin regarda son ami Hubert avec des yeux fixes et troubles, et il dit lentement :

— Tu es pourtant bien bête, toi, l'avoué!

— Personnalité qui ne fait que glisser sur mon écorce d'homme grave... et qui n'empêche pas le champagne d'être aux gens d'esprit ce que le nectar était aux dieux. Dans tous nos drames, dans tous nos romans... qu'y a-t-il? Ah! ah! ce qu'il y a? Eh bien! il y a du champagne! il a remplacé le punch bleuâtre et échevelé... comme dit ce monsieur dont le nom m'échappe, qui est mélancolique et pâle... un bien gentil jeune homme, allez!

— Mélancolique... parce qu'il ne boit pas même du champagne! cria le docteur. Est-ce que tu crois, animal que tu es, que si tous tes écrivassiers en buvaient comme ils le disent, ils y pourraient tenir! Tu ne vois pas que c'est une manière de se faire riches, de faire croire aux imbéciles comme toi, avoué, que le poëte s'entoure aujourd'hui de toutes les richesses du luxe! Et puis ce Voltaire qu'ils traitent de perruque a dit avant eux :

Du vin d'Aï la mousse pétillante
En chatouillant les fibres des cerveaux
Y porte un feu qui s'exhale en bons mots.

Depuis longtemps ton flasque champagne passe pour le vin des beaux esprits, et ceux qui s'intitulent beaux esprits se croient dans la nécessité d'en boire. Quand le bon Dieu vous a fait naître bête, il n'y a pas de champagne qui tienne, vois-tu!

— Le fait est, dit l'avoué, que ma mère, comme celle de Tristram-Shandy, aura probablement distrait mon père dans un certain moment, et que les esprits n'auront pas suivi une heureuse direction lors du grand œuvre; mais tu n'es guère mieux partagé que moi, homme de la sangsue et de la diète, et, dusses-tu me tuer à ma première fièvre, je te dirai que ton bourgogne est une liqueur... déshonorante!

— Allons, messieurs, la paix, dit Nerville; il y a d'ailleurs un moyen de tout concilier.

— Je ne demande pas mieux, dit le docteur.

— Et moi donc, dit l'avoué. D'ailleurs, Dulock est un ami... Coffre à bourgogne, va!...

— Buvons du madère, continua Nerville.

— Bien jugé! répondit le docteur, les éléments de la discussion seront éloignés, et nous finirons le dîner comme de vrais amis. Aimes-tu le madère, Alcide?

— Oui; mais je ne bois plus, Dulock.

— Tu as tort, car la bonne nature t'a donné une machine humaine à contenir beaucoup. Mais, au fait, c'est vrai, il n'est plus le même, ce grand Alcide; n'est-ce pas, messieurs?

— Il est tout triste.

— Il met de l'eau dans son vin.

— Il y a quelque chose là-dessous, cria le docteur d'une voix de tonnerre.

— Eh! messieurs, dit Nerville, il n'y a là-dessous qu'un pauvre garçon, qui, sans doute, n'a pas, comme moi, des rentes, et, comme vous, d'énormes clientèles. Le souvenir, le sentiment des ennuis qu'il a, peut-être, l'ont suivi jusqu'à cette table.

— Eh bien! qu'il boive, dirent le médecin et l'avoué.

— Oui, et, reprit ce dernier, qu'il nous dise ce qu'il est devenu depuis un an. Nous courons chacun dans notre route, et nous ne devons guère nous rencontrer. Cependant, depuis notre dernier dîner, j'ai aperçu de loin en loin la grosse figure du docteur Dulock courant tuer son prochain en cabriolet. Deux ou trois fois j'ai vu à travers les vitres du café Anglais l'élégant chevalier de Nerville dépensant son napoléon pour un dîner, au lieu de s'en rapporter, comme moi et Dulock, aux soins d'une gouvernante... Quant à Alcide, il eût voyagé dans la vieille Europe, attelé à un protocole, qu'il n'eût pas été plus invisible pour ses amis de Paris.

— Eh! messieurs, dit Alcide, mon monde n'est pas le vôtre. J'attends de l'emploi, et je vis fort retiré.

— Je me souviendrai longtemps, dit le chevalier, qu'un jour, dans la compagnie de quelques amis qui comme moi étaient à cheval, je crus voir Alcide sur le boulevard Poissonnière au coin de la rue Saint-Fiacre... Eh bien! qu'as-tu donc, Alcide?

— Rien... un étourdissement, vous buvez tant!

— Je m'approchai. L'individu, dont je n'avais vu que le profil, se retourna : c'était une espèce de grande canaille qui vendait des pastilles du sérail aux amateurs de parfums. Un énorme bandeau noir lui couvrait la moitié du visage... mais il te ressemblait, vrai!

— Merci!

On rit beaucoup de l'anecdote, et comme le vin n'avait pas encore tout à fait tué l'homme dans les personnes des trois condisciples d'Alcide, chacun lui promit de l'aider de son mieux.

— Tu as été soldat, dit le médecin.

— J'étais aide de camp d'un général de la restauration.

— Bien. Je soigne un vieux général du juste milieu, je lui parlerai de toi.

— Moi, dit l'avoué, je te recommanderai à un avocat député. Excellent canal!

— Pour moi, dit Jules de Nerville, je serais tenté de vous prier de n'en rien faire, pour le punir de m'avoir oublié, moi, son intime du collége, son premier confident. Vrai! c'est mal, Alcide. Que diable! tu n'avais qu'à ouvrir l'annuaire de l'armée, pour savoir où j'étais, pour me trouver; alors tu serais venu trouver ton ami et tu lui aurais dit : Jules, tu as de l'argent, donne!... tu as du crédit, mets-toi en route et place moi.

— Ce bon de Nerville!

— Ce soir, bois; demain nous causerons affaires.

— Oui, dit Alcide avec beaucoup d'effronterie, nous causerons, mais chez toi; car... mes amis excuseront cette faiblesse, je ne veux donner à aucun de vous le chagrin de voir mes tristes pénates. Ainsi, messieurs, vos adresses, s'il vous plaît?

Les trois amis d'Alcide lui remirent leurs cartes.

Et les carafes de madère reçurent un nouveau choc.

CHAPITRE IV. — Où le héros du livre se fait connaître.

— Adieu, adieu encore, mes bons amis!

— Adieu, Nerville! dirent à la fois le docteur et l'avoué pressant dans leurs bras avec une tendresse bachique le jeune chevalier; ensuite, profitant de l'éloignement momentané d'Alcide, qui allumait un cigare chez le seul marchand de tabac dont la boutique fût ouverte encore dans le Palais-Royal, ils glissèrent rapidement ces mots :

— Entre nous, c'est à la vie et à la mort. Ainsi, quand tu auras besoin de ton ami Dulock pour autre chose que pour une gastrite ou un coup d'épée, viens, il est riche.

— L'avoué Hubert te fait la même offre... Mais, vois-tu, c'est entre nous... motus à Alcide.

— Je ne conçois pas plus vos bonnes intentions pour moi, que votre peu de confiance en lui : j'ai de l'argent, et il a de l'honneur.

— Ta ta ta ta! c'est un sournois, dit l'avoué.

— Je n'aime pas les protubérances de sa tête! ajouta le docteur.

— Chut, messieurs, le voici.

De nouveaux adieux furent échangés. Dulock et Hubert s'éloignèrent dans la direction de la rue Vivienne; Jules de Nerville, accompagné d'Alcide, suivit celle des Petits-Champs pour gagner la place Vendôme, où il logeait.

Jules, en retrouvant son ancien compagnon de classes, avait senti dans son cœur une joie vive. Il avait toujours aimé Alcide, et dès le collége il le lui avait prouvé. Riche, il n'avait pas tardé à découvrir que son favori était d'une famille pauvre, et que le cher petit, comme il le disait alors, manquait de toutes ces bagatelles, luxe d'écolier, qui dès l'école apprennent à quelques enfants que pauvreté est une faute. Jules, heureusement, n'était pas de ces enfants-là. Au lieu de tirer vanité de ses joujoux, de son beau pupitre, de ses livres magnifiquement reliés, il se faisait une joie de les partager avec son ami Alcide. Pendant toute la durée des classes, il ne cessa de faire bourse commune avec lui, de lui faire oublier, avec une enfantine délicatesse, sa position pénible, au milieu d'élèves appartenant pour la plupart à de riches familles. D'abord il l'avait aimé parce qu'il était malheureux, il l'aima plus tard pour le bien qu'il lui avait fait.

Mais enfin l'heure sonna où les deux amis devaient rentrer dans le monde, et y suivre chacun une route différente. Alcide redevenait pauvre, métier dont il n'avait plus l'habitude grâce à Jules.

Ses parents s'étaient éteints dans une mansarde, ne troublant dans le monde, à leur mort, que le commissaire du quartier et le cocher du corbillard des indigents. Ils ne laissaient à leurs enfants que le triste cadeau d'une éducation de collége, dont le gouvernement avait bien voulu se charger en mémoire des services militaires de M. Durand le père.

Alcide avait perdu de vue son Pylade, que sa famille avait claquemuré dans l'école de Saint-Cyr; il n'avait dans le monde qu'un protecteur à attendre, un M. Georges; lequel, dans la tourmente révolutionnaire, avait été sauvé des griffes de Robespierre et autres par Durand, soldat de la république.

Tant que les parents d'Alcide gardèrent leur place dans ce monde, M. Georges leur promit monts et merveilles pour leur fils; mais, du moment qu'ils furent en enfer (les républicains ne vont pas en paradis), l'ami de la famille se renferma dans le rôle fort peu coûteux de mentor. Il donna des conseils à Alcide; mais rien que des conseils: entre autres celui de prendre la cocarde et l'habit militaires.

Alcide, qui devait un jour être le héros d'une histoire, était, en sortant du collége, un garçon tout à fait insignifiant, sans vocation, sans volonté, moitié oie, moitié brebis. Il ne vit pas que M. Georges, en lui conseillant de se faire soldat dans un régiment de la garde royale, avait sans doute le but caché de l'éloigner de lui et de son coffre-fort. Il céda: ses cinq pieds huit pouces séduisirent le colonel des grenadiers à cheval; et au bout de six mois de manége, le fils légitime du républicain Durand galopait derrière la voiture du roi Charles X.

Une belle tête, une vigueur digne de son nom, de l'aptitude aux sciences, assez mesquines d'ailleurs, utiles à l'officier, poussèrent rapidement Alcide dans sa carrière. Quatre ans après son entrée sous le drapeau, il était officier. A la formation du corps royal d'état-major, il concourut: il répondit assez bien aux questions de l'examinateur, et, dans le mois qui suivit, il se trouva aide de camp d'un général qui ne savait pas l'orthographe et dont il fit très-passablement la correspondance.

Au journées de 1830, il eut la bêtise de faire assez de carlisme pour que le ministère s'occupât de lui. On le rendit l'objet d'une quasi-vexation (n'oublions pas qu'il n'était que carliste): alors il fit le brave: il envoya sa démission, et la France fut privée des services de M. Alcide Durand. Le pauvre garçon ne tarda pas à se repentir de cette équipée: il était de cette race d'hommes qui n'ont pas d'opinion politique, et qui serviraient l'autocrate russe si ce gracieux souverain venait s'asseoir sur le trône de France. La sortie que dans un accès nerveux, sans doute, il avait faite contre le drapeau tricolore, était donc doublement absurde. Il le sentit, mais il était trop tard.

Depuis lors, il avait existé dans un cercle d'idées et d'actions infiniment étrangères à celles d'un officier français; il s'était fait une nouvelle vie, qui, s'identifiant plus que la vie militaire à sa nature, l'absorba tout entier. Il ne vécut plus que de cette vie-là.

Vie qui ne se fera que trop connaître à ceux qui peut-être ont pris Alcide pour un héros de roman comme ils le sont tous, et dont les incidents de ce poëme en prose dérouleront progressivement toutes les phases.

. . . .

Minuit sonna derrière le bouclier d'un paladin de bronze qui des ateliers de Ravrio était venu, lance en arrêt et visière baissée, sur la petite cheminée de marbre blanc qui chauffait la chambre à coucher de Jules de Nerville. Le jeune chevalier avait quitté son gilet et sa cravate, un peu froissés par le laisser aller d'un repas d'hommes au café du Périgord; il avait endossé la robe de chambre à grandes fleurs, il avait fourré ses pieds dans des pantoufles dont la pointe recourbée rappelait une mode du moyen âge, pas plus bête, ce me semble, que les modes d'aujourd'hui, et douillettement enseveli dans un grand fauteuil à dos renversé il se livrait, auprès d'Alcide, au plaisir d'évoquer les heures passées au collége.

Et l'auteur de ce livre n'a jamais compris le bonheur que ses amis et connaissances ont à retourner vers le temps du collége. Ce tambour ou cette cloche qui, dès l'aube, vous crient: Lève-toi, Virgile et M. le professeur t'attendent!... Et puis, quand de précoces idées vous révèlent la vie, ses joies, ce frottement obligé avec une centaine de petits butors dont l'âme ne s'éveille qu'au réfectoire... Et la lourdeur de ces muids de latin, de ces machines à grec qui, sous les noms de censeurs, de proviseurs, de répétiteurs, vous écrasent la cervelle à grands coups de Cicéron... Du Cicéron, bonté divine! à quinze ans!... Pauvres innocents! on les frotte de latin sans pitié! L'épiderme saigne. Ah! vous saignez, polissons! au cachot! On sort de la moitié Romain, moitié Grec...

Bonne jeune fille que j'aimais à quinze ans!... Elle avait nom Julie... Je lui offris le don de mon cœur, tout neuf, en vers latins... Plus tard, j'ai trouvé toute simple cette réponse, qu'elle fit à mon messager, et qui alors me fit tant verser de larmes... Elle avait dit, la douce vierge:

— Qu'il est bête, ce petit!

Mais le chevalier de Nerville avait eu probablement le bon esprit de s'accommoder de la vie du collége, et il aimait à se la rappeler. Peut-être cette vie monotone ne lui apparaissait-elle gracieuse dans les nuages du passé que par un manque de mémoire ou, plus encore, par le contraste qu'elle faisait avec l'existence heurtée, frénétique, diabolique que les passions de son cœur et la faiblesse de son esprit lui avaient faite depuis qu'il était maître de ses actions. Jules était doué d'une âme de feu, d'une imagination tendre. Ces deux qualités, ou plutôt ces deux travers, le faisaient marcher dans la vie comme un ivrogne marche dans la rue, par bonds, par secousses; ses joies étaient toujours accompagnées de remords; ses longs dîners au café de Paris, de violentes migraines; ses séances à l'écarté, de pertes d'argent fréquentes; ses amours, de déceptions ou de coups d'épée. Voilà pourquoi il s'ennuyait et se croyait parfois atteint du spleen; voilà pourquoi, après son dîner avec ses anciens condisciples, il se reposait de ses agitations d'homme fait en songeant à la douce uniformité des jours scolastiques.

Alcide, qui l'avait accompagné chez lui, faisait chorus et exaltait les délices de la classe, lorsque minuit sonna. Il se leva pour prendre congé de son ami, et sa main, qui n'était pas le moins du monde sujette aux agacements nerveux, se ferma fort tranquillement, je vous assure, sur une quinzaine de napoléons que le bon Jules lui glissa en rougissant beaucoup. Cependant, il sentit qu'il devait au moins quelques paroles de remercîment, et il dit:

— Tu te gênes, mon ami?... A table, j'ai entendu Hubert et Dulock parler, à ton sujet, de pertes de fortune, d'embarras... Je te crois ruiné, et alors est-il délicat à moi...

— Rassure-toi, mon cher; nos amis, qui sont des hommes d'argent, crient à la misère parce que je n'ai plus qu'une dizaine de mille livres de rente, un peu hypothéquées il est vrai!... La seule remarque raisonnable à faire sur cette avance que tu me feras le plaisir d'accepter, c'est qu'elle est bien légère... Mais que veux-tu? je me suis ruiné cette année, et le reste de mon argent comptant a passé pour mes équipages: car je pars dans quelques jours pour l'armée du Nord... Je devrais déjà avoir rejoint mon régiment.

— Dis donc, Jules, crois-tu que ce soit une *vraie* guerre?

— Ah! le juste-milieu n'est pas batailleur; nous crèverons nos chevaux en marches et en contre-marches, nos soldats auront quelques fièvres, et tout finira...

— Par une grande bataille?

— Non, par un protocole! Du reste, je suis enchanté de partir... J'ai besoin de repos!

— Et tu vas à l'armée pour cela?

— Eh! mon cher, à l'armée on ne pense pas, et la pensée seule fatigue.

Les deux amis échangèrent encore quelques paroles. Jules promit de faire agir ses connaissances du grand monde auprès du ministre de la guerre en faveur d'Alcide. Et ils se séparèrent.

Le chevalier était heureux, il avait bien fini sa journée. Le sentiment de sa bonne action avait répandu sur sa figure, ordinairement soucieuse, une teinte de bonheur. Son regard mélancolique et sombre avait repris un doux éclat.

Il ne songea pas à lire deux billets au musc et à l'ambre qu'il trouva sur sa cheminée.

Il ne donna pas une pensée

A la mode nouvelle,

A sa ravissante jument anglaise,

A son beau chien de Terre-Neuve,

A sa dernière course au clocher, dans laquelle il avait perdu un cheval et un pari de mille francs.

Il se coucha promptement, comme un honnête bourgeois; il éteignit sa bougie, et il s'endormit comme si le plaisir d'avoir aidé un pauvre diable eût versé dans ses veines un baume rafraîchissant.

Alcide, à la suite de cet entretien, paraissait être dans une disposition différente. Sa large et pleine figure, sur laquelle une inquiétude ordinaire s'épanouissait comme dans celle d'un chanoine ou d'un sergent de la garde nationale, était toute renfrognée. Cette expression presque menaçante sur le sommet d'un individu haut de cinq pieds huit pouces avait quelque chose de terrifiant; voilà pourquoi les passants qui circulaient encore dans la rue et qui rencontrèrent Alcide s'acheminant vers le domicile de mademoiselle Rose Chappuis, s'éloignèrent brusquement à la vue de ce géant à barbe noire et épaisse qui grimaçait tout seul comme un ange de la nuit... Un ange qui a pris toute sa croissance!...

Jules était heureux parce qu'il avait donné. Alcide était triste parce qu'il avait reçu. Le don d'un ami n'était pas pour lui comme une rosée douce tombée du ciel. Il ne s'attachait pas, le fougueux Alcide, à la délicatesse de ce don; mais seulement à la nécessité qui l'avait réduit à l'accepter.

Fierté?...

Ah bien oui! Est-ce que l'amant de Rose Chappuis, ce grand corps qui s'engraissait aux dépens d'une fillette frêle et pauvre, avait du temps à donner à ce péché sublime?

Non; c'était ce dégoût de pauvreté...

Pas celui qui donne des forces pour le travail; qui fait que vous vous roidissez contre le sort; que vous le combattez bravement; que vous lui passez sur le ventre pour marcher à la fortune...

Mais celui qui vous jette dans les moyens prompts d'en finir avec la misère; et il n'y en a que trois:

Se tuer (c'est peut-être le meilleur);

Voler au jeu, sur la grande route, à la bourse; étudier le côté faible du prochain pour l'assaillir et le piller, soit avec les armes de la chair, soit avec celles de l'esprit;

Ou bien encore être ministre dans une monarchie citoyenne.

— Morbleu! disait-il, que la vie est bêtement arrangée! ce Jules, il a une âme romanesque. C'est un de ces hommes dont le poétique individu ne se nourrit que de chimères... Une femme aux yeux tendres, un beau ciel, une cabane... et les voilà heureux!... Jules! il ne se jette dans les joies matérielles que par oisiveté, que par position d'homme riche. Faites-le pauvre, il nagera dans sa misère, heureux comme le poisson dans l'eau!... Et moi, mille diables! moi que la nature a doué d'un féroce appétit pour les matérielles voluptés; moi qui saurais si bien savourer le plaisir d'une vie opulente, d'une vie... Oh! oui, surtout d'une vie douce, molle, bercée par la paresse!... Moi, sacrrrrr! je suis pauvre, et pour surnager il faut que je me donne un mal, que je me débatte plus!... Si du moins, avec un vigoureux coup de collier, je pouvais sortir de l'ornière; mais bah! il me faut des combats de dix ans, et c'est à peine si j'ai commencé la guerre.

Mais ce butor de médecin, ce bavard d'avoué, peuvent me faire rendre mon épaulette... Le lieutenant Alcide rentre dans le monde!... le voilà sur le champ de bataille... coup d'œil sûr, cœur d'acier... et j'arrive!... oui, j'arrive... Et si une autre guerre que celle que je veux faire survient? s'il faut aller contre le Russe et le Prussien... user son corps pour une épaulette un peu plus grosse... recevoir l'eau du ciel, le plomb et le fer des hommes, vieillir sur les grandes routes du Nord et du Midi, tout cela pour recevoir de la mère patrie une retraite qui ferait honte à un valet de chambre retiré? Alors, mon pauvre Alcide, adieu tes beaux rêves; le budget te reconnaîtra comme son pensionnaire pour une somme de mille francs, et tu t'éteindras dans la misère. Dieu tout-puissant! faites que la diplomatie tourne à la paix!

Et ceux qui m'entendraient diraient peut-être : « Le lâche!... » Lâche? eh! non, bonnes gens, je ne le suis pas; j'ai, comme les trente-deux millions d'imbéciles qui grouillent sous le ciel de France, une humeur batailleuse. Qui m'a connu sait fort bien que la vue d'une épée tournée contre ma poitrine me fait rire comme un fou. S'il y avait plus que de la gloire à gagner, je serais un intrépide soldat. Heureux temps! celui où le chrétien charpenté comme moi faisait payer rançon au guerrier qu'il faisait prisonnier dans un combat!... A la bonne heure! voilà une guerre!... Mais en comptant sur ma constellation, où me conduirait-beaucoup de courage? beaucoup de sang versé? Au grade de colonel, peut-être... Et qu'est-ce qu'un polisson de colonel?... Six mille francs par année. Quelle pitié! c'est à cracher dessus!... Oui, de par Dieu, de cette boue dans laquelle je barbote, je fais serment d'arriver à mieux que cela.

Je ne sais si jamais Sixte, quand il gardait les pourceaux, eut quelques révélations sur la papauté, qui, dans l'avenir, l'attendait; mais, pour moi, je sens, dans la mansarde de Rose... cette tanière dans laquelle la bise entre en sifflant... je sens, au milieu des aiguillons de la misère, quand le créancier crie... moins haut encore que mes entrailles à jeun, oui, je sens que l'avenir m'attend avec du bonheur, et que je n'ai qu'à bien mener ma barque... et je la mènerai bien!

Car il faut que je sois riche... Il faut que tous mes efforts tendent là.

Des titres, des rubans? Fi!... de l'or, beaucoup d'or... Tu m'en as donné un peu, Jules de Nerville. Merci! Elles sont là sur mon cœur, tes pièces, c'est le commencement d'un million!

Alcide, en parlant ainsi, regarda autour de lui. Le boulevard des Capucines, qu'il descendait pour gagner celui des Italiens et la rue d'Amboise, était désert. Il faisait un froid de décembre, et la lune inondait d'une molle clarté la chaussée silencieuse, les arbres et les maisons. Les jets de cette lumière de la nuit faisaient ressortir de la masse de ténèbres les murailles blanches, les façades aristocratiques des hôtels. Alcide, à cette heure, au milieu de cette mort de la grande ville qui eût épouvanté plus d'un Parisien, debout encore dans la rue avec quinze pièces d'or dans sa poche, Alcide se prit à rire.

— Ah! dit-il, si quelque voleur... Pauvre malheureux, que je le plaindrais! comme mes bras de fer l'étoufferaient, comme je l'écraserais sous mes pieds, celui qui en voudrait aux premières centaines de francs de mon million... Je suis si fort, moi! ma carcasse, comme dit ce brutal de Dulock, est si puissante... Eh bien oui; mais je pourrais recevoir quelque mauvais coup!... Ciel! un œil crevé!... C'est fini, il faut que je me fasse poltron, que je soigne ma personne comme un chanteur d'opéra... Car il faut que je reste bel homme sous peine de mort...

La poltronnerie ne se commande pas. Alcide, malgré le danger des mauvaises rencontres, s'arrêta, et il plongea du regard dans la rue du Mont-Blanc. Là, on entendait mourir le bruit des équipages qui rentraient dans les grands hôtels.

— Quartier par excellence, dit-il en croisant les bras et en suivant de l'œil les lignes inégales qu'à la lueur de la lune faisaient toutes les façades des maisons, asile du riche!... Là, de hautes dames ont secoué le joug des bourgeois préjugés; là, on aime avec fureur, parce que l'on n'a rien de mieux à faire. Là, l'oisiveté engendre de terribles amours... Là, on vit dans un agacement nerveux continuel : le luxe, la table, toutes les excitations possibles arrivent pour donner à la plus flegmatique tous les emportements de la passion... Là, un homme comme moi serait si bien... et puis par-ci par-là d'honnêtes femmes. Alors on ôte son chapeau et l'on passe outre... De la vertu, madame? je n'en use pas!

Et il faut retourner rue d'Amboise!!! chez Rose Chappuis!!!

Eh oui, il le faut. Et si, quand le grand Napoléon empruntait de l'argent à son aide de camp, il s'était dit bêtement : Il faut donc en être réduit là, moi qui veux aller si loin... S'il s'était dit cela, Napoléon, est-ce que jamais il eût couché aux Tuileries avec la fille d'un empereur d'Autriche!... D'ailleurs Rose Chappuis est encore convenable...

Parole d'honneur, il y a plus bas qu'elle!...

Et, de plus bas, je n'en volerai pas moins où je veux aller...

Quand je vendais des pastilles du sérail, et que j'en faisais brûler une pour amorcer les amateurs, il me semblait quelquefois, en respirant ce parfum, que, sultan superbe, je marchais dans mon harem au milieu des femmes de la Circassie et des suaves odeurs de cent cassolettes d'or.

Et pourtant je ne marchais que dans les boues du boulevard avec des bottes trouées, et j'avais ma Circassienne dans la rue Pierre Lescot, ce nid d'ordures!

C'est avec cette noble confiance qu'on arrive.

En parlant ainsi, Alcide avait regagné la rue d'Amboise : il monta à la chambre, au sixième étage, dans laquelle Rose dormait. Il quitta ses vêtements à la hâte, et il cacha, au fond de ses bottes, son trésor soigneusement enveloppé dans un gant.

— Tiens, dit Rose en baillant, c'est comme un bruit d'or?

— De l'or! Eh! imbécile, où diable veux-tu que j'en aie déniché?

— Ah! c'est que, vois-tu, je n'ai pas dîné, Alcide, et pour me consoler, je rêvais que j'étais riche... mon songe continuait.

— Dors!

— J'aimerais mieux que tu me dises : Mange! mais tu ne le peux pas, mon Alcide. As-tu bien dîné, toi?

— Comme un ogre.

— Eh bien, quand ce que j'aime s'est nourri, je vais me plaindre, moi! Est-ce que j'aurais mauvais cœur d'hasard?

— On le dirait. Du reste, tu mangeras demain; car je n'ai pas touché à l'argent que tu m'as donné quand je suis sorti : ainsi, plus de lamentations!

— Pardon, mon amour!

— Allons, dors, et laisse-moi en paix.

— Qu'il est gentil, mon Alcide!

CHAPITRE V. — Un parti pris.

Alcide vit très-assidûment le chevalier de Nerville pendant le peu de jours que celui-ci resta encore à Paris. Le matin de son départ, Jules donna à déjeuner à son ami de collége; et, comme il partait en poste et à frais communs avec un général employé à l'armée du Nord, le comte de Presle, il recommanda à ce compagnon de route, personnage influent auprès du ministre, l'amant de Rose Chappuis.

La magnifique taille d'Alcide, sa contenance respectueuse, qui annonçait un homme né soldat, c'est-à-dire né esclave, séduisirent tout de suite le général. Il vit tout de suite aussi qu'un aide de camp de cette trempe serait de première force dans l'art difficile de supporter la mauvaise humeur d'un patron.

Dans Alcide, il devina du premier coup d'œil un animal domestique prompt à l'obéissance, doux à la censure.

Un caniche!

Les aides de camp de ce calibre-là sont rares aujourd'hui, que tout le monde pense, même de petits lieutenants.

— Parbleu! dit le comte, je suis au désespoir d'être tout *monté* pour la campagne. (Le digne guerrier parlait toujours collectivement de son écurie et de son état-major.) Sans cela, mon cher, je vous eusse demandé au maréchal; et, malgré votre équipée carliste et votre démission, vous eussiez été *à moi*... Mais je ne peux renvoyer un aide de camp sans motifs... C'est égal, espérez toujours. J'ai dans l'idée que nous ferons ensemble la promenade d'Anvers.

— Je serais moins heureux, mon général, de ma rentrée dans l'armée que de l'honneur de servir près de vous.

— Très-bien, mon cher, très-bien! Votre adresse, je vous prie.

— Alcide Durand, chez le docteur Dulock, rue de Choiseul, nº 90.

— A merveille. Je m'occuperai de vous.

Alcide n'était pas doué d'une très-grande finesse d'esprit. Il n'eût rien valu comme diplomate; mais il avait au moins le tact indispensable pour la *carrière* qu'il voulait suivre dans le monde. Il s'était appris surtout à lire dans les traits du prochain l'effet qu'il avait su produire sur lui. Il vit donc, à n'en pas douter, qu'il avait fait la conquête du comte de Presle; et, avec la confiance d'une âme grande, il se dit :

— La fortune me viendra par là!

Malgré cette espérance, il comprit qu'il était toujours prudent de chauffer le zèle de ses autres amis Dulock et Hubert. Il les vit donc, mais discrètement, à propos, comme un homme qui sait le prix du temps des personnes dont il a besoin et qui veut leur en faire perdre le moins possible. Ce tact d'Alcide Durand était tout simplement une chose de calcul, une manière de spéculation; car, tout à ses projets et aux intérêts de la vie qu'il voulait mener, peu lui importait d'ôter à ses anciens camarades une heure de leur journée, c'est-à-dire une consultation, un profit, un client. Sa précaution, qui n'était qu'une adroite manœuvre, réussit comme si elle eût été une délicate attention d'ami. Dulock et Hubert y furent trompés; et ils activèrent leurs démarches en faveur de ce bon Alcide, qui savait solliciter sans être importun.

Si Alcide eût appliqué sa persévérance, sa fermeté, son dédain du présent à un but honorable, il est certain que, de janvier 1833 à l'année suivante, il se fût avantageusement placé dans le monde. Il est impossible qu'une grande force de volonté, jointe aux véhicules

Les quatre amis de collége.

si puissants d'une santé robuste, ne conduise pas un homme où il veut aller. L'arrivée au but est prompte pour celui dont l'imagination veut avec ardeur, et dont l'organisation de rocher résiste aux déboires, aux déceptions, aux faux pas de la route. Mettez M. Thiers dans la peau de son cocher, je parie qu'il sera empereur, général en chef ou pape, si cela lui convient, avant douze mois. Napoléon (mille pardons de la compagnie que je lui donne au courant de ma plume!), Napoléon commençait à mal digérer dès 1812.

Pour Alcide Durand, dont la volonté était aussi héroïquement tenace, il vivait dans un cercle d'idées qui ne permettaient pas à son esprit de plonger dans un avenir de héros. Son espoir, ses vœux se ressentaient beaucoup des mouvements de son cœur, lequel n'était rien moins que sublime. Les joies de l'auteur en réputation, du guerrier l'honneur de l'armée, de l'homme d'Etat l'honneur de la diplomatie, — si vous admettez de l'honneur dans la diplomatie, — ne tentaient pas du tout Alcide. Ce qu'il voulait, cet horizon lointain vers lequel, audacieux et opiniâtre, il s'avançait, ne comportait que du vice, de l'infamie. Il s'entêtait à cela, parce que cela était dans sa nature, comme un commerçant fripon prépare de loin sa faillite, comme un voleur se dit dans ses rêves : Je volerai.

Et vraiment il avait son côté admirable, ce damné jeune homme, qui, dans le fond du bourbier, insouciant de sa fange, travaillait silencieusement à son avenir. Une case de plus dans la cervelle, il devenait peut-être ambassadeur, épicier en gros, chef de division, entrepreneur de roulage, député, régisseur du Cirque Olympique, qui sait?

Voyez-le, mon Alcide : toute la matinée, il l'a passée comme un petit pacha. Dès l'aube il a fait lever Rose Chappuis. La pauvre fille eût donné son cachemire français, ses boucles d'oreilles de chrysocale, ses socques, son parapluie, sa fortune, en un mot, pour dormir une heure encore.

— Une heure, Alcide, rien qu'une heure?

— Debout! debout!

Telle a été la réponse péremptoire et tout étincelante d'autocratie que les dédaigneuses lèvres d'Alcide ont faite.

— Chiens d'hommes! a dit doucement, bien doucement Rose, — la grosse canne d'Alcide, un rotin filandreux et puissant, reposait toujours dans la ruelle du lit, à côté de son maître. — Chiens d'hommes! a dit la pauvre fille, sont-y tyrans!

Ensuite elle a pris une à une les pièces qui composaient la toilette de son doux maître, et elle les a frottées, brossées, cirées à donner de l'envie au valet de chambre le plus consommé.

Alcide, le coude appuyé dans les plumes de l'oreiller, et sa tête reposant sur sa large main, la regardait froidement. En vérité, il y avait du Turc dans la majestueuse impassibilité de ce garçon-là regardant le mal que l'on se donnait pour lui.

Ensuite est venu le déjeuner : le pied à la Sainte-Menehould; à Rose les os, à son Alcide la chair succulente et cuite à point : le pot à l'eau et une bouteille étoilée aux trois quarts pleine de vin; à Rose l'eau, à Alcide le vin... Rose, en versant à boire à son monarque, chantait le refrain d'une vieille chanson des rues :

> Je boirai d' l'eau et lui du vin,
> J' sais qu' les hommes en ont besoin!

Elle souriait, la pauvre fille, parce que le grand Alcide se passait la langue sur ses lèvres, comme un homme content de son repas.

Il fallait voir ensuite l'empressement qu'elle a mis à faire la toilette de M. Durand, à brosser ses favoris, à lisser ses cheveux... et puis elle s'arrêtait de temps en temps pour bien le regarder, ce superbe vainqueur. Elle le couvrait de baisers, et dans ces élans d'une tendresse de fille libre il y avait comme du respect. On voyait qu'elle était heureuse de la bonté de ce grand corps, qui daignait se laisser faire; qu'elle était fière de voir son encens, son amour supportés.

Il s'abandonnait, lui, dans les bras de Rose. Il semblait dire à la fougueuse demoiselle : Tu veux du bonheur, prends-en; mais dépêche-toi!

— C'est que, vois-tu, Alcide, je t'aime comme une folle, moi! La vie, l'argent, l'or... bah! je m'en soucie comme de rien! Que tu m'aimes, et je suis contente; que tu me quittes, et je meurs.

— Ma cravate va-t-elle bien?

— Oui, amour, oui, homme magnifique! Et toi, tu m'aimes, pas vrai?

— Mon chien de sous-pied s'est cassé. Arrange ça, Rose.

— Oui; mais tu m'aimes?

— Eh! oui!

— Mon Alcide, tu te dis quelquefois : La bonne Rose ne vit que pour moi. Elle n'a pas voulu écouter c't Anglais qui voulait l'emmener à Londres, pour rester avec Alcide. Tu te dis ça, hein?

— Oui, oui!

— Tu te dis aussi : Elle n'a pas de rentes; et comme la couture ne pourrait nourrir deux personnes de bon appétit, il a bien fallu que Rose fût indulgente pour les hommes respectables qui font du bien aux jolies jeunesses; mais, c'est égal, elle n'aime qu'Alcide; tu te dis ça encore, mon poulet?

— Et tu veux donc que je me parle toute la journée?

— Alcide, homme de mon existence, passion de ma vie, vous dites-vous ça?

— Oui, cent fois oui.

— Cent fois... c'est pas assez! Et puis il faut te dire encore que tu es beau comme un Apollon, que tes favoris humilient l'ébène pour la noirceur, que ta voix est grave comme la grosse caisse de l'Ambigu...

— Dis donc, Rose, tu m'embêtes!

— Grand méchant, va! Mais ton sous-pied est recousu!... Et puis, tenez, monsieur, voilà quinze francs que j'ai mis de côté pour vous. Avec cela vous pourrez vous acheter un gilet neuf... et il vous restera de quoi prendre votre absinthe avant dîner.

— Et à quelle heure faudra-t-il venir pour ce dîner?

— A sept heures, mon minet. Si d'hasard j'avais avec moi mon Polonais, ou mon pharmacien du faubourg Montmartre, je mettrais mes serins sur la croisée; alors tu ne monteras pas, et tu iras fumer un cigare sur le boulevard. Faudrait pas trop fumer cependant, vu que ça gâte les gencives.

— Allons, c'est bien! Et puis au revoir. Ah! tâche un peu que la soupe soit bonne!

— Oui, oui. Adieu encore. J' vas faire mon ménage en pensant à toi. Embrassez donc moi, homme glacé que vous êtes!

Alcide quitta Rose. Il se disait en descendant l'escalier :

— Stupide créature!

Tous les matins c'était le même lever, les mêmes entretiens, les mêmes sacrifices de l'un, la même dureté de l'autre.

Alcide, tout en descendant l'escalier après l'entretien que nous avons rapporté, et en traitant d'absurde créature celle qui le nourrissait, l'habillait, le chauffait et l'aimait gratis, remuait dans ses poches les quinze francs que Rose venait de lui donner, et les trois cents francs en or qu'il tenait de Jules de Nerville.

Depuis huit jours déjà, il le portait sur lui, cet or, le cachant à la pauvre Rose, et restant calme et la main fermée quand il la voyait à court d'argent se torturer la cervelle pour lui composer un dîner d'amant chéri. L'une des plaies les plus atroces de la fille libre, comme de la grande dame, un créancier était venu la veille demander à Rose le montant d'un vieux mémoire. Alcide avait vu l'impétueuse fille, qui avait le cœur à sa manière, se lamenter, se tordre les bras devant l'impuissance de payer ce qu'elle devait, et il était resté froid comme glace; il avait entendu Rose, qui vendait son corps très-sérieusement, mais qui rougissait d'une dette, dire en pleurant :

— Comment, un ami ne m'aidera pas !

— Oui, monsieur, c'est de l'argent, avec le contrôle de la Monnaie. Vous avez le porte-crayon, la plume et l'encrier.

Il l'avait entendue, Alcide, et il s'était tenu coi.

Il s'était assuré même, au moyen d'un léger coup sur la cuisse gauche, que ses napoléons, bien empaquetés, étaient toujours dans le gousset de son pantalon.

— Parbleu ! se disait-il s'éloignant à grands pas de la maison de Rose, le jour où il digérait le pied à la Sainte-Menehould, en traitant sa maîtresse, sa providence, de créature absurde, parbleu ! j'eusse été bien niais de céder à la compassion, et de donner à Rose mes trois cents francs. J'ai dit que cet argent me commencerait un million... On ne joue pas ainsi avec les fondations d'un édifice. Venez, mon or, que je vous caresse.

Et il faisait encore danser d'une main les napoléons de Jules, et de l'autre l'argent de Rose.

De la rue d'Amboise, dans laquelle étaient les pénates de la demoiselle Chappuis, Alcide se dirigea vers le boulevard des Italiens.

— Humons, disait-il, un peu d'air confortable ! mes poumons d'ex-homme comme il faut en ont besoin.

Il s'établit dans l'un des salons du café Anglais, et il demanda une demi-tasse. Au bout d'un quart d'heure, le parfum de Moka ou de la Martinique lui grimpa gaîment au cerveau, et là il fit éclore de douces pensées. Après s'être abîmé dans une méditation toute couleur de rose, il s'écria :

— Allons, le sort en est jeté. Rubicon, tu vas être franchi.

Or, le Rubicon, c'était tout bonnement la chaussée du boulevard. Il la traversa majestueusement en murmurant dans sa barbe :

— Allons fonder un nouvel ordre de choses!

Comme quelqu'un qui arrive de Neuilly!

Alcide, ce jour-là, faisait son premier pas dans une nouvelle vie. Il le faisait prudemment, sans rien brusquer, pour garder en homme habile quelque chose derrière lui. Il sentait fort bien, l'amant de Rose Chappuis, que l'on ne rompt pas tout d'un coup une existence faite, et que son divorce avec les beautés tributaires de la police, avec les marchands de porte-crayons et de pastilles du sérail, ne pouvait s'accomplir tout d'un coup. Il voulait, pour le moment, tout en conservant un pied dans la vieille route, avancer l'autre vers une route nouvelle. Il voulait (style de député) ne jeter que quelques jalons dans le champ de l'avenir.

Bercé par une préoccupation que le café chauffait doucement, confiant dans sa force et dans son opiniâtreté, il entrait comme une heure sonnait à toutes les pendules de la rue Laffitte dans la Chaussée-d'Antin, dans ce quartier de la banque, de la faillite gracieuse et de l'Opéra, et il se disait avec infiniment de raison :

— J'ai pour m'établir ici trois cents francs en or. Plus d'un parvenu des environs n'en pouvait peut-être pas autant dire à son début.

A la porte d'une jolie maison de la rue Olivier-Saint-Georges, il vit ces mots tracés sans nul doute par un honnête portier :

Petit apartemant de garsson à loué.

Profanation! on martyrisait ainsi la langue française à dix pas de l'hôtel de M. Scribe!

Alcide, suivi du portier rédacteur, monta lestement jusqu'au sixième étage. L'escalier, bordé de sa rampe d'acajou et garni d'un tapis douillet, s'élançait, svelte et hardi, au faîte de la maison. Là, l'architecte avait ménagé deux petites chambres fort jolies, avec toutes ces dépendances en miniature que l'art du maçon prodigue aujourd'hui à toutes les bourses; et puis, papier satiné, glace élégamment encadrée sur une cheminée de marbre et un balcon audacieusement suspendu à cent pieds du sol. De cette terrasse on dominait tout l'amas de maisons bordé d'un côté par les boulevards, et de l'autre par le mur d'enceinte de Paris. Alcide s'appuya un moment sur la balustrade du balcon. Il plongea du regard dans la Chaussée-d'Antin, et la vue de cette brillante colonie lui fit monter à la tête mille folles idées.

Un honnête philosophe allemand s'était pris pour Aglaé d'un amour à la Werther.

Mais il ne donna pas une pensée, en voyant le dos ardoisé de l'Opéra, aux merveilles de l'art de ce temple. Quand ses yeux s'arrêtèrent sur la colline que peuplent les maisons de la nouvelle Athènes, il ne se dit pas que là avait vécu Talma, porte à porte avec Mars et Horace Vernet. Il ne sentit pas, à la vue de ces retraites d'artistes, une impression vive, une élévation soudaine de son esprit. Cette fantasmagorie qu'une imagination prompte et tendre se crée à loisir, il ne se la créa pas, lui! il ne vit pas Célimène, Sylvia, Araminthe; il n'entendit pas à son oreille la voix suave et caressante de la grande actrice. Néron ne lui apparut pas beau, menaçant, terrible; Charles VI ouvrant les bras à son fils, tremblant devant sa femme, courageux devant l'Anglais; Talma, avec toute cette magie qui l'entourait, resta pour Alcide enseveli dans un passé mort; sur les nuages, sur le bleu du ciel, le flegmatique amant de Rose ne compta pas un à un tous les tableaux d'Horace, ses batailles, ses escadrons de cuirassiers français, ses chevaliers visières baissées, ses brigands napolitains, ses madones...

Bon Alcide, il avait bien affaire de ce cauchemar de poëte! il se contenta de dire dans son langage, qu'historien fidèle nous devons rapporter :

— Sacré coquin! les jolies maisons! ces acteurs et ces peintres ont quelquefois un bonheur!...

Ensuite il donna dix francs au portier pour le denier à Dieu, plus l'adresse du docteur Dulock pour les renseignements. Il sortit en disant :

— Je suis forcé de partir pour la campagne; mais j'enverrai quelques meubles aujourd'hui. Dans la journée, je viendrai moi-même les faire mettre en place.

De là il courut au prochain cabinet de lecture; et, toujours poétique, il s'enfonça avec sensualité dans la prose des *Petites Affiches*. Elle lui révéla, cette prose, qu'une demoiselle Aglaé vendait ses meubles pour cause de départ, et que l'on pouvait se présenter à son domicile, rue de Cléry. Alcide connaissait Aglaé, beauté placée dans le monde comme mademoiselle Chappuis. Il savait qu'elle était en effet sur le point de suivre en Allemagne un honnête philosophe du pays, qui s'était pris pour elle d'un amour à la Werther. Il vola chez la jeune personne; et comme il connaissait toutes les finesses du langage familier aux houris de cette espèce, en un tour de main il fit entendre à celle-ci qu'elle devait être enchantée de céder tout son mobilier pour une somme de deux cents francs. Mademoiselle Aglaé comprit cela tout de suite, et avec d'autant plus de facilité, que toute cette défroque, assez proprette encore, ne lui avait coûté que la peine de la recevoir. L'Aglaé et la Rose ne se connaissaient pas; les cancans, les indiscrétions n'étaient pas à redouter. Le soleil, avant d'aller se coucher, eut donc le bonheur d'éclairer le déménagement de mademoiselle Aglaé, et il en porta très-probablement la nouvelle à madame Amphitrite, à laquelle il est toujours fidèle, s'il faut en croire l'Almanach des Muses.

Alcide était triomphant. De retour à la Chaussée-d'Antin, il aidait, au risque de se compromettre, le musculeux enfant de l'Auvergne qui montait sur son dos de prolétaire les meubles d'Aglaé; il les mettait en ordre, il les baisait, — foi d'historien, il les baisait. — Ses meubles, ils étaient pour lui ce que furent pour Achille les premières armes qu'il posséda, ou, pour employer une comparaison beaucoup plus prosaïque et beaucoup plus vraie, ils étaient ses premiers outils pour l'*état* qu'il voulait entreprendre. Quand on veut vivre aux dépens du prochain, il faut d'abord lui donner confiance et ne pas être logé gratis par une Rose Chappuis. L'ameublement d'Alcide étant mis en place, il donna un dernier regard à toutes ses richesses, qu'il avait eues à quatre-vingts pour cent de perte, et il se disposa à quitter l'appartement en disant du ton des vieux dieux quand ils juraient sur le Styx :

— Que la misère vienne encore escortée du jeûne, meubles, je ne vous vendrai pas! que je sois forcé de vivre encore de Rose et des autres, malgré ma répugnance, meubles, je ne vous vendrai pas! que mon épaulette me soit rendue, que je parte pour la guerre, si guerre il y a, meubles, je ne vous vendrai pas!

Avant de sortir, il mit dans un tiroir du secrétaire le reste de son argent et il descendit chez le propriétaire, à qui il demanda à parler. Il voulait, disait-il, le prier de garder la clef de son petit appartement, qu'il ne pouvait occuper tout de suite, et lui payer un terme d'avance, si cela était dans les usages de la maison. Le portier fit arrêter Alcide au premier étage. Il sonna et demanda si M. Georges était visible.

— Georges! s'écria Alcide se rappelant le nom de l'ancien ami de sa famille, Georges qui?

— Georges tout court, dit le portier.

— Un homme sur la soixantaine, cheveux teints en noir, col de chemise dépassant l'oreille?

— C'est cela même, monsieur. Est-ce que vous le connaissez?...

Au même moment le valet de chambre annonça que M. Georges était prêt à recevoir son nouveau locataire.

Alcide releva ses cheveux, rajusta sa cravate, roidit avec une force nouvelle l'acier de ses jarrets et suivit le valet en disant :

— Monsieur Georges, j'ai un mobilier, une tenue honnête, maintenant vous m'accueillerez... car ainsi va le monde. D'ailleurs, *entre gens établis*, on se doit des égards!

CHAPITRE VI. — Lunette d'approche et Bal masqué.

M. Georges était logé comme un ministre. On arrivait à la salle de prédilection dans laquelle il se tenait habituellement, en traversant une enfilade de salons magnifiquement ornés. Celui qu'il occupait de préférence était petit, de forme octogone, et, par son ameublement, ses peintures et le soin que l'on avait pris à le remplir de toutes les choses utiles à une vie molle et voluptueuse, il rappelait ces habitations des grands seigneurs d'autrefois, qui achèvent aujourd'hui de mourir à la chambre des pairs.

Ne craignez rien, lecteur, je ne vous servirai pas un plat aristocratique. Les habits pailletés, les talons rouges et le tabac d'Espagne sont, n'en déplaise à certains auteurs, aussi usés que les ogives, les dalmatiques et les bons poignards du moyen âge.

Toute cette défroque a été mise en pièces à grands coups d'in-octavo.

Or M. Georges, dans son réduit délicieux, foulant de riches et moelleux tapis, humant le parfum de mille fleurs étonnées d'éclore entre quatre murs; M. Georges, au lieu de savourer son bonheur comme un petit marquis de E. Sue, en se donnant des airs dans la glace d'une psyché, ou en méditant une grosse scélératesse contre une femme, M. Georges, encore une fois, tenait à la main une prosaïque lunette d'approche et il regardait dans la rue.

Un conteur allemand nous a montré aussi le personnage de l'une de ses histoires armé d'un télescope et suivant d'un œil avide une jeune fille, qui, au bout de la ville, à mille pas de là, remplissait les devoirs du ménage, ces petites occupations de femme, dont toutes les héroïnes des histoires allemandes s'acquittent toujours avec une merveilleuse grâce. Henry Schook, en peignant cet homme, qui braquait sa lunette sur la maison de sa maîtresse et assistait ainsi à la vie de la jeune fille, a orné son récit d'une poésie de détails, d'une couleur chaste et pure, qui serait fort mal placée ici à propos de M. Georges, et que d'ailleurs nous ne saurions trouver sur notre palette, peintre rude que nous sommes.

Et qui regardait-il, M. Georges?... M. Georges, l'un des personnages les plus importants dans l'histoire d'Alcide; M. Georges, dont l'influence puissante devait si fortement agir sur la vie d'un héros... car Alcide est un héros à sa manière.

Il y avait eu à quelques jours de là un bal masqué à l'Opéra, à l'Opéra, qui s'est régénéré sous le sceptre de M. Véron, ce qui ne veut pas dire que M. Auber fasse de meilleure musique que Gluck et Spontini, que M. Scribe soit aussi poëte que Quinault, aussi poëte même que Marmontel, qui était si mauvais poëte... Ce qui ne veut pas dire non plus que les cabrioles modernes de Perrot annoncent plus de vigueur que celles dont Vestris régalait nos papas; mais enfin on est convenu de dire que l'Opéra est régénéré, et je ne demande pas mieux que de le croire.

Il y avait eu un bal à l'Opéra, et le public s'y était porté en foule.

Or, M. Georges, qui n'avait pas besoin de toute la longueur du boulevard pour flâner, tuait le temps à regarder au bout de sa lunette... et il disait :

— C'est bien singulier!

S'il avait su que trois jours avant, au milieu du bruit, du tumulte, du bourdonnement, des colloques de mille groupes, des airs de galop lancés dans la vaste enceinte par la trompette à piston, s'il avait su que la jeune et fraîche Laure, venue pour son malheur au bal de l'Opéra, avait entendu une conversation dont tous les mots lui étaient retombés comme autant de pointes aiguës sur le cœur, s'il avait su cela, M. Georges, le propriétaire de la belle et grande maison, il eût dit :

— C'est tout simple!

Au lieu de dire :

— C'est bien singulier!

Lui si avancé dans l'étude psychologique de la femme, il eût trouvé très-naturel ce qu'il voyait au bout de sa lunette au moment où son valet de chambre lui annonçait pompeusement :

— Monsieur Alcide Durand, officier démissionnaire.

Et il n'eût pas pensé, faisant bien malgré lui un méchant calembour, qu'il était encore sujet du roi Charles X, et qu'un lieutenant des missionnaires demandait à lui parler.

...... Il posa, en riant de sa méprise, la lunette d'approche sur un meuble, et il s'avança l'œil caressant, l'air tout à fait paterne, vers le nouvel hôte de sa maison, en disant :

— Ainsi, mon Alcide, tu es devenu raisonnable. Tu as un chez toi, des meubles, ce que tout le monde a.

On voyait sur sa vénérable figure qu'il éprouvait le bonheur si doux d'un homme en abordant un autre avec la certitude qu'on n'en veut pas à sa bourse. Il y avait dans l'expression de ses traits toute la bienveillance, toute la générosité, toute l'affection même que nous éprouvons pour tous ceux qui n'ont pas besoin de nous.

Alors il oublia Laure, qu'il espionnait depuis une heure avec sa lunette, Laure, qui était allée, vous le savez, au bal de l'Opéra.

C'était trois jours avant qu'elle avait fait cette folie.

— Mon petit père, dit-elle à un homme de haute taille et dont la figure était rude, mon petit père, dit-elle, tu te plains sans cesse à maman de ma mélancolie... Ma mélancolie, reprit-elle en rougissant beaucoup, ma mélancolie n'existe, je te l'assure, que dans votre imagination à tous. Eh bien! si tu le veux, je puis te prouver ce soir que je n'entends pas du tout vivre en recluse, comme tu me le reproches. Mène-moi au bal de l'Opéra!

Le général fronça le sourcil comme feu Jupiter tonnant, et il prononça ce mot remarquable et plein de sens :

— Diable!

— Allons! s'empressa de dire la comtesse, allons, général, ne lui refuse pas ce qu'elle te demande. Depuis six mois elle a repoussé toutes les occasions de plaisir qui lui sont venues; depuis six mois elle languit... Ce désir qu'elle montre aujourd'hui est un symptôme de convalescence. Fille qui demande un bal revient à la vie.

— Tout cela est charmant, dit le général retroussant ses moustaches grises... Mais je pars après-demain pour l'armée du Nord, et s'il me faut passer une nuit blanche...

— Ah! fi! dit Laure couvrant de ses doigts roses la bouche de son père, ah! fi! un général de Napoléon, un des guerriers d'Espagne, d'Egypte et de Russie qui craint de passer une nuit sans dormir!

— On sait, dit le général redressant sa taille et ouvrant sa poitrine, ce qui lui donna subitement une petite toux sèche, on sait que, Dieu merci! je suis un homme de bronze...

La comtesse et Laure, sa fille, jetèrent involontairement les yeux sur une bouteille de sirop dans laquelle l'homme de bronze venait de puiser pour un catarrhe chronique.

— Un de ces hommes de bronze, reprit-il, qui ne craignent ni Dieu, ni diable, ni soleil, ni glace; mais une jeune fille au bal de l'Opéra!!!

— Avec toi, dit la comtesse, avec son père! D'ailleurs nous lui mettrons un domino.

— Et y viendras-tu, Mathilde? demanda le général à sa femme.

— Non, mon ami, non. Je veux me coucher de bonne heure; car j'ai une fantaisie...

— Comment, une fantaisie?

— Oui, une fantaisie d'Hoffmann à lire.

— J'irai donc au bal, dit le général avec gravité.

A deux heures du matin le général promenait sa fille dans le bal de l'Opéra. Laure avait un domino noir. Son petit pied, sa main mignonne, un je ne sais quoi de suave, d'harmonieux dans tout ce joli masque trahissait une vierge venue d'aventure et sous une égide redoutable au milieu des joies de Babylone : la brebis au milieu des loups. Plus d'un coureur de bals, plus d'un ministre du dieu Carnaval sentit bien la démangeaison d'engager une conversation de masque avec le joli domino noir; mais l'air rébarbatif du général, le soin paternel qu'il mettait à dérober celle dont il était le cavalier aux chocs de la foule et aux poursuites des curieux en imposèrent à la bande de fous qui étaient venus là pour le scandale. Ils tournèrent d'un autre côté, et ils ne manquèrent pas d'occasions pour exhaler le champagne dont tout honnête homme remplit son estomac avant de commencer une nuit de carnaval.

Laure et son père, fatigués des mille tours qu'ils avaient faits au milieu de la brillante orgie, gagnèrent en haletant une loge des secondes, comme des soldats blessés pendant la bataille s'acheminent, épuisés et chancelants, vers l'ambulance.

Depuis une heure déjà ils occupaient la première banquette de cette loge, d'où la vue éblouie plongeait sur la cohue pittoresque de dominos et de promeneurs. Le général, le coude sur l'appui de la loge, la tête renversée dans sa main, avait l'air d'un spectateur très-attentif; sa fille, qui connaissait ses habitudes, ne put se méprendre sur cette immobilité. — Il dort! dit-elle en riant; mais elle savait aussi que le comte de Presle, oubliant les vingt années qui avaient coulé depuis la restauration, croyait être toujours au temps où, soldat de fer, il dormait dans la neige, tuait ses meilleurs amis en duel, et brisait dans ses doigts, en se jouant, les écus de cinq francs à l'effigie de son cher empereur; elle savait, la douce fille, que son père se piquait d'être au-dessus des misères corporelles de l'homme, et qu'il eût mieux aimé perdre mille louis à l'écarté que d'être pris en flagrant délit de faiblesse physique; elle se garda bien de le réveiller, se réservant quand elle voudrait partir, de faire un peu de bruit avec le tabouret qu'elle avait sous ses pieds.

Et puis, regardant autour d'elle, elle éprouva un vague mouvement de peur sous son masque en se voyant pour ainsi dire seule dans cette enceinte où, malgré sa chaste ignorance des saletés humaines, elle sentait, comme par instinct, un parfum des vices de la ville : les vices de la ville sont parfumés au bal de l'Opéra, c'est le prix d'entrée qui fait cela.

Mais elle se remit bientôt, car elle n'avait qu'un mot à dire pour appeler à son aide un des plus braves hommes de France, un vieux soldat dont le nom seul, — et même sa sévère face, — étaient un talisman contre l'impertinence.

Elle s'abandonna donc, plus tranquille, au plaisir de contempler ce magique spectacle d'un galop général accompagné d'un délicieux orchestre, et son attention fut telle qu'elle n'entendit pas que deux personnes s'installaient dans la loge derrière elle. Elle ne les remarqua qu'au moment où le galop cessa, et bientôt toutes ses facultés furent absorbées par l'entretien de ces deux masques, dont les voix féminines, quoique bien faibles, parlaient encore trop haut pour la pauvre Laure.

— Voyez-vous, disait l'un des dominos d'une voix tremblante, voyez-vous, là-bas, près de la porte, ce grand pierrot qui parle bas à un domino rose?

— Oui! oui!

— Eh bien! c'est lui!

— Lui! ah! mais cela est impossible!

— Cela est, madame.

— Le monstre!

— Oh! ne l'appelez pas monstre, ou je croirai que vous l'aimez encore!

— Oh! je le hais!

— Et moi, donc!... Ainsi vous me vouliez beaucoup de mal parce qu'il vous avait abandonnée pour moi. Ce soir je vous prouve que je suis aussi malheureuse que vous... oui, aussi malheureuse; car, comme vous, je le hais... et cette haine, c'est de l'amour!

— Hélas! oui... mais nous nous corrigerons... Nous ne sommes pas de ces femmes dont la tendresse de bas étage s'accommode des vices d'un amant. Nous l'aimions parce que chacune de nous le croyait digne d'elle. Mais qui êtes-vous, madame... vous à qui je dois d'être détrompée, de ne plus jouer le rôle de dupe? Une dupe! moi! et j'ai vingt-cinq ans... et je suis belle!

— Eh! ma chère, moi aussi je suis belle, et comme vous il me trompait.

— L'infâme! il rit de nous peut-être avec cette femme à laquelle il parle avec tant d'ardeur.

— Non, non. Il a la probité des mauvais sujets, il est incapable...

— Mais quelle est cette femme?

— Une actrice du Vaudeville.

— Une actrice!... une créature...

— Eh! ma chère enfant, le dédain n'est pas de saison... nous sommes vaincues par elle!

— C'est vrai... Allons, il faut sortir; j'étouffe ici. Mais avant, saurai-je qui vous êtes?

— A quoi bon? Qu'il vous suffise de savoir que nous nous voyons souvent dans le monde. J'ai su cette nouvelle intrigue, j'ai voulu qu'elle nous servît, à vous qui le pleuriez toujours, à moi qui recevais encore hier de lui mille serments. Je vous ai adressé une lettre anonyme. — La première, vous me croirez sans doute, que j'aie écrite. — Vous êtes venue à mon rendez-vous avec le signe de reconnaissance que je vous avais indiqué, et vous quitterez ce bal, guérie radicalement. Remarquez bien que de nous deux je suis la forte tête; car je suis la plus malheureuse : votre rupture était consommée; mais, moi, je suis trahie après deux mois de liaison. Il me traite en fille, cet homme!

Le domino rose, qui venait de parler ainsi, s'agita sous son costume de bal. On voyait à l'inflexion de sa voix, que, sous cette soie, sous ce masque, emblème de la joie, du plaisir fou, il y avait un être horriblement malheureux. Le domino noir lui prit la main. A travers ces masques, ces barbes de satin, deux femmes se comprirent, échangèrent leurs âmes, s'envoyèrent de douces paroles de consolation.

— Ah! je voudrais vous connaître, dit impétueusement le domino noir.

— Eh! pourquoi donc? Vous ne savez pas qui je suis, et quand, dans une réunion, je vous parlerai, vous ne sentirez pas le souvenir de votre faute et de son châtiment tomber comme une glace sur votre cœur. Moi, lorsque vous viendrez me serrer la main, — vous me la serrez souvent, — je ne rougirai pas en me disant : « Elle sait tout. »

— Non, il n'en sera pas ainsi, je vous connaîtrai. Vous dites que votre présence me rappellera ma faute, tant mieux! chaque fois que je vous verrai, je me dirai que pour les femmes il y a un secret d'être heureuses : la sagesse!... et je saurai être forte contre les séductions du monde.

Le domino noir fit une petite pose, ensuite il reprit avec un peu de timidité :

— Ma vue aura la même puissance sur vous, et vous n'aurez plus d'amants, madame. Allons, montrez-moi vos traits, pour que mes yeux puissent vous dire dans nos réunions, dans nos fêtes, au milieu du monde : — Rappelez-vous le bal de l'Opéra... et plus d'amour... que pour votre mari!... Oh! mais êtes-vous mariée?

Le domino rose releva un peu la barbe de son masque pour toute réponse, et le domino noir poussa un léger cri en disant :

— Vous, comtesse!

— Moi-même; vous l'avez voulu, soyez donc satisfaite.

— Ainsi, ce sont deux femmes telles que nous qu'il a trompées. Quel homme infâme que ce de Nerville!

Ces derniers mots firent refluer au cœur tout le sang de la jeune Laure.

— Tenez, tenez, disait le domino rose, le voilà qui ôte son masque.

Jules de Nerville, c'était lui en effet, qui était venu au bal de l'Opéra avec sa nouvelle maîtresse, la veille de son départ pour l'armée du Nord, Jules de Nerville se démasqua et laissa voir sa figure sur laquelle était peint l'ennui. Il bâilla même d'une manière tout à fait prosaïque au nez de la personne qu'il accompagnait. Il avait bien l'air du Pierrot le plus ennuyé de toute la salle. Les deux dames s'écrièrent :

— Le fat!

— L'infâme!

— Sortons, ma chère!

— Oui, sortons!

Laure entendit le frôlement de la soie des dominos, ensuite le bruit de la porte et puis plus rien : elles étaient parties.

Et Laure sentait dans son cœur comme un trait aigu; sa gorge de vierge se soulevait par bonds inégaux, des larmes roulaient dans ses yeux.

Car, dans le secret le plus intime, au fond, bien au fond de son âme, elle nourrissait un tendre amour pour Jules; elle l'aimait de cet amour de jeune fille, si doux, si religieux; de cet amour qui, dans l'ignorance d'un jeune cœur, se confond avec l'amour de Dieu, avec l'amour filial.

Et c'était cette tendresse qu'elle nourrissait mystérieusement, la jeune fille, qu'elle nourrissait depuis bien des jours, qui avait porté dans tout son être un désordre inconnu, qui avait donné à ses méditations du jour, à ses songes de la nuit, un trouble, une ardeur qu'elle ne concevait pas, qui avait pâli ses fraîches joues, et tracé un cercle d'ébène dessous ses beaux yeux bleus.

Une circonstance légère, une babiole, un rien avait fait naître cet amour sous les ombrages du bois de Boulogne un jour...

Mais cette première rencontre aura sa place ailleurs. Nous y reviendrons.

Depuis elle rencontrait quelquefois Jules; son aspect sérieux, son regard mélancolique, son organe doux et pénétrant, l'avaient frappée au cœur, la pauvre Laure. Dès lors elle avait cessé d'être joyeuse et folâtre comme par le passé; son âme avait replié ses ailes, et ne vivait plus que d'une pensée mystérieuse.

Une première peine lui était venue avec un premier amour : le comte de Presle, qui ne recevait pas Jules chez lui, mais qui le voyait beaucoup dans les salons de sa connaissance, avait dit une fois :

— C'est un beau cavalier, un aimable homme; mais on le dit mal dans ses affaires. Mauvais parti pour une fille!

Et Laure savait que ces paroles étaient un anathème irrévocable dans la bouche d'un père, qui parlait beaucoup de ses dépenses folles au camp de Boulogne, et qui, à une autre époque, voulait de l'argent comme un avare pour marier sa fille..

Et cependant l'espoir l'emportait quelquefois et la berçait doucement. Une voix secrète lui disait que Jules l'aimerait, — et cet amour, disait-elle, le fera marcher au-devant de ces titres, de cet or que papa aime tant!

Mais au bal de l'Opéra, plus d'espoir, plus de voix secrète à écouter. Jules était un homme dépravé, un Faublas, un monstre! comme avait dit le domino noir.

Voilà pourquoi M. Georges, le flâneur aux fenêtres qui de la sienne plongeait dans les appartements du comte de Presle, dans lesquels il aimait à voir au bout de sa lunette la jeune Laure sauter, pirouetter, bondir comme un jeune faon, disait en la voyant triste, immobile :

— C'est singulier!

Voilà pourquoi il dit encore en posant sa lunette pour recevoir M. Alcide Durand :

— Oui, oui, c'est singulier, car elle paraissait si gaie, ma petite voisine!

Chapitre VII. — Où la vocation du héros est devinée par un autre héros.

M. Georges a fort bien accueilli Alcide Durand. Son empressement s'est augmenté de l'air d'aisance répandu sur toute la personne de son visiteur. Alors il est allé chercher dans les replis de son cœur, au plus profond de cet abîme, quelques souvenirs de ce républicain Durand qui jadis l'avait sauvé de la mort. Cette époque de sa vie, vieux monument couvert de lézardes et de mousse, lui est apparue toute neuve, toute fraîche. Sur le sommet de son crâne, la bosse de la reconnaissance s'est développée instantanément.

C'était un prodige, une merveille, une révolution physique et morale; et pour tout cela il n'avait fallu que l'habit fort bien brossé d'Alcide Durand et les meubles de mademoiselle Aglaé.

M. Georges entrait dans la soixantaine. C'était un homme dont la taille élevée avait dû être élastique et gracieuse dans un autre temps.

Au milieu des ravages du temps, on pouvait saisir encore dans les traits de M. Georges les traces d'une grande beauté; mais ce n'était pas cette beauté d'homme, hardie, forte, qui, tout en vieillissant, conserve un cachet mâle et vigoureux; beauté qui étincelle encore sur les visages de nos vieux impériaux. La figure de M. Georges était ronde, bouffie comme celle d'un électeur; on voyait qu'elle avait dû être remarquable par un air enfantin, une forme féminine, par quelque chose enfin dont on ne peut se faire l'idée, si l'on n'a vu de près, au moins une fois dans sa vie, certains jeunes premiers du théâtre, dont l'étude de tous les jours est de fixer sur leur face une jeunesse continuelle, un éternel printemps.

On a vu de ces hommes-là conserver sur leur front, sur leurs lèvres, le type heureux de l'adolescence jusqu'à quarante-cinq ans, et nous savons tous que, pendant que des générations s'en allaient engraisser la terre glaise du Père-Lachaise, plusieurs de nos amoureux de comédie demeuraient toujours jeunes, obstinément jeunes.

Mais rien de ridicule comme ces visages-là quand l'âge, repoussé si souvent, en a fait la conquête, lorsqu'il y a imprimé ses griffes. Le soin minutieux que l'on a mis à épiler soir et matin le moindre brin de barbe, à donner aux chairs une transparence, un poli doux et harmonieux, à l'aide de mille livres pesant de pommade de concombre et de limaçon; toute cette lutte contre le temps a pour résultat de transporter au milieu des signes de la décrépitude quelque chose de fade, de mou, qui enlève à une tête de vieillard ce caractère majestueux, dernière beauté de l'homme. On se sent pris de pitié, de méprisante compassion pour ces figures qui n'ont pas *encore* de barbe à soixante ans, et que les cosmétiques, les poudres, les corps gras rendent luisantes comme celles des vieilles ouvreuses de loges et des antiques dames qui font la tapisserie dans les bals. Il y a à la fois dans ces physionomies-là du vieillard et de l'enfant, avec le côté défectueux de chacun de ces types. Ainsi était M. Georges, le propriétaire de la belle maison de la rue Olivier.

Sa toilette était remarquable d'une certaine façon; elle composait une sorte de friperie historique. Il portait, M. Georges, des bottes à la Souvarov collant par-dessus le pantalon, comme nos élégants de l'empire. Alcide s'aperçut même que sur le cou-de-pied l'artiste en cuir avait ménagé les plis à la hussarde, dont nos militaires impériaux faisaient grand cas il y a vingt-cinq ans.

L'habit de M. Georges rappelait les premières modes de la restauration; il se terminait en queue de morue, comme ceux des mirliflores de 1815.

Sur le crâne de M. Georges, on pouvait saluer le reste de l'une des premières *titus* qui eussent étonné Paris lors de la grande ruine de la poudre. Puis, en redescendant encore vers le visage, on retrouvait le col de chemise haut et carré de l'empire, emprisonné par le bas dans une triple cravate de mousseline dans laquelle se mariaient harmonieusement la mode des incroyables et celle du consulat. Cette toilette macédoine formait un coup d'œil assez bizarre; mais on ne riait jamais au nez de M. Georges aux promenades, dans les réunions, dans les théâtres, parce que toutes les pièces de cet ajustement étaient toujours fort belles, qu'elles étaient accompagnées de gros diamants, de chaînes, de bagues, et que, dans notre sainte ville de Paris, le droit de bourgeoisie est octroyé gracieusement à tous les ridicules qui ont de l'argent sur eux.

M. Georges écouta patiemment Alcide, qui, dès en entrant, se mit à lui raconter ce qu'il espérait des bons soins de ses trois amis, Jules, Dulock et Hubert, qui parla de sa rentrée dans l'armée comme d'une chose tout à fait probable.

— Mais, dit le vieillard, il est difficile de concilier cette dépense que tu fais pour te mettre dans tes meubles avec ta position d'officier prêt à entrer en campagne : n'espères-tu pas partir pour l'armée?

— Oh! j'ai aussi d'autres projets.

— Assez, dit M. Georges en se levant, je connais ta vie, je connais tes vœux!

Il s'arrêta au milieu de l'appartement, et regardant Alcide en face :

— Mes paroles te surprennent, mon enfant, dit-il, tu te demandes si je suis sorcier...

— Le fait est que...

— Ecoute : il y a peu de jours, tu as dîné au café du Périgord?

— C'est vrai.

— La société dans laquelle je t'ai vu, car j'étais là, près de vous, cette société m'a plu beaucoup. Il faut toujours voir plus haut que soi! du reste, tous ces messieurs buvaient comme des caporaux hongrois; toi, Alcide, tu te ménageais : tu donnais à ces riches débauchés de bonnes raisons pour justifier ton régime. Il y avait dans toi quelque chose annonçant un homme jaloux de conserver sa guenille, comme dit Molière.

— C'est encore vrai.

— A minuit, tu revenais de reconduire tes amis; moi, je sortais des Bouffes. En traversant les boulevards, je t'ai rencontré encore; tu parlais haut; tu disais : Merci, Jules, de ton argent; il faut qu'il me commence un million!

— J'ai encore dit cela!

— Eh bien! Alcide, tout de suite je t'ai deviné; il m'est venu comme un révélation de ce que tu voulais faire de ta vie. Pour m'en assurer mieux, je t'ai fait épier, et je t'ai découvert dans une maison rue d'Amboise : là, mon enfant, tu vis d'un amour que tu as fait naître; il te nourrit, cet amour-là!

— Monsieur Georges!!!

— Ne te fâche pas, car tu n'entendras ici que de paternelles paroles... De cette condition abjecte dans laquelle un mauvais vent t'a poussé, tu veux t'élancer vers d'autres destins... Alcide, je t'aiderai; mais il faut que tu fasses encore quelque chose par toi-même; il faut que tu marches à la conquête d'une position. Dispose bien ton attaque, soumets-moi ton plan, et s'il est de mon goût, c'est-à-dire s'il est bon, tu auras en moi un appui... Mais pour l'instant, mon ami, tu n'es encore qu'à l'A B C.

— Mon Dieu! dit Alcide en pâlissant, me prendriez-vous par hasard pour un conspirateur?

— Non certes.

— Pour un spéculateur?

— Dans un sens, oui.

— Vous croyez peut-être qu'avec une centaine de francs qui me restent je veux jouer à la Bourse?

— A la Bourse? non, mais à l'amour : n'est-il pas vrai, mauvais sujet, que nous voulons jouer à l'amour?

M. Georges dit ces dernières paroles en roulant ses yeux d'une façon si drôle, en prenant une inflexion de voix si mielleuse, si sucrée, qu'Alcide Durand, à la vue de ce vieillard dameret, dans les rides duquel étincelaient un vieux feu, une antique volupté, qu'Alcide Durand, dis-je, eut de singulières pensées. Il se recula involontairement. Il avait peur, bien décidément peur de cette figure pommadée, de ce regard de vieille coquette, de l'expression de cette bouche qui grimaçait comme celle d'une douairière libertine. Il sentit une sueur froide sur son front; mais bientôt, rappelant son courage :

— Morbleu! dit-il, nous verrons bien!

M. Georges fixa sur lui un œil perçant : ensuite, éclatant de rire, il tomba sur un fauteuil en se tenant les côtés.

— Parbleu, mon pauvre garçon, dit-il, tu es bien bête... Où diable vas-tu penser?... Car il y a pensé, le grand niais!... C'est un outrage au moins! Et si ton père ne m'avait pas sauvé la vie...

— Pardon, monsieur Georges, mais je crains Dieu, et...

— Tu as raison, mon enfant. De par Cythère! on est ici dans les bons principes... Mais il me semble que j'ai l'air de tout autre chose que de...

— Pardon encore une fois. J'ai eu une vision, un vertige!

— Il faut que je le prenne ainsi pour ne pas me fâcher... Enfant que tu es, va! Au moment où je m'occupais de toi, où je voulais te tendre la main dans une route où tu ne marches qu'en trébuchant!

M. Georges fit quelques tours dans l'appartement, comme pour exhaler un reste de mauvaise humeur; ensuite, reprenant sa place à côté d'Alcide, il dit :

— Tu m'as sans doute taxé d'égoïsme, d'ingratitude surtout... Tu as dû te dire bien souvent que ton père avait bien mal pris son temps quand il me déroba à la guillotine de 1793...

— Je n'ai jamais eu de ces pensées-là, monsieur Georges.

— J'ai été plus sévère que toi, et j'avoue que dans un temps le tourbillon du monde, les soins de mille intrigues croisées m'ont détourné de mes devoirs d'ami envers ta famille, envers toi aussi... Mais il est temps de réparer un oubli cruel. Je veux t'aider, Alcide. — Et ne te méprends pas sur ce mot, au moins. Je consens à ce que le diable m'emporte si je te donne jamais un sou, hormis dans les cas d'urgence. — Je veux t'aider de mes conseils, et le diable m'emporte encore si d'ici à fort peu de temps je ne t'ai pas mis sur la grande route de la richesse! Ah! ah! voilà tes yeux qui brillent... tu brûles de savoir comment je ferai pour te hucher, toi prolétaire, sur le dada de la fortune. Écoute, sois attentif, et tu me comprendras, mon garçon. — Mais, pour l'amour du ciel, plus de ces méprises.

— O monsieur Georges, ne parlez donc plus de cela !

— Soit, c'est une affaire finie. Encore une fois, écoute :

— De toutes mes oreilles, monsieur Georges!

CHAPITRE VIII. — Ce que c'est que M. Georges.

— Mon père, — ne crains rien, Alcide, je ne veux pas te transporter dans les branches de mon arbre généalogique, — mon père, le chevalier Georges de Saint-Aur, fut ruiné à peu près au même temps où la vieille monarchie se ruinait elle-même. A propos, n'as-tu pas fait du carlisme après 1830?

— Oui, monsieur Georges, une boutade, un rien.

— Laisse de côté, si tu veux arriver, toutes les niaiseries politiques : c'est un métier de dupes, la joie et la santé y meurent. Laisse le schah de Perse s'installer aux Tuileries, la république passer son niveau sur les aristocraties, le juste-milieu vendre du sucre et faire des lois... Tout ça ne te regarde pas.

— Au fait, c'est vrai!

— J'aime à te voir dans ces idées. L'amour pour la patrie et l'amour pour une coquette, c'est tout un. — Et encore, on peut rouer une coquette; mais la patrie, peste! tôt ou tard, si vous l'avez trompée, elle vous rattrape. Je termine ma digression par cette remarque qu'il faut laisser en grosses lettres dans ta cervelle : Les affaires publiques brûlent qui les touche... C'est dans la vie privée et sous son ombre que doit avancer l'homme habile : c'est un chemin couvert; on est à l'abri et on marche.

— Bien dit, monsieur Georges.

— Je le crois bien; et de par mon père, dont tout à l'heure je te parlais, tu dîneras ici.

M. Georges sonna, et un vieux domestique, dont la tournure, la face imberbe et ridée, la perruque bouclée à l'enfant s'harmonisaient merveilleusement avec la tournure, la face et la perruque du maître, entra à pas comptés, comme un homme évitant, par habitude, les mouvements violents, les courses rapides qui donnent des battements de cœur et des sueurs rentrées.

— Tityre, dit M. Georges, — telle était la pastorale dénomination de son valet de chambre, — Tityre, cet aimable enfant dîne avec moi : c'est le fils du capitaine Durand, qui me sauva dans la Terreur... Tu sais?

— Oui, monsieur.

— N'est-il pas vrai qu'il est bien?

— Fort bien, dit le valet d'une voix flûtée; mais les favoris sont trop longs, cela *durcit* la figure!

Et il se retira discrètement, ferma la porte sans le moindre bruit et disparut.

— Excellent domestique que j'ai là, mon enfant!... plein d'adresse, de charme dans le service... Il a coiffé Elleviou, Clozel, dans le temps! Il a fait souvent les nattes à la houzarde d'Eugène de Beauharnais. Il était, quand je l'ai vu la première fois, à l'amant de madame trois étoiles, femme d'un fournisseur de la république; j'en ai eu envie, et l'amant de madame trois étoiles me l'a donné. Dans quelque temps il vous faudra un valet comme celui-là, mon ami!

— Certainement, pensa Alcide, et d'autant plus que Rose Chappuis n'entend rien à brosser une redingote.

— Maintenant, dit M. Georges, je reviens où j'en étais, car je te dois des explications sur la nature des services que je veux te rendre et dont l'idée m'est venue subitement, comme un coup de foudre! Mon père, te disais-je, se trouva ruiné vers 1788. Le pharaon et les chevaux anglais avaient tout pris, il ne lui restait pas une obole de l'héritage que son père lui avait laissé; il se disait noble, mon père; mais, avec le respect que je dois à sa mémoire, il en avait menti. L'auteur de ses jours, coiffeur retiré du service, avait acheté une savonnette à vilain. — Et tu vois que je n'ai jamais profité de cette partie de l'héritage paternel. — Stupidité qu'un titre! cela vous met en vue, et à la première révolution, crac!

Il mourut, ce digne père, et quand la petite vérole qui l'emporta le saisit, il dit ces paroles remarquables dont j'ai toujours gardé le souvenir : Si j'en réchappais, les femmes me rendraient ma fortune!

Et au fait déjà l'opulence reparaissait dans notre maison. J'ai su depuis que de riches amours avaient conduit chez nous ce nouveau Pactole que la mort arrêta subitement.

Je glisse rapidement sur mes premières années, ne voulant d'ailleurs te faire connaître de mon histoire que ce qui se rattache à mes projets sur toi, et pourra jeter quelque clarté sur ma conduite d'aujourd'hui, que tu ne comprends pas encore. Ne suce donc pas tes lèvres comme ça en m'écoutant. Il n'en faut pas plus pour te donner un tic désagréable dans la bouche! — Quand je fus un homme, quand j'eus vingt-cinq ans, j'avais perdu tous mes parents, — des niais qui avaient fait de la politique et que l'ordre de choses du temps envoya à la Grève, — peu s'en fallut que cette parenté maudite ne me fît prendre le même chemin; mais, grâce à ton père, le capitaine Durand — un homme superbe! Si celui-là avait voulu!... Mais non, plus tard il se maria bêtement; — grâce à ton père, te disais-je, je fus sauvé. C'était un bon diable, ton père. Il me fit faire la connaissance d'une dame dont l'époux, aristocrate déguisé, fauchait des têtes alors pour le compte de la république. Cette dame était jeune, moi, j'étais beau mais beau!... Ah! ah!... Les armées de la république ont compté des hommes remaquables, — qui n'a pas dit cela? — par leur taille, leur figure : Kléber, diras-tu?... un colosse allemand, mon cher, et puis bien d'autres; mais tout cela sentait la caserne. Quelques sujets aussi dans le civil; mais cela arrivait dans un salon tout échauffé encore d'une discussion sur Capet ou sur les suspects. Ensuite est venu le Directoire : là, il faut le dire, l'homme s'est singulièrement amélioré. La toilette, le luxe sont redevenus de mise : la femme, de son côté, plus disposée à l'amour...

Mais n'anticipons pas sur la marche des événements. Avec du calme, de la méthode, nous arriverons! Bref, mon enfant, cette femme fut à moi. La joie de la posséder remplit seule mon âme pendant un mois.

Mais cette première ivresse passée, je me rappelai que mes pénates étaient dans une maison fort pauvre de la vilaine rue Carême-Prenant, — au bout du monde, mon enfant; — que la grisette qui me logeait, me chauffait, m'hébergeait, ne se lavait pas les mains tous les jours; que, malgré la mort du régime de la terreur, elle adorait, elle était folle des hommes sans-culottes. Cette indigence, cet intérieur délabré, ce dénûment total des choses de luxe, de ces aises qu'en 1833 nous appelons le confortable, et que j'ai toujours aimées, tout cela, mon ami, me dégoûta horriblement. Je tournai le dos à ma mansarde, et je regardai en face, bien en face, le riche hôtel, les beaux équipages, cette vie toute dorée de mon autre maîtresse, et je...

— Pardon, dit Alcide avec un intérêt marqué, je commence à vous comprendre.

— J'en suis ravi, car, vois-tu, je ne te fais part de mon histoire que pour te tracer celle que tu dois te faire dans le monde...

Il me vint une inspiration superbe, mon Alcide, une pensée lumineuse... un de ces traits de lumière qui vous font gagner une bataille d'Austerlitz, peindre une Transfiguration, trouver un Apollon du Belvédère dans le marbre .. Le jour même où, solitaire, méditatif, je me promenais aux Tuileries pestant contre ma mansarde et la nymphe déguenillée qui m'enivrait d'un amour que je buvais comme de la piquette, ce jour remarquable de l'année 1794, la femme, mon ami, cette délicieuse moitié, cette belle moitié du genre humain, me fut révélée. Elle apparut à mon esprit avec ses vertus, ses vices, ses ressources, ses faiblesses, l'influence qu'elle pouvait avoir sur ma vie : la femme, mon enfant, je la compris, je la devinai; un éclair venu d'en haut, ou d'en bas — je n'y tiens guère — me la montra nue, désarmée; je n'avais plus qu'à la saisir.

— Tiens, je me souviens encore qu'au moment où ce coup électrique me frappa, où ce sens qui manque à la plupart des hommes m'arriva de ma planète droit à la cervelle, dans ce moment, mon ami, je sortais du jardin des Tuileries. Débouchant sur la place de la Révolution, j'aperçus un échafaud ; on allait renvoyer du monde je ne sais plus qu'elle princesse. C'était toute une affaire pour les Parisiens, dont les uns battaient des mains, tandis que les autres pleuraient en s'enfuyant... Et puis on parlait avec feu dans les groupes de quelques revers essuyés par nos demi-brigades républicaines; on parlait de l'Anglais, des Prussiens, qui menaçaient le sol de la patrie, — un tas de bêtises. — Je haussai les épaules et je tournai d'un autre côté. Toutes ces choses qui remuaient des masses d'hommes; cette mort, ce bourreau, ces anecdotes sur la frontière auxquelles jusqu'alors j'avais accordé quelquefois un peu d'attention, tout cela glissa sur l'écorce de stoïcien qui venait de me pousser en moins de rien sous les arbres des Tuileries. — Il y a des exemples, mon enfant, de ces révolutions subites et décisives dans le moral d'un individu. — Dès ce moment tout ce qui avait fait ma vie dans ces jours tournés à la politique s'effaça, mourut, s'anéantit pour jamais. Je ne vis plus qu'un but, qu'une vie, qu'une nécessité : la femme, Alcide, sur laquelle j'asseyais pour ainsi dire mon existence; la femme qui devait me faire riche, heureux; la femme pour seul moyen de parvenir à la fortune; la femme que seule dans le monde je devais étudier, méditer, poursuivre et atteindre.

— Oh! dit Alcide élevant en l'air ses bras et les agitant comme Talma dans les fureurs d'Oreste, et je ne suis pas le fils de cet homme-là!

— Ta mère était pauvre, mon garçon, répondit froidement M. Georges.

Ensuite il ajouta :

— Dès ce jour je commençai mon train de vie. Je me dis : Il faut d'abord sortir du grenier; la femme du représentant du peuple, — ma maîtresse, — fera la première mise de fonds utile à l'achat d'un mobilier d'homme comme il faut.

— Oh! comme c'est ça! oh! comme c'est ça! disait Alcide se trémoussant sur sa chaise. Vous avez beau dire, monsieur Georges, il y a de votre sang dans mes veines.

— Je t'assure que non, mon tendre ami : ta mère a toujours été une petite bourgeoise avec une vie de mille écus, au plus encore!... Logement au quatrième, du vin de cabaret, peigne de corne, robe d'indienne... de la misère enfin!

— Au fait, c'est vrai, dit Alcide.... Mais n'importe, deux hommes peuvent avoir la même idée sans être du même sang; le système continental n'a pas habité que la tête de Napoléon!

— Sans doute. Bref, mon ami, ma femme de représentant me fournit les moyens de meubler un petit appartement dans la rue de la Victoire. Là, je m'installai et je jetai les fondements des trente mille livres de rente que je possède aujourd'hui.

— Trente mille livres de rente! oh! trente mille livres de rente! dit Alcide Durand en se mordant les poings.

— Oui; mais j'ai eu du mal, mon ami, beaucoup de mal; il ne faut pas croire que ce soit une route jonchée de fleurs... Diable! non!

— Cependant c'est une industrie qui ne s'appuie que sur des choses de plaisir; c'est une longue volupté qui vous mène à la fortune.

— Oui, sans doute, il y a d'agréables moments, surtout quand vous êtes tombé sur un caractère doux, crédule... Les blondes, en général, ont cet avantage!... on fait ses affaires alors en s'amusant; mais peste! il y a de ces femmes, de ces brunes à l'œil perçant, au front largement développé, femmes à passion, mon cher, qu'il faut veiller avec la plus grande minutie, avec la constance la plus suivie. La passion s'accompagne toujours de susceptibilités, de soupçons... Il y a de ces beautés inquisitoriales qui vous entourent d'agents, d'espions; et vois-tu, manœuvrer une barque au milieu de tous ces écueils n'est pas chose facile!... Mais le temps n'est pas venu encore de te tracer le code à suivre... J'ai descendu les dernières années de la république, fidèle au système que je m'étais fait, et successivement les femmes du temps m'ont conduit par la main dans ma route. C'était l'époque difficile alors. Une beauté, quelque éloignée qu'elle fût, par son éducation ou ses goûts, des mœurs des célèbres tricoteuses, avait toujours en elle quelque chose qui se ressentait de ces troubles, de ces bouleversements dans lesquels on vivait alors. C'est une des calamités des temps de révolution que ce reflet forcé que prennent les salons des événements qui se passent au dehors; c'est une calamité surtout pour ceux qui, comme moi, n'ont plus d'entrailles pour la chose publique et vivent de la vie privée. Mais il fallait faire contre fortune bon cœur, et avoir sans cesse tout prêt un mot sur la Convention, sur Robespierre, sur la guillotine. Il ne faut pas, quand on veut fixer l'attention des femmes, être en arrière sur la nouvelle du jour, avoir l'air, en un mot, d'arriver de l'autre monde! Il faut toujours être à la hauteur de la causerie qui s'entame. Il faut de l'esprit *dans notre état*. As-tu de l'esprit, Alcide?

— Peuh!

— Tâche au moins d'avoir de l'audace. Enfin, mon enfant, les beautés républicaines m'ont commencé. — Beaucoup de fatigue, mon cher; cette diable de politique donne une énergie!

Le Directoire avec ses fêtes, avec ses amours, ses femmes magnifiques, a été pour moi un vrai temps de jubilation. Les mœurs de cette période de notre histoire venaient au-devant de mon industrie!

Pendant le consulat et sous l'empire j'ai changé de ton, d'allures. Le vent alors était à la guerre. J'ai fait un voyage en Allemagne, avec un général de mes amis, en qualité de secrétaire. Dans une charge de cavalerie qu'il commandait, je me suis fait adroitement jeter à la renverse par un gros cuirassier autrichien. Rapport en a été fait à l'empereur; et, comme j'avais passé l'âge où l'honneur d'être soldat vous arrivait alors comme un coup de foudre, j'ai refusé l'épaulette de capitaine, et je suis revenu à Paris avec la croix d'honneur.

Et à Paris, mon enfant, j'ai toujours porté bottes à la hussarde et éperons d'acier. Je connaissais l'armée; j'en sortais! c'est donc sur les femmes de l'armée que j'ai jeté la vue. Leurs maris venaient de temps à autre quand la gloire faisait un temps d'arrêt, et ils apportaient avec eux de l'or à remuer à la pelle et des écussons, des titres; et puis, crac, ils repartaient pour une autre campagne.

C'était alors aussi que ma campagne recommençait! j'étais un de ces demi-guerriers, héros pour rire, que l'on rencontrait toujours chez Tortoni, chez Beauvilliers, dans les promenades, et dont la tenue martiale annonçait un des soldats du grand empereur; j'étais un de ces flâneurs de Paris qui avaient toujours l'air d'arriver de l'armée et qui buvaient toute l'année les meilleurs vins, courtisaient les femmes des absents et faisaient leur chemin pendant cette longue crise de l'empire, en prenant un peu du jargon et du costume de la gloire militaire, cette maladie du temps. J'ai abdiqué en même temps que Napoléon. Les femmes de ses maréchaux, de ses généraux, de ses préfets avaient lesté ma barque; — si tu savais combien sous cet empire j'ai fait de jaloux! Combien j'ai donné de cauchemars à ces petits auditeurs du conseil d'Etat, les cadets de la Gascogne de ce temps-là! Il leur fallait une femme aussi pour arriver! ceux qui ne se sont pas trouvés sur la route que j'avais tracée, mon cher, sont pairs de France maintenant, ou richement placés dans le monde.

A la restauration, j'ai pris mes Invalides : si j'avais eu dix ans de moins, j'eusse touché ma part du milliard des émigrés. Ce sont les gardes du corps, — beaux jeunes gens, ma foi! — qui ont profité de l'aubaine : chacun son tour!

— Ah! dit Alcide, qu'est-ce que l'histoire de César, d'Alexandre, à côté de la vôtre!... mais c'est sublime, monsieur, c'est admirable, une vie comme celle que vous avez passée!

— Sans doute; mais, mon enfant, sur cent hommes qui entreprennent ce que j'ai fait, quatre-vingt-dix-neuf se noient.

— Vous me faites frémir!

— De la confiance! Alcide, de la confiance! d'ailleurs mes conseils ne te manqueront pas. Je t'ai fait assister aux triomphes de ma vie : maintenant, voilà les hautes qualités auxquelles je les dois; voilà, mon ami, la ligne de conduite à suivre pour atteindre au but que j'ai touché, moi!

— Oh! monsieur Georges, dit Alcide, j'écoute, je bois vos paroles!

— *Primo*. Mon cher enfant, il faut se donner âme et corps à cette vie-là; tout ce qui est en dehors d'elle doit être mort pour toi. Pour mieux jouer le sentiment dans le monde, il faut être insensible comme un Bédouin : presque tous les hommes qui brillent par un talent, une vertu même, étaient nés avec une disposition toute contraire à cette vertu, à ce talent. Il n'y a pas un philanthrope qui ne batte sa femme ou ses domestiques; tous nos auteurs de romans à peintures fines et délicates sont de joyeux compères que le gros sel réjouit prodigieusement; Beauvalet le sombre est un farceur très-comique; Arnal est triste, inquiet, renfrogné... Un homme sensible doit être dur comme pierre, mon fils!

Secundo. Il faut faire sur la femme la même étude que font les maquignons à l'égard des chevaux, c'est-à-dire se ferrer à glace — toujours style de cheval, mon enfant — relativement aux influences de l'âge, de la couleur, du pays sur les mœurs, le caractère, toute l'organisation intellectuelle, tous les penchants du cœur. La femme qui vit des hommes, sauf un très-petit nombre de cas, a toujours affaire à des animaux grossiers, égoïstes, luxurieux, à des bêtes à deux jambes, que la passion soûle salement, comme le vin du coin soûle les crocheteurs. L'homme qui vit des femmes, — et qui ne veut pas croupir dans l'ordure où j'étais en 1794, où tu es, Alcide, en 1834 : — cet homme-là, mon ami, se prend corps à corps avec un sexe plein de contrastes, de caprices difficiles à saisir, à vaincre. Là, Alcide, il y a des éclairs de pudeur au milieu de l'orgie, de la retenue, de la décence dans un lit fatigué d'adultère, de la piété à côté de l'irréligion. Telle femme vole son mari depuis dix ans et s'éveille, un beau matin, avec une rage, un paroxysme effrayant de probité; telle autre a dans un album bien caché des images obscènes, et élève sa fille entre Dieu et la charité. Tu en verras plus d'une qui, dans son aveugle tendresse pour toi, ruinera sa maison pour subvenir aux frais de ton écurie, de ta toilette, de tout ton luxe d'homme à bonnes fortunes, et qui te ferait jeter à la porte par son laquais si, dans un moment d'abandon, tu semblais convoiter trop ardemment le médaillon suspendu à son cou. Au milieu de tous ces caprices, de ces inégalités, de ces écueils, le difficile est de conduire sa barque. Toujours en baleine, il faut avoir tout prêt un sentiment de rechange pour l'occasion. Il faut avoir une âme pour chaque boudoir où l'on est admis.

Tertio. Il faut bien se garder, dans l'opulente maison où notre bonne mine nous conduit, de paraître étonné du luxe qui la décore. Il faut savoir parler à un domestique comme un homme qui a des domestiques; il faut savoir prendre place sur un fauteuil doré comme un homme qui a des fauteuils dorés. Il faut, — et c'est ici la pierre de touche, — il faut paraître tenir fort peu à l'argent. Si une femme vous presse de questions sur votre fortune, il faut toujours lui raconter, en éclatant de rire, qu'un fripon d'agent de change vous a emporté celle que vous teniez de votre père et savoir rougir, pleurer, crier, égratigner, mordre, quand une voix douce vous dit la phrase obligée : — Ami, je suis riche, moi, je veux te conduire chez mon banquier. — Ah! alors, il faut tempêter, se frapper le thorax à rompre les côtes. — Enfer! malédiction! ah! madame!... le lendemain votre valet de chambre vous remet toujours une grosse lettre pleine de billets de banque.

Règle générale, tout en faisant du vice avec les femmes, il faut se donner des habitudes honnêtes : un débauché, un joueur, un ivrogne, ne réussissent jamais dans la carrière. L'habit d'honnête homme est le meilleur, même pour aller dans les mauvais lieux.

Et il y a dans la femme du monde, même dans la plus dissolue, une délicatesse native qui a besoin d'être chatouillée.

Il y a...

— Il y a, monsieur, dit doucement Tityre, qui était entré sans qu'on l'entendît, il y a le dîner sur la table.

CHAPITRE IX. — M. Georges montre ses trésors et donne des conseils.

Le résumé historique qu'Alcide Durand venait d'entendre avait laissé dans son esprit une impression profonde.

Pendant plusieurs minutes il resta silencieux et inactif devant l'un des dîners les plus confortables qu'il eût vus depuis son entrée dans le monde.

Cette torpeur à l'heure solennelle du potage était chose rare chez lui; car il était, comme tous les hommes dénués de sentiments exaltés et de passions violentes, d'un appétit robuste et soutenu. Les trois quarts et demi de son âme habitaient son estomac.

Mais l'infiniment imperceptible partie qui fût encore impressionnable chez lui venait d'être puissamment excitée par la narration de M. Georges; la seule fibre qui pût être remuée dans son cœur froid venait d'être touchée, et il était encore en se mettant à table sous le charme des paroles qu'il avait recueillies : comme une délicieuse musique, elles résonnaient à son oreille.

Il ne voyait pas la vaisselle plate de M. Georges, il ne voyait pas Tityre qui, la serviette sous le bras, n'attendait qu'un signe pour découper le perdreau truffé ou décoiffer le château-margaux.

Il ne voyait, le pauvre garçon, que cette vie heureuse qui venait de lui être révélée; il la suivait par la pensée dans toutes ses phases, et il soupirait, et le tapioka s'épaississait en refroidissant devant lui.

— Eh bien! mon enfant, dit M. Georges, où es-tu donc?

— Pardon! mais il me semble que je sors de l'Opéra et que toutes ses merveilles voltigent encore autour de moi! J'ai la tête pleine de toutes ces choses que vous m'avez dites... Ah! quelle vie! quelle vie!

Alcide, après avoir ainsi parlé, pensa qu'il était convenable de faire honneur au dîner de M. Georges, et il rappela son âme, qui s'en allait trop loin dans le pays des chimères, pour la plonger dans son assiette.

L'existence à part de M. Georges avait imprimé sur lui et sur toute sa maison un cachet particulier. Le vieux Tityre lui-même, qui avait été traîné à la remorque sur ce nouveau fleuve du Tendre par son maître, n'était pas un homme comme un autre. Tous les deux dans la dernière saison de la vie, ils avaient ce que n'ont pas les vieillards, et ils n'avaient pas ce qu'ils ont : leurs discours, leurs moindres gestes annonçaient un divorce absolu avec les graves pensées, la philosophie, fruit de l'expérience et de la méditation.

Ils parlaient comme parlent les jeunes gens et surtout les femmes. Il était rare qu'un mot énergique et vigoureux sortît de leur bouche, et lorsque ce mot se frayait un passage, poussé par la force de l'improvisation, il ressemblait à une grimace sur la figure d'une fille, ou à un *sarpedieu!* dans la bouche d'un archevêque. Tityre et M. Georges n'avaient de l'homme que l'habit, et souvent, dans le carnaval, les petits polissons les avaient suivis avec le mot consacré des jours gras, s'imaginant voir de vieilles femmes vêtues de l'habit et du pantalon de leurs maris.

C'est que le maître — et le domestique, à l'exemple du maître, — avaient passé leur temps depuis de longues années accrochés, pour ainsi dire, aux jupons de trois générations de femmes. Les petits caquets, les petits soins, les petits sentiments, les petites joies, les petites douleurs du boudoir avaient rempli la vie de M. Georges. Il ne s'était jamais occupé d'autre chose, ou, si quelquefois il avait daigné toucher à des idées d'un ordre un peu plus élevé que son éternelle galanterie, il n'en avait pris que ce qui pouvait se rattacher par quelque coin à son existence d'homme à femmes. Philosophie, art, politique, il n'avait considéré tout cela que dans ses rapports avec le sexe.

De son côté, Tityre avait, à son échelon de laquais, agi et pensé de même. Le vieux Céladon en livrée n'avait plongé dans les profondeurs de l'arithmétique que pour, au besoin, pouvoir se rendre compte, par l'addition, de toutes les femmes de chambre, cordons bleus et bonnes d'enfant qu'il avait séduites, et faire pour ses menus plaisirs une balance de ses succès entre telle ou telle année. Du reste, vous pouviez lui parler de tout ce qui frappe les yeux et reste au cœur dans notre siècle si fécond et si rapide, le brave homme ne vous comprenait pas. Les refrains de Béranger, que la rue sait si bien, il les ignorait, lui; mais il pouvait vous chanter toutes les fadaises du temps passé :

> Je n'avais pas encor quinze ans
> Que déjà je plaisais aux belles!

Ou bien :

> La guillotine est à Cythère!

M. Georges avait eu plus de mal, lui! les femmes qu'il avait fréquentées jadis avaient des besoins d'âme et d'esprit à satisfaire, et il fallait être en règle. Au salon, il avait sué souvent sang et eau pour jouer avec adresse à l'homme d'esprit; à l'antichambre, l'heureux Tityre n'avait eu besoin que de deux couplets de M. Bouilly et de sa jolie figure.

M. Georges et Tityre avaient vieilli sans regarder autour d'eux, l'œil toujours en avant pour suivre une femme, comme deux chiens courants qui ne se seraient jamais arrêtés. Ils avaient fait une pointe dans la vie, mais ils n'avaient pas vécu.

Pas d'intérieur de dévote, pas d'évêché en France qui réunissent comme la maison de M. Georges, à toutes les aises de la vie une tranquillité, un calme parfaits.

L'appartement, meublé avec richesse et d'une vaste étendue, avait été disposé loin du bruit de l'escalier. Une seule pièce donnait sur la rue, c'était celle d'où M. Georges, la lunette en main, faisait, par les yeux, des promenades chez ses voisins; toutes les autres parties de cette commode et somptueuse demeure étaient exposées sur une cour plantée de beaux arbres, et dans laquelle le concierge, dont la leçon était faite, entretenait un silence continuel, pourchassant orgues de Barbarie, petits chiens et troubadours en casquette.

A l'intérieur, les portes, huilées avec soin, roulaient sur leurs gonds comme dans un temple de fées, sans le plus léger cri; de doubles tapis amortissaient le retentissement des pas; rien de ce qui irrite les nerfs, de ce qui vous fait bondir par soubresauts n'était à redouter chez M. Georges. On devinait, en entrant chez lui, que le maître de la maison avait une organisation de femme, ou plutôt on croyait entrer chez une femme.

Tityre avait pris l'habitude de parler fort bas, il marchait à pas de loup, ses mouvements étaient doux, arrondis; il était, en un mot, un digne meuble dans ce bizarre mobilier.

M. Georges, en racontant son histoire à Alcide Durand et en exaltant ce qu'il avait déployé d'énergie et de persévérance dans sa vie de spéculateur sur les fonds de l'amour, M. Georges eût pu dire, pour revers de médaille, combien cette même vie avait fini par le rendre ridicule à l'âge des rides, en faisant de lui une vieille femmelette, une coquette surannée en bottes et en frac; mais il n'avait rien dit de cela, M. Georges, ses triomphes de vingt années l'enivraient. Il ne sentait pas qu'il ne les avait obtenus qu'aux dépens de sa dignité d'homme, et que la chose du monde la plus disgracieuse c'était une machine à tendresse comme lui, quand elle s'est faite vieille, et qu'elle n'a pas changé d'allures en changeant de visage.

Au lieu de se réfugier dans les idées, dans les mœurs de son âge, il conservait, même après avoir pris ses invalides, les manières, le ton, l'accent fades et musqués que la jeunesse seule rend supportables. Il avait toujours dans ses poses, dans son regard de la galanterie; et c'est bien laid, une galanterie qui porte perruque.

Alcide ne donna pas la moindre attention à tout cela : il ne voyait que la fin, lui; pour les moyens, il n'y songeait guère, pas plus qu'aux conséquences d'une vie à la Georges sur les sentiments, sur la tenue d'un homme.

— Tityre, dit M. Georges, donne-nous du champagne, mon enfant. J'ai eu des torts envers ce pauvre Alcide, il faut qu'il en noie le souvenir dans la douce liqueur!

— Monsieur, répondit le Frontin ridé, je me vois forcé de vous refuser, vous n'aurez pas de champagne.

Alcide, habitué à se faire servir en satrape dans la mansarde de mademoiselle Rose Chappuis, se demandait s'il ne devait pas donner une preuve de son dévouement au maître de la maison en jetant le doux Tityre par la fenêtre; mais il fut bien étonné quand il entendit M. Georges répondre d'une caressante voix :

— Tityre, mon Tityre! un peu de champagne!

— Homme cruel! répliqua le valet; mais vos nerfs...

— Bah! nous sommes vieux, mon fils! le vin, c'est le lait des vieillards.

— Oui, sans doute; mais de quels vieillards?... de ces hommes qui n'ont jamais craint d'aborder une femme avec une haleine avinée, de ces grossiers personnages qui se moquent de la goutte, et

Le général.

qui, lorsqu'ils l'ont, cette goutte, ne rougissent pas, ne meurent pas de honte de se promener à deux heures, *à l'heure des dames*, avec une béquille. Nous ne sommes pas de ces gens-là, nous!

— Mais je n'ai pas la goutte, Tityre!

— Hum! hum! votre rhumatisme dans le bras gauche est de la famille, je crois; et puis vous vieillissez, monsieur, depuis trois jours.

M. Georges fit le geste d'une petite fille dépitée, et il dit :

— Oh! Tityre, ce que vous dites là est horrible, dites bien vite que cela n'est pas vrai, dites-le, monsieur!

— Je le veux bien, moi! mais vous ferez bien de changer de parfumeur alors, car c'est lui qui vous détruit la peau, avec sa pommade de limaçon. Il n'y a plus de moelleux, de suavité sur vos joues.

— Crois-tu, cher Tityre?

— J'en suis sûr. Ainsi vous aurez du champagne, à condition que vous changerez de parfumeur.

— Tityre, je vous proteste que j'en changerai.

Tityre sonna, et un laquais ayant présenté son nez à la porte :

— Allez, dit-il, prendre une bouteille de champagne. La cave est trop froide pour que j'y descende moi-même.

— Serais-tu malade, mon Tityre?

— Non, monsieur, mais une sueur rentrée est bientôt prise sous ces froides voûtes, ou tout au moins une extinction de voix; et, comme ce soir je dois lire *Faublas* chez le concierge...

— Tu as raison, mon ami, ménage-toi; et tiens, nous avons dîné, nous voilà au dessert, laisse-nous, mon fils, et va te reposer.

— J'y consens. Ah! monsieur, buvez peu de liqueur, au nom du Dieu vivant, buvez peu de liqueur, monsieur Durand, je vous le recommande... Oh! la liqueur, voilà qui dégrade l'haleine!

Il sortit doucement en tortillant ce que les marins appellent la proue, et ce qu'à terre on nomme autrement. Il ferma la porte sans bruit, et il disparut doucement comme une servante bien apprise quand son maître a besoin de tranquillité.

Alcide et M. Georges restèrent encore à table, ils y restèrent beaucoup plus que cela ne s'était vu de temps immémorial dans la maison. Mais M. Georges avait fait subitement la sage remarque que l'hygiène qu'il s'était imposée toute sa vie ne lui était plus utile dans sa position d'homme retiré des affaires. Sa santé avait jadis appartenu aux autres; elle était à lui maintenant, et, narguant Tityre, il voulait en user un peu pour son compte.

Le lendemain, Alcide passa encore une partie de la journée dans cette maison de la rue Olivier où il avait loué un appartement et trouvé un ami, ami d'une espèce particulière, dont la bourse restait fermée, mais dont l'expérience du monde et les bons avis qu'elle fait naître furent tout de suite à la disposition du jeune homme.

Or, vous savez ce qu'était l'expérience de M. Georges!

— Vois-tu, mon enfant, disait-il, dans cette seconde entrevue, vous autres, pauvres diables du prolétariat, vous partagez volontiers entre vous les bribes de pain que le hasard vous jette. Vous n'accordez le titre de généreux qu'à ceux qui savent dans l'occasion guider la main du pauvre dans leur coffre-fort; mais ces vertus de l'autre monde, que la pauvreté rêve pour se consoler, n'existent pas. On ne prête pas, on ne donne pas d'argent : cela ne se fait pas parce que cela est absurde... impossible même! Pars de ce principe, mon cher, tu n'en auras que plus de courage pour faire ta petite pacotille dans ce monde. Vis pour toi, en toi et par toi, et tu arriveras : tu vois bien, moi, ton père m'a rendu un grand service; mais je ne te donnerais pas cent sous pour acheter une paire de souliers. Non, parole d'honneur! mais des conseils, des exemples, tant que tu voudras... Ah! seulement, je te dispense de me payer ton terme pendant six mois. Nous verrons si d'ici là tu auras su te poser quelque

Tityre, telle était la pastorale dénomination du valet de chambre de M. Georges.

part; songes-y bien, Alcide, il faut que tu aies en six mois fondé une vie nouvelle, autrement il faut t'en tenir aux mansardes et aux filles du coin.

— Vous oubliez que je vais rentrer dans l'armée.

— Ah! c'est vrai. Tu seras plus heureux que moi, car tu partiras d'une position, et moi, je suis parti du grenier. Mais quand tu seras un homme du monde, mon enfant, il faudra quitter la casaque de soldat. Un lieutenant, un capitaine n'ont nulle consistance dans le monde; leur peu d'importance est écrit dans leur grade. Au lieu qu'un personnage sans état, — sans état apparent, — qui ne demande, qui ne doit rien aux hommes, laisse toujours supposer qu'il a quelque fortune derrière lui. Et il faut avoir l'air riche, aisé du moins... C'est forcé!

— Il parle comme un livre, ce monsieur Georges! disait Alcide.

— Tu me raconteras tes progrès dans la société, mon garçon; tu me diras ce que tu espères, ce que tu veux tenter. Ta jeunesse et ta vigueur, cher ami, aidés de ma vieille prudence!... eh! il y a de quoi faire la fortune de dix personnes.

M. Georges réfléchit un moment; puis, quittant le fauteuil où il était plongé, il ajouta :

— Ces théories, que je me laisse aller à te faire connaître, Alcide, tu es le premier homme — après mon Tityre — à qui j'en aie jamais touché un seul mot. Mais comment se taire avec toi... toi, le fils de Durand, ma vieille connaissance; toi qui, par un coup du hasard, rêvais solitairement ce que j'ai accompli; toi qui, dans l'obscurité de ta position, nourrissais ces mêmes idées qui s'éveillèrent dans mon cerveau il y a si longtemps! toi enfin qui n'as plus besoin que d'un guide qui t'apprenne à les appliquer sagement. Il y a vraiment un coup du ciel dans cette sympathie de penchants. Oh! lorsque je t'entendis sur le boulevard causer tout seul de tes projets, tu me fis un bien grand plaisir, va! Et puis le hasard encore t'envoie chez moi! Décidément, le ciel le veut, il faut que je sois ton Mentor, et maintenant, mille millions d'escadrons, — comme disait ce général de l'empire dont la femme était si belle... et si bonne; — et maintenant il faut que je te fasse voir en détail tous mes trophées, cela te donnera du cœur, mon enfant; et pour commencer, tu vois l'ameublement de ce salon?

— Oui, oui, monsieur Georges, et c'est bien beau!

— Mon enfant, un peu de l'or espagnol est venu ici, de l'or de la grande campagne de mil huit cent huit. Je me plaignais devant une duchesse de ce temps-là, l'une des dames de l'impératrice, mon cher! je me plaignais de l'antiquité des meubles de mon salon. Je faisais moi-même de fort ingénieuses plaisanteries sur leur physionomie surannée. Un jour elle m'invita à venir à son château de Normandie ou de Picardie, — je ne saurais positivement dire si c'était du picard ou du normand : j'ai tant vu de châteaux! — Elle m'invita, dis-je, à une chasse qui devait avoir lieu dans ses bois : nous partîmes. A mon retour, mes antiquités avaient disparu, et ce royal ameublement les avait remplacées. Ah! il en aura coûté plus de quinze mille francs à son mari, M. le duc. — C'était lui qui disait : mille millions d'escadrons. — Mais les moines d'Espagne l'ont en bien vite remboursé! Et vois, cher enfant, comme l'empreinte de l'époque est gravée sur tout cela. Ah! dame, le style et la façon ont changé; je crois que maintenant on fait d'une autre manière, mais sans faire mieux. Vois quelle richesse, quelle profusion de dorures. Comme cela est bien empire! temps heureux où les maris de nos grandes dames tiraient à vue sur une province. L'or coulait à pleins bords, comme la politique aujourd'hui. L'homme habile qui se laissait doucement traîner à la remorque sur ce beau fleuve par la barque de quelque famille puissante, oh! celui-là, il faisait ses affaires! c'était le bon temps! A chaque nouvelle campagne, une volée innombrable de maris allait s'abattre au nord ou au midi de l'Europe, tandis qu'une volée non moins innombrable de remplaçants venait s'abattre là où les places étaient libres. Oh! Napoléon m'a fait le plus grand bien! Aussi, tiens, voilà son buste sur un socle très-élevé. Il plane, le grand homme, sur mon beau et noble salon de l'empire!

Alcide ne put s'empêcher de sourire de l'enthousiasme du vieux galant et de ce singulier rapprochement entre le vainqueur d'Austerlitz et M. Georges.

— Viens maintenant, mon garçon, viens voir mon boudoir bleu, continua le vieillard qui s'animait de plus en plus, et dont la perruque aux boucles blondes s'agitait brusquement en suivant les mouvements rapides du crâne sur lequel elle siégeait, luisante et pommadée. Alcide le suivit docilement. Il avait la tête basse, les bras ballants, comme un homme écrasé sous le poids des merveilles qu'il voyait; il se disait tout en suivant M. Georges : — Serai-je jamais de cette force-là, moi? aurai-je aussi sur mes vieux jours un salon historique et un boudoir bleu?

En parlant ainsi, il était arrivé dans cette dernière pièce. M. Georges, ouvrant des persiennes qui interceptaient le jour, laissa pénétrer dans le mystérieux sanctuaire une lumière brillante et un air qui s'était purifié en passant sur les arbres et sur les fleurs d'un magnifique jardin.

— Regarde, Alcide!

— Superbe! délicieux! Il n'y a pas mieux dans les petits appartements de Saint-Cloud!

— Je le crois bien. Tiens, cette toilette en bois étranger fut donnée dans le temps à Marie-Antoinette par je ne sais plus quelle cour du Nord. Elle échut, après la grande débâcle révolutionnaire, à la femme d'un fameux montagnard. Femme républicaine, remplie de talent et d'esprit, elle revoyait tous les discours de son mari sur la misère du peuple, sur les prodigalités insultantes des riches... mais elle était folle des beaux meubles... plus folle de moi encore, à qui elle abandonna ceux-ci. Sur ce canapé, dont la forme a un peu vieilli, et qui n'en est pas moins beau, sur ce canapé, Alcide, se sont assises toutes les notabilités de la République. Sur ce canapé!!! Généraux, consuls, représentants du peuple, tous sont morts dévorés par la guillotine ou par l'ambition; et moi, cher enfant, moi, le bénin Georges, qui sous chaque règne me tenais toujours à l'ombre d'une femme, moi j'ai vécu. J'ai laissé les vertus patriotiques, la gloire militaire à ceux qui ont voulu les ramasser. L'art d'aimer à la main, — pas celui d'Ovide au moins, il est absurde et dédié aux niais, — l'art d'aimer à la main, te dis-je, un art à moi, je n'ai abordé que les cotillons de toutes nos époques, et tu vois en moi le favori de beaucoup de cotillons, je t'assure, dormant sur ses lauriers! Puisse, comme dit Werther aux *Variétés*, à propos de toute autre chose, puisse mon exemple prendre une certaine vogue, et tant pis pour ceux qui n'en profiteront pas; je m'en lave les mains!

Il fit voir à Alcide tous ces bijoux, tous ces diamants, que, dans leurs tendresses folles, de pauvres femmes lui avaient donnés.

Ainsi parla M. Georges, le propriétaire de la belle maison de la rue Olivier.

M. Georges, qui était électeur, éligible, qui était juré quand le sort amenait son honorable nom, M. Georges, enfin, qui faisait partie de ce que l'on appelle les honnêtes gens dans ce siècle d'arithmétique.

Et tout en laissant échapper le secret de sa fortune il se réjouissait, il se gaudissait dans cette confidence, la première de ce genre qu'il eût faite. C'était une joie pour lui d'ouvrir son cœur à Alcide, qu'il avait deviné, et de ne pas mourir sans avoir dit au moins une fois à quelqu'un avec quel art, quelle puissance de génie il avait construit sa fortune. Car pour lui, c'était une chose de premier ordre que la spéculation de toute sa vie. La pensée qui l'avait dirigé dans sa longue carrière était à ses yeux, et, comme il l'avait déjà dit à son jeune ami, une de ces révélations qui font faire un chef-d'œuvre, qui mettent à la main le pinceau de la Transfiguration, la plume d'Athalie.

Au fait, dans les causeries du bagne, l'histoire d'un vol bien combiné est aussi traité de chef-d'œuvre!

Ensuite il fit voir à Alcide tous ces bijoux, tous ces diamants que, dans leurs tendresses folles, de pauvres femmes lui avaient donnés.

Pierres antiques, saphirs, améthystes, rubis, émeraudes, topazes, aigues-marines, il étala tout sur le devant abaissé de son secrétaire de bois d'érable.

Sa main maigrie et ridée fit un pêle-mêle brillant de toutes ces riches choses. Leur vue n'éveilla pas dans son cœur de tendres souvenirs pour celles qui l'avaient aimé, qui l'avaient enrichi. L'éclair qu'elle produisit fut dans ses yeux éclair de cupidité, d'avarice, et puis des remarques, des réflexions dans lesquelles le spéculateur dominait toujours l'amant, des mots secs, arides, tuants.

Ils ne tuèrent pas Alcide cependant; il n'avait jamais été si gai, ce grand garçon-là!

Et de toutes les femmes qui avaient vidé leurs poches dans les avides mains de ce corsaire déguisé en amant, beaucoup étaient mortes; d'autres, qui avaient cru trouver une âme dans le beau Georges, avaient longuement pleuré leur déception quand il les avait abandonnées, et il le savait, le vieux pécheur; mais, bah! le sang qui coulait dans ses veines était froid comme celui du serpent; il était taillé pour être huissier, procureur général, geôlier, sergent de ville, que sais-je?

Il ne voyait qu'une chose, lui: les femmes... C'étaient ses instruments, sa denrée, son article; il en parlait comme un capitaine négrier parle de son bois d'ébène.

Il y a un catéchisme pour tous les états. — On dit que celui des voleurs est fort ingénieux. — M. Georges en improvisa un sur-le-champ à l'usage de son jeune ami. Les préceptes qu'il renfermait demeurèrent écrits en traits de feu dans la cervelle de l'adepte, et dès ce jour servirent de base à sa vie.

Ensuite ces messieurs passèrent du boudoir bleu dans la pièce où, la veille, Alcide Durand avait été reçu par monsieur son propriétaire.

Celui-ci, tout en continuant son cours de morale appliquée à l'infamie, prit sa lunette d'approche et recommença l'espionnage qu'Alcide, la veille, avait interrompu.

— Que regardez-vous là, monsieur Georges?

— Eh! mon enfant, je guette une petite fille belle comme l'Amour... C'est comme observation, tu penses bien, pure observation... A l'aide de cette lorgnette, j'aime à la voir courir comme une petite folle dans l'appartement. Mais depuis quelques jours je la vois triste, préoccupée, et je tue le temps une heure ou deux à chercher la cause de ce changement.

— Quelle folie!

— C'est la fille d'un comte de Presle, général de cavalerie.

— Eh! mon Dieu! c'est mon protecteur; par lui, peut-être, je serai employé à l'armée du Nord.

— Fichtre! dit M. Georges risquant un juron sucré et jetant sa lunette devant lui, bonne maison, Alcide. Tiens, il y a là des mœurs de l'empire, mon garçon!

— Eh, mon Dieu! est-ce que madame la comtesse aurait mis sa part dans la collection de diamants que tout à l'heure...

— Oh! non, ces gens-là sont de l'empire, mais de celui qu'on a nommé le commencement de la fin, du 1813 et du 1814! A cette époque, *je n'entreprenais* plus, *je continuais* seulement... Mais, diable! diable! c'est une bonne maison, encore une fois! Je vois souvent la comtesse à l'Opéra; belle femme, Alcide; trente-huit ans; mais des yeux noirs, une taille de Junon. Dieu vivant! un aide de camp habile...

— Le général a grande envie de m'avoir près de lui en cette qualité.

— Ta parole!

— D'honneur, dit Alcide sans se mordre la langue.

— Monsieur Durand, dit Georges avec le ton grave d'un père noble ou, si l'on aime mieux, d'un noble pair, monsieur Durand, si dans cette maison que vous voyez d'ici, joli hôtel, ma foi! vous ne commencez pas une petite fortune, vous n'êtes qu'un sot, qu'un cuistre, qu'un polisson... tant pis, je l'ai dit, un polisson!

— Eh bien! dit Alcide avec une petite colère pleine de grâce, nous verrons; oui, morbleu, nous verrons!

Et il quitta M. Georges pour revenir, en attendant ses grands projets, à sa Rose Chappuis, à sa mansarde, à sa vie!

CHAPITRE X. — Peines d'amour.

Sa vie!... elle était celle de ces grands garçons qui vous ont peut-être vendu du *chrysocalque*, ami lecteur, sous les colonnes du Palais-Royal, entre les pâtés aux truffes de Corcelet et la liqueur si parfumée de Lemblin.

Et bien vous eût pris de changer votre argent contre de bon café ou un perdreau du Gourmand, plutôt que de le jeter dans le commerce de ces négociants-là!

Seul au monde, ou du moins ne connaissant pas de parents sous le ciel, ne comptant pour amis que les jeunes gens dont il avait été camarade, et que les chances du monde avaient éparpillés, Alcide s'était jeté dans cette vie-là parce qu'il n'avait guère à craindre qu'elle fût interrompue brusquement par la rencontre de quelque intime qui pût lui dire: Toi! si bas!

Mais aujourd'hui que le hasard a jeté sur son chemin ses trois amis de collége, lesquels paraissent disposés en sa faveur à quelque chose de mieux qu'un dîner annuel, aujourd'hui que M. Georges, le grand Georges, s'intéresse à lui, oh! il a horreur des nouveaux amis qu'il s'est faits, il a horreur du grenier de Rose, il a horreur de Rose elle-même, qui lui a donné tant d'amour, tant de pain!

Sa mine est devenue plus fière, son ton plus tranchant. — Il faut, dit-il en peignant ses beaux favoris, que je rompe avec toutes ces canailles-là!

Mais, en attendant, il dîne tous les jours chez la sensible Chappuis.

— C'est fini, disait celle-ci un matin, les hommes sont tous des monstres, des anthropophages, des bêtes féroces!

En parlant ainsi, elle donnait le déjeuner de tous les jours à Moumouth, le plus joli chat de toute la rue d'Amboise. Ce déjeuner se composait d'un morceau de mou de veau coupé par petites tranches qu'elle présentait une à une au chat. L'animal, presque aussi affamé qu'Alcide, se jetait comme en fureur sur la main qui le nourrissait, et les doigts assez mignons de la pauvre Rose étaient égratignés et mordus.

— Dieu du ciel! disait la pauvre fille ne cherchant pas à retenir deux larmes bien amères qui coulaient sur ses joues, faut-il donc que je sois dévorée toute vive par ceux dont je suis la mère-nourrice? C'est-y juste, ça, je vous le demande? Tout à l'heure, je sers à mon Alcide un déjeuner fin, un déjeuner de négociant, et au dessert il me casse son gros bambou sur l'épaule gauche. Maintenant que j'ai donné mes deux derniers sous pour le mou de Moumouth, voilà que l'ingrat m'égratigne comme tout... Ah! mon Dieu, mon Dieu! qu'il y a donc des jeunesses malheureuses!

En parlant ainsi, Rose Chappuis se renversa sur le dos d'un mauvais fauteuil dans lequel elle s'était jetée; elle laissa tomber ses bras devant elle, comme une morte, et elle jeta un regard humide et terne autour d'elle.

— Des meubles cassés, disait-elle, mon châle boiteux au mont-de-piété, ma montre et ma chaîne vendues, tout cela pour un homme... un bien bel homme, c'est vrai... mais qui me bat, qui me bat comme plâtre! Ah! Alcide, va, tu abuses bien de la tendresse de Rose!... et cependant le ciel sait que si je voulais, il y a plus d'un homme riche qui m'en donnerait des meubles, des châles boiteux!... Car enfin je me suis mise *femme* pour vivre; mais je suis plus belle et plus savante que toutes celles du métier. J'ai appris à lire, à écrire, à compter à l'école primaire de la rue Mouffetard, moi!... J'aurais de l'agrément à offrir à un homme! Mais non, je refuse tout pour le mien, et cependant voilà comme il me traite!...

Rose couvrit son visage de ses deux mains, et pleura amèrement. Pendant ce temps-là, Moumouth, bien gorgé de mou, et voyant que la dernière tranche avait disparu, s'était gravement assis sur son derrière, sa queue ramenée sur ses deux pattes de devant. Joyeux du repas qu'il venait de faire, le ventre plein, les moustaches encore imbibées du sang innocent du veau, il regardait sa maîtresse de son œil de feu et il faisait des ron, ron, ron tout à fait harmonieux. Rose le vit, le soyeux animal, assis majestueusement à dix pas d'elle. Il lui sembla que les yeux qu'il fixait sur elle étaient remplis d'un doux intérêt.

— Au moins, dit-elle, quand tu m'égratignes, toi, tu as l'air de me demander pardon; ça te fâche d'avoir fait bobo à c'te maîtresse: pas vrai, Moumouth?

La pauvre fille, le corps penché en avant, agitant la main pour joindre le geste à la parole, pleurait comme une Madeleine, sa figure était inondée; ses yeux et son nez, où affluait le liquide de la sensibilité, s'enflaient à vue d'œil. Mais son chagrin était véritable: peu lui importait qu'il laissât des traces sur son jeune et joli visage; elle s'y abandonnait entièrement; toute sa personne physique et morale était abîmée, baignée dans la douleur. Nerveuse, passionnée, Rose Chappuis se donnait au désespoir avec emportement, comme elle se serait donnée à l'amour, à l'orgie! C'était une peine toute pleine de tempérament.

— N'est-ce pas, Moumouth, disait-elle à son chat, qui, l'œil toujours fixe, restait immobile devant elle; n'est-ce pas qu'au fond tu aimes Rose, la pauvre Rose? Il ne l'aime plus, LUI! car il me bat, et il s'en va. Mon Dieu! battre, ça n'est pas défendu... Une vivacité, c'est permis à un homme! mais au moins on reste! on ne laisse pas les gens se bassiner tout seuls l'épaule.

Rose pleura de plus belle, elle poussait des sanglots à attendrir un tigre. Elle était superbe ainsi; la gorge découverte, ses longs cheveux noirs épars; mais ce qui relève la beauté manquait à la pauvre fille; elle n'avait pas, pour reposer sa douleur, les coussins d'un beau divan; dans son négligé du matin, on ne voyait pas les mille plis d'une fine percale. Le nu, rien que le nu, puis autour du corps une robe dont le corsage n'était point à la place ordinaire, les manches étant attachées ensemble sur le ventre de Rose comme deux bouts d'une ceinture. Il faut un cadre joli pour la plus jolie femme; le cadre de Rose, c'était une mansarde pauvre, de sales rideaux, un miroir brisé et un chat digérant du mou de veau.

— Vois-tu, Moumouth, continua Rose d'une voix entrecoupée, il a mangé mon déjeuner, il a passé la nuit près de moi, et puis il est parti.

— Ron, ron, ron, ron.

— Peut-être il me serait plus fidèle si quelque milord de l'Angleterre, ou seulement mon pharmacien de la rue Montmartre, me mettait dans mes meubles rue de Rivoli, avec cinq cents francs par mois; mais j'aime mieux aller au jour le jour pour être plus à lui... parce que, vois-tu, je suis moins occupée que si j'avais des appointements de quelqu'un... Comme ça on est libre, et on est à son Alcide quand on veut!

— Ron, ron, ron, ron.

— Mais j'ai dans l'idée qu'il m'aimerait plus, si j'étais plus à quelqu'un, parce que je lui donnerais plus d'argent... Et c'est une infamie, cela!

— Ron, ron, ron, ron.

— Et puis, peut-être, il me trahit; j'ai des soupçons sur Fanny la Folle et sur Esther la Juive!

Et Rose essuya ses larmes; et, palpitante de fureur, elle redressa la tête. Dans ses yeux tout étincelants de rage, dans l'expression sinistre de ses lèvres devenues livides, il y avait tout un procès criminel, une bonne fortune pour la *Gazette des Tribunaux*. Il y avait du meurtre à ramasser à pleines mains sur toute la personne de Rose.

— C'est que vois-tu, Moumouth, si je croyais cela, je tuerais Fanny, je tuerais Esther, et puis lui et puis moi.

— Oh! non, non, reprit-elle en se tordant les bras, je ne le tuerais pas, lui, parce que je l'aime trop!

Et la très-passionnée Rose Chappuis retomba sur son fauteuil; pendant plus d'une demi-heure elle gémit. Il semblait que son cœur se fondît dans sa poitrine. Alcide, tout Alcide qu'il était, eût peut-être été attendri en la voyant. Hélas! c'était bien peu de chose que Rose Chappuis! Elle vivait du vice; elle était là comme le poisson dans l'eau; mais c'était une femme, et quelle est la douleur de femme, depuis le palais jusqu'au mauvais lieu, qui n'ait pas son éloquence, sa voix plus pénétrante, plus plaintive que celle de nos rudes douleurs d'homme?

— Il faut s'habiller, dit-elle s'adressant toujours à son chat, parce qu'elle l'aimait aussi, parce qu'après avoir mangé son mou il ne l'abandonnait pas; oui, il faut s'habiller et se mettre sur ses traces.

Alors elle secoua sa belle chevelure et elle l'attacha avec un peigne d'écaille, un peigne d'une forme bien élevée, qui soulevait le fond d'un bonnet de tulle bien au-dessus de la tête, et comme la crête d'un édifice. Ensuite elle parut se rappeler qu'un corsage est fait pour envelopper le dos, la poitrine et non le ventre, et elle se disposa à donner à sa robe sa destination de tous les jours. Pendant cette toilette, Moumouth tournait autour de sa maîtresse, en continuant ses éternels ron, ron, ron, ron.

— Il me bat, il me quitte peut-être, disait Rose en parlant à son chat, son seul ami, ou du moins son seul interlocuteur, il me quitte... Eh bien! vois, Moumouth, s'il en trouvera beaucoup comme moi: d'abord tu connais mes procédés pour lui; tu sais que, lorsque nous mangeons un poulet, il a les ailes et moi le croupion, parce qu'il mange aussi les deux cuisses; tu sais que je bois de l'eau pour qu'il boive du vin, tu sais que l'argent que je mets de côté afin de chauffer mes pauvres jambes dans la journée, il le prend pour son tabac... tu sais... Ah! bah! tu sais que je suis une femme et lui un homme, que je me sacrifie et que lui il me bat!... Mais tiens, Moumouth, vois mes épaules, vois mon cou, vois ma gorge, Minet, puisque te voilà sauté sur la cheminée pendant que je fais ma toilette. Hein? est-ce joli! Tiens, ma jambe, tiens, tiens, regarde, regarde, Moumouth, c'est y joli tout ça!... Quoique tu ne sois pas de la race d'Alcide, tu rendras justice à la vérité, tu diras: Elle est belle, maîtresse, et il faut être féroce comme l'hyène de M. Martin pour rendre malheureuse une amour de femme comme celle-là... Malheureuse! et pourtant je sais lire et écrire comme une demoiselle de comptoir... ce qui devrait le flatter!... et je suis belle; oui, oui, sacré mâtin! je suis belle, moi!...

Rose, la trop aimante Rose avait raison. Avec toute l'audace d'une éducation dans laquelle l'article pudeur avait été peu soigné, elle montrait à Moumouth des beautés admirables; Moumouth restait calme et immobile, parce que, comme l'avait dit elle-même mademoiselle Chappuis, il n'était pas de la race d'Alcide; mais si dans l'air que nous respirons, et sur le rayon de soleil qui glisse comme une consolation de Dieu jusque dans la mansarde du pauvre, il y a d'imperceptibles êtres, des sylphes invisibles — et amateurs, — ils durent soupirer, frémir doucement, ces enfants de l'atmosphère, en découvrant tout ce que la bonne Rose laissait voir à Moumouth, son chat angora!

En un clin d'œil sa toilette fut terminée; ensuite, dans un vieux tiroir, où l'on voyait épars des épingles noires, une bourse vide, de la mie de pain et trois bouts de chandelle, la pauvre Chappuis prit un peu de rouge et elle se farda les joues: elle était cependant à l'âge où la nature pourvoit au vermillon des femmes; mais que voulez-vous, une vie agitée, des fatigues, des veilles, un très-violent exercice des facultés physiques avaient pâli les joues de Rose, et elle dépensait mensuellement six francs pour ses couleurs, la bonne fille.

— Adieu, Moumouth, dit-elle à son chat en attachant sous son menton les rubans un peu flétris de son bibi cerise; adieu, Moumouth, j' vas voir ce que fait mon monstre d'homme. Il a pourtant emporté son bambou! Je laisse la fenêtre ouverte pour que tu puisses aller sur le toit faire l'amour avec Mimi, la chatte du troisième.

Et Moumouth, comme s'il comprenait sa maîtresse, tournait autour d'elle, faisant le gros dos et murmurant plus que jamais son éloquent ron, ron, ron, ron. Quand la fenêtre fut ouverte, il sauta d'un bond sur le toit, et il disparut derrière une cheminée dont la pyramidale maçonnerie s'élevait devant les vitres de la mansarde.

— Sont-ils heureux les chats! dit Rose. Ils se mordent bien quelquefois dans leur amour, mais l'histoire naturelle dit qu' ça leur fait plaisir; et puis, dans cette race-là, les Alcide n'ont pas de bambous!

Chapitre XI. — Courte histoire.

Rose, qu'est-ce?

Eh! mon Dieu! c'est une pauvre créature qui eût été honnête femme comme elle était galante.

Née de parents aisés ou bien posés dans le monde, elle eût eu des enfants, un mari comme tout le monde.

Son époux payant patente, ou de bonnes impositions, eût figuré, bonnet à poil ou shako en tête, dans les rangs de la garde nationale, et elle, elle eût figuré dans l'un des bals de Louis-Philippe en face d'un prince, où, pour parler en courtisan, d'un espoir de la France.

Le roi a cinq ou six espoirs de la France qui grandissent aux Tuileries; espérons donc!

Mais l'enfance de Rose s'était écoulée auprès de parents prolétaires que la misère rongeait, et qui se consolaient de la misère par le vice.

M. et madame Chappuis, tant qu'ils furent de ce monde, n'avaient pas mieux demandé que de travailler beaucoup pour vivre et amasser un peu de pain pour la vieillesse; mais un riche bourgeois de leur connaissance leur avait appris que tant que durerait le monde, dans lequel tout était pour le mieux, le salaire de l'ouvrier serait toujours le même, et que, sauf quelques exceptions, il fallait être né riche pour s'enrichir.

Désappointés à la vue de cette muraille sociale qui séparait les gens de leur condition des conditions où l'on a de l'or, ils se replièrent sur leur misérable prolétariat en s'étourdissant avec le vin de la Courtille et de la barrière du Maine.

Ils en burent tant qu'à peu de distance l'un de l'autre ils moururent à l'Hôtel-Dieu d'un dépôt de litharge et de campêche dans l'estomac, laissant leur petite fille Rose sur le pavé de Paris.

Ils furent regrettés de quelques voisins de la rue Saint-Marceau, et très-bien disséqués par MM. les internes de l'hôpital.

Une marchande de légumes, l'une des meilleures pâtes de femme du quartier, recueillit leur unique enfant: Rose.

La jeune fille vendit des choux, des carottes aux applaudissements de toute la population qui fourmille vers la place de l'Estrapade et la rue de Lourcine; mais, avant, madame Drouillard, sa seconde mère, l'avait envoyée à l'école de bienfaisance du quartier, où l'instruction primaire lui avait été octroyée.

Quand elle eut quinze ans, les galants du douzième arrondissement disaient déjà que les carottes de la petite orpheline étaient moins rouges que ses joues.

A seize ans, un honnête monsieur, bon bourgeois, qui était du conseil d'arrondissement, qui payait toujours d'avance tous les fournisseurs du quartier, qui votait aux élections pour le gouvernement établi, un bien honnête homme enfin, tendit à la misère et à l'orgueil de femme de Rose l'appât d'une robe de gros de Naples, d'un cachemire Ternaux et de douze paires de bas de coton.

La victime tomba dans le piége.

Après son premier honnête homme, elle en eut un autre, puis un autre, puis encore un autre, et quand elle eut servi quelque temps aux plaisirs de la classe riche, elle entra dans le domaine public, comme ces pièces de théâtre dont les pères ne sont plus là et qui appartiennent à tout le monde, parce qu'elles n'appartiennent plus à personne.

L'histoire de Rose, vous le voyez, est toute simple: elle est celle de la plus grande partie des filles perdues.

Petites, on leur refuse du pain; grandes, on leur en donne, et même quelque chose avec, pour obtenir en échange ce qu'elles ont, — et vous savez ce qu'elles ont quand elles sont grandes, lecteur égrillard! — Ensuite, on les jette sur le pavé et l'on tourne d'un autre côté.

Que pensez-vous de ceux qui disent que notre société est une bien belle chose?

Chapitre XII. — Elle le cherche!

Rose, — nous avons maintenant son article biographique et nous ne reviendrons plus sur l'aurore de sa vie, dont le midi commence sous les auspices d'Alcide Durand, — Rose, qu'une jalousie vague tourmentait, obéissait à cet instinct qui nous fait pressentir le malheur qui nous menace, à cette seconde vue qui derrière les flots lumineux d'un beau jour entrevoit de lugubres ténèbres. Rose était trompée enfin, et une secrète voix le lui disait.

Ce n'était pas assez pour Alcide de se faire une vie nouvelle, le digne ami de maître Georges profitait encore de sa vie ancienne en l'abandonnant. Parmi les nombreuses amies de Rose, il en avait distingué deux qui par l'étendue de leur clientèle, leur économie, devenaient pour un homme comme lui des sujets tout à fait précieux. Et il avait brossé de plus belle ses magnifiques favoris, maître Alcide : dans le monde où il vivait les affaires marchent avec une grande rapidité, et Rose Chappuis avait été outrageusement trompée pour Fanny la Folle et Esther la Juive, jeunes personnes très-répandues depuis la rue Montmartre jusqu'à celle de Grammont, en suivant le boulevard. Ainsi le grand homme, en s'apprêtant à quitter ce monde-là, lui faisait des adieux dignes de lui. Il le fuyait; mais en Scythe, en lui perçant le cœur.

Avec la même puissance de génie, il tenait en bride cette légion de bandits dont il était devenu le camarade, dont il avait partagé le négoce dans la quadruple partie des pastilles du sérail, des chaînes de similor, des contremarques et des demoiselles libres. Ici, la difficulté devenait plus grande : il fallait tout d'un coup rompre avec des hommes chatouilleux à leur manière, après avoir vécu de leurs vices, après s'être abandonné à eux, poussé par un penchant invincible à la paresse et aux humaines saletés. Alcide, déshérité de son épaulette, descendu de sa petite position d'officier dans l'armée, n'avait pas craint de s'associer à une compagnie dont plus d'un membre avait visité forcément Brest et Toulon; et maintenant, jetant sous ses pieds les précédents qu'il s'était faits, les amis, les complices qu'il s'était donnés, il aspirait à une rupture prompte, décisive : c'était hardi, c'était dangereux.

Et dans son orgueil d'homme entreprenant, il disait : C'est justement parce que cela est hardi et dangereux que je le ferai.

Mais nous avons laissé Rose courant après son infidèle.

Le premier jour de ses recherches elle ne fut pas heureuse; nul indice ne vint à elle. Le lendemain, sur le boulevard, elle rencontra l'une de ses intimes, et elle lui demanda avec une précipitation qui trahissait sa jalousie si elle n'avait pas vu Alcide rôder dans ces parages.

— Alcide, dit la jeune personne, ah! ma chère, il ne vaut pas mieux que les autres, celui-là, un ruineur de femmes... et qui ne leur est pas fidèle encore!

— Thisbé, répondit Rose se mordant les lèvres, Thisbé, saurais-tu quelque chose, parle! parle! Songe que je suis ton amie et que tu m'as dit souvent que tu te mettrais au feu pour moi. Voilà une occasion.

— Dam! ma fille, pas besoin de se mettre dedans l'incendie pour te dire que l'homme est grugeur et trompeur, c'est connu ça.

— Après.

— Eh bien! après, je crois que Fanny la Folle et Esther la Juive te font des traits avec lui, et c'est bien peu délicat de leur part; mais que veux-tu, il n'y a plus de mœurs parmi nous, nous nous corrompons, ma bonne!

— Tu feras des phrases plus tard, Thisbé, si ça t'est égal.

— Tu veux des faits, Rose, j' vas te servir ça tout chaud, écoute : de sorte que Laure, la grande blonde de la rue Marivaux, qu'était partie avec un Anglais, est revenue avant zhier, même que l'on dit qu'elle a des napoléons anglais de quoi acheter les Tuileries. Eh bien! aujourd'hui, à cette heure, elle paye un déjeuner aux anciennes amies chez Ravel, à la barrière de l'Étoile, qu'il y aura une rivière de vin de Champagne, du poisson au bleu et des asperges, qu'est une primeur. Je sais qu'elle a invité Fanny et Esther.

— Qué qu' ca prouve jusqu'à présent?

— Minute, et pas tant de feu!... Ça prouve que tout à l'heure j'ai vu Alcide monter dans l'omnibus de Neuilly, et qu'il avait crânement l'air d'un caniche qui flaire par le museau de l'odorat la fricassée qui se fait dans l'éloignement de la perspective, v'là quoi qu' ça prouve, ma belle!

— Si c'est pour la chose de manger, il n'y a pas de mal. C't homme, je ne le nourris pas comme un archevêque.

— Mon Dieu, on voit bien que tu as vendu des légumes! t'as l'esprit melon comme tout! Je ne te dis pas que la chose de manger ne l'ait pas engagé à risquer ses trente centimes dans la voiture de tout le monde; mais tiens, je vas te faire du carcul : quinze centimes pour fricoter et quinze centimes pour voir Esther et Fanny, qui sont des créatures agréables, c'est pas pour dire.

— Mais leurs hommes?

— Y n'y sont pas; c'était comploté, j' te dis; il n'y a d'hommes que ceux de Christine, d'Aglaé, de Marguerite, qui sont du gueuleton; t'es dedans, ma fille, tu y es.

— Thisbé, prête-moi six sous?

— En v'là vingt, et cours à la vengeance. Tout d' même ça me fait de la peine pour toi, car t'es une bonne fille, bien tranquille, sans compter qu' t'es belle comme le jour et forte en carcul et en littérature.

— Adieu, j' vas suivre Alcide!

— Et moi, j' vas me faire suivre par quiconque y voudra!

— C'est mon idée, Thisbé!

— C'est mon état, Rose!

Chapitre XIII. — Pendant un déjeuner.

Quelquefois, pendant la semaine, — quand les ouvriers gagnent durement leur Courtille, — il y a dans le jardin du restaurateur Ravel des échappés de la bonne compagnie.

Quelquefois, sous les arbres, autour des tables où l'argenterie brille, viennent s'asseoir la jeune femme de la Chaussée-d'Antin et son amant.

Regardez au bas de la petite montagne sur laquelle s'élève la cuisine de Ravel, vous verrez le tilbury qui les a amenés, et dans lequel ils ont sillonné la poussière du bois de Boulogne.

Mais ces rencontres sont rares, et aujourd'hui comme il y a vingt ans l'enseigne modeste de Ravel ne séduit guère que la petite propriété.

Or, la petite propriété se trompe quelquefois dans les élections de députés et d'officiers de la garde nationale; mais, dans le choix d'un restaurateur, il n'est pas rare de lui voir donner la preuve d'un tact tout à fait remarquable, son éducation culinaire étant sans doute plus avancée que son éducation politique.

Laure, la grande blonde de la rue de Marivaux, — comme avait dit Thisbé, — donnait un déjeuner à ses anciens amis. Elle n'était pas fière, la bonne fille, du vent de prospérité qui avait soufflé sur elle dans la riche Londres; elle en revenait couverte d'or, et avant d'entrer tout à fait dans la douce vie de rentière et de se retirer du monde au fond de la rue Saint-Louis, où déjà elle avait retenu un appartement, elle avait voulu une fois encore sacrifier à ses anciennes habitudes et parler, le verre en main, le langage chaud et pittoresque auquel elle allait faire de solennels adieux. Il lui était doux aussi de laisser à ceux qu'elle abandonnait dans l'ornière un souvenir amical, d'en finir avec eux par une fête. Elle ne pensait pas comme Alcide Durand, Laure la blonde.

Elle n'avait pas oublié les parties fines que dans des temps moins prospères elle avait faites chez Ravel avec les clercs de notaire, les journalistes du petit format, qui avaient commencé sa vie; et ce souvenir l'avait guidée dans le choix du restaurateur où elle voulait passer son dernier jour de folie.

On était à table quand Rose Chappuis arriva. Elle fut saluée à son entrée dans le jardin par de joyeuses acclamations qui lui prouvèrent le plaisir qu'on avait à la voir.

— Tu as bien fait de venir, dit mademoiselle Laure. Je n'avais pas eu le temps de t'inviter, et d'ailleurs il était difficile de réunir toutes mes connaissances; on s'éparpille tant dans c'te vie! Mais, puisque te voilà, bois, mange, sois heureuse; c'est moi qui régale.

Rose regarda autour d'elle, et sur toutes les physionomies elle lut une expression amie; mais elle crut voir que Fanny la Folle et Esther la Juive rougissaient un peu sous leur rouge.

— Chien de fard, dit-elle, qui cache ce qu'un chacun a dans l'âme!

Ensuite elle se mit à table... étonnée de ne pas rencontrer Alcide, que des yeux elle cherchait toujours.

— Je vois, dit Laure, ce qui t'occupe, ton homme n'est pas là; ça m'étonne qu'il ne soit pas venu encore, car je le connais, un bon déjeuner lui va comme un gant. A propos, je ne savais pas qu'il était avec toi, je le croyais toujours avec Frédériska la Polonaise; je n'ai su cela que tout à l'heure par ces *messieurs* et ces *dames*. Tu sens, ma Rose, que, connaissant la chose, je lui aurais dit de m'amener son amie... Mais il viendra, va; en attendant donne-moi un croc-en-jambe à ce verre de champagne... *champeigne*, comme disent les Anglais.

Rose se soumit à cet ordre de la reine du banquet; et elle se disposa à rattraper les convives, qui avaient sur elle l'avance d'une demi-heure. Tout en savourant la sauce d'un poulet sauté, elle remarquait que ces messieurs et ces dames — pour parler comme Laure, — la regardaient avec intérêt, avec une sorte de pitié même; et le sang très-inflammable de la jeune personne s'échauffait prodigieusement. L'embarras de Fanny et d'Esther augmentait à vue d'œil. Il y avait dans l'assemblée un je ne sais quoi de mystérieux qui la mettait au supplice. Rose essuya ses lèvres, but d'un trait un nouveau verre de vin, et elle dit d'une voix un peu tremblante :

— Sommes-nous des amis?

— Oui, nous en sommes, dit un gros brun aux cheveux longs et bouclés, lovelace de mauvais lieux, fort goûté de la plupart des beautés soumises à M. le préfet de police; oui, nous en sommes, et nous voyons bien que tu as quelque chose dans le cœur. Parle, Rose, épanche ton sentiment dans la réunion de nos sympathies; allons, épanche.

— J' dis donc que quand une femme est tranquille avec son ami, qu'elle le nourrit de son mieux, qu'elle lui donne à bouche que veux-tu de la volupté et de bonnes côtelettes, elle a le droit de dire à qui le lui ôte : T'es une ci, t'es une ça!

— Accordé, dit le gros brun.

— Eh bien! sans façon, sans la moindre cérémonie, j' dis que Fanny et Esther me font l'effet d' m'avoir pincé Alcide. Qu'elles le disent : un oui ou un non.

— C'est trop juste, dit Laure. Et comme elle payait à déjeuner, chacun s'écrie d'un ton approbateur :

— C'est trop juste!

Mais Fanny la Folle et Esther la Juive ne desserrèrent pas les dents. Elles se contentaient de lever les épaules et de faire une grimace dont l'expression pouvait ainsi se traduire : Cette femme est folle!

— J'ai des raisons pour parler comme je le fais, reprit Rose; il m'est revenu d'une part qu'elle avaient *jeté en l'air* leurs amoureux, et de l'autre qu'elles m'avaient escroqué Alcide.

— Il y a coïncidence, dit Laure majestueusement.

— Ainsi, en deux temps, il faut qu'elles s'expliquent, ou nous nous battrons à coups de couteau, à coups de ciseaux, à coups de poing, ça m'est égal; mais nous nous battrons.

— Accordé! dit encore le gros brun, qui avait les goûts très-belliqueux.

Mais les deux nymphes accusées ne partageaient pas ces goûts militaires, et d'ailleurs il était permis de craindre une rencontre avec Rose Chappuis, fille prodigieusement passionnée et qui sous un extérieur encore délicat, malgré ses promenades quotidiennes à l'injure du temps, cachait un cœur digne d'un mousquetaire. Devant cette nouvelle cour d'amour qui puait un peu le vin, dont les membres parlaient comme on parle aux barrières, elles se levèrent, et d'un ton humble, mais précis, elles jurèrent qu'elles étaient innocentes, et que tout en rendant justice aux qualités estimables et aux beaux favoris d'Alcide Durand, elles n'avaient jamais songé à le détourner de ses devoirs.

— Du moment que ces demoiselles nient, dit Laure, qui avait acheté le droit de présidence en se chargeant de la carte à payer, du moment qu'elles nient et qu'il n'y a pas de preuves, il faut faire la paix et boire du champagne.

Rose aurait voulu la guerre, mais il fallut bien qu'elle modérât son feu; elle composa son visage et elle dit tout bas : La paix, soit; mais je veillerai, et gare!!

Cependant Alcide, qui avait couru pendant la matinée pour ses nouveaux projets, et qui avait successivement visité l'avoué Hubert, le médecin Dulock et M. Georges, Alcide n'arrivait pas. La conversation dut naturellement tomber sur lui. C'est pour l'ordinaire le châtiment de ceux qui se font attendre. Il avait des ennemis, Alcide, et surtout dans la partie masculine de la société. Tous ces hommes qui avaient avec lui vendu des contremarques, battu des filles, étaient furieux des airs hautains que tout d'un coup il avait pris avec eux. Les succès qu'il avait eus aussi parmi le sexe de la rue avaient irrité leur amour-propre. — L'amour-propre est comme la vertu, il se niche partout! — Les propos sur l'absent commencèrent à circuler, et Rose, qui nourrissait un peu de rancune au fond du cœur, Rose, amante jalouse, ne les excitait que trop, elle qui, dans d'autres temps, les eût combattus chaudement. Qui aime bien châtie bien. Elle jugeait qu'Alcide avait bien mérité d'être châtié.

— Parbleu! disait un grand blond, l'amant de l'une de ces dames, ce n'est pas le Pérou que cet Alcide. Il veut faire le malin, l'homme du bon ton, et ce n'est qu'un homme comme nous!

— L'autre jour, dit un autre, il m'a rencontré rue Vivienne, et il m'a dit qu'il voulait rentrer dans la société dont il sortait. Si tu en parles, je te tue! qu'il m'a dit.

— Tu ne mens pas, Polyte? dit le gros brun.

— Je dis vrai comme il n'y a qu'un Dieu au ciel.

— Eh bien! il n'a qu'à se tenir, ce grand fade-là. Je ne l'ai jamais aimé moi d'abord, et je ne conçois pas comment ces dames, comment Rose, qu'est avenante et sentimentale, a pu s'en coiffer... Qu'il vienne promener son squelette par ici, et je vous réponds que je le soigne. C'est un mauvais faquin!

— Un sournois!

— Une canaille!

— Un capon!

— Je lui passerai la jambe!

— Je lui pocherai les yeux!

— Je lui ferai deux copeaux de ses tibias!

— Quéqu'il est venu faire parmi nous, ce feignant-là?

— Nous espionner.

— Prendre nos femmes.

— C'est nous voler, ça.

— Cré coquin, s'il était là!...

— C'est moi qui m'en charge.

— Non, c'est moi!

— Non, moi!

— Vous êtes tous des amours d'hommes, dit mademoiselle Laure. A votre santé!

— Il n'a pas osé venir parce qu'il a eu peur

— Gage qu'il ne viendra pas.

— Ah! qu'il vienne, au contraire, dit le gros brun. Rose vient de me dire tout bas qu'il l'avait caressée hier matin avec son bambou, et je venge Rose.

— Ah! mais, cependant, on peut battre sa femme, dit un autre.

— Pas de doute, dit le gros brun, v'là Aglaé qui pourra vous dire qu'elle a eu une dégelée de moi hier; mais moi je suis un vivant, un brave garçon, je suis un honnête homme, moi!

— Ça, c'est vrai tout de même! dit Aglaé.

— Tandis que, lui, c'est un clampin; et, je vous l'ai dit, il ne viendra pas, parce qu'il a peur de payer d'un coup les grands airs qu'il a pris avec nous depuis quelque temps. Il sait comment je tire la savate.

— Et moi le bâton!

— Et moi l'épée!

— Non, il ne viendra pas.

— Non.

— Non.

— Non.

— Vous en avez menti, canailles! dit Alcide Durand entrant dans le jardin et s'arrêtant droit devant la table.

Il avait une main dans la poche de son large pantalon à la cosaque, de l'autre il secouait un cigare allumé pour en faire tomber la cendre.

Et il souriait.

Chapitre XIV. — Coups de pied, coups de bâton, coups d'épée.

Les assistants restèrent immobiles.

Les langues se glacèrent et tous les yeux restèrent fixés sur Alcide Durand, qui s'était avancé à pas de loup et tombait au milieu de l'assemblée comme une apparition.

Esther et Fanny se troublèrent. Si Rose Chappuis, surprise au son de la voix trop connue d'Alcide, eût pu observer leur visage, nul doute que la cruelle vérité ne l'eût frappée; mais tout se passa si vite, l'émotion, la surprise furent si générales, que chacun, sous le poids de sa propre impression, ne put lire celle de son voisin dans ses traits.

Alcide Durand continuait à se dandiner devant la table.

Il aspira la fumée de son cigare et la rejeta blanchâtre et transparente au nez de ces messieurs et de ces dames, ensuite il répéta d'une voix pleine et tranquille :

— Oui, canailles, vous en avez menti!

Alors le gros brun, hercule redouté dans les environs des mauvais lieux de Paris, le gros brun, qui envoyait régulièrement tous les mois cinq ou six têtes d'hommes cassées aux hôpitaux, qui estropiait quinze femmes, prit un couteau sur la table; et, tête baissée, ivre de cette fureur que donne le vin aux goujats, il se disposa à fondre sur Alcide.

Laure, heureusement, l'étreignit de ses deux bras. Il lui en coûta ses deux gigots de manches qui furent déchirés, mais le gros brun, qui s'était levé, fut contraint de se rasseoir.

Alcide, qui n'avait pas montré la moindre émotion, jeta son cigare, et croisant les bras il dit froidement :

— Merci, Laure.

Les autres hommes complimentèrent la robuste beauté de sa bonne action, et l'un d'eux s'écria :

— Il est embêtant, gros brun, avec ses colères, faut toujours qu'il joue du couteau!

— C'est comme ça, dit un autre, que l'on va à la Force pour six mois.

— Et quelquefois plus loin, dit un troisième.

Pendant ce temps-là, Rose Chappuis, qu'une jalousie profonde tenait toujours, jetait sur Alcide des regards dans lesquels on voyait ce feu sombre qui révèle les passions capables de tout. Dans ce moment, le danger qui planait sur Alcide au milieu de cette assemblée hostile ne la touchait plus, son amour n'avait plus rien de tendre, de miséricordieux, il était frénétique, enragé. Les amours de cet étage ont quelquefois un grand air de ressemblance avec la haine. Ces filles qui fournissent aux avocats de cour d'assises de superbes plaidoyers, ont toujours tué un amant qu'elles adoraient. Rose était dans le paroxysme où l'on tue et où on laisse tuer quand un vengeur se présente. Alcide vit tout cela dans la figure contractée de mademoiselle Chappuis. Il avait eu le temps d'étudier les passions du monde dans lequel il s'était installé.

Il avait toujours la main gauche dans la poche de son pantalon à la cosaque, et cette main tourmentait un papier : billet parfumé du coquet Dulock, dans lequel cet ami d'Alcide lui annonçait que ses démarches et les pressantes lettres écrites de l'armée du Nord par le comte de Presle et par Jules de Nerville avaient fixé l'attention du ministre, qui avait promis une lieutenance pour le protégé de tant de monde.

Alcide, en chiffonnant cette lettre, avait une moitié de son âme dans la vie propre qui allait s'ouvrir à lui de nouveau, et dans la vie sale qu'il s'était faite. La vie sale l'ennuyait, et il ressentait une effroyable haine contre tous ces misérables qu'il avait joints chez Ravel, poussé par un malheureux instinct, et dont il sentait d'ailleurs, l'excellent jeune homme, qu'il n'avait plus besoin.

Ces malotrus, au parler commun, aux gestes carrés, dont il avait été le chaud compagnon, il les voyait avec colère, avec dégoût; cela même alla si loin, qu'il se surprit disant :

— C'est hideux, le vice !

Bon Alcide! il était comme ces fripons bien habillés qui ont des nausées devant des voleurs en casquette.

Mais le gros brun était une espèce de bête féroce qui n'entendait pas la raison. Quand la colère lui était grimpée au cerveau, il fallait qu'elle s'exhalât en coups, qu'elle s'éteignît dans du sang. Les échos de la Courtille et de la barrière du Maine savaient cela. Il avait l'affreux courage qui enfante ces guerres dont, flâneurs que nous sommes, nous ne craignons pas d'être souvent les témoins devant les cabarets de Paris; guerres qui rougissent le coin de la borne, la boue du pavé, et qui font peur à plus d'un homme qui tirerait l'épée en riant pour un regard de travers au balcon de l'Opéra.

Or il fallait une bataille au gros brun, qui avait été traité durement par Alcide; il fallait une bataille aux autres hommes, qui avaient été compris dans le vigoureux démenti qu'il avait donné.

Plus prompt ou plus furieux que les autres, gros brun fut encore debout le premier; il quitta le voisinage de Laure, dangereux pour lui, et il s'élança vers Alcide en disant :

— Faut que j' te tue!

Laure vida son verre, et d'un ton nonchalant elle dit :

— *Mesdames*, il va y avoir du sabbat! Nous ferons bien de mettre nos châles, nos chapeaux, et d'entraîner ailleurs la société. Garçon, la carte!

— Voilà, madame.

— Deux cent soixante francs! ça n'est pas cher, mon fils : tiens, voilà deux cent soixante-cinq francs; y aura une face pour toi.

Le garçon s'inclina respectueusement.

Pendant ce temps-là, les hommes étaient sortis; et sur la pelouse qui s'étend devant le cabaret de Ravel, on arrangeait, aussi froidement que possible, les dispositions du combat qui allait avoir lieu.

Alcide avait repris son éternel cigare, et il laissait dire.

Les colloques durèrent un quart d'heure. Ce temps écoulé, un de ces messieurs revint; il avait sa capote boutonnée jusqu'au menton, et l'on voyait que sous ce vêtement il cachait quelque chose avec soin. Hippolyte alors s'approcha d'Alcide et lui dit :

— Tu nous as donné un démenti tout à l'heure. Tu nous as traités comme les derniers des derniers. Nous voulons te tuer à présent : ça te va-t-il?

Alcide lança à Hippolyte une énorme bouffée de tabac, ensuite il répondit :

— Je veux bien vous permettre d'essayer; mais pas ici : allons au bois de Boulogne.

— C'était notre intention.

— Eh bien! marchez devant, canailles, je vous suis.

— Canaille toi-même, Alcide! répondit Hippolyte rouge de vin et de colère.

Alcide haussa les épaules, tourna les talons et se mit en marche. Toute la troupe en fit autant.

Les dames étaient aguerries, elles avaient beaucoup vu de ces combats dans leur vie très-agitée; aussi, à l'exception de Fanny et d'Esther, qui s'éclipsèrent subitement, elles se mirent en marche avec une parfaite tranquillité.

Rose Chappuis, que la fuite d'Esther et de Fanny n'éclairait que trop sur l'infidélité de M. Alcide, marchait seule, pâle, les dents serrées, altérée de sang comme ce monsieur qui conduit à la mort le saint Symphorien.

Elle aimait Alcide, oh! elle l'aimait beaucoup; mais il l'avait trompée, et il fallait qu'il fût puni, et cruellement encore ! Ce désir infernal s'associe à la plus vive tendresse chez les filles de la trempe de Rose. Si dans ce moment Alcide s'était jeté à l'eau, elle y eût plongé pour le secourir; mais ensuite elle l'eût remis aux terribles mains de gros brun.

Après une marche d'une demi-heure, on arriva dans l'un des fourrés les plus épais du bois de Boulogne. D'elles-mêmes les dames formèrent un cercle, une enceinte vivante; Laure se frottait les mains et disait joyeusement : — Je ne suis pas fâchée de voir une bonne ratapiolle se donner pour mon dernier jour de femme libre! Faites de la place, mesdames... Aglaé, ma belle, écarte-toi donc un peu.

— Volontiers, chère amie.

Mais les hommes!... Ils étaient pâles, leurs yeux brillaient d'un feu terrible.

Alcide Durand, les mains toujours dans ses poches, se posa académiquement, et avec un accent plein de vigueur :

— Canailles, dit-il, car je veux vous conserver votre nom jusqu'à la fin, que voulez-vous de moi ?

— Te tuer!

— Te manger!

— Te dévorer!

Et ils l'entouraient, ils le serraient de très-près; il entendait leurs dents que la rage faisait claquer, il sentait sur sa figure leur haleine ardente comme celle du tigre.

Et, au fond du cœur, il comprenait que le péril était grand, car il les connaissait, ces misérables!

Il savait qu'excités par le vin, par leurs habitudes atroces, ils étaient des féroces bêtes; que leur colère était hideuse, et que, pour eux, savants dans l'art de déchirer un homme avec les mains, il n'était pas besoin de l'épée et du pistolet pour un meurtre.

Il savait que gros brun, célèbre dans l'art de la savate, art qu'un lord de l'aristocratique Angleterre n'a pas dédaigné d'étudier à fond chez nous, posait à volonté la semelle de sa botte sur le crâne du plus robuste adversaire; que d'un revers du pied il brisait un tibia; qu'il savait aussi du même coup crever deux yeux et chercher entre deux rangées de dents fort dangereuses une langue pour la tordre; il savait cela, Alcide, et il s'apprêtait... calme, intrépide, mais prudent, mais réfléchi.

— Sauvons la figure d'abord, disait-il, car il faut que je sois joli garçon sous peine de mort! et puis, frappons un grand coup. Il faut aujourd'hui fonder par la force une position avec ces drôles, ou il faut que ces drôles me tuent : *to be, or not to be*.

Et Alcide ôta son habit pour son duel avec gros brun, *Polyte* et *Dodore*, les amants de filles du coin, en citant Shakspeare.

Alors on entendit un doux frémissement parmi les dames, comme lorsque le bal va s'ouvrir.

Ces dames, elles portaient plumes et dentelles, comme celles qui peuplent nos réunions du monde; quelques-unes même, sous leurs chapeaux gracieusement coupés, laissaient voir de délicates figures, de douces et mignonnes physionomies; mais il n'y avait que l'extérieur qui fût ainsi; l'âme depuis longtemps était flétrie, desséchée. Ces jolies créatures rassemblées sous les arbres du bois de Boulogne avaient des organes à la carabinière, des goûts à la hussarde, des joies à la dragonne; un duel, des coups, du sang les amusaient.

Elles allaient bien s'amuser, ces dames!

— Puisqu'il le faut absolument, dit Alcide, serrons les poings, et bon pied bon œil, mille dieux!

En parlant ainsi il achevait d'ôter son habit, qu'il ploya très-proprement et plaça sur l'herbe.

— Il a du soin, dit mademoiselle Laure tout en faisant agir la pointe d'un cure-dent sur ses incisives et ses mâchelières.

— C'est une justice à lui rendre, répondit Rose, Alcide est soigneux : il porte un habit un an!

— Chut, chut, fit Aglaé, l'amie de cœur de gros brun. V'là la danse qui va commencer. Vous allez voir comme mon homme gesticule!

Alcide voyant que gros brun s'avançait, fit un geste de la main.

— C'est donc toi qui ouvres la marche? dit-il.

— Oui, si ça ne te blesse pas. T'es un faux frère, un mauvais fade. Tu as un air de nous mépriser, quand nous t'avons admis dans notre société. Faut qu' ça finisse. Allons, y es-tu?

— Minute, j'ai un mot à dire encore.

— Crache ton mot et aligne-toi!

— Eh bien, vous l'avez dit, canailles, je vous méprise, je suis soûl de votre sale société; et si j'ai les mêmes bras qu'il y a huit jours, je vous exterminerai pour mes adieux.

— Ah! brigand! dit gros brun, qui écumait. Et il lança la pointe de sa botte dans la jambe droite d'Alcide.

Ce coup, appliqué avec la vigueur et l'adresse dignes d'un maître dans l'art de la savate, fit chanceler notre héros. En même temps, une claque, une giffle, un soufflet, une calotte, — choisissez, — lui tombait d'aplomb sur la figure et couvrait toute sa joue droite.

Il bondit en arrière et porta vivement la main à ses yeux.

— Il n'y a pas de sang, dit-il, l'œil est sain; sauvons, sauvons la figure!

— Quelle mornifle! dit Aglaé, le bœuf gras en serait tombé les quatre fers en l'air.

— Oui, dit Rose, mais mon monstre ne tombe pas, lui!... Cependant il s'est laissé donner le premier coup, ça lui portera malheur!

Alcide, pendant que sa belle parlait ainsi, se rapprochait de gros brun, et le combat commença dans toutes les règles.

Depuis trois ans qu'il vivait parmi la canaille, l'amant de Rose en avait pris les armes comme il en avait pris le ton et les mœurs. Dans une cave du faubourg Saint-Marceau, il avait été initié aux secrets de la savate. Et qu'on ne fasse pas fi de ces secrets-là; plus d'un beau jeune homme à la touffe de cheveux harmonieuse et parfumée, aux gants blancs embaumés, s'en est rendu possesseur en risquant quelques écorchures à ses tibias d'homme comme il faut, et il ne se laisse plus assommer bêtement par un fier-à-bras du coin de la rue.

Alcide, donc, connaissait les ruses, les attaques, les parades et les ripostes de la savate. Il vit tranquillement venir son adversaire, et il se disposa à le bien recevoir.

Gros brun, moins haut de taille que notre héros, était musclé en athlète; ses épaules étaient larges, carrées, ses bras énormes, son cou gros et court comme celui d'un taureau; ses jambes un peu cagneuses, mais puissantes, annonçaient une vigueur peu commune; sa chevelure noire, hérissée, ses yeux qui lançaient du feu sous d'épais sourcils, donnaient à son visage une hideuse expression de férocité. On sentait qu'un homme comme celui-là devait s'acharner sur une proie comme un bouledogue, et qu'il ne quitterait un adversaire renversé qu'après l'avoir déchiré, torturé, mordu longtemps.

Voilà sans doute ce que se disait Alcide évitant avec prudence les pieds et les mains de gros brun, et sautant en arrière ou de côté chaque fois que l'adroit et vigoureux ennemi qu'il combattait lui lançait un coup soit avec la pointe carrée de sa botte, soit avec sa large main voltigeant tout près du visage.

Son adresse à éviter gros brun n'alla pas cependant jusqu'à parer un coup double qui le frappa en même temps au ventre et sur la bouche.

— N'est-ce pas, dit le terrible amant d'Aglaé à Alcide, n'est-ce pas que mes bottes et mes gants sont coriaces?

Alcide ne répondit pas; il envoya un coup de poing, qui fut paré lestement.

— Ah! ah! dit gros brun se mettant de nouveau en garde, c'est-à-dire pliant les jarrets presque jusqu'à terre et agitant les mains en avant pour amorcer l'ennemi; ah! ah! tu ne pourras plus ronger de côtelettes, mon fils : le râtelier du haut est défoncé. Dis donc, je te donnerai l'adresse de mon dentiste, un négociant du pont Neuf; il pourra aussi te faire la titus, car il tond les chiens.

Alcide resta silencieux. Il s'était assuré rapidement que ses dents étaient à leur place; mais il frémit de rage en songeant au péril qu'elles avaient couru, et le péril, en effet, avait été grand.

Un peu plus, et les plus belles dents du monde entraînaient dans leur chute les beaux projets de l'admirateur de M. Georges.

Alors on vit pâlir Alcide. Alcide qui avait été menacé dans ce qu'il avait de plus précieux et qu'un coup un peu plus fort eût pour jamais empêché de sourire gracieusement à une femme; on le vit pâlir et grincer des dents, comme pour montrer qu'elles étaient encore à leur poste.

Gros brun, de son côté, s'animait de plus en plus. La lutte était arrivée à ce point où il n'y a plus moyen de se mettre entre les combattants sans s'exposer à être broyé tout vif.

Mais personne ne songeait à arrêter les coups, qui pleuvaient comme grêle. Seulement Rose se disait tout bas :

— Avec tout ça, Alcide en a assez reçu. Si gros brun *lui passe la jambe* et le renverse, il va le tuer. Et ce serait trop de joie!

Les deux adversaires suent; ils s'injurient en combattant, comme les héros d'Homère : la soif du sang brille dans leurs yeux. Ce combat à coups de poing leur coûte peut-être plus d'adresse, plus de ruses, plus de feintes qu'un duel à l'épée.

Alcide recule de quelques pas. Il sait qu'aborder gros brun, dont les mains font pleuvoir des soufflets et les pieds des croc-en-jambe, est impossible; il sait que cet alerte coquin est terrible là où il peut atteindre par le haut ou par le bas de son individu : Alcide prend son parti, parti bien périlleux! Il recule encore, balance un moment son grand corps, comme s'il voulait un bon élan pour franchir un fossé, et il saute, rapide comme la foudre, sur gros brun. Cette grande masse, en fendant l'air, oppose un choc épouvantable aux pieds et aux mains de gros brun, qui se multiplient devant lui comme une cavalerie légère ou de prompts tirailleurs devant une armée; cette masse, dans son passage, refoule la grêle de soufflets et de coups de pied de l'habile tireur de savate.

Ils sont corps à corps. L'immense saut d'Alcide, en le rapprochant de son adversaire, a neutralisé l'adresse de celui-ci. Poitrine contre poitrine maintenant!

Gros brun est enlevé du sol, il se débat; mais les bras terribles d'Alcide Durand l'enlacent et le rejettent violemment sur la terre, cette bonne mère de tous, qui a le sein si dur!

— On ne se bat pas à terre! crie la société.

Et l'on s'avance pour arracher gros brun des griffes de son vainqueur; mais celui-ci, avant de quitter prise, a eu le temps d'appuyer dans la poitrine du pauvre diable un coup terrible. L'amant d'Aglaé pousse un gémissement, ses yeux se ferment, il se tord un moment sur la poussière, puis il reste glacé... Il lui faudra six mois d'hôpital, le malheureux!

Aglaé arrache sa chevelure et ses vêtements à la mode antique, et Alcide lui dit froidement :

— Sans l'article *homicide volontaire*... je le tuais, ma fille!

Ensuite, s'adressant aux autres hommes : Allons, gueux, j'attends, dit-il.

La princesse d'Hippolyte, qui ne s'appelle pas Aricie, mais Christine, s'écrie alors :

— A toi! à toi! Polyte! tue-le, mon amour! N'oublie pas que tu es le premier bâtonniste de France et d'Urope!

Alcide prend un bâton qu'on lui présente; mais désormais confiant dans sa force et dédaigneux des ruses de guerre, il toise Hippolyte majestueusement, et laissant de côté les évolutions de la canne qu'il possède, il fond comme la foudre sur le bâtonniste, qui s'attendait au moulinet, au coup de tête, au coup de ventre, à tous les coups possibles, et ôtant à l'artiste désappointé le loisir de combattre d'après les règles du bâton, il lui appuie le sien sur les épaules, sur les bras, sur la tête, il le bat comme plâtre!

Hippolyte saute comme un cabri, il pousse des cris aigus, il se démène comme un possédé.

— Eh bien! Polyte! dit Christine, donnes-y donc le coup!... tu sais bien, le fameux coup!

Mais Polyte est privé de l'espace nécessaire pour faire tourner son arme. Serré de près par l'herculéen Durand, il cède à l'ascendant de cette grande force qui écrase son individu assez chétif. Enfin son bâton lui tombe des mains.

Alcide alors prend Polyte par le milieu du corps, il le retourne et lui applique un coup de pied au derrière qui le jette le nez dans l'herbe.

— Tiens, gringalet! dit-il.

Vous connaissez tous le faible des dames pour les héros. Rose cède au charme; et quoiqu'un secret dépit gronde encore dans son cœur comme un orage lointain, elle lève les mains au ciel et s'écrie :

— O homme robuste, va! Si au moins tu m'étais fidèle!

Mais déjà les fers sont croisés entre Alcide et Théodore le tenant de Marguerite.

— Pousse, Dodore! crie celle-ci; pousse, mon gros!

— Ah! ah! dit-elle en regardant ces dames, c'est plus du bâton, ça, de la savate, qui est des armes de faubourg et d'ouvriers : c'est l'épée, l'arme des nobles et tout ce qui est comme il faut. Hardi, Dodore! n'oublie pas que tu es prévôt, mon chat, mon gros chéri!

Encouragé par les paroles d'amour de Marguerite, Dodore se bat à outrance. Gros brun et Polyte, roués, éreintés et couchés sur le sol, qui les a reçus dans leur chute, voient d'un œil terne ce combat. La force leur manque pour crier courage à Théodore. Leurs membres sont brisés, leur langue s'est glacée dans leur bouche, ils se contentent de faire des vœux.

Mais Alcide a dépensé une partie du temps où il fut soldat dans les salles d'armes. L'épée, voilà son fort; sur le pré et avec une lame dans la main, il est chez lui, Alcide, il nage dans ses eaux. Le malheureux Théodore pousse un cri, fait un bond prodigieux et va tomber dans la poussière à côté de gros brun et de Polyte.

Alcide alors remet son habit; et il dit aux dames, qui s'empressent autour du blessé :

— *J'ai forcé le fer et dégagé en dessus*, Théodore est atteint aux côtes, et comme il est gaucher, c'est un homme mort!

Marguerite se roule en gémissant sur la terre à côté de son amant, sa douleur est horrible comme son amour de prostituée; elle écume, elle blasphème.

Et par intervalles, il y a de la femme dans son angoisse; elle pleure, sa voix devient plaintive.

Mais Alcide a boutonné son habit, rajusté sa cravate.

— Je cours chez le garde du bois, dit-il, j'enverrai du secours.

— Ah! oui, dit Laure, fais venir un médecin, coûte que coûte. Cré coquin! il a eu un vilain dessert, le déjeuner que j'ai offert à la société! Cours, Alcide; un médecin! un médecin! quand il faudrait un louis pour chacun de ses pas!

Marguerite, qui s'est assise à côté du corps inanimé de Théodore, et qui tient ses mains glacées dans les siennes, relève sa tête, et d'une voix creuse :

— Merci, Laure! dit-elle.

Alcide s'éloigne à grands pas; mais Rose Chappuis l'a devancé, et il la trouve à genoux dans le sentier qu'il est obligé de prendre pour gagner l'habitation du garde-chasse.

— O mon héros, mon César, mon Napoléon! dit-elle avec un accent plein de respect, pardonne à Rose, comme elle te pardonne, ou écrase-la comme un ver!

— Laisse-moi passer, imbécile!

— Oui, mais dis que tu me pardonnes!

— Appuie à gauche, ou je te casse les reins.

— Mon pardon! mon pardon!

Alcide la pousse brutalement de côté et poursuit sa route; elle tombe sur une touffe d'orties, et toute sa figure est déchirée.

— Il s'en va! dit-elle en le suivant des yeux.

Et elle lui envoie mille baisers par la voie des airs, en disant :

— A toi, à toi, joli vainqueur! C'est un lion, c't homme-là, un vrai lion!

Ensuite elle reprend en s'essuyant le visage :

— Mais allons consoler ces dames dont les amants sont par terre comme au marché aux Veaux. C'est pas le tout d'être amoureuse, faut être bonne.

CHAPITRE XV. — Départ d'un galant.

Quinze jours de plus ont été ajoutés à la vie précieuse d'Alcide Durand. Théodore est enterré. Hippolyte et gros brun sont sur le dos dans les salles de l'Hôtel-Dieu; ils y resteront longtemps : paix à eux! Venons à ceux qui vivent et qui se portent bien.

Alcide Durand a couché chez lui, dans son petit appartement de la rue Olivier.

— Adieu! dit-il à une grande et grosse femme qui s'enveloppe dans un manteau fort élégant, une femme dont la mise est distinguée, mais dont les mains et les pieds, taillés sur un modèle un peu large, trahissent des précédents de marchande de salade ou de blanchisseuse de gros.

— Adieu, Alcide! ainsi je ne te verrai donc plus.

— Non, mon enfant, car je pars demain.

— Enfin, il faut se faire une raison; je t'ai eu quinze jours, et c'est beaucoup, un demi-mois de bonheur!

— Je le crois bien!

Un baiser éclatant se fait entendre, et la porte d'Alcide se referme sur Laure. La drôle de fille, touchée des hauts faits d'Alcide à la suite du déjeuner qu'elle a payé chez Ravel, a voulu faire un dernier pas dans l'ornière de la folie, et elle l'a fait. En concurrence avec Fanny,

Esther la Juive.

Esther et Rose, elle a eu, comme elle dit, le bel Alcide, et maintenant, dans une citadine dont elle payera grassement le cocher, elle va s'enfouir au Marais, dans lequel elle a juré de commencer une vie régulière et propre : elle l'a juré, et elle tiendra son serment. Ces brusques conversions ont lieu quelquefois dans le monde que Laure abandonne. Mais sa dernière escapade est faite, elle va vivre avec une monotonie d'honnête femme; nous la laisserons : adieu, Laure!

Alcide, étendu sur un canapé, caresse de ses doigts une belle montre d'or que sa nouvelle conquête lui a donnée : elle est de Bréguet, ma foi! elle ne variera pas d'une minute en un an. Il rit, M. Durand, en suivant l'heure de l'œil : ah! c'est qu'il a fait de sa journée un emploi merveilleux!

— Je ne crois pas, dit-il, que le maître de cette maison, que M. Georges, tout Georges qu'il est, ait jamais mieux disposé de son temps que moi aujourd'hui... Aujourd'hui, à l'exemple de Laure, je quitte la canaille, la borne, la boue! je suis un homme, enfin! Tu as donc lui, toi, jour tant appelé, eh bien! morbleu! on te salue!

Et sur sa cheminée, vers laquelle son regard s'est porté, il y a un papier, et dans ce papier une prose ministérielle qui rend à Alcide son épaulette : il est aide de camp du comte de Presle, l'amant de Rose, de Fanny, d'Esther, de Laure, de tout le monde.

Et quand il songe à son bonheur, quand il regarde toutes ces chances favorables, ce monde qui s'ouvre encore une fois devant lui, il frémit de plaisir, il est ébloui comme par un soleil trop éclatant; mais patience, il a la vue fort bonne : il s'habituera au soleil.

— Imbécile que je suis! dit-il, j'ai perdu trois ans!... Allons! allons! pas d'injustice envers ma vie d'amoureux de filles; c'est dans cette vie-là que de bonnes idées me sont venues, c'est dans cette vie-là que j'ai appris ce que je valais. Voyons, il faut récapituler ce que j'ai à faire : à onze heures, Fanny doit m'apporter l'épaulette et l'épée que j'ai commandées au Palais-Royal; à midi, ce sera le tour d'Esther, avec l'habit et tout ce qui s'ensuit; enfin, à une heure, arrivera Rose apportant le chapeau d'uniforme et ce superbe manteau de cheval dont Barde m'a pris la mesure... Par exemple, si je sais comment elle fera, je veux bien que le diable... Eh bien! eh bien! elle fera comme elle pourra! A quoi diable vais-je penser! C'est qu'elle est la plus pauvre, elle... et c'est étonnant, car elle est la plus jolie; mais nonchalante, sans énergie, toujours amoureuse d'un homme, de son Alcide, comme elle dit, et négligeant le positif... Bonne fille au fond!

Il fut interrompu par un concert de voix criardes qui s'éleva sur l'escalier. Dressant l'oreille, il écouta attentivement.

— Morbleu! dit-il, je crois reconnaître l'accent très-aigu de ma Rose. Il n'est qu'onze heures cependant, et c'est à une heure que je l'attends. Allons voir.

Il court ouvrir sa porte, et trois femmes criant, jurant, jappant se précipitent chez lui : ce sont Esther, Fanny et Rose.

— Ouais! dit Alcide Durand fronçant ses sourcils d'ébène, qu'est-ce à dire?

— Il y a à dire, crie Rose, que tu n'es qu'un scélérat, que tu me trompes toujours avec ces deux femmes-là!

— Il y a à dire que tu nous fais aller, ajoute Esther.

— Et que ça ne se passera pas comme ça, réplique Fanny.

Alcide les regarda l'une après l'autre : chacune avait sous son bras un volumineux paquet; mais la plus drôle des trois, c'était Fanny, avec son carton à épaulettes dans une main, et dans l'autre une épée ornée du coq gaulois.

Alcide, homme à spéculations et à calculs, riait peu ordinairement; il ne put cependant arrêter un sourire sur ses lèvres, qu'il pinça bien vite pour ne pas compromettre sa dignité.

— Mesdemoiselles, dit-il, il ne faut pas faire de bruit dans cette maison; on y a l'habitude de jeter dehors les gens qui font du tapage et parlent les poings sur les hanches, je vous en avertis!

— Gueux!

— Sournois!

— Perfide!

— A la bonne heure! dites vos sottises doucement... ou plutôt, mes anges, passons dans mon petit salon : c'est une pièce sourde, rien de ce qui se dit ne se peut entendre au dehors.

Les trois dames se ruèrent vers la porte du petit salon; Alcide les suivit et s'enferma avec elles.

— Maintenant, dit Rose, il faut que le chapelet se débrouille, j'en ai trop sur le cœur d'abord, ça déborde!

— Eh! tu nous embêtes! dit Fanny, il ne t'aime plus, c'est moi qu'il aime à c't' heure!

— T'as menti, c'est moi! dit Esther.

— Deux sous que j' te donne une claque!

— Viens-y donc, la blonde aux doux yeux!

— Tiens, voyez donc ces deux poissardes qui s'invectivent comme des gens de peu! dit Rose; pourquoi que vous me séduisiez Alcide, brigandes que vous êtes? Fallait le laisser, c't homme, vous ne seriez pas à vous vomir des sottises à présent.

— Prenez donc garde de blesser les oreilles de madame comme il faut! Ah! dame, ça fréquente le beau monde, c'est calé, et ça ne peut endurer les gros mots du petit peuple!

— Aussi calée que toi, Esther, mauvaise juive! Qué q' tu viens faire parmi nous, toi, qui n'est pas de notre religion? J'ai un Dieu, moi; t'en as pas, toi, chienne!

— Chut! chut! faisait Alcide.

— Non, je veux crier, dit Rose.

— Et moi aussi, dit Fanny.

— Et moi aussi, dit Esther.

— Ah! vous vous tairez, mes princesses. Et M. Durand prenant une cravache pendue au mur en cingla quelques coups à ces dames.

— Ah! sauvage, tu battras une femme!

— Et à coups de cravache encore!

— Ni plus ni moins que la fumelle de cheval!

— Je suis au désespoir d'en être venu là; mais que diable, vous criez comme des oies sauvages! Voyons... du calme... asseyez-vous et écoutez.

— Faut faire tout c' qui veut, ce brigand-là! A-t-il, a-t-il de beaux favoris!

— Et ses dents qui est comme des perles!

— Et ses yeux noirs qui sont si doux... quelquefois, murmura Rose.

— Ecoutez, mesdames, écoutez. Vous dites que je vous ai trompées, c'est vrai.

— Merci!

— Tais-toi donc, Fanny, ou je reprends la cravache... Je vous ai trompées; mais pourquoi? parce que je quitte Paris. Si j'avais dû rester ici, Rose, je t'eusse été fidèle; mais, ma foi! je m'en vais, et j'ai voulu m'attacher à d'autres pour moins souffrir, ô Rose! de notre séparation.

— Il part! dirent à la fois les trois femmes.

— Il part! répondit Alcide.

L'étonnement parut sur la figure de Fanny et d'Esther; sur celui de Rose, c'était de la véritable douleur. La pauvre fille s'était mise à aimer Alcide comme on aime quand on est pure : elle avait oublié son état.

— Je vous ai dit que j'étais nommé à l'état-major de Paris, première frime; je vous ai dit à chacune en particulier de me fournir une pièce de mon uniforme, seconde frime.

— Bref, nous sommes dedans.

— Tu l'as dit, Esther, et cela est dans les règles : les femmes sont faites pour être menées par les jolis garçons, ça s'est toujours vu. Ainsi mettez chacune sur mon lit ce que vous apportez, vous vous disputerez après.

— C'est bien joué! dit Fanny.

— V'là ce que c'est que de s'attacher, ajouta Esther; j'en suis pour mes frais. Chiens d'hommes, c'est-y ruineux!

Le gros brun était un Lovelace très-vigoureux et très-goûté.

Ensuite on s'expliqua. Rose, la jalouse Rose, avait surpris le secret du rendez-vous avec Fanny pour onze heures; elle était allée trouver Esther, qui lui avait parlé du sien pour midi.

Ensuite les trois rivales, réunies un moment par la même colère, étaient venues ensemble pour faire mourir Alcide de honte, et elles le faisaient mourir de rire.

— Allons, disait-il, il ne faut pas me regarder comme ça avec de gros yeux, il faut faire la paix, il faut vous dire surtout, mes petites chattes, qu'un homme comme moi n'était pas fait pour vivre plus longtemps dans la crotte. Je vous quitte en vous pressurant un peu, mais, comme l'a dit Fanny, c'est bien joué; une autre fois il faudra vous en tenir aux malotrus comme gros brun, Dodore et Polyte. Les hommes de ma trempe sont trop dangereux pour vous, simples filles publiques que vous êtes; il faut pour leur résister des femmes honnêtes!

— C'est vrai tout de même, ce qu'il dit.

— Ainsi, soyons amis pour le dernier jour que nous devons passer ensemble. Esther et Fanny, je vous permets de m'embrasser quatre fois; et toi, Rose, qui pleures dans un coin comme une bête que tu es, tu me payeras à dîner demain avant mon départ.

— Oh! je paye ma part, dit Esther.

— Et moi donc! ajouta Fanny.

— Non, non, mes amours, non : Rose est ma femme de fondation; c'est elle, elle seule qui doit me donner le bifteck du départ. A chacun ses droits! ça lui coûtera cher, car j'entends bien me nourrir pour monter en voiture.

— Au moins, dit Rose fondant en larmes et levant les mains au ciel, au moins il pense encore à sa Rose, il a encore une attention pour elle! Merci, merci, homme délicat!

— Maintenant, mesdames, reprit Alcide, causons tranquillement. Aimes-tu le madère, Fanny?

— Beaucoup!

— Eh bien! va-t'en au coin de la rue, il y a un café où il est excellent.

— J'y cours.

— Prends donc ta bourse, sotte!

— Tiens, c'est vrai! j'oubliais mon ridicule... et tu n'as pas celui de payer avec les femmes. Hein? le calembour!

Fanny, après ce trait gracieux, se lança rapide à travers l'escalier et courut chercher une bouteille de madère. Elle se disait en trottant légère et pimpante :

— Il faut prendre du meilleur, il est difficile, l'homme!

Et c'est ainsi que M. Alcide Durand passait son avant-dernier jour d'oisiveté, et qu'il se préparait au noble métier des armes qu'il allait reprendre. Et le dernier jour donc!... oh! il faut lui rendre justice, il le donna tout entier à la tendre Chappuis. Il en coûta à la bonne fille ses dernières chemises et son bois de lit; mais Alcide fut amplement régalé.

Dans la soirée il la quitta un moment pour aller chez M. Georges faire ses adieux. Là il raconta comme quoi trois femmes avaient fait les frais de son équipement : celle-ci pour l'épée, celle-là pour l'épaulette, cette autre pour l'habit.

— Eh! eh! pas mal, pas mal, disait le vieux pécheur.

— Vous trouvez?

— Sans doute, c'est un coup de maître. Malheureusement tu spéculais sur la gent pauvre, dans le monde une affaire comme celle-là t'eût valu cinq cents louis, mon garçon! Mais tu y viendras.

Les adieux furent affectueux entre Georges et Alcide. Ce dernier promit de donner de ses nouvelles. Il promit surtout de ne pas rester longtemps avec la cocarde et l'habit d'ordonnance.

— Tu feras bien, tu feras bien, Alcide, un militaire ne court qu'après la gloire, et toi tu cours après l'argent!

V'là la danse qui va commencer, dit Aglaé, vous allez voir comme mon homme gesticule.

Alcide quitta le doux vieillard qui le serrait dans ses bras. En traversant l'antichambre, il remit à Tityre les clefs de son appartement en lui recommandant bien son petit mobilier, et un moment après la porte cochère de la rue Olivier se refermait sur lui. Il allait au bureau des messageries, où son léger bagage avait d'avance été porté, où Rose l'attendait.

Rose! neuf heures du soir viennent de sonner. La nuit, profonde, épaisse, couvre Paris. Une pluie fine poussée par la bise fouette contre les vitres des rares maisons de la rue la Fayette, ou plutôt de ce beau et large chemin qui sera une rue plus tard. Rose, après avoir reçu un baiser sec d'Alcide en échange de ses baisers de feu; Rose, qui a senti un vertige terrible siffler dans sa tête quand la diligence a quitté la cour des messageries; Rose, enfin, a couru derrière la voiture publique jusque dans cette rue la Fayette, emportée par le chagrin, par sa passion. Là les forces lui ont manqué; elle est tombée, la pauvre enfant, sur le pavé, et elle a fait un effort terrible pour ne pas perdre le sentiment.

— Si j'allais m'évanouir, disait-elle, je n'entendrais plus le roulement de la voiture, et dans cette voiture-là il y a Alcide Durand!

Mais il a cessé, le roulement de la voiture, et on n'entend plus dans ce quartier isolé que le vent du nord, qui pousse dans le ciel de gros nuages noirs.

Deux heures après, Rose est encore là qui pleure. Elle est ruisselante de toute cette pluie qui tombe, ses dents claquent, le froid aigu la mord. Savez-vous ce qu'elle dit? elle dit :

— Ah! il aura bien chaud, mon pauvre Alcide, car je lui ai donné mon manteau dans la cour des messageries pour qu'il ménage le sien. C'est bon, la ouate, pour les jambes!

Et en effet, il avait chaud. Avant d'arriver à la barrière, il dormait.

A minuit une patrouille ramassa Rose à moitié noyée, à moitié glacée. Il lui en coûta quarante-huit heures de prison pour avoir pleuré le départ de son amant à une heure indue!

Chapitre XVI. — A soixante lieues de Paris.

Dans ce temps-là une armée française faisait l'exercice à boulet devant la citadelle d'Anvers. Des généraux au nom historique levaient des plans, surveillaient la tranchée, parlaient gabions, fascines, assaut, entendaient siffler de la mitraille, et se croyaient revenus aux grands siéges de Saragosse et de Tarragone. Mais nous, dans Paris, suivant les allures du coq gaulois, nous savions très-bien que l'animal est plus criard que méchant; et nous plaignions de tous nos cœurs de patriotes cette pauvre armée qui espérait de la gloire et qui oubliait au bruit du canon qu'en France il y avait un juste-milieu.

Or il avait bien fallu, quoiqu'on fût bien décidé à ne combattre que des murailles, se donner des airs guerriers et prendre certaines précautions militaires qui, à défaut de résultats glorieux, missent au moins beaucoup d'argent en circulation. — Le juste-milieu aime beaucoup que l'argent circule! — Une organisation en grand avait donc eu lieu, et sur la frontière des corps de troupes attendaient que les Prussiens ou les Hollandais voulussent des coups pour leur en donner. Oh! alors, les cœurs battaient sous l'uniforme, une généreuse impatience se peignait sur le front de tous ces soldats, de tous ces jeunes officiers. — Vaguemestre du régiment, la poste d'aujourd'hui apporte-t-elle un ordre d'entrer en campagne? — Non, mon lieutenant, non, mon capitaine, elle n'apporte qu'un protocole en discussion et un discours de M. Viennet!

Et on retroussait ses moustaches avec dépit, et on murmurait au nez des chefs et des arrêts forcés.

M. le comte de Presle commandait une division de cavalerie légère destinée à agir si l'occasion se présentait, et il avait dispersé ses quatre régiments de lanciers et de chasseurs dans plusieurs villages sur l'un des points de la frontière des Ardennes. Son quartier général était établi à Givet, au pied du fort de Charlemont, dont Dieu vous épargne la garnison, honnêtes soldats qui me lisez!

C'est dans cette ville de Givet qu'Alcide Durand, après avoir secoué la poussière de ses souliers et fait d'éternels adieux à la vie ordurière, allait, officier étincelant, prendre un rang dans le monde et trouver quatre ou cinq mille soldats, hommes de probité, contraints par l'ordonnance de le saluer sur son passage et d'obéir à ses volontés.

L'heureuse organisation que celle du jeune et beau Durand! Pour lui, pas de ces souvenirs, de ces voix secrètes de l'âme, qui viennent vous parler des temps qui ne sont plus, vous rappeler les traits, les gestes, la voix même de ceux qu'on a quittés. La voiture qui l'emportait loin de Paris n'avait pas fait la moitié du chemin, que tout ce qui l'avait frappé depuis trois ans était oublié. Adieu, Rose, adieu, Fanny, adieu, Esther, et vous toutes qui l'aviez aimé ou qui l'aviez nourri, car c'était la même chose. Et non-seulement les individualités s'effaçaient ainsi de son souvenir, mais il en était de même du temps, des circonstances qu'il avait traversées, le grand Alcide. Entouré du riche manteau payé par Rose, échauffé doucement par le manteau, numéro deux, qu'elle avait joint à son présent, il ne se rappelait plus ces longues journées de misère qu'il avait passées à Paris; presque en un clin d'œil il avait perdu la mémoire de ce qu'il avait été pendant trois ans; il lui semblait que tout ce temps n'avait pas coulé, et qu'encore à l'époque où il était militaire, il ne faisait que continuer son état en se rendant là où le service l'appelait. Bref, de ses occupations d'amant spéculateur parmi les dames du coin, il n'avait conservé qu'une pensée : celle de spéculer encore en plus haut lieu, comme ces voleurs qui, de la montre et du mouchoir, s'élancent en tilbury vers les combinaisons plus élevées du jeu de la bourse et de la faillite.

Homme médiocre, au cœur froid, au front restreint, il avait pourtant une idée fixe. C'est qu'il y a des idées fixes pour toutes les natures, pour toutes les organisations.

Sous l'influence de cette pensée de fer, qui tuait dans son âme le souvenir de Rose, de tant d'autres et de leurs bienfaits, Alcide Durand traversa Meaux, où l'armée de l'empire se battit si bien en 1814. Le lieutenant Alcide ne donna pas un souvenir à ces grands jours de guerre. Calme et serein, il vit Château-Thierry, où naquit la Fontaine, mais des fables!

C'était bien de *cela* qu'alors il s'agissait!

Toujours maître de lui, le grand homme, il passa à Reims sans évoquer la souvenance des historiques solennités de tous ces sacres de rois qui s'étaient faits là, graissés par la sainte ampoule; il ne songea pas même au pain d'épice.

Sans une bouteille de mousseux champenois, qu'Alcide but à l'auberge du Moulinet, Reims n'eût pas eu l'honneur de donner une émotion au héros de ce poëme.

En arrivant à Rethel, où l'Ardenne commence avec son aspect morne et mélancolique, il n'éprouva rien encore.

Mézières le reçut, et il était toujours le même, vivant en lui, de ses projets, de ses espérances. La vue des remparts, le grand nom de Bayard qui les défendit, furent pour Alcide sans puissance, sans magie, et si, à quelques lieues plus loin, il daigna sortir de son caractère, ce fut pour maudire énergiquement et dans un style encore parfumé de la ville qu'il quittait, le chemin inégal, étroit, rocailleux, qui de Rocroi court à Givet à travers les broussailles, les ardoises et les cailloux.

Enfin, le voilà au terme de sa course, à quelque soixante-dix lieues de Paris, de Rose Chappuis, de sa mansarde, de gros brun, de Dodore et de toute cette fange humaine dans laquelle il a trouvé, philosophe qu'il était, des joies et du pain.

Voyez, voyez, de par Turenne et Napoléon! comme le soleil si pâle des Ardennes semble se ranimer à la vue du beau spectacle que présente la place d'armes de Givet, le lendemain de l'arrivée d'Alcide dans cette ville de guerre! Il est tout septentrional, le soleil de l'Ardenne : il a déjà les teintes blafardes et tristes des pays belges et flamands; mais il est militaire, le vieux Phébus ardennais : à force d'éclairer des remparts et des glacis, des canons et des poudrières, il s'est fait vieux troupier là-haut! Aussi, comme je viens de vous le dire, il se parait de ses rayons les plus beaux le jour où, pour la première fois depuis trois années, Alcide Durand marchait la cocarde au-dessus de l'oreille gauche et la brette au côté, mais ce n'était pas pour Alcide seulement.

La place d'armes de Givet, qui s'étend au pied du fort Charlemont, était couverte d'uniformes, de chevaux, de flâneurs du pays, qui se croyaient revenus aux grandes guerres de l'empire. Une lettre envoyée de Paris avait annoncé que le roi des Français voulait rafraîchir son Jemmapes et son Valmy, un peu usés, et que la grande danse au son du canon allait recommencer. Or, les habitants de Givet, comme tous ceux des pays frontières, aiment beaucoup cette danse-là, et ils étaient venus en masse assister à la parade, dans l'espoir d'apprendre la vérité sur la grande nouvelle. Ils étaient bien décidés à saluer par de joyeux hourras l'annonce d'une *vraie* guerre, car ils regardaient, les agitateurs qu'ils étaient, les coups de canon d'Anvers comme une mauvaise plaisanterie. D'ailleurs Anvers était trop loin d'eux, et ils souhaitaient que la canonnade s'élargît un peu dans la direction de Philippeville : parce que, disaient-ils encore, il n'y a pas loin de Philippeville à Fleurus.

Soldats et officiers partageaient cet enthousiasme; ils se dépitaient d'être sur un point de la frontière éloigné d'Anvers, où il y avait de la besogne. Bref, ce jour-là, toutes les cervelles étaient pleines de poudre à canon.

Alcide Durand, après avoir rendu ses devoirs de grand matin à M. le comte de Presle, son nouveau général, s'était rendu sur la place d'armes en grand uniforme, pantalon garance, chapeau à plumes de coq, habit pincé sur la taille, épaulettes neuves. Ainsi équipé, Alcide, doué d'un physique herculéen, la figure couverte d'épais favoris et d'une paire de moustaches qui, pour dater de quinze jours, n'en étaient pas moins fort remarquables déjà, Alcide, dis-je, fit une certaine sensation. Le comte de Presle, ravi de cette martiale tournure, le présenta comme son aide de camp, et dans sa voix on reconnut aisément qu'il prenait à lui un vif intérêt. Il n'en fallut pas davantage pour établir tout de suite sur un bon pied le nouveau venu dans la garnison.

Cependant Alcide Durand, quelle que fût d'ailleurs l'excellente opinion qu'il eût de lui, ne put s'empêcher de faire un retour sur lui-même au milieu de tous ces honnêtes gens qui l'entouraient. Un moment il se sentit mal à l'aise. Le cœur lui manqua presque lorsqu'il entendit tous les militaires de l'état-major l'appeler : Mon cher camarade!

Ils le regardaient, tous ces jeunes officiers, avec leurs regards assurés, leurs allures franches et ce ton décidé de gens dont la vie a toujours été intacte, et qui, sauf les petits travers de garnison, quelques veillées au café ou ailleurs, n'ont rien à redouter de la censure publique.

— Mordieu! disait-il cherchant avec le pouce et l'index sa naissante moustache, si gros brun, Rose, Fanny et toute la sale engeance que je quitte sortaient de dessous terre, je crois que je ferais une mine tout à fait pittoresque! C'est étonnant aussi comme les expressions, les tournures de phrases de la rue d'Amboise et du boulevard voltigent toujours sur mes lèvres!... En vérité, quand mon confrère, l'aide de camp du général, m'a tendu la main, je me suis senti tout près de lui dire : — Nous sommes ensemble, mon vieux! — J'aurai du mal, oh! bien décidément j'aurai du mal à parler comme on parle!

Heureusement pour lui, l'attention de tous les militaires qui, dans l'oisiveté des cantonnements, pouvait s'attacher à lui d'une façon un peu gênante, fut détournée par la grande nouvelle des prochaines hostilités. On se pressait, on s'interrogeait avec feu; on questionnait les chefs. De tous côtés on se disait :

— Tout cela va-t-il encore finir par un protocole, ou par un voyage de santé de Son Altesse Royale à Bruxelles?

Et, comme on aime assez à croire ce que l'on souhaite, on finit, pour la centième fois, par se bien persuader qu'enfin le juste-milieu ouvrait le temple de Janus, et que l'épée allait sortir du fourreau.

— Diable! disait Alcide, tant pis! s'il faut absolument battre du Prussien, j'en battrai; mais que m'en reviendra-t-il? de la gloire! belle...

Le dernier mot d'Alcide peignait énergiquement son dédain philosophique pour ce que vous aimez tous, batailleurs de mon pays!

Au milieu de ces colloques animés, de ces chaudes paroles de soldats, de cette grande et généreuse émotion qui gonflait tous les cœurs, Alcide Durand eut le bonheur de s'effacer. Le temps qui lui manquait pour ressaisir son aplomb, il l'eut et il le mit à profit.

Quand il se sentit bien maître de lui, — situation difficile à conquérir, et qui lui avait demandé une bonne heure de méditation profonde au milieu du bruit, — il alla de lui-même au-devant des groupes. Il se fit écouter dans quelques-uns, grâce à l'importance énorme que lui donnait dans une bicoque frontière son titre de nouveau débarqué.

Il n'avait pas de nouvelles à donner, car rue d'Amboise il faisait peu de politique, et l'on sait d'ailleurs qu'à l'exemple de M. Georges, il avait un profond dédain pour toutes ces questions qui nous occupent tant, imbéciles que nous sommes!

Sur la place d'armes de Givet, cependant, il fallait le dissimuler, ce dédain, et se donner les airs d'un homme qui aime son pays et la gloire.

Faute de nouvelles donc, Alcide en fit deux ou trois qui circulèrent de l'infanterie à la cavalerie, de l'artillerie à l'état-major. Il pensait avec raison que l'on pouvait risquer tous les propos du monde sous un gouvernement qui ne voudra plus demain ce qu'il a voulu hier. Il improvisa, raconta, inventa, et eut un petit succès de province qui l'enhardit beaucoup.

Enfin, lorsqu'au signe du général les troupes se furent mises en mouvement pour défiler devant lui, il donna son avis sur les manœuvres avec une justesse et une précision de mots qui lui firent beaucoup d'honneur. Après la parade, Alcide Durand était adopté; il était pour tous ceux qui étaient là un confrère, un camarade, un Français de plus.

Le soir, il disait dans sa barbe en se faisant débotter par un chasseur à cheval de la division du comte : Ma foi, je suis content de mon premier jour d'homme comme il faut! J'ai eu de l'esprit comme un démon!

Ensuite, regardant avec majesté l'honnête soldat qui le servait, et qui huit jours avant ne lui eût peut-être pas fait l'honneur de boire un verre d'eau-de-vie dans sa société, il ajouta :

— Comment te nommes-tu, toi?

— Hébert, mon lieutenant, Armand Hébert, chasseur au 15e, 5e escadron.

— Me serviras-tu bien?

— Ah! mon lieutenant peut compter... D'ailleurs, j'ai été l'homme de confiance du capitaine de Nerville, et...

— Nerville! tu connais Nerville? s'écria Durand se levant un pied déchaussé et l'autre encore dans sa botte éperonnée, tu as connu Nerville?

— Eh! oui donc! il était mon capitaine autrefois, dans le temps; c'est lui qui à son passage ici avait dit au commandant Pêcheux de vous prier de me prendre avec vous; v'là pourquoi le commandant y vous a dit ce matin à la parade : Prenez Hébert, c'est un des bons... ou quéque chose comme ça.

— Ma foi, M. Pêcheux m'a parlé de toi au milieu du bruit des tambours et des trompettes, et je n'ai pas bien compris... Mais c'est fort bien; puisque tu m'es recommandé par Nerville, tu seras bien auprès de moi, si tu es sage... sage comme un chasseur à cheval.

— Suffit, lieutenant. Mais ce qui vous prouve que je le suis crânement, c'est que j'ai la permission de l'appel du soir, et que je suis là quand on ronfle au quartier.

— C'est juste.

— Mon lieutenant monte-t-il à cheval demain?

— Tiens, cette bêtise! et sur quoi veux-tu que je monte? à moins que ce ne soit sur toi!

— Et Fanny!

— Hein?

— Je dis : Et Fanny. Vous connaissez bien Fanny?

— J'en connais une; mais...

— Mon lieutenant rit parce que cette Fanny-là, c'est une demoiselle peut-être; mais moi je parle de votre jument.

— Ma...

— Eh oui! celle que vous avez achetée au capitaine de Nerville à Paris, et qu'il a fait conduire ici de Valenciennes, où il est avec son régiment. Oh! soyez tranquille, le capitaine m'a dit : Soigne bien Fanny, car je l'ai vendue à un ami qui va venir, et il m'écrira si tu la lui as rendue en bon état.

Pendant qu'Hébert parlait, Alcide Durand finissait par comprendre que le délicat de Nerville avait employé un subterfuge pour lui faire accepter la monture dont il avait besoin.

— Sacrebleu! c'est un bon garçon que ce Nerville, dit-il emporté pour la première fois de sa vie par un sentiment qui frisait la reconnaissance.

— Et un bien joli militaire, qu'on peut dire! ajouta le chasseur à cheval.

— Dis donc, Hébert, dit Alcide s'épanouissant au souvenir de toutes les joies qu'il avait eues depuis le matin, dis donc, les femmes sont-elles jolies ici?

— Oh dame! lieutenant, c'est selon. D'aucunes ont de l'agrément.

— Mais c'est un pays pauvre.

— Ah! pauvre comme tout, d'abord.

— Va te coucher!

CHAPITRE XVII. — Où le Héros prend un masque.

On doit convenir que si les militaires, lorsqu'ils sont vieux et usés, reçoivent de la patrie reconnaissante un morceau de pain bien petit, ils ont du moins l'avantage, pendant la durée de leur service, de faire bonne mine dans le monde avec bien peu de chose. Où n'entre pas un sous-lieutenant avec son épaulette et son épée? Vous me direz que le monde, qui fait si bon accueil à l'officier, ferait bien aussi de lui faire une meilleure part dans les joies matérielles; mais ici, lecteur, il ne s'agit pas de cela.

Chaussé, vêtu, le sabre au côté, monté sur une jument anglaise, qui filait je ne sais combien de nœuds à l'heure, Alcide Durand eut tout de suite l'air d'un homme comme tout le monde. Son uniforme et sa cocarde cachaient sa pauvreté d'argent et d'honneur. On lui portait les armes, à Alcide Durand! Attention! voilà le lieutenant qui passe; vite la main au shako! ou gare le règlement et le fameux article sur les honneurs à rendre aux supérieurs!

Pendant ce temps, le gros brun crevait comme un chien dans les mains des sœurs de l'hôpital; Hippolyte ne vivait plus que dans le souvenir de sa belle; Esther et Fanny vendaient de l'amour, et Rose... oh! Rose! nous la retrouverons!

Deux mois s'écoulèrent pendant lesquels Alcide Durand se débarbouilla avec l'ambroisie du monde de cette vie si laide qu'il avait menée...

Avec toute la patience que l'on devait attendre de son caractère froid et méthodique, il s'appliqua au langage reçu chez les honnêtes gens; il s'étudia, non à prendre les manières et le ton de la très-bonne compagnie; il savait trop bien que ce poli, que cette gracieuse aisance ne se prennent qu'avec le temps et par le frottement continuel avec le peuple aimable des salons; or, Alcide était à l'armée, et, en fait de salons, il ne fréquentait que celui de son général, dont la comtesse ne faisait pas encore les honneurs, la santé délicate de sa fille l'ayant retenue à Paris; mais, à défaut des grandes manières et de cette quintessence de bon goût, d'ailleurs si difficiles à saisir, Alcide se donna tout simplement à l'étude du convenable; c'était déjà beaucoup pour un homme qui, pendant trois années, avait parlé l'argot. Il vit tout de suite, après quelques jours de relations avec plusieurs de ses camarades, délicieux militaires de salons, que jamais il ne serait un homme de bonne compagnie, un de ces puissants génies qui savent tousser, cracher, ramasser un éventail, parler de la pluie et du beau temps, être creux et stupides avec une grâce ravissante. Il comprit que pour briller ainsi il faut de longues années de commerce avec le monde, et une certaine insouciance, une certaine organisation spéciale que la nature ne lui avait pas données. Il tourna donc les talons à la profession d'homme comme il faut; il aima mieux se faire homme original.

Et c'était beaucoup plus facile; l'originalité court les rues maintenant! Il se donna un air grave, réfléchi. Quelquefois, du sein de cette taciturnité qui lui donnait le temps de la réflexion, il laissait échapper un mot bien violent, bien coloré, qu'il accompagnait d'un geste inspiré; puis, reculant loin du groupe auquel il s'était adressé, il paraissait honteux de ce mouvement; il semblait repentant d'avoir laissé prendre essor à sa pensée intime, et il rassemblait de plus belle autour de lui les nuages de la misanthropie avec lesquels il s'effaçait comme un rocher sourcilleux dans la brume ; alors chacun de se dire :

— Voilà un garçon qui pense beaucoup, dont l'âme est un volcan.

Et puis venaient ces phrases obligées qui traînent partout depuis que les petits journaux les ont appliquées à tous les auteurs et acteurs du boulevard :

— Il y a là une grande pensée... de la poésie!

— Avez-vous entendu, hier, l'exclamation de ce jeune aide de camp du comte de Presle? disait le sous-intendant militaire à un gros chef de bataillon.

— Non. On en parle beaucoup. Il paraît que cet homme est d'une grande force... Du sublime qui garde l'incognito; un génie qui craint de se révéler; qui sait? Napoléon lieutenant, peut-être!

— Eh! eh! c'est possible! Figurez-vous, mon cher, on parlait du prince royal, et l'on censurait vivement les petits journaux qui l'accablent d'épigrammes, qui l'appellent de je ne sais quel nom de Rosolin; le général de Presle dit tout d'un coup : Les princes sont bien malheureux aujourd'hui, la popularité les fuit; où se trouve-t-elle, la popularité? — Sous les murailles d'Anvers, dit vivement M. Durand; puis il se retira derrière le cercle que nous formions, comme un homme honteux de ce qu'il avait dit. Ah! c'est du talent, cela!

— Et du fier encore, répondait le gros chef de bataillon.

Ainsi Alcide trouvait le moyen de se faire un bout de réputation en dépensant un mot tous les deux jours. Il avait bien calculé en prenant ce masque d'homme à la fois brusque et avare de paroles. Auprès des militaires ses camarades, cela passait pour de la profondeur; auprès des femmes, il savait fort bien que cette grimace lui donnerait une physionomie passionnée, une sensibilité profonde, un de ces airs d'infortuné qui cherche à contenir son âme, airs si à la mode depuis que lord Byron a été traduit en français.

Vainqueur des mauvaises habitudes, des mauvaises locutions que ses relations à Paris lui avaient données, il était sur un pied très-convenable dans l'état-major du général, lorsque tout à coup cette nouvelle retentit comme un petit coup de tonnerre, comme un pétard :

— La citadelle d'Anvers est prise!

En outre, un ordre du ministre appelait le comte de Presle à Valenciennes pour y rester en observation avec son corps. Le général alors manda à sa femme de venir le joindre avec sa fille dans cette ville. — La vie de province, disait-il, fera du bien à cette petite, que l'air épais de Paris mine lentement. D'ailleurs, continuait-il d'un ton qui sentait son vieux houzard, je le veux!

On se disposa promptement au départ.

— Bonne aubaine pour vous, disait le comte à son aide de camp : vous reverrez à Valenciennes Nerville votre ami!

— Peuh! fit Alcide tout bas.

Il pensait à la comtesse, à sa fille, et il arrangeait dans une glace sa touffe et ses favoris.

— Il paraît vous aimer beaucoup, continua M. le comte de Presle.

— Oui... oui... il m'aime, et je le lui rends bien!

— Quel dommage que ce soit un fou... un homme tout à fait déréglé!

— Oui, quel dommage! car il perd ainsi d'honorables intimités.

— Il est vrai que je ne le recevrais pas chez moi pour tout l'or du monde, dit le général d'un ton fat.

Chapitre XVIII. — Amour et Voyage.

On ne se meurt plus guère d'amour aujourd'hui : nos dames aiment trop souvent pour aimer de l'amour qui tue. Quant à nos demoiselles, on leur fait une éducation qui les met à l'abri des erreurs de ce sentiment.

Le matériel de l'amour leur est représenté si souvent par notre littérature dramatique, par nos livres de boudoirs, qu'elles n'ont plus d'émotion que pour le positif, qui partout leur crève les yeux.

L'amour platonique et ses innocentes joies ont été passés au fil de cent vaudevilles. Il est mort, bien mort, le pauvret!

Il fallait, pour le connaître, une fille comme Laure :

Gracieuse et frêle enfant qu'une santé délicate avait tenue éloignée du monde et de l'échauffante poésie qui le travaille.

Laure, heureusement pour elle, se portait fort mal : elle chancelait dans la vie comme dans un chemin qui lui demandait trop de forces, et sa mère, éloignant d'elle tout ce qui remue l'âme aux dépens du corps, l'avait laissée presque étrangère aux plaisirs de Paris.

Aussi sa courte visite au bal de l'Opéra avait été comme un accident au milieu de sa paisible vie. Simple, pure, Laure était une de ces jeunes filles comme on en trouve encore quelques-unes au fond de la province, ou au Marais peut-être, aimant Dieu, son père, sa mère et son amant du même amour, n'ayant dansé qu'une fois, et fort mal, le galop, touchant du piano et chantant comme un amateur, et non comme une *prima donna*, ne faisant pas de vers, ébauchant quelques croquis sur un album; mais ne se déclarant ni pour Ingres ni pour Delaroche : une fleur modeste, une violette parfumée, mais solitaire, mais cachée aux yeux.

Il est écrit que la passion doit envahir tout jeune cœur; et la solitude, la méditation ont aussi leur poison avec elles, moins violent, moins terrible, mais aussi pénétrant que celui des pompes mondaines. C'était dans la solitude, c'était en causant avec son cœur, à propos d'une fleur peut-être, d'un papillon, d'une broderie, qu'un jour elle avait senti qu'elle aimait...

Pauvre innocente! qu'elle aimait Jules de Nerville, ce fou, cet adolescent blasé, ou croyant l'être, cet amant de toutes les femmes!

Et au bal de l'Opéra, au milieu de cette conversation du domino noir et du domino rose, parmi tout ce jargon de femmes galantes, assez inintelligible pour elle, Laure avait bien compris que son Jules aimait tout le monde, ou plutôt qu'il n'était capable d'aimer personne. Chaque mot de cet entretien fatal était retombé sur son cœur comme une pointe acérée.

— Cette rencontre au bal, avait-elle dit, cette confidence surprise est un avertissement de Dieu. Jules est un réprouvé, il ne faut plus l'aimer.

Et elle l'avait aimé plus que jamais, parce qu'un sentiment ne se rompt pas comme un caprice. Elle savait aussi que Dieu avait pardonné à bien des pécheurs, et elle ne voulait pas être plus inexorable que Dieu.

Elle aimait, dans les longues heures de solitude que sa mère et son père, emportés par le torrent du monde, lui laissaient; elle aimait à se rappeler le jour où, pour la première fois, elle avait vu Jules de Nerville, et l'événement qui avait marqué ce jour.

Or, ce qu'elle nommait un événement était une chose bien simple, bien ordinaire : il s'agissait d'une assez bonne action d'un étourdi, d'un libertin. Eh! mon Dieu! quel est le don Juan au petit pied qui n'ait pas à son service une bonne action au moins une fois par mois? Dans un certain monde, d'ailleurs, une bonne action ne coûte pas souvent plus d'une pièce de vingt francs; et quand on a de la fortune!

Un jour donc, Laure et sa mère se promenaient en calèche au bois de Boulogne. Il faisait un temps superbe, et tout Paris s'était rué à la campagne pour avoir de l'air. Une foule de cavaliers sillonnaient le bois; plusieurs d'entre eux, en passant près de la voiture de la comtesse, la saluaient avec la gracieuse courtoisie du monde; et, quand ils avaient dépassé l'équipage, la mère disait à sa fille qui ils étaient, leurs titres, leur position : — Celui-ci, c'est M. un tel, le neveu d'un pair; il est sur le point de conquérir une recette générale. Celui-là est député ; il est célèbre par sa bêtise et son impertinence, mais il a trois cent mille livres de revenus. Celui qui monte ce superbe cheval est un légitimiste qui sollicite un régiment depuis trois ans.

— Et, dit Laure, connais-tu cet autre qui s'avance bride abattue sur ce vieux mendiant à qui tu viens de donner?... Ah! mon Dieu, il va l'écraser! Écoute, écoute, maman, son cheval fait en galopant un bruit comme le tonnerre!

— Ah! dit la comtesse, qui ne le connaît? C'est le chevalier de Nerville, un jeune homme célèbre déjà par ses vices... Il dissipe la belle fortune que sa famille lui a laissée... Aimable, dit-on, mais c'est un de ces fous qu'on ne peut voir. Au moins, c'est le général qui le dit. Aussi ne le voit-il que quelquefois chez Tortoni.

Tandis que la comtesse parlait ainsi, Jules, dont le coureur anglais était lancé, s'avançait comme la foudre et menaçait le vieux mendiant, qui demandait vainement de la force à ses jambes paralysées, pour fuir le péril qui s'approchait. Enfin il arriva à une distance de quelques pieds du vieillard. Laure, penchée sur le panneau de la calèche, la figure pâle, les lèvres contractées, fixait un œil épouvanté sur lui ; elle voulut se cacher la figure dans ses mains, et ses mains, roidies par une crispation terrible, restèrent serrées sur le rebord de la portière. Forcée de voir donc, elle vit Jules, guidant son cheval d'une main sûre et hardie, faire bondir l'animal de côté, au risque de briser sur la terre cavalier et monture. Le mendiant en fut quitte pour la peur; mais, dans son trouble, il laissa son bâton s'échapper de sa main, et il le chercha en tâtonnant dans la poussière. Jules, que son cheval avait emporté bien loin, tourna bride, revint au galop, et sautant à terre, il ramassa le bâton et le remit dans les doigts tremblotants du vieux pauvre; ensuite passant dans un bras la bride de son cheval, et de l'autre soutenant le bon homme, il le conduisit doucement, avec une précaution, un soin de fils, sur le bas côté de la route, où voitures et chevaux ne peuvent circuler. Là, mademoiselle de Presle le vit encore serrer doucement la main poudreuse du mendiant et y glisser une pièce d'or; ensuite il sauta sur son cheval, qui reprit le galop. En passant devant la comtesse et sa fille, que l'accident auquel il avait si heureusement paré ne lui avait pas permis de voir, il salua ces dames avec une aisance pleine de grâce, et ses yeux animés rencontrèrent ceux de Laure, puis il disparut dans un tourbillon de poussière.

Que voulez-vous? il n'en fallut pas davantage pour fixer le destin de la pauvre Laure. Dès ce moment elle aima, dès ce moment elle fut malheureuse, et elle cessa, comme l'avait fort bien remarqué le vieux Georges, d'animer sa solitude par une joie, une gaieté tout à fait enfantines.

Elle ne fit plus de longs discours à un joli chardonneret que sa mère lui avait donné, et à qui, je vous l'assure, elle racontait de bien gentilles histoires, la folle et naïve enfant! Elle ne plaça plus l'oiseau de paradis de la comtesse sur la tête de son singe, elle ne dansa plus autour des corbeilles de fleurs dont son père la fournissait abondamment. Elle devint rêveuse, mélancolique, sa jolie tête s'inclina comme la tige fatiguée d'une fleur.

De loin en loin, dans le monde où elle se laissait traîner quelquefois, à la promenade, elle vit Jules, et toujours on le lui montra comme un grand coupable.

— Joli homme, disait la comtesse, mais l'exécrable renommée!

— Bon diable, disait le général, élégant militaire, mais des dépenses folles... des dettes peut-être!

Et Laure faisait d'héroïques efforts pour cacher l'intérêt qu'elle portait à ce joli réprouvé. Elle souffrait mille morts, la pauvre enfant, une épouvante inexprimable quand elle s'avouait son amour pour cet homme dont le cœur était corrompu, pour cet enfant prodigue dont la conversion paraissait à chacun une chose impossible.

Seule, au fond de son appartement, elle s'adressait à Dieu, elle lui demandait quel crime elle avait commis, pour quel effroyable péché il avait mis dans son cœur cet amour criminel.

— J'ai de la vertu, moi, disait-elle en pleurant quelquefois et avec un petit orgueil de jeune fille tout plein de grâce; depuis quand la vertu aime-t-elle le vice?... Le vice! et si pourtant Jules, monsieur Jules était un honnête homme! D'abord il est bon, j'en ai la preuve. Papa, qui est bien bon aussi, aurait-il ramassé le bâton de ce vieil homme? Oh! non, car hier encore il appelait Bertrand, son vieux hussard, qui lui a sauvé la vie en Espagne, il l'appelait vieille bête, et il le poussait rudement hors de la chambre.

Et bien vite elle demandait pardon à Dieu, parce qu'elle avait eu une vilaine pensée sur papa!

Tant d'émotions, de combats devaient réagir sur la délicate organisation de Laure. Plante fragile, le vent était trop fort pour elle. La fièvre vint, et elle imprima ses couleurs âcres sur les joues de la jeune fille. Les jolis yeux de Laure, tantôt s'animant d'un feu inaccoutumé, tantôt abattus, voilés, perdirent leur expression de tranquillité céleste. La comtesse s'alarma, le général jura: Sacré mille morts!!! et le médecin fut appelé.

Le médecin, c'était le joyeux Dulock, ce camarade de Jules de Nerville et d'Alcide Durand. Honnête homme, pas charlatan, il dédaigna de beaux honoraires, et il se borna à répondre à la comtesse qui le questionnait:

— Affection morale, madame, affection morale.

— Mais laquelle?

— Ah! je ne puis le dire; c'est le secret de la malade.

Et la petite de répondre en se cachant sous la couverture:

— Je souffre, voilà tout mon secret.

Absolument comme Antiochus à l'Opéra-Comique.

Sur ces entrefaites, notre gouvernement, essentiellement belliqueux, avait entrepris la conquête de la citadelle d'Anvers, et le général, après avoir conduit sa fille au bal de l'Opéra pour la distraire, selon l'ordre du médecin, était parti à frais communs avec Nerville dont il disait un mal affreux, mais qui devait être un compagnon de route amusant.

Plus tard, envoyé à Valenciennes, il avait pensé que le séjour de cette ville, le mouvement militaire qui l'agitait, pourraient encore distraire sa fille, et il avait transmis à la comtesse des ordres très-péremptoires à cet égard.

Consulté par madame de Presle sur ce voyage, Dulock dit en gonflant ses joues et en comptant les bougies d'un lustre pendu au plafond:

— Si ça ne fait pas de bien, ça ne fera pas de mal.

Et à cheval, postillon! et clic, clac! et quatre lieues à l'heure, grâce à l'argent du budget qui paye tout! Et l'on vit Valenciennes, ville dont les remparts, les casemates, la tour du beffroi, les habitants et le genièvre ont une célébrité européenne.

Avec de bonnes voitures, des caisses bien disposées, des nécessaires de maroquin, les soins d'un emballeur exercé, on porte Paris et son luxe au bout du monde. Les jolis chiffons de la rue Vivienne arrivent frais et brillants à Saint-Pétersbourg, cette Russie si loin, si loin, et où nous sommes pourtant allés, nous. Et, par parenthèse, qu'allions-nous faire là, mon Dieu! Quitter le Louvre pour un Kremlin; de l'herbe, des fleurs pour de la neige!!!

La comtesse et sa fille, un peu incrédules sur le *confort* départemental, avaient emporté avec elles non-seulement leur toilette, mais encore toutes les jolies bagatelles, accessoires délicats d'une vie élégante: la rue Vivienne, le Petit Dunkerque, Alphonse Giroux, les avaient suivies à Valenciennes.

L'hôtel dans lequel le général s'était établi avec les officiers de sa suite prit en un clin d'œil une autre physionomie.

D'abord il va sans dire que MM. les aides de camp et leur chef cessèrent de fumer leurs cigares dans le salon, et qu'au sortir de l'écurie, où ils allaient passer des heures en contemplation devant leurs bêtes anglaises, arabes et limousines, ils n'entrèrent plus dans la chambre à coucher du comte, apportant avec eux les émanations de la litière: les palefreniers devinrent, comme par enchantement, des gens comme il faut.

Les voix s'adoucirent, les jurons furent consignés jusqu'à nouvel ordre; les armes, les cravaches, les fouets, les chiens de chasse disparurent: la caserne devint presque un temple du goût.

— Peste! disait Alcide en frisant sa moustache, il ne s'agit plus de faire le soldat. Voilà des femmes! De par Cupidon! jeune rival du grand Georges, à toi, à toi, mon ami.

Et, tout en se préparant ainsi à sa première entrevue avec la famille de son général, il éprouvait une secrète émotion. Malgré ce ton vainqueur qu'il prenait en serrant autour de lui le ceinturon de son sabre, il ne se sentait pas fort à l'aise, Alcide Durand. Pour la première fois de sa vie, il allait paraître devant des femmes du monde. Il n'avait jamais étudié ces femmes-là, lui! Sa jeunesse s'était écoulée dans ces mille et une garnisons que les troupes en temps de paix parcourent. Soldat, brigadier, et enfin officier, il n'était jamais sorti de cette classe dans laquelle végète un galant subalterne. Quant aux liaisons qu'il avait formées pendant ses trois années de séjour à Paris, on sait de reste quelle influence elles pouvaient avoir eue sur lui, et quelles manières, quel ton, quelle tenue il avait dû apprendre à leur école. Hardi, insolent auprès d'une femme comme Rose Chappuis, il sentait d'avance qu'il allait trembler devant une femme comme madame la comtesse de Presle. C'était passer d'un saut de l'étable au salon, de la Courtille au faubourg Saint-Germain. Un autre, à la vue du danger, eût donné sa démission, fui bien loin, bien loin. Alcide resta. D'avance il se sentait bien inférieur à celles qu'il voulait attaquer; mais il avait cette volonté tenace, cette obstination de fer qui tient lieu de talent quelquefois. D'ailleurs, pensait-il, je n'irai jamais m'embarquer avec mesdames de Presle dans des conversations alambiquées, je ne jouerai pas devant elles sur des riens. Diable! le marivaudage, n'en fait pas qui veut! il faut trop d'esprit, trop de goût, trop d'habitude pour cela! Je me réfugierai dans la misanthropie, c'est bien plus commode! Prenons d'abord un bon brevet de misanthrope; avec cela on passe partout, on risque tout. Et puis, ce n'est peut-être pas ici que je pourrai commencer *ma carrière*. C'est égal; il faut plaire. Si ces dames ne m'utilisent pas, elles pourront du moins me recommander à leurs amies et connaissances.

Faquin! il parlait avec cette assurance, et il n'avait pas tout à fait tort: ce rôle d'homme aux idées sombres, au cœur froissé, au front soucieux, a réussi à plus d'un médiocre personnage auprès des femmes, car leur premier mouvement, à la vue d'une peine, est de la consoler, et c'est déjà une intimité, la mission de consolatrice; un rien, un certain regard, la mauvaise étoile des maris, ou plutôt celle des femmes, font souvent le reste. Le malheur, le désespoir, la pensée qui brûle, les haines du monde, sont extrêmement lucratifs par le temps qui court: d'abord, vous voyez qu'ils font vivre une bonne partie des écrivains, mes confrères, gros garçons qui crèvent de santé et meurent d'une passion rentrée tous les quinze jours!

Alcide, qui ne se sentait pas assez fort pour conquérir des femmes par les grâces de son esprit, voulait s'en rendre maître par la pitié qu'il saurait leur inspirer pour une peine imaginaire. Toutes les femmes, se disait-il, ne sont pas spirituelles, toutes sont bonnes et compatissantes: ne leur donnons pas de comédie, mais du drame, morbleu! c'est plus facile!

CHAPITRE XIX. — Dans le monde.

Le salon!...

Le salon! bonté divine! voilà un rude champ de bataille pour le conscrit qui vient y faire son premier coup de feu. Il est là, le pauvret, sous l'artillerie des langues féminines, devant un bataillon de vétérans du monde, grognards du coin du feu, qui tous ont gagné leurs chevrons au service de ce qu'on appelle la bonne compagnie. Malheur à lui, s'il n'est pas sûr de ses armes, s'il perd la tête au milieu du danger; car il a affaire à de vieilles troupes, que l'habitude a rendues impassibles et calmes, et qui, d'un atroce sang-froid, frappent, sacrifient l'ennemi sans expérience.

Et c'est à vous, débutants, qui vous sentez de l'esprit et l'orgueil de cet esprit, que mon avis s'adresse; car vous voudrez, comme ceux qui seront là, auprès de cette cheminée, sur l'un de ces fauteuils qui font une enceinte circulaire devant le feu qui pétille, vous voudrez placer votre mot, vous vous sentirez possédés, pauvres écoliers du monde, du désir bien légitime de prouver à tous ces gens que vous en savez autant qu'eux, et vous parlerez!

Mais vous, hommes au sang épais et froid, vous dont le cœur bat doucement, vous qui manquez d'esprit et d'imagination, mais dont la cervelle a une case pleine de prudence et de cet esprit méthodique et patient qui fait les géomètres, les teneurs de livres et les marchands de peaux de lapin, vous, messieurs, donnez-vous la peine d'entrer au salon. Vous parlerez peu, mais c'est le diable si le mot que vous jetterez toutes les heures n'a pas un peu de couleur, d'à-propos.

Et si, comme Alcide, vous vous frottez de misanthropie; si, à des moments choisis, vous savez lever les yeux au ciel d'une certaine façon, poser de telle autre une main bien gantée sur votre cœur; si vous savez prendre l'air ennuyé, vous aurez tout de suite vos grandes lettres de naturalisation dans le monde; car ce que vous ne direz pas, on s'imaginera que vous le pensez; et quant à la fatigue que vous affecterez, on l'attribuera au dégoût que les riens et le clinquant de la vie donnent à l'esprit supérieur.

Fortement huché sur ce dada, monture fort douce, je vous assure, Alcide Durand fit sa première entrée dans le salon de son général avec une tranquillité parfaite. Jamais ses favoris d'un noir bleu n'avaient été mieux peignés, jamais sa titus et sa touffe n'avaient été mieux combinées avec l'air de sa figure; et sa moustache donc! oh! elle eût fait mourir d'envie plus d'un garde national : luisante, parfumée, mais forte, mais puissante, elle tenait à la fois du bivac et du salon; la moustache d'Alcide était une moustache comme on en voit peu.

Et derrière tout ce poil magnifique, un visage régulier, des yeux un peu éteints, mais grands, mais beaux, une bouche admirablement ornée, un front blanc, uni, et vous comprendrez sans peine les violentes ardeurs de mademoiselle Rose Chappuis.

Mais, vive Dieu! il s'agit bien de Rose aujourd'hui et de la sale mansarde de la rue d'Amboise! c'est le salon, c'est le grand monde qu'il faut exploiter; c'est sur des passions de femmes à l'esprit fin, délicat, à l'organisation musquée, qu'il faut spéculer maintenant. Et il s'en tirera, notre grand Alcide; car, bien heureusement pour lui, il n'est pas assez spirituel pour douter de ses forces, il marche au but d'un pas puissant. Avec la volonté de faire et l'oubli des obstacles, où n'arrive-t-on pas!

Et puis, vous le savez, il s'est fait mélancolique, sombre, caverneux; sous ce manteau, il cachera son insuffisance. Oh! qu'il lui faudrait bien plus d'efforts si, spéculateur à la façon de celui qui trompe *Angèle* à la porte Saint-Martin, il ne voulait faire des femmes qu'un appui pour arriver à de la fortune, à de l'influence! Les femmes, il veut tout simplement qu'elles lui en donnent, de la fortune. C'est une intrigue toute simple, dès lors, ou plutôt ce n'est plus une intrigue, mais une attaque directe. Il y a dans le calcul du roué de la Porte-Saint-Martin quelque chose qui sent la diplomatie; dans le calcul d'Alcide, il n'y a que de la rouerie, de la grosse rouerie. D'ailleurs, nous sommes encore au moment où la citadelle d'Anvers tombe devant le juste-milieu, et alors M. Alexandre Dumas n'a pas encore lancé dans le monde ses instructions pour ceux qui veulent faire un gagne-pain de l'amour.

— Madame, dit le général en présentant Alcide à sa femme et à sa fille, c'est M. Durand, mon nouvel aide de camp.

Les deux dames firent une gracieuse inclination. Alcide salua froidement, quoique avec beaucoup de respect, et il s'éloigna et se retira dans un coin du salon. Là, il se jeta sur un fauteuil et il prit une brochure, comme un homme peu disposé à jouir des joies frivoles du monde.

Une ride s'étendait de l'une de ses tempes jusqu'à l'autre. Depuis un mois il s'étudiait à la creuser; elle lui avait donné bien du mal, car ce front avait été clair et serein jusque-là, comme un beau jour de juin; mais avec de la persévérance il en était venu à bout.

Ses joues étaient pâles, teinte mélancolique qui lui avait encore coûté beaucoup. Ce n'est pas facile au moins, la pâleur, quand on se porte bien, quand nulle pensée ardente ne vous dévore, quand on dort comme un roulier. Aussi était-ce bien dans la privation de sommeil que le prévoyant Alcide avait puisé cette belle couleur blafarde qui *ornait* son visage dans le salon de madame de Presle. Le pauvre garçon, pour se forcer à la veillée et pour s'inoculer un peu le langage et les idées à la mode, s'était imposé pour chaque nuit six heures de la lecture des revues et des livres en vogue. Il avait passé sa dernière nuit entre un conte fantastique et un roman maritime. Il s'était si bien cauchemardé avec les fantômes, les coups de poignard, les tempêtes, les vagues bleues, et toutes les belles choses que les marins — de roman — trouvent sous le soleil des tropiques, que, tout vigoureux qu'il fût, il était exténué.

— Caractère bizarre, continua le général montrant des yeux Alcide Durand à sa femme; homme à passions de feu, et qui cherche à se contraindre.

— Oui, dit la comtesse avec cette gracieuse nonchalance d'une femme du monde, il a l'air malheureux, ce jeune homme.

Laure le regardait avec intérêt, et elle se disait tout bas, la douce fille :

— Il aime peut-être *aussi!*

Et Alcide de se renfrogner de plus belle, de plisser sa ride, sa bienheureuse ride, qui lui donnait tout de suite un maintien, un caractère, une position.

— Mordieu! disait-il en lui-même, il ne me faudrait plus qu'une petite toux sèche. Mais, bah! mon père et ma mère m'ont coulé en bronze!

Ensuite, il regarda plus attentivement mesdames de Presle. Laure, beauté délicate, aérienne; la comtesse, femme de trente six ans, fort belle encore, avec des yeux noirs et brillants, des sourcils prononcés, des lèvres minces.

— Ces figures-là annoncent des passions! disait Alcide.

Des visites arrivèrent; en moins d'un quart d'heure le salon se remplit de toutes les notabilités de l'endroit. Les dames étaient fort parées, et ce luxe, quelque départemental qu'il fût, ne laissa pas de faire impression sur Alcide Durand; et, pour cacher son embarras, il fronça ses sourcils, il creusa sa ride, il lut de rage tout un feuilleton du *Constitutionnel* qui se trouvait sur une table près de lui.

Mais voilà que madame la comtesse, par un caprice aimable de maîtresse de maison, fit mettre sa fille au piano.

— Est-ce que tu vas nous jouer une sonate? dit le général d'un air d'épouvante.

— Mon Dieu! cher papa, répondit Laure, qui avait obéi machinalement, — son âme était ailleurs, — je jouerai tout ce qu'on voudra.

Elle laissa courir ses doigts sur le clavier sans que la pensée les guidât, et il arriva qu'ils exécutèrent une contredanse. Un moment après, elle regarda autour d'elle, et elle vit que les jeunes gens qui peuplaient le salon, officiers et demoiselles, s'étaient mis en place, entraînés comme par un charme. Elle comprit tout de suite qu'elle pourrait animer toutes ces statues qui se tenaient droites et immobiles, qu'il ne tenait qu'à elle que toutes ces jeunes figures respirassent la gaieté, et elle reprit sa contredanse. Le comte et sa femme prirent part à la fête. Il ne resta assis que deux ou trois vieilles dames presque aussi vieilles que la ville de Valenciennes, une jeune personne fort petite, fort laide, fort repoussante, qui avait effrayé tous les braves de l'état-major, et M. Alcide Durand.

Le digne garçon, dont l'ouïe était d'une extrême finesse, entendit la comtesse dire à son mari :

— Oui, tu as raison, général, ce jeune homme est tourmenté de quelque peine secrète. Vois! toute cette joie semble le fatiguer.

Le comte avança les lèvres, fronça les sourcils et répondit d'un ton doctoral :

— L'habitude des hommes! Mathilde, l'habitude des hommes! Je ne m'y trompe jamais.

Alcide, qui semblait lire attentivement, suivit ensuite d'un œil de lynx le regard de la belle comtesse, qui s'arrêta, doux et compatissant, sur la pauvre fille délaissée dans un coin. Des yeux, il descendit aux lèvres; et au mouvement qu'elles firent, il devina tout de suite ces paroles de la pitié :

— Pauvre enfant!

Et Alcide Durand eut une idée, une inspiration.

Mais il n'y parut pas, et il continua à lire dans sa brochure.

La contredanse finit et fut bientôt suivie d'une autre. Alcide attendit patiemment que chaque cavalier eût invité sa dame, et, quand chacun fut en place, il se leva gravement. La pauvre enfant, que l'on délaissait parce qu'elle était laide, était toujours dans son coin, expiant avec douleur le tort d'avoir une vilaine figure. Alcide marcha vers elle, au grand étonnement de l'assemblée, et, d'une voix dont Rose Chappuis avait souvent admiré l'accent mâle et sonore, il dit :

— Mademoiselle, voulez-vous me faire l'honneur de danser cette contre danse avec moi?

Mille émotions fortes et rapides animèrent la figure de l'infortunée jeune fille; on voyait qu'elle était comme épouvantée de l'honneur que lui faisait cet homme, le plus beau cavalier de toute la compagnie. Elle le regardait, étonnée, stupéfaite, avec une expression qui pouvait se traduire ainsi :

— Est-ce bien à moi, qui suis si laide, hélas! et si abandonnée, que vous offrez votre main? mais vous n'y songez donc pas; mais regardez donc ma figure, mais regardez donc ma taille, mais je suis affreuse, monsieur!

Une autre émotion se peignait aussi dans son regard naïf : c'était celle de la reconnaissance. Cette pauvre âme, que les dédains du monde avaient tant de fois froissée, qui s'était fait une habitude de cette espèce de honte qu'une femme ressent d'être laide, cette âme éprouvait une première joie, et elle la savourait comme un bien inconnu. Et elle était jeune, cette femme, et quoique, pour s'épargner l'épigramme, elle eût toujours eu soin de cacher au fond de son cœur qu'elle aussi elle aimerait bien à sauter, à bondir dans un bal, elle avait toujours en secret soupiré après ce bonheur. Et elle allait danser aussi, elle; et elle allait suivre gaiement la mesure de quelque refrain de Rossini; c'était à en mourir de joie pour elle. Jeune plante cachée sous l'herbe, un rayon de soleil était venu la trouver là. Toutes ces pensées se peignaient sur son front, et telle fut leur force, que ses yeux se remplirent de larmes. Humble, mais sensible, elle se sentait comme une envie de joindre ses petites mains devant Alcide et de lui dire :

— Oh! merci!

Et sa mère! comme elle triomphait, ou plutôt comme elle était heureuse du bonheur de son enfant! comme sa tête, qui semblait toujours écrasée sous la peine de sa fille, se relevait rayonnante! Ses yeux allaient chercher les yeux des autres mères, et ils leur disaient :

— Voyez cet homme, si jeune, si beau, il va faire danser ma Pauline!

Et elle aussi, elle avait des larmes qui voilaient sa vue; mais plus maîtresse d'une émotion que la jeune personne, elle se contraignit, et d'une voix calme elle dit :

— Allons, ma fille, prenez donc cette main que monsieur vous offre!

Ces paroles furent accompagnées d'un regard à Alcide, regard dans lequel étincelait tout ce que l'amour maternel, cette passion sublime, peut inspirer à une femme.

Mademoiselle de Presle ayant commencé les premières mesures d'une nouvelle contredanse, tout le monde s'ébranla gaiement, les mains s'enlacèrent pour se quitter, pour se reprendre; les jeunes filles, instruites dans la gracieuse stratégie du bal, s'envolèrent doucement en avant, en arrière; elles se posèrent de ce côté, puis revinrent de cet autre avec cet abandon, cet aimable laisser-aller de jeunes colombes, cette harmonie de mouvements si doux aux yeux de celui qui ne danse pas, fût-il misanthrope à triple couture.

La jeune Pauline, dont la main de petite fée tremblait dans les doigts osseux de son athlétique cavalier, s'abandonna au plaisir de la danse, le sourire revint sur ses lèvres; elle oublia qu'elle était laide, et elle parut plus jolie.

Pour Alcide, sa ride s'effaçait, sa bouche ne se pinçait plus renfrognée, elle s'entr'ouvrait et laissait voir une rangée de perles; toute sa personne, qu'il s'attachait à rendre maussade et triste, s'embellissait de cette expression du plaisir qui sied si bien à l'homme jeune.

Et en effet il en était ivre, de plaisir! Il avait vu le bon effet que son action avait produit sur la comtesse. Plusieurs fois pendant la contredanse, il avait vu cette belle et RICHE dame le regarder avec attention. Il la surprit même un moment pensive, distraite après avoir fixé sur lui ses grands et beaux yeux. Il avait saisi une pensée dans son visage expressif, et cette pensée lui était toute favorable. Voilà ce qui faisait bondir le cœur d'Alcide dans sa large poitrine, voilà ce qui faisait sourire sa bouche, ce qui fermait sa fameuse ride.

Et la charmante Mathilde de Presle, toute troublée, toute rêveuse, de se dire :

— Comme sa belle figure s'anime quand son âme s'y répand!

Ce à quoi le général, quand les accidents du *chassé-croisé* le rapprochaient de sa femme, ajoutait d'un air d'importance :

— Quand je te disais que ce n'est pas un homme ordinaire. Hein? est-ce du dévouement, cela? et du sublime? Mais vous autres, vous n'auriez pas deviné cela!

Heureux drôle, fortuné gredin, guidé par une bonne inspiration, il avait mis de son côté, dès son début dans le monde, tout ce qui protége et aide si doucement la vie : les femmes! La comtesse, Pauline, Laure même, ce joli orchestre du bal, dont l'œil subtil avait vu *sa belle action*, ces trois femmes dont l'esprit était gracieux, dont le cœur était noble et haut, s'intéressaient déjà à lui; séduites par sa délicate bonté, elles lui payaient en admiration le sacrifice que sa mélancolie, son dégoût des plaisirs du monde avaient fait à une pauvre fille abandonnée de tous. Il dansait, Alcide, à peine purifié des émanations puantes de la rue d'Amboise, et déjà les âmes de ces trois femmes l'entouraient, amies, caressantes. Au milieu d'une réunion de gens honnêtes, bons, courtois, il prenait déjà la première place, et prudent, il se disait :

— Voilà un triomphe; mais il ne faut pas se laisser prendre à ce premier succès. Le triomphateur ordinairement est contraint de beaucoup remercier, c'est-à-dire de beaucoup parler. Mais moi je me tairai. Je n'ai pas d'esprit, je pars de là, moi, et c'est le moyen d'en avoir.

Ainsi, pendant que sa danseuse et, à quelques pas plus loin, la comtesse et sa fille croyaient lire dans son visage épanoui la joie si naturelle que l'on ressent quand on a fait un peu de bien, au lieu d'un sentiment élevé, d'une pensée généreuse, c'était d'une infamie froide, glacée que se délectait le grand Alcide. Il ne souriait pas à la joie qu'il avait causée, il saluait l'aurore d'une vie qu'il voulait consacrer à l'accomplissement d'une sale idée fixe.

La contredanse ayant cessé, plusieurs officiers de l'état-major s'approchèrent d'Alcide, et l'un d'eux, rude jouteur dans la conversation et célèbre par des saillies fécondes et décisives, parut s'acharner sur lui au sujet de sa danseuse et du douloureux sacrifice qu'il venait de consommer. Alcide ne put d'abord se défendre d'une émotion assez vive en se voyant ainsi attaqué par un homme dont la supériorité de langage était incontestable. Diable! dit-il avec un mouvement de terreur, la comtesse est là, à deux pas, elle nous entend! Une réponse stupide, — j'en suis bien capable au moins, — et me voilà compromis, et ma bêtise va faire oublier mon bon cœur. Attention! attention!

— Parbleu! mon cher, disait le jeune officier, il y en a plus d'un qui a reçu la décoration pour beaucoup moins. C'est une action d'éclat que vous venez de faire.

— Toujours mordant, monsieur de Bergy, répondit Alcide, puis tout bas il ajouta : Ces machines à épigrammes devraient être bannies de la société!

Il voulut s'éloigner; mais l'opiniâtre satirique s'accrocha à lui.

— Dites donc, Durand, il paraît que vous êtes de la nouvelle école. L'amour du laid, hein?

Alcide se tourna la cervelle pour trouver une réponse. Toutes celles qui lui vinrent lui parurent de mauvais goût. Alors ce qu'il y avait de mieux à faire, il le fit : il ne répondit rien.

— Et puis, continua l'officier, quand cette petite laideron sautait à côté de vous, nous avons tous eu une grande peur, mon ami!

— Laquelle, je vous prie?

— Qu'elle ne tombât dans votre poche.

Les assistants éclatèrent de rire, et Alcide, qui se sentait stérile pour répondre, ou plutôt qui l'était parce qu'il pensait l'être, éprouvait, sous son extérieur calme, une épouvantable envie de traiter le persifleur comme il avait traité naguère messieurs Dodore et Polyte; mais il était dans un salon dont une comtesse faisait les honneurs, et il fallut bien qu'il dissimulât sa colère. Du reste, nul signe indiscret ne trahit l'état de son âme.

— Au fait, continua l'officier, qu'enhardissaient les rires de tous les assistants, le plaisir d'aimer le laid est fort innocent et ne tire pas à conséquence.

— Il n'en est pas de même du plaisir de médire, monsieur, répondit Alcide, dont la colère envoya un peu de sang à la cervelle, il est fort méprisable et attire de fâcheuses leçons!

— Bien répondu! s'écria un gros colonel de chasseurs soufflé de graisse et de punch.

— Oui, c'est touché finement! dit un autre.

— Est-ce une querelle? s'écria bêtement l'agresseur d'Alcide, qui, subissant l'effet contraire de celui-ci, devenait absurde quand il se fâchait.

— Non; c'est l'avis d'un bon camarade qui vous voit avec peine, monsieur de Bergy, vous donner la réputation d'un homme méchant, quand moi, qui ai l'honneur de vous connaître, je vous tiens pour un homme excellent.

Alcide accompagna ces paroles d'une révérence courtoise, et il s'avança vers un autre groupe.

Un murmure d'approbation le suivit, et il put l'entendre. M. de Bergy y mêla loyalement sa voix, et il dit fort haut :

— Ma foi, je suis battu!... Messieurs, vous voyez que je m'exécute!

Alcide, après avoir échangé quelques mots encore avec les personnes qu'il venait d'aborder, sortit du salon après avoir donné à ses prôneurs le temps de répandre sa réponse aux sarcasmes de M. de Bergy. Comme il tournait le bouton de la porte, il entendit au milieu d'un bourdonnement d'accents féminins ces mots :

— Il est charmant! il est charmant!

— Raison de plus pour qu'il coûte cher, dit-il en fermant la porte derrière lui.

C'en était fait, il était lancé, le grand Alcide, l'ami de M. Georges! Trois mois ne s'étaient pas écoulés depuis son départ de Paris, et il était installé dans le monde, il y avait même un piédestal.

Dans les autres relations qui suivirent avec la comtesse et sa fille, il mit la même mesure, la même prudence. Pressé de s'expliquer un jour sur ce chagrin qui toujours couvrait son front d'un nuage, il arrêta sa respiration pour rougir jusqu'au cramoisi; et, quand il eut obtenu cette nuance aimable, il répondit qu'un grand malheur avait empoisonné sa vie, et qu'il demandait comme une faveur de n'en jamais parler. Il ajouta, en baissant les yeux avec une adorable ingénuité, que du reste il sentait fort bien qu'il ne devait pas chagriner les autres par un visage toujours soucieux.

— J'essayerai, dit-il, de me contraindre; si je n'y parviens pas, je sens que je devrai fuir une intimité qui m'est déjà bien chère, mais dans laquelle j'apporte de l'ennui.

Et l'on sent quelle dut être la réponse du comte et de sa femme, et tout ce qu'ils firent, ces bonnes gens, pour retenir près d'eux *le pauvre M. Alcide*.

Puis, au bout de huit jours, tous les visages de la maison devinrent aussi renfrognés que celui de l'aide de camp, Laure était malade!

C'étaient ces mots cruels que son père un jour avait prononcés à table qui l'avaient frappée au cœur :

— Ce fou de Jules de Nerville est arrivé ce matin de son cantonnement avec je ne sais quelle fille qu'il entretient fort richement... une beauté du coin, fort belle, mais élevée à la halle de Paris.

Alcide courut après le dîner à l'hôtel où Jules était descendu. Les deux amis tombèrent dans les bras l'un de l'autre. Et la belle de l'élégant chevalier de Nerville, c'était :

— Rose Chappuis!

CHAPITRE XX. — Ils se retrouvent.

Rose aussi avait fait du chemin en trois mois!

Elle avait pleuré Alcide avec toutes les larmes de ses yeux, elle avait passé des jours sans manger, des nuits sans dormir, de bonne foi elle avait juré de mourir, de se jeter dans la Seine, ce bon fleuve fait exprès pour les misères parisiennes, et puis un beau jour elle s'était consolée avec un autre amant. Prostituée, elle n'était pas autrement organisée qu'une autre fille d'Eve; et elle avait fait, la pauvre enfant, ce que font les femmes honnêtes, avec cette différence que, dans les bras d'un autre, elle n'oubliait pas l'ancien favori. Cela vous paraîtra bizarre. Soit; mais cela est dans les mœurs de la rue d'Amboise et d'une foule d'autres rues!

Or, ce nouvel amant était un jeune étudiant du quartier latin. Sentimental à sa manière, il était le favori d'une femme du coin; il allait chercher ses amours un peu bas, comme vous voyez, mais dans cette vie-là il apportait ses manières, son ton poli de petit étudiant confortable. Il ne permettait pas à l'intimité de sa nymphe la moindre influence sur son éducation, sur son langage. Il aimait la fille par goût; mais il aimait aussi le *decorum*, et il garda le sien, le petit étudiant. Du reste, étranger aux spéculations qui occupaient Alcide, il laissait à Rose Chappuis le prix de son travail, que l'ardente demoiselle faisait tous les jours, et dans l'occasion, même, il donnait un ruban, une paire de gants, un écu. C'était un honnête homme avec des sympathies pour le vice, un homme distingué avec des goûts canailles.

A seize ans Rose fut séduite par l'appât d'une robe de gros de Naples, d'un cachemire Ternaux et de douze paires de bas de coton.

Rose, sous les auspices de ce nouveau vainqueur, désapprit à jurer, à boire et à fumer la cigarette. Voyant qu'il fronçait le sourcil quand une phrase trop pittoresque lui échappait, elle s'attacha à parler avec moins d'audace. La danse lubrique, ce boléro de la Courtille, qu'elle exécutait avec une vigueur remarquable, elle l'abandonna. Le nom baroque de cette danse ne vint plus même sur ses lèvres. Bref, Rose Chappuis se nettoya beaucoup avec son petit étudiant.

Il en résulta qu'elle devint plus jolie, car sa figure mignonne, sa taille élastique et gracieuse avaient besoin de modestie : l'air effronté leur allait comme une grimace.

Son étudiant s'étant fait journaliste, il la quitta pour une figurante; et, pour se venger, elle se donna quinze jours à un jeune premier du Vaudeville, qui acheva de lui rendre faciles les belles manières.

Ensuite un employé aux vivres s'en chargea, et la conduisit à l'armée du Nord. Il mourut d'une indigestion à Bruxelles; et le hasard ayant amené Jules de Nerville dans l'hôtel où Rose pleurait le défunt, il la trouva jolie, adorable, et il y eut un anneau de plus à l'immense chaîne d'hommes qui déjà ceignait cette vie de femme.

Et cependant Rose avait été une beauté de la borne, et cependant Jules de Nerville était un jeune homme fort bien élevé, je vous assure.

Et qu'importe tout cela? Entretenue par un seul ou par tous, n'est-ce donc pas la même chose, s'il vous plaît? Et remontez donc, je vous prie, à l'origine de toutes ces beautés qui coûtent si cher à la finance : toutes sortent du coin de la rue.

— Non, il y a une exception.

— Je le sais bien. Vous voulez parler des femmes honnêtes qui font métier de ne pas être honnêtes.

Jules de Nerville se souciait fort peu des antécédents d'une fille. Il eût été plus difficile s'il eût été question d'un cheval. — A-t-il été à la selle ou au cabriolet? — Voilà ce qu'il n'eût pas manqué de demander; mais une maîtresse, baste!

Et puis il s'ennuyait à la mort au milieu de cet attirail martial de l'armée du Nord qui n'aboutissait à rien. C'est bien ennuyeux, c'est mortel, c'est écrasant une vie de garnison et de cantonnement! Ces bons chefs de corps qui sont pleins de courage et d'honneur, ces vieux généraux de l'empire qui sont pleins de souvenirs et de rhumatismes, toute cette tête de l'armée si belle dans une parade ou devant l'ennemi, tout cela est bien peu divertissant pour le jeune officier qui cherche, comme cherchait Jules de Nerville, à vivre gaiement et à mettre un peu d'esprit, de poésie même, dans l'occasion, à côté de la théorie et des règlements militaires.

Ennuyé, à l'affût d'une distraction, Jules tomba comme la foudre sur celle que la douce Rose ne demandait pas mieux de lui donner. Et puis, il faut tout dire, mademoiselle Chappuis habillée comme on s'habille, c'est-à-dire ayant fait divorce avec les oripeaux, le fard grossier, les plumes fanées et le similor, dont les houris sujettes de police aiment à se parer, mademoiselle Chappuis nettoyée et façonnée, passée à la brosse dure du confortable, était devenue une charmante fille. Sa toilette, sa coiffure, tout en elle avait perdu cet air d'audace et de sale laisser aller qui séduit si bien, au coin de la rue d'Amboise et dans d'autres lieux, les vieux libertins et les petits garçons. Rose, lecteur trop pudibond, était, quand Jules de Nerville la trouva, un morceau friand, une trouvaille, et, encore une fois, ses antécédents n'étaient pas écrits sur son joli visage. Vive Dieu! si ce malheur était à craindre, où en seraient tant de belles dames?... Mais rassurez-vous, chers anges, il n'y paraît pas.

Vint ensuite une circonstance qui changea l'amour assez tiède de Jules pour Rose en un je ne sais trop quoi qui avait un air de furieuse ressemblance avec de la passion, ou quelque chose comme cela.

La comtesse et sa fille arrivèrent à Valenciennes.

Un général du grand état-major, une puissance de cette armée du Nord qui avait conquis la citadelle du vieux Chassé, s'avisa de remarquer que la belle Chappuis avait des yeux divins, des dents blanches, une taille de nymphe, et il se sentit subitement embrasé d'une vive ardeur, le vieux guerrier! Il passa donc souvent, porté par son beau cheval anglais, sous les fenêtres de la belle, et quand il arrivait près du balcon où elle prenait le frais il avait toujours soin de piquer le flanc de la pauvre bête. Alors il survenait une lutte entre l'homme et le coursier, et l'homme, vieux cavalier de nos grandes guerres, battait l'anglais pour n'en pas perdre l'habitude. Rose alors de dire : — Il monte bien à cheval, ce vieux... mais il est bien laid! — Elle n'était plus au temps où la laideur en argent comptant avait accès chez elle.

Le général cependant s'impatientait de tuer sa belle bête pour rien, et il eut recours à un autre moyen. Un de ses aides de camp, garçon d'une grande intelligence, lui tourna un billet doux fort joli, dans lequel il parlait avec une franchise toute militaire des feux du général et de sa grande fortune. Fatiguée de changements comme un vieux soldat est fatigué de gloire, ou peut-être appréciant la grâce et la jeunesse du chevalier de Nerville, Rose se sentit un dégoût insurmontable pour ce voltigeur impérial qui lui roucoulait son vieil amour.

— Imbécile! dit-elle tout bas, que ne venais-tu rue d'Amboise? Là, autrefois, on avait du bonheur pour un morceau de pain... Mais aujourd'hui il n'y a qu'un homme dans le monde, oh! oui, qu'un seul pour qui je tromperais M. le chevalier... C'est toi, Alcide, toi qui... toi que...!

Et elle se décida à frapper un grand coup, à se fonder subitement une jolie petite réputation dans l'armée du Nord. Cela peut servir à côté d'un grand quartier général.

La marchande de légumes qui avait recueilli Rose après la mort des père et mère de la pauvre petite, lui avait fait donner une éducation de fruitière très-convenable : la lecture, l'écriture anglaise et les quatre premières règles de l'arithmétique. Où ne va-t-on pas avec cela? Rose s'était un peu brouillée avec ces sciences pendant son séjour dans la rue d'Amboise; mais son petit étudiant, son acteur du Vaudeville, son employé aux vivres et enfin le chevalier de Nerville l'avaient encouragée à les reprendre dans les heures de loisir qu'ils lui laissaient, et Rose, dont vous connaissez la docilité, avait autant aimé faire cela qu'autre chose. Il s'en était suivi une recrudescence de talent dans la tête de la jeune personne. Quelques romans nouveaux avaient fait le reste.

Mille émotions animèrent la jeune fille.

Le jour donc où elle reçut l'épître du général, elle lui fit de sa main mignonne la réponse suivante sur une feuille de vélin dorée aux tranches :

« MONSIEUR,

» Je ne sais pourquoi vous me faites l'honneur de me parler de votre fortune en même temps que de votre amour. Si vous voulez absolument acheter quelque chose, je vous informe qu'il est arrivé hier de Paris dans cette ville un marchand de chevaux très-bien fourni. C'est un brave homme; il a besoin de gagner sa vie, et je vous le recommande. Moi je n'ai besoin que d'amour, et je suis contente de celui qui m'en donne.

» Agréez, etc. »

L'aide de camp qui avait fait la lettre au général vit la réponse, et il en fit courir le contenu parmi les dragons, hussards, lanciers et cuirassiers de la garnison. Tout le monde se vengea de la discipline, à laquelle le général tenait beaucoup, en faisant sur sa passion des gorges chaudes militaires, et notre demoiselle Chappuis grandit de cent pieds dans l'opinion publique. Jules fut regardé par tous ses jeunes camarades comme un heureux coquin!

Sa maîtresse, qu'il n'avait prise que pour tuer le temps, lui devint chère; il le crut du moins. Il se donna le plaisir de se persuader qu'une grande passion habitait son cœur; il se cramponna, il s'accrocha à cette idée. — Je ne m'ennuierai plus, disait-il, me voilà amoureux comme un fou!

Rose, dans son drôle d'orgueil, se disait quelquefois et avec une charmante simplicité :

— C'est flatteur, au moins me voilà femme entretenue!

Elle avait troqué son nom véritable de Rose Chappuis contre celui de Malvina Dorsan. Il ne lui restait rien de son ancien métier, rien que le souvenir d'Alcide. Cette passion pour un Céladon de cette trempe était le seul côté par lequel elle tint encore à son ancienne vie, la seule vilenie qu'elle eût conservée de la rue d'Amboise. Ce vieux souvenir restait debout, pour elle, avec toute sa puissance, comme la dernière et tenace guenille de sa garde-robe de fille publique.

Pauvre Rose! elle avait bien renoncé à ce patois de la rue qu'elle avait tant parlé à ses amants et à ses pratiques; elle s'était bien décidée à ne plus brutaliser que le moins possible sa langue natale; elle avait bien su se forcer à un langage honnêtement correct; mais on ne renonce pas à un homme comme à un idiome. Celui-ci se désapprend avec de la bonne volonté, l'autre reste obstinément au cœur quand on est fille sensible.

Et cependant elle savait, dans l'occasion, renier les précédents funestes de la rue d'Amboise. Un jeune sous-lieutenant l'ayant un jour regardée avec une obstination qui annonçait un homme croyant retrouver une ancienne connaissance, elle avait su dire fort gracieusement à Jules de Nerville, qui commençait à prendre de l'humeur :

— La physionomie originale de ce monsieur ne m'étonne pas. Figure-toi que dans Paris il y a, m'a-t-on dit, une pauvre fille des rues qui me ressemble un peu. Beaucoup d'imbéciles s'y sont trompés, cet officier est du nombre. C'est cruel, au moins, cette ressemblance-là!

Jules, bête comme un homme d'esprit, donna dans ce panneau si grossier; c'était tout simple.

Eh bien, cette même femme, qui sentait l'utilité de la ruse pour cacher sa vie, ne savait pas ôter de son cœur le souvenir du grand épisode de cette vie; elle ne savait pas oublier tout. C'est si facile pourtant!

Elle en avait eu deux, trois, quatre, que sais-je? depuis qu'Alcide l'avait quittée pour la gloire, cette autre catin, et elle l'aimait toujours!

Aussi elle fut bien remarquable, l'entrevue de ces deux personnages à Valenciennes quelques mois après leur séparation.

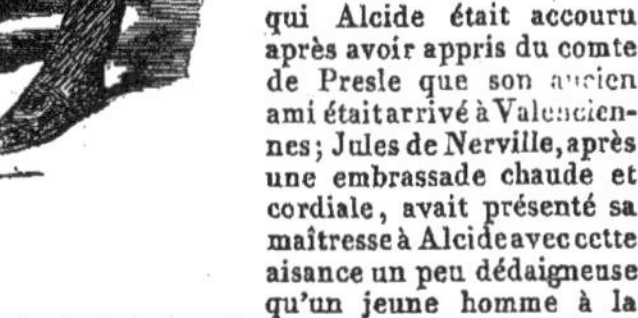

Jules de Nerville, chez qui Alcide était accouru après avoir appris du comte de Presle que son ancien ami était arrivé à Valenciennes; Jules de Nerville, après une embrassade chaude et cordiale, avait présenté sa maîtresse à Alcide avec cette aisance un peu dédaigneuse qu'un jeune homme à la mode ne manque jamais d'afficher, même pour la femme dont il est le plus épris.

Il avait dit, se conformant à cet usage anglais au moyen duquel on met à l'aise, en les nommant, deux personnes qui ne se connaissent pas; il avait dit en montrant son ami à Rose :

— M. Alcide Durand, aide de camp du général de Presle!

Puis, en montrant Rose au grand Alcide tout ébahi :

— Mademoiselle Malvina Dorsan!

CHAPITRE XXI. — Va-t-il céder?

Alcide, à ce nom de Malvina, comprit qu'il y avait sous jeu de l'incognito, et il s'inclina avec une froide politesse comme un homme qui salue une dame pour la première fois. Ensuite, cachant avec un art que ses études obstinées doublaient tous les jours chez lui, l'étonnement que cette rencontre avait fait naître dans son cerveau, il regarda attentivement son ancienne conquête, presque méconnaissable sous un gracieux chapeau de paille, sous une toilette légère, distinguée, qui lui rappelait celle des dames de Presle.

Il porta un rapide regard sur cette Malvina dont tous les atours eussent été de mise dans le salon le plus élégant, et dont les traits si communs avaient pris cette expression aimable et douce, bienveillante et honnête, la plus belle parure d'une femme.

Il semblait vraiment, — et vous pouvez m'en croire, car, foi de romancier, j'ai vu Malvina à cette époque, — il semblait que sa taille ne fût plus la même ; il semblait que ses mains, à présent emprisonnées dans de jolis gants, eussent rapetissé. Ses yeux étaient toujours vifs ; mais quelque chose qui ressemblait à faire frémir à de la modestie, en tempérait l'ardeur.

Son teint, qu'elle ne badigeonnait plus avec tous les produits chimiques de M. Laugier, était un peu pâle, comme celui d'une femme qui pense beaucoup ou qui aime beaucoup. Plus rien de hardi, de déshabillé dans sa mise, dans son air; beaucoup de simplicité, de grâce; robe blanche décemment découpée, guimpe à triple rempart, et puis quelques rubans du meilleur goût.

— Ce n'est plus ça, ce n'est plus ça, disait Alcide dans sa barbe en saluant de plus belle mademoiselle Malvina; non, décidément ce n'est plus ça!

Jules de Nerville, au moment où son ami entra, se disposait à sortir avec sa maîtresse, à laquelle il voulait montrer les remparts de Valenciennes, maussade beauté d'une ville de guerre. Alcide déclara poliment qu'il ne voulait pas être un obstacle à la promenade de *Madame;* et, passant son bras sous celui de Jules, il quitta l'auberge du *Petit-Ours* avec le couple amoureux. Chemin faisant, il hasarda quelques mots de remercîment sur le présent si délicatement fait par Jules d'un magnifique coursier anglais au pauvre officier de fortune, et Jules, la douceur même dans toutes ses relations avec ses anciens camarades, entra presqu'en fureur aux premiers mots d'Alcide là-dessus.

— Ne parlons pas de ça! ne parlons pas de ça!

— Mais, mon ami, c'est pourtant un bien grand service que tu m'as rendu là!

— Brouillés à mort si tu m'en dis encore une seule parole...

— Je suis muet.

— Je ne t'en demande pas tant, mais parle-moi d'autre chose.

Alcide, alors, raconta quelques détails sur son intimité dans la famille du général. Il parla des bontés du comte et de sa femme pour lui. Il s'exprimait en termes choisis; ses paroles étaient convenables, et Rose Chappuis se disait tout bas :

— Qu'il est bien! qu'il parle bien! Dieu! qu'il y a loin d'ici à la rue d'Amboise!

Jules demanda quelques renseignements sur l'intérieur du comte.

— Il y a là, dit-il, une jeune personne intéressante, dit-on.

— C'est languissante qu'il faudrait dire, mon cher... Santé déplorable! Quelque peine secrète peut-être.

Ce à quoi Jules répondit avec une belle insouciance de jeune homme :

— Ah! diable, tant pis!

Après la promenade on rentra à l'hôtel, et Jules, que quelques affaires appelaient chez le colonel de son régiment, dit militairement à Alcide :

— Une heure d'entretien avec une jolie femme ne saurait effrayer un aide de camp; amuse Malvina pendant mon absence, hein! fais cela pour moi.

Alcide s'inclina avec un grand sang-froid.

— Es-tu heureux! disait Jules passant à la hâte son uniforme, es-tu heureux, toi! toujours grave, toujours calme! Comment! une bonne passion ne pincera pas un peu ce cœur-là!

— Fou!

— Oui, fou! ils disent tous cela; mais un pauvre diable qui est menacé du spleen comme moi n'a qu'un moyen d'en sortir, c'est de se jeter dans la passion, dans l'ivresse, dans les joies... furieuses.

Le chevalier, en parlant ainsi, bâilla affreusement; puis, attachant la boucle du ceinturon de son sabre, il partit.

Une minute, un siècle s'écoula avant qu'une parole pût sortir des lèvres des deux individus restés en présence. Alcide regardait Rose Chappuis feuilletant un album en chantonnant un air de *Robert le Diable*.

Elle qui jadis ne feuilletait que le *Messager-Boiteux* en chantonnant : *Tu n'auras pas ma rose!*

Même préoccupation du côté de la demoiselle : elle regardait Alcide caressant d'une main distraite le fourreau d'un beau sabre à la hussarde.

Lui qui ne caressait jadis que son gros bambou.

Lequel allait ensuite caresser les épaules d'une trop faible femme.

— En vérité, c'est une dame maintenant, une dame tout à fait, disait Alcide.

— En vérité, c'est un monsieur, un monsieur tout à fait, disait Rose.

— Mais, ventrebleu! l'homme que madame de Presle distingue déjà aura bien raison d'une catin passée à la lessive.

— Mais, ma foi, la femme qui dédaigne des généraux, et que le plus joli, le plus spirituel des officiers de l'armée adore, n'aura peut-être pas peur d'un... déguisé en militaire.

Après ces *à parte*, la conversation suivante s'engagea :

— Eh bien, Rose?

— Eh bien, Alcide?

— Et les clients de la rue d'Amboise?

— Et les filles soumises, tes mères nourrices?

— Laissons de côté ces vilaines choses-là.

— Je ne demande pas mieux.

— Te voilà donc devenue une madame?

— Tu es bien devenu un monsieur.

— Oh! moi, c'est autre chose... j'étais officier avant.

— Et moi j'étais jolie.

— C'est vrai.

— Et comment te trouves-tu de l'uniforme?

— Mais très-bien, ma toute belle.

— As-tu toujours celui que nous t'avons payé, Esther, Fanny et moi?

— Peste! tu as de la mémoire.

— Il en faut, mon lieutenant! Dire que toutes ces belles choses, auxquelles d'imbéciles soldats portent les armes, sont le produit de l'industrie de trois... Tu n'as pas dit cela à ton général, je pense?

— As-tu parlé de ton Polonais, de ton pharmacien à Jules de Nerville?

— Oh! non.

— J'ai été aussi discret que toi.

— C'est heureux pour ton épaulette.

— Comme toi pour tes beaux atours... Ah! donne-moi donc des nouvelles d'Hippolyte, de Théodore et du gros brun.

— Deux sont morts; l'autre n'en vaut guère mieux.

— C'est une grande perte pour la société.

— Ah! Alcide! peux-tu parler ainsi de pauvres gens que tu as... tués!

Ces derniers mots de Rose Chappuis furent prononcés d'une voix émue. On voyait qu'elle était encore toute pleine du souvenir du grand combat livré par Alcide dans le bois de Boulogne; on voyait aussi que ce souvenir de l'une des belles heures du terrible Durand, de ce vainqueur, retentissait fortement dans son âme, qu'il y faisait vibrer une corde secrète, laquelle ne demandait pas mieux que de parler. Rose perdait subitement cet air mutin et railleur qu'elle avait pris en commençant sa conversation avec Alcide; peu à peu une vieille et forte influence la saisissait, comme le chien qui, après avoir perdu son maître, lui montre d'abord les dents quand il le retrouve, et baisse les oreilles s'il élève la voix; la pauvre Chappuis, trop nouvellement échappée encore au joug, se sentait faible, irrésolue, tremblante devant le grand homme qui si longtemps l'avait dominée.

— Eh bien, dit Alcide, tu étais si bien en veine d'épigrammes!... Allons, encore une petite méchanceté, mademoiselle Malvina!

— Non, Alcide, non; la méchanceté, tu le sais bien, n'est pas dans mon caractère.

— C'est ce que je me suis dit tout de suite, quoique tu me traitasses d'un ton si cavalier.

— Mais ce ton, tu l'as bien pris, toi!

— Eh bien, je t'en demande pardon, ma petite Rose... comme aussi des torts que j'ai eus souvent avec toi dans un temps.

— Des torts! toi! jamais!

— Oh! si... je t'ai maltraitée, Rose, et c'est mal!

— Je suis si emportée, si criarde, qu'un coup, une tape, ça échappe à un homme dans ces moments-là.

— N'importe, n'importe, c'était abominable de frapper un pauvre être faible, délicat.. Mais la misère, et puis cette vie infâme dans laquelle nous étions... sans être faits pour elle au moins!

— Oh! ça, bien sûr! La mère Douillard, cette bonne femme qui m'avait recueillie après que papa et maman moururent pour avoir trop bu, m'avait donné de bons principes... mais j'étais pauvre, coquette, et un vieux libertin de la place de l'Estrapade m'a poussée dans la mauvaise voie.

— Il y a de grands scélérats parmi les hommes!

— Oh! oui!... Mais dis donc, Alcide, maintenant que nous ne nous asticotons plus, voilà que tu reprends cette figure mélancolique que tu avais en nous abordant, Jules et moi. Je ne pouvais pas t'en demander l'explication alors, mais maintenant ça m'est permis. Pourquoi donc es-tu triste, mon ami?

— Oh! rien... rien du tout.

— Ah! on voit bien que je n'ai plus de droits sur vous, monsieur; autrefois vous me répondiez quand je vous demandais le secret de vos peines.

— Autrefois, répondit Alcide avec un soupir qui perça de part en part le cœur de la pauvre fille; autrefois, Rose, je pouvais te parler à cœur ouvert. Les temps sont changés.

— O mon Dieu, non, ils ne sont pas changés, dit Rose, dont les yeux commençaient à se mouiller.

— Rose, s'écria Alcide d'un ton de père noble de province, Rose Chappuis, un mur de fer nous sépare.

— Eh bien! saute par-dessus, homme que j'aime malgré moi! répondit Rose, qui laissait sa vieille et obstinée passion rompre la digue, eh oui, saute!

— Ce fer, que je porte à mon côté, me percera plutôt le cœur!

— Faut-il que je sois fascinée, séduite, enchantée!... ce qu'il dit là me ferait mourir de rire dans la bouche d'un autre, — car je suis bien moins innocente depuis que je suis femme comme il faut. — Eh bien! lui, il me prend, il me captive avec son mélodrame!

— Mélodrame!...

Pardon, ami, pardon, oui, je te crois capable de ces grandes passions, de ces colères généreuses qui font que l'on se tue; oui, oui, mais tu ne te tueras pas; tu vivras pour Rose.

— Eh! oui, je t'aimerais encore, femme! eh! oui, il y aurait encore du bonheur à te posséder; mais ma vie est trop affreuse, je ne l'associerai pas à la tienne.

Ici Alcide Durand, qui n'était pas fâché de faire un bout de répétition du rôle qu'il voulait jouer ailleurs, répétition pour laquelle sa bonne étoile lui envoyait Rose avec la réplique toute prête, Alcide, dis-je, creusa sa ride à une profondeur épouvantable, et il regarda son ancienne maîtresse avec une expression qui eût fait peur au diable.

— Oh! mon Dieu, oh! mon Dieu! le chagrin le dévore!

— Tu l'as dit, répliqua Alcide paraissant faire un violent effort pour arracher quelques mots de son larynx, tu l'as dit; l'enfer est dans mon cœur.

— Est-ce dommage, un si bel homme!... mais, enfin, quelle est la nature de ce chagrin? Ce n'est pas une passion pour une femme, car tu viens de me dire que tu avais encore quelque chose dans l'âme pour Rose, et Rose, elle t'aime, tu le sais!

— Non, Rose, non, ce n'est pas une femme. Mais, tiens, ne parlons plus de cela. Laisse-moi mes douleurs.

— Non pas, il faut que je les connaisse, puisque je veux les partager.

— Eh! dit Alcide avec une impétuosité qui eût fait honneur à M. Bocage, eh! pourquoi te confierais-je ma peine, Rose... ou plutôt Malvina? Pourquoi entre nous cette intimité? Pourquoi serais-je encore quelque chose dans ta vie?

— Parce que je t'aime, Alcide!

— Chut! chut! Malvina!... tu m'aimes, dis-tu? Et tu oublies donc ce que tu as promis à Jules de Nerville? tu oublies donc qu'il est mon ami... Malvina, que je lui dois de la reconnaissance? Je suis reconnaissant par habitude, moi, par tempérament!...

— Mais, Alcide... ne va pas te fâcher, mon bien-aimé... Rue d'Amboise, ton amour savait souffrir certaines choses, faire certains sacrifices.

— Oui, oui, répondit Alcide se promenant à pas précipités et amassant sur son front tous les nuages du désespoir, oui, dans ce temps-là il y avait de l'infamie en moi. J'aimais une femme et je souffrais lâchement que... mais aujourd'hui il faut être homme, honnête homme surtout! Savez-vous, Malvina, continua Alcide, qui s'était arrêté les bras croisés devant elle, savez-vous que dans la rue d'Amboise j'ai été...

— Un...

— Assez! assez! Malvina, je veux de l'honneur, il m'en faut! Jules est mon ami, vous êtes sa maîtresse. Tout finit là! Les erreurs de ma jeunesse, je veux les réparer! Ah! il me faudra bien du temps... Adieu, Rose! adieu, Malvina!

Et Malvina, dont l'ancien amour s'était réveillé et qui pouvait dire comme Oreste :

De mes feux mal éteints j'ai reconnu la trace,

ou comme Didon :

Agnosco veteris vestigia flammæ,

Malvina, — à propos de laquelle je vous fais assez bêtement de l'érudition, — s'élança dans les bras d'Alcide. Cet homme, la passion ou plutôt le guignon de sa vie, reprenait tout son empire sur elle. Pour lui elle ressentait l'un de ces amours qui traversent toute une existence de femme, que l'absence, le frottement du monde peuvent endormir quelquefois, mais qui se réveillent impétueux, rajeunis à la moindre occasion. Elle le serrait dans ses bras, le bel Alcide, elle le couvrait de baisers, elle lui prenait d'assaut de douces caresses. Et vraiment le jeu était joli! car vous savez que les appas de Rose étaient tout à fait désencanaillés, et qu'elle avait pris au service de ses nouveaux amants ces airs de bonne compagnie qui rendent une femme plus séduisante, qui parfument l'amour.

— Eh! que t'importent tes anciennes liaisons avec Nerville? Tu dis qu'il t'a rendu service, qu'il a été pour toi un ami tendre; mais, grand Dieu! l'a-t-il donc été plus que moi? Et puis, Alcide, crois-tu donc à la sensibilité de ces jeunes gens riches, de ces dédaigneux à gants glacés qui méprisent tout parce qu'ils peuvent tout acheter?... Un service? Eh! mon ami, cela leur coûte un ou deux billets de banque, et pour ce prix-là ils ont une de ces distractions après lesquelles ils courent et qui les fuient le plus souvent. Une bonne action, mon ami, cela les occupe un jour, cela leur fouette le sang. C'est un punch, voilà tout! Ils boivent pour s'étourdir.

— Tu as fait des progrès en expérience du monde, disait Alcide détournant chastement la tête pour éviter la bouche ardente de Rose qui cherchait la sienne. Mais, vois-tu, Jules n'est pas de ces hommes blasés qui font le bien par mesure de santé ou d'agrément. Oh! continua-t-il comme un homme qui depuis trois mois se faisait un langage dans les romans nouveaux, oh! Malvina, c'est un noble cœur, c'est une belle âme d'homme que tu calomnies. Jules, c'est la vertu, la bonté, la délicatesse organisées!...

— Et toi aussi, ange de ma vie, tu as fait des progrès, tu parles comme dans la littérature, et tu n'en es que plus adorable! Mais ce que tu nommes un noble cœur, une belle âme d'homme est bien loin de mériter... si tu savais quel vide il y a dans ce noble cœur, dans cette belle âme, si tu savais quel dédain pour la vie, pour les hommes, quelquefois même pour moi! Il me donne de l'or, ton chevalier de Nerville, il me fait venir de Paris les choses les plus belles, les plus riches, il se ruine pour moi comme pour une femme dont il serait fou, — comme je suis folle de toi, — mais cet amant généreux ne me donne tout cela que pour que je sois bien brillante, moi qui lui appartiens, moi qui suis de sa maison! Ses chiens, ses chevaux et Malvina Dorsan sont magnifiquement parés! Nerville, vois-tu, Alcide, habille richement son beau cheval anglais, mais il lui donne des coups de cravache; il jette sur moi des boutiques entières d'orfévrerie et de cachemires, des tissus précieux, mais il me méprise, mais il ne m'est pas fidèle! Eh bien! qu'il me donne donc beaucoup d'argent, puisqu'il en a! toi tu me donneras de l'amour. D'ailleurs tu es pour moi cet amour que dans la vie on n'éprouve qu'une fois! Tu es mon idole, ma vie; Alcide, je t'adore!

— Ah! si j'avais pu penser... je ne serais pas venu, non, certes.

— Et moi, en apprenant que tu étais dans cette ville, je serais allée te chercher; et puis, tiens, homme glacé que tu es, il faut que tu m'aimes encore, mon Alcide! Dis non, bien formellement non, et je dirai à Nerville ce que j'ai fait, qui j'ai été rue d'Amboise; je lui dirai que tu as été mon amant, et il me chassera honteusement, et j'irai mourir de faim à la porte de ce Valenciennes où je suis venue en poste!

Alcide à ces derniers mots sembla s'humaniser; il ne se défendit plus contre les étreintes de l'ardente Malvina, et d'une voix douce il dit :

— Mais, Rose, tu es donc une sirène? Ah! c'est mal, oui, c'est mal à toi de me fasciner ainsi. Rose, laisse-moi être honnête homme!

— Tu ne dois être que mon amoureux.

— Mais l'honneur?

— Mais le plaisir?

— Rose!

— Alcide!

— Ta grâce est la plus forte! Oh! non, non, ne me regarde pas ainsi, car je trahirai mon ami, car je foulerai aux pieds les devoirs les plus saints! Rose, n'auras-tu pas pitié de moi? Faut-il te demander grâce à genoux?

— Comme il est devenu aimable, mon Alcide! comme ce langage, ces manières du monde lui vont bien! Homme ravissant! homme délirant!

— Et puis tu ne sais pas à quel supplice tu t'exposes en entrant de nouveau dans la vie d'un malheureux tel que moi!

— Bah! bah! quelques coups de cravache! C'est du sucre de la part de celui qu'on aime.

— Moi, Malvina, mettre mon ignoble main d'homme sur toi, plante délicate! oh! non! Mais, vois-tu... oh! puisses-tu ne pas me mépriser, je suis un...

— Un amour d'homme.

— Non, non!

— Eh bien! va donc...

Alors Alcide se leva, et croisant ses bras sur sa poitrine avec un geste romantique il cria ces mots comme un forcené :

— Femme! une horrible passion me ronge! un penchant... féroce!

— Ah! mon Dieu! serait-ce une monomanie dans le genre de celle de M. Papavoine?... Eh bien, au fait, tant pis! Qu'est-ce que cela me fait? Tu me tueras peut-être, mais tu m'aimeras!

— Non, Malvina, je n'ai pas soif de sang... mais d'or. Tu vas frémir, Malvina : cette frénésie s'est éveillée en moi subitement... et tu ne sais pas quelles horribles conséquences elle a déjà eues! Rose, je suis un...

— Eh bien! quoi?

— Un joueur... Frémis!... Eh bien! frémis donc?

— Un joueur! que ça?...

— Enfer! que te faut-il donc?

— La belle poussée vraiment!... mais je te croyais un chef de conspirateurs, un corsaire, un pirate!

— Vous savez bien, Rose, que je ne sers que dans l'armée de terre.

— C'est vrai! mais dis-moi donc pourquoi tu as pris ces grands airs de désespoir pour m'apprendre que tu es l'un des amants de la dame de pique? Tu sais bien que je ne serai jamais jalouse de celle-là.

— Rose, dit Alcide appelant à son aide tout ce qu'il avait appris de beau depuis peu de temps dans la littérature frénétique, Rose, j'ai pris un air désespéré parce que je suis un joueur... et qu'un joueur, quand il entre dans une intimité, y apporte avec lui ruine et misère.

— Eh bien! si je veux tâter *encore* avec toi de la ruine et de la misère, qu'est-ce que cela te fait?

Il fit quelques pas dans l'appartement, puis s'arrêtant devant Rose :

— Sais-tu quelles tempêtes attendent la malheureuse qui s'embarque avec le joueur sur cette mer terrible? Sais-tu quelle vie atroce elle se prépare? Un joueur!... mais, Rose, il traîne avec lui l'horreur de sa passion, il la répand sur tout, il la répand sur ceux qu'il aime. Un joueur, c'est un monstre, un damné... Son amour donne la mort!

— Tant mieux! j'ame la vie heurtée, moi; une existence tranquille, monotone, une longue suite de jours éternellement les mêmes, constamment doux, bêtement uniformes et heureux, qu'est-ce qui veut de ça? Songe donc que j'ai lu la *Coucaratcha*, la *Salamandre*, que je suis folle d'une vie diabolique, frénétique, hémétique. Je ne suis heureuse qu'en lisant ces choses qui font dresser les cheveux sur la tête. Ah! tu es un homme vampire, ah! tu éprouves d'horribles tortures; mais c'est délicieux, mon ami! Il ne te manquait que cela pour être parfait. Tu perdras de l'argent au jeu et je t'en donnerai!

— Arrière, femme, arrière! Oh! tes paroles me brûlent le sang! Oh! ils sont passés ces jours de la lâcheté et de l'infamie où ma vie d'homme était soutenue par une femme! Pourquoi suis-je donc d'une force herculéenne, d'un courage de lion? pourquoi une barbe épaisse s'étale-t-elle sur ma figure comme une forêt dans la plaine monotone si je prends pour soutien un être faible? Le chêne s'appuie-t-il sur le jasmin, l'aigle sur le moineau franc? Non, Rose, je veux prendre seul mon essor. — Oh! il pourrait être plus noble! — Malheur à moi!

— Je le demande, disait Malvina Dorsan, je le demande, est-il un homme plus délicat? Alcide, je te l'ai dit, je serai à toi, tu seras à moi! Foin de Jules, foin du jeu! Et puis, qui sait? la chance te viendra peut-être. Tu pourras gagner un million.. à Paris surtout, où les maisons de jeu sont pavées de louis d'or! Nous achèterons un château; j'aurai des cachemires que tu me donneras...

— Ah! oui, chère et tendre amie! je n'aimerais la fortune que pour la partager avec toi.

— Eh bien! en attendant partage la mienne. Tu as des dettes, j'en suis sûre : un joueur malheureux en est toujours là! Sois tranquille, je te donnerai de quoi les payer, car j'ai des économies. Va, mon Alcide, tout ira pour le mieux!

— Avant que de recevoir une pièce d'or de toi je me ferais sauter la cervelle!...

— Oui! eh bien! je vais déclarer ce soir même à Jules la vérité sur mes antécédents. Il saura tout, et tu seras cause que je perdrai la position qu'il me donne. Alcide, choisissez : ou mon amour et des joies, monsieur, ou le remords d'avoir causé ma perte!

— Choisir entre le ciel et l'enfer! Oh! cette femme a des paroles qui séduisent, qui tuent la raison! La fuir, la fuir! Il le faut, où je me perds!

— Oui, dit Malvina dérobant un baiser au cruel, tu peux t'éloigner, car voilà une heure de passée, et le chevalier va revenir. Mais demain à midi, à l'heure où son régiment passe je ne sais plus quelle inspection, je serai seule.

— Adieu, adieu, dit Alcide s'arrachant des bras de Malvina, oh! adieu! Fuyez le joueur, Rose : la misère est avec lui!

— Eh bien! vienne la misère si tu me donnes de l'amour!

— Jamais! jamais!

— Demain à midi.

— Ce serait un crime!

— Dis, dis que tu viendras.

— Oh! mon courage!... dit Alcide. Puis d'une voix étouffée il ajouta :

— Je viendrai... mais c'est affreux!

Il sortit en couvrant son visage de ses deux mains, comme un homme qui sent déjà l'aiguillon du remords. Rose, épuisée par cette scène, dans laquelle elle avait rempli son rôle de franc jeu, retomba dans un fauteuil en disant :

— Oh! comme il aime son ami! comme son cœur se révolte à l'idée d'une trahison!... Mais aussi comme il m'adore! Homme passionné, va!

Et Alcide, il disait :

— Cette bonne fille est folle de moi. J'ai bien fait de me poser en joueur. Ces hommes-là, on les querelle quelquefois, mais on fournit à leurs besoins!... Moi, jouer! moi, risquer un écu sur le terrain mouvant du trente et quarante! Oh! pas si bête!... Bonne idée que j'ai eue là!

CHAPITRE XXII. — Alcide pose.

Le temps vola, et Alcide l'employa avec ardeur à construire sa position, à se faire cette physionomie dont il avait besoin. Heureusement pour lui, il débutait sur la scène départementale, dans une ville de province, où il est bien plus facile de se poser que dans ce Paris, si riche en hommes de salon, auprès desquels vous faites tout de suite tache quand vous êtes maladroits, quand vous ignorez le code si entortillé du bel air. La liberté de la province, qui ressemble beaucoup à celle de la campagne, lui fut une sorte d'égide sous laquelle il put prendre son temps et étudier ce monde dans lequel un caprice du sort le jetait.

L'extérieur froid et soucieux lui servit aussi à merveille; grâce à ce vernis de misanthrope, dont il avait frotté son individu, on ne lui adressait que rarement la parole, et il ne se trouvait pas provoqué dans les réunions du soir par ces questions soudaines auxquelles il faut savoir bien répondre sous peine de mort. Il avait combiné son extérieur au milieu des assemblées, de manière que l'on souffrît qu'il interrogeât toujours le premier; de cette façon, il savait d'avance ce qu'il allait dire dans la conversation, et c'était infiniment commode pour ne pas être stupide, pour ne pas être stérile surtout. Alcide n'était pas un homme d'esprit dans toute l'étendue du mot; il s'avouait même, dans ses méditations, qu'il était né sot. Cette rigueur envers soi-même est un moyen merveilleux de parer aux défauts d'une organisation défectueuse. Sans doute, il en résulte de la défiance, de la timidité, de la gaucherie dans le monde, où il faut être si hardi; mais cela aussi conduit à une étude opiniâtre, à un infatigable besoin de réparer les torts de la nature. Un grand nombre de ceux que nous nommons gens d'esprit n'ont mérité ce titre que parce qu'ils avaient eu le bonheur de naître lourds et niais. Furieux du pauvre lopin que le sort leur avait donné, ils se sont roidis contre leur destinée, ils l'ont attaquée bravement en face, ils ont contraint, à force de soin, d'obstination, leur étroite cervelle à s'élargir; ils ont changé leur nature; et soit que l'esprit des autres, qu'ils ont longtemps étudié, ait déteint sur eux, soit qu'ils aient réussi à refondre leur cerveau, ils sont parvenus à se faire une réputation d'hommes capables. Ils ne détrôneront jamais Voltaire ni Racine, mais ils feront leur vaudeville en trois actes tout comme d'autres. Remontez — si vous avez du temps à perdre — le fleuve de la vie de tel vaudevilliste, vous trouverez, en arrivant au temps du collége, l'animal le plus bête qui ait jamais mérité l'épithète de Béotien. Or, Alcide ne voulait pas faire de vaudevilles; il voulait seulement se placer dans le cercle où il entrait, comme un homme d'esprit : c'était plus aisé. Après la composition d'une pièce de théâtre comme on les fait maintenant, ce qu'il y a de plus facile à trouver, c'est le diplôme d'homme d'esprit. La littérature à bon marché est à la portée de tout le monde. Prenez donc de la littérature à bon marché, et frottez-vous-en l'épiderme; il n'est pas besoin que ça entre beaucoup! Alcide comprit cela tout de suite.

. . . .

— Décidément ce garçon-là possède un grand fonds de bon sens et il arrivera! Oh! oui, il arrivera!

Ainsi parlait M. Georges retournant dans ses mains une lettre qu'Alcide venait de lui écrire de l'armée du Nord, ou, ce qui est plus correct, de Valenciennes, ville dans laquelle quelque chose qui ressemblait à une armée avait reçu quelque chose qui ressemblait à une organisation, pour faire quelque chose qui ressemblât à une démonstration militaire.

L'âme du héros de ce poëme en prose s'était doucement infiltrée dans son style. Alcide s'était pour ainsi dire couché dans une lettre et mis à la poste lui-même. C'était lui, tout à fait lui, que M. Georges venait de décacheter et de lire. Après quelques détails insignifiants, il entrait en matière touchant ses fameux projets.............. « Vous sentez bien, disait-il, que quelles que soient mon audace et mon opiniâtreté, il est fort périlleux de s'embarquer sur cet océan où je voyage; et, comme vous me l'avez dit un jour, pour un qui réussit, dix se noient. Eh bien! cependant, me voilà cinglant à pleines voiles!

» Je me sens un courage extraordinaire, une confiance extrême... Le ciel me paraît moins élevé, les étoiles plus rapprochées de moi. Il me semble que je prendrais tout cela avec la main!

» Et je n'ai pas cette énergie brutale, épileptique, courage des poltrons, qui fait de chaque action décisive le résultat d'une attaque de nerfs venue à point! Fi donc! Mon pouls est à poste fixe dans l'état normal, il bat ses soixante et quinze pulsations à la minute! C'est de sang-froid, c'est avec calme que je marche. Ou plutôt, mon digne ami, je ne marche que parce que j'ai du calme et du sang-froid.

» Les dames de Presle sont fort occupées de littérature, et, comme tout le monde, elles ont parmi la nuée d'auteurs qui noircissent du papier des haines vigoureuses. — Un tel est un sot, ses peintures sont fausses, exagérées! Plutôt une sonate, une discussion politique, une heure de bilboquet, que la lecture de ses livres! — Moi, je recueille ces précieuses confidences, et prenant l'auteur dédaigné, je le lis, je le relis, je le lis encore, je le fais entrer à grands coups de marteau dans ma cervelle d'homme ordinaire. — Je suis un homme ordinaire, moi, si je ne suis pas encore moins que cela! — Eh bien! imprégné, bien doublé de ce pauvre diable que l'on dédaigne, je fais de l'esprit à ses frais quand je veux bien sortir de ma misanthropie, quand les chagrins, la *pensée de fer qui serre mon âme*, me laissent un moment de repos. Et si le pauvre auteur revient encore sur la sellette, je déclare tout haut que je n'ai lu qu'un livre de lui, mais que l'on ne m'y rattrapera plus! Je vole comme un impudent coquin, mais les pièces de conviction sont inconnues, on n'en veut pas, et je suis sûr de mon verdict.

» Du reste, ces gens du monde, dont l'éducation était toute faite avant qu'ils en fussent venus aux romans, ne lisent ces sortes de livres que pour se fouetter le sang une heure. Quand l'effet est produit, et que plus tard le calme est revenu, ils oublient l'excitant qu'ils ont pris, le café dont ils se sont abreuvés, les ingrats! Vous pouvez reproduire devant eux les mots heureux du livre — quand il y en a. — C'est encore du nouveau, ils le reçoivent comme une nouvelle connaissance. Aussi, je ne me gêne pas, je vous jure, pour jeter de loin en loin un trait de Balzac, un vers de Lamartine mis en prose de ma façon, et chacun de crier bravo!

» Mais que d'études, de peines, de veilles!!!

» Un acteur de la troupe de Valenciennes se plaignait devant moi du travail qu'il faisait pour son directeur. — En un an, disait-il, j'ai appris deux cents rôles!

» Et moi donc, monsieur Georges, et moi donc!... Mais c'est monstrueux, c'est horrible, c'est exorbitant ce que j'ai fait en trois mois!

» Je ne compte pas mon service d'aide de camp, c'est moins que rien, et en vérité le budget est bien bon de... Mais se prendre corps à corps avec sa bêtise native, et lui dire orgueilleusement : Tu deviendras esprit! Voilà une tâche épouvantable; de par Dieu, je la remplis, moi! et voyez-vous d'ici la peine atroce que je me donne?

» Entre nous, monsieur, je suis une bête, ou du moins mon père et ma mère m'ont fait d'une étoffe horriblement commune. Une chose fine, délicate, je ne l'aperçois qu'avec difficulté. Il me faut du temps, beaucoup de temps! Il faut que je martyrise mon pauvre crâne, que je le tenaille pour y fourrer quelque chose. Chaque idée nouvelle que j'y jette me met à deux doigts d'une fièvre cérébrale. Mais ce qui me sauve, c'est le sentiment — bien profond, je vous assure — de ma sottise originelle, perpétuel *qui-vive!* et une mémoire... Ah! une mémoire formidable. J'apprends difficilement, mais si je sais, je sais pour toujours : c'est rivé avec du fer!

» Bref, le feuilleton du *Temps* me donne une opinion toute faite, et spirituellement formulée sur notre littérature dramatique, — j'ai un dédain profond pour le vaudeville; — et puis, grâce encore au feuilleton, je sais plusieurs théories sur la musique : pas un mot technique, mais de ces considérations générales qui sentent la haute science... la poésie de la chose!

» J'ai lu monsieur Eugène Sue, et je suis sûr que je commanderais fort agréablement une escadre dans la mer des Indes. Vive Dieu! et le soleil des tropiques donc! et ces lascives mulâtresses emportées dans leurs amours comme des cavales! Et les frégates coquettes! et ces messieurs à qui tout réussit parce qu'ils sont des chenapans, pour qui la vie est une rosée douce parce qu'ils tuent, trompent, pillent et violent à chaque pas! J'ai tout cela sur le bout du doigt... J'ai tiré quelque chose pour mon usage particulier et pour mon jargon dans le monde de tous les livres nouveaux. Il n'y a que ceux de M. Viennet dont je n'ai rien pu faire sortir. Je suis encore à me demander pourquoi.

» Mais pour mon caractère, par exemple, oh! je n'ai pas pillé; il est de de mon invention, parole d'honneur! Aussi j'y tiens beaucoup, et vous m'affligeriez vraiment en m'engageant à le refaire. Amour-propre d'auteur!

» Je me suis fait joueur!

» Allons, ne sautez pas sur votre fauteuil, ne criez pas : Il est perdu!

» Vous sentez bien qu'aimant, adorant l'or, et ayant, à défaut d'esprit, un bon sens diablement remarquable, je ne m'amuse pas à suivre la chance trompeuse du trente et quarante. Fi donc! le jeu est une chimère; et comme l'argent n'en est pas une, quoi qu'en dise M. Scribe, qui pourtant doit s'y connaître, je n'irai pas jeter le mien sous le râteau d'un croupier. Allons donc, c'est trop bête! Un homme qui sait par cœur des *romans maritimes* et un millier de *scènes de la vie privée!!!*

» Non, je ne joue pas; je sais trop, par mes études de trois mois, que la plus piètre des spéculations c'est celle qui se fonde sur les phases d'une martingale; mais le jeu étant un vice, et beaucoup de héros de roman n'ayant l'honneur de ce titre que parce qu'ils ont un vice, je me suis donné celui-là. Vous sentez que les scélérats, les criminels, les corsaires sont usés jusqu'à la corde. Tout ce qui, dans l'échelle du crime, peut monter l'imagination de la femme est connu, archiconnu. Moi, j'ai pensé au jeu, et je l'exploite : je vous réponds que j'y gagne beaucoup d'argent!

» D'autres s'enveloppent d'une vertu pour faire leur chemin; moi, je m'enveloppe d'un vice. C'est déjà être un homme à la mode, et c'est beaucoup, allez!

» Dans le laisser aller d'une causerie intime, je laisse mon fatal secret s'échapper. Je raconte une belle histoire. Mon père, dis-je, m'a légué une grande fortune et je l'ai perdue à la roulette, dans une maison de jeu où d'indignes amis m'ont conduit. — Ici l'épithète si longue de méphistophélétique trouve sa place. — J'ai juré de reconstruire cette fortune par le jeu, voilà ce que j'ajoute. Alors on se récrie, et tous les lieux communs qui traînent dans *Beverley* et dans *Trente ans* de la Porte-Saint-Martin, me sont jetés à la tête. A cela je réponds que l'on a raison sans doute; mais que je veux marcher dans cette route *infernale* qu'un *démon* a ouverte sous mes pas... Voyez-vous la puissance de ces deux mots : démon, infernale!... Il est vrai que vous êtes de la vieille école, vous? Ces beautés vous sont inconnues!

» — Mais, ami, me dit-on, vous vous perdez! Votre haute intelligence sait trop bien apprécier les choses pour ne pas comprendre qu'au jeu tout est calculé contre le joueur; que le jeu c'est la mort!

» — Eh! madame, je veux mourir; le suicide est tout mon espoir: autant celui-là qu'un autre!

» Alors si l'on m'aime, on s'étourdit sur mon affreuse passion; on me blâme, mais on me pardonne; on m'accuse, mais on me donne de l'or pour le jeter au monstre qui m'a fasciné, dont je suis la victime!

» Les vieux Romains faisaient l'essai de leurs poisons sur un esclave : j'ai fait l'essai du mien sur une fille de rien, créature du domaine public que j'ai connue à Paris au temps de ma misère. Elle est tombée sur le coup. Ses première paroles, après avoir bu le philtre, ont été : — Tiens, tiens, pauvre infortuné, voilà pour ton jeu!

» J'ai mis cela dans mon tiroir, comme bien vous pensez!

» Allez, allez, mon cher maître, j'ai eu une bonne idée Les femmes seront reconnaissantes de l'amour du joueur. Elles se diront : Il aime le jeu, mais il m'aime plus encore. Elles se sentiront toutes fières — les drôles de corps — d'être préférées à la dame de pique.

» Et pensez-vous que je n'aurai pas de plaisir, que je n'aurai pas de bien douces joies à compter, quand je serai seul, cet or dont elles croiront que j'ai doté le tripot?

» Et ne voyez-vous pas que la première pensée qui leur viendra en me voyant froncer le sourcil sera celle-ci : Il lui faut de l'argent!... L'étiquette que j'ai mise sur mon sac forcera leur esprit à ne s'occuper que de cela, à me trouver, à me déterrer de l'argent... et puis vous sentez bien qu'en sortant du jeu j'aurai toujours perdu, et que de l'expression de mon chagrin, de mes inquiétudes, j'écarterai toujours ce qui dégoûte, ce qui sent la canaille : créanciers, misère, tout ce sale cortége! Je donnerai toujours au pilier de jeu la toilette la plus soignée, les dehors les plus confortables... Jamais je n'aurai mis en gage le portrait d'Angélique, — vous devez connaître le *Joueur;* c'est du vieux répertoire! — Comme je ne spécule que sur le semblant du vice, je n'en ai pas les charges, et votre profonde expérience du monde vous a fait déjà comprendre, j'en suis sûr, que j'en aurai tous les bénifices. Comment ne pas s'intéresser à un joueur que nul créancier ne poursuit, qui couvre son vice avec des habits faits à la dernière mode, et qui se présente toujours dans un salon pur du moindre atome de la sale poussière du tripot? D'un joueur comme celui-là, l'on dit :

» — C'est un homme très comme il faut, qui a une faiblesse!

» Et encore une fois on lui donne de l'argent, qu'il ne joue pas; mais qu'il place!

» Allons, humiliez-vous, superbe! Je ne veux pas flétrir le moins du monde vos lauriers, mais convenez que, dans votre longue et magnifique carrière, vous n'avez rien fait de mieux que ce que je fais à Valenciennes : et ce que je continuerai à Paris, où nous retournons bientôt!

» J'ai comme vous une grande prédilection pour les femmes de l'armée. A mon retour, je vous raconterai ce que j'ai fait de quelques-unes de celles de l'armée du Nord. Vous rirez, monsieur Georges!

» Je me résume en peu de mots : J'ai pris de l'esprit... diable m'emporte! beaucoup d'esprit!... dans les livres nouveaux. Peut-être cela vient-il de ce que cet esprit du jour n'est pas des plus fins, et qu'un lourdaud de ma trempe peut aisément se l'approprier; mais j'en ai. Les mots me viennent en foule pour exprimer les pensées que ma cervelle enfante. Je ne vois pas de circonstance pour laquelle je ne pusse en un clin d'œil tourner un billet doux; je ne vois pas de femme à laquelle je ne susse répondre, sur papier rose, ou sur papier bleu, de manière que monsieur ne soit pas écrasé par madame dans la lutte épistolaire. Je n'aurais pas peur d'une Sévigné!

» Quant au matériel, au positif, deux mots encore : je suis l'ami particulier, 1° de mon général; 2° d'un sous-intendant militaire; 3° d'un fournisseur; 4° de Jules de Nerville, un ancien camarade de collége. Tous ces messieurs ont leurs femmes plus ou moins légitimement. A bon entendeur salut! »

— Oh! décidément, bien décidément, dit M. Georges dont l'admiration colorait le vénérable visage, Alcide Durand fera son chemin. Mais comme l'esprit lui a poussé vite! tudieu! ventrebleu!

CHAPITRE XXIII. — Tout n'est pas rose!

Mathilde, comtesse de Presle, était une femme d'esprit. Fort belle encore, elle était coquette, de manière à ne pas faire crier après elle, tout juste ce qu'il fallait pour que son mari ne fût pas montré au doigt. Elle n'était pas trop vaine, pas trop méchante, pas trop curieuse, pas trop jalouse de sa fille, dont la beauté commençait à devenir inquiétante. Elle avait quelque teinture des arts : en peinture, elle comprenait mal les flots de tel peintre à la mode; et elle aimait beaucoup Garneray, dont les mers, disait-elle, sont maritimes. Elle était folle de Rubini et elle proscrivait en masse tout l'Opéra-Comique. Quand elle habitait Paris, elle allait entendre la messe à l'Assomption; elle avait deux ou trois pauvres qu'elle n'oubliait que les jours de migraine ou de bal; elle payait exactement sa marchande de modes; elle ne se mêlait pas de politique; elle ne prenait pas de tabac, mais elle n'exécrait pas l'odeur du cigare; elle n'avait pas eu pour son mari, au moins jusqu'alors, un dégoût insurmontable, c'était une femme délicieuse et tout son cercle l'admirait de bonne foi.

A cela il faut ajouter une grâce parfaite, l'habitude du joli jargon du monde, et l'on ne sera plus étonné que beaucoup de maris enviassent le sort du général, et que beaucoup de jeunes gens cherchassent à le tromper pendant les longues absences que ses fonctions d'inspecteur général de cavalerie lui faisaient faire une ou deux fois par an.

On citait dans le monde deux hommes fort dangereux dans ces sortes de tentatives, et qui avaient échoué de manière que les rieurs ne fussent pas pour eux. L'un était un magnifique capitaine de carabiniers, lovelace de la grosse cavalerie, et l'autre un officier d'état-major de la garde nationale de Paris, jeune blond, et blanc comme une Allemande. Tous deux étaient connus par leurs succès auprès des femmes de leurs amis. Leur échec devait avoir du retentissement; il en eut, et madame de Presle prit, dès ce moment, la renommée de la plus honnête femme du monde.

Le général gonfla ses joues, se donna plus d'importance que jamais, et vanta à Dieu et aux hommes la vertu de sa Mathilde. Jusque-là tout était au mieux pour la comtesse. Ce n'est pas tout d'être sage, il faut que le monde vous en sache gré et que sa louange vienne un peu vous chatouiller le cœur et la tête. M. de Presle, en exaltant la conduite de sa femme, tenait en haleine toute la coterie dans laquelle il vivait, et chaque jour il rapportait à la maison, ou à l'hôtel, pour parler français, une ample récolte d'éloges que ses amis avaient joints aux siens propres. La comtesse recevait cela d'un air assez froid; mais au fond elle n'était pas fâchée de se voir établie sur ce joli piédestal, et ce triomphe quotidien lui donnait du bonheur, lui tenait lieu des joies naturelles qu'une femme de trente-six ans belle encore, est en droit d'attendre, et que certes les moustaches blanches et le cœur racorni du vieux housard son mari ne pouvaient lui donner.

Mais il arriva une catastrophe qui changea cette quiétude de madame de Presle en un grand chagrin, et qui, plus tard, faillit détruire de fond en comble son excellente réputation.

Au retour d'une inspection, M. de Presle, qui avait trouvé jusqu'au fond d'une ville de guerre du Nord des admirateurs de sa femme et des envieux de son sort de mari, M. de Presle, qui depuis le licenciement de l'armée de la Loire, avait pris tous les genres d'Invalides possibles et avait vécu près de sa charmante Mathilde comme un frère vit auprès d'une sœur, M. de Presle, encore une fois, échauffé par la reconnaissance, par tous ces propos flatteurs, par cette espèce de gloire dont sa femme couvrait son front, au lieu de le couvrir d'autre chose, échauffé enfin par tout ce qu'il vous plaira d'imaginer, lecteur trop malicieux, s'avisa de parler amour à la pauvre Mathilde presque en descendant de voiture, au débotter!

Oh! ce fut un coup bien sensible pour la pauvre femme, qui vivait en paix depuis longues années. C'était un malheur subit vraiment, c'était une tuile qui lui tombait sur la tête.

Elle pleura beaucoup quand elle fut seule! et dans l'ingénuité de sa douleur elle se dit même, en couvrant son visage de ses petites mains :

— Que je suis malheureuse, et quelle horrible récompense d'une vie sans tache!

Le fait est que beaucoup de vertu, s'il faut en croire les romans de Ducray-Duminil, apporte ordinairement beaucoup de bonheur. M. Marty, l'auteur de la Morale en action, et un grand nombre d'hommes essentiellement moraux, — M. Bouilly, par exemple, — disent encore cela dans une foule de livres et de pièces de théâtre. Eh bien! ce dénoûment obligé de tout drame fondé sur la vertu, se trouvait tout bouleversé par l'effrayante prétention du vieux général. C'était la palme du martyre qu'il donnait à la douce femme pour prix de sa chasteté. Cela était abominablement injuste, cela criait vengeance!

— Oh! d'abord, j'aime mieux mourir, disait-elle, la charmante Mathilde; et vraiment, après tout ce que j'ai fait pour lui, c'est me payer d'une ingratitude bien noire ! Oh! c'est affreux!

Pauvre comtesse, elle en devint toute malade, et le médecin Dulock, qui fut appelé, fouilla dans tous les recoins de la science pour trouver la cause de cette désorganisation subite dans une femme sur les traits de laquelle la santé et ses roses s'épanouissaient à poste fixe.

— Ma foi, dit-il un jour au chevet de sa malade, avec laquelle le comte et sa fille l'avaient laissé seul, ma foi, madame, j'y perds mon latin. Je ne vois qu'une cause morale...

— Oui! oui! docteur! un chagrin, une inquiétude, une terreur...

— Eh! ma belle cliente, il fallait donc dire cela plus tôt... c'est vrai! Je suis là à chercher si c'est le poumon ou l'estomac!... mais voyons : vous m'avez toujours dit que j'étais pour vous un confident. Jusqu'à présent je n'ai guère été auprès de vous qu'un sinécuriste en cette qualité. Mais l'heure a sonné. Avez-vous perdu cent louis sur parole à l'écarté, le général vous a-t-il ôté la loge que vous aviez aux Bouffes, ou bien encore vous aurait-il ôté son cœur?

— O mon Dieu, non, dit la comtesse avec dépit, il ne m'aime que trop!

— Je vois! je vois! dit Dulock ouvrant sa tabatière d'or, je vois! vous êtes victime d'une recrudescence!

Madame de Presle se sentit rougir, et elle se cacha bien vite sous la couverture.

— Très-bien! très-bien! dit l'impassible Dulock, je vais tâcher de vous délivrer!

En sortant il recommanda au général, qui le consultait en riant, une abstinence complète de tout ce qui peut échauffer le sang et irriter le système nerveux.

— Diable! dit le vieux guerrier tout déconcerté, et moi qui justement voulais...

— Du repos! du repos! croyez-moi, c'est urgent!

— Brigand de médecin! murmura le comte dans sa moustache, j'avais bien besoin de le consulter! Mais, c'est égal, il peut avoir raison, et avant tout la santé!

Voilà comme quoi la comtesse fut momentanément préservée d'un grand désastre. Deux jours après la santé était revenue.

Mais plus tard le général s'ennuyant à Valenciennes avait fait venir sa femme. Là le vieux renard n'avait plus à redouter les prescriptions de la médecine. En supposant que l'un des Esculapes de sa division de cavalerie eût osé élever la voix, il avait la ressource de le mettre aux arrêts forcés. Sûr de l'impunité, retranché dans ses droits d'époux, et d'ailleurs têtu comme le plus têtu de tous les chevaux auxquels il avait fait faire les grandes manœuvres depuis les quarante ans qu'il était soldat, il renouvela ses attaques, et la pauvre Mathilde en vint à regretter que les postillons qui l'avaient conduite ainsi de Paris à la gueule du loup ne l'eussent pas précipitée au fond de quelque fondrière de la route. Elle oubliait que sa Laure, son enfant bien-aimée, avait été du voyage! Mais le danger fait perdre la présence d'esprit et la mémoire!

Alors commença pour elle une suite de tourments, de persécutions. Son mari, qu'elle aimait comme on aime une vieille connaissance qui dans le temps vous a fait un enfant et vous a donné le premier cachemire, devint pour elle un objet d'insurmontable aversion. Plus il lui parla de près, plus elle trouva qu'il sentait la pipe et le rhum. Vu à la distance d'un appartement séparé, il lui paraissait un beau vieillard, un de ces Impériaux dont la charpente d'acier a résisté aux fatigues et au temps, un de ces vieux restes de la grande armée qui réveillent tant de souvenirs, qui font battre le cœur... mais qui ne le font battre que pour la gloire. Puis, quand cette bouche à laquelle elle se suspendait pour entendre les beaux récits d'Iéna, de Wagram, les peintures animées des grandes charges de cavalerie écrasant du Prussien à la voix de Murat, ce sublime fat; quand cette bouche lui grimaça de l'amour, lui peignit des désirs de vieillard, des émotions de cadavre, oh! elle lui parut horrible, grande, atroce, repoussante comme l'entrée de l'enfer.

Plus de vénération pour ces cheveux blanchis par le soleil du Portugal, depuis qu'ils ombrageaient une cervelle occupée d'amoureux soucis; cette main osseuse qu'elle baisait quelquefois avec respect, parce qu'elle avait battu l'ennemi, elle était devenue laide, commune, depuis qu'elle voulait serrer sa taille. Bref, l'historique et illustre soldat avait disparu; il était remplacé par une manière de vieux Cassandre qui rappelait à madame de Presle les maris des Contes de la Fontaine, et lui faisait trouver toute naturelle la conduite des femmes de ces maris-là! Elle haïssait son époux depuis qu'il s'était mis à la trouver charmante. Elle en eût été folle s'il eût voulu la trouver laide et le lui prouver par une sainte indifférence.

Les retards adroitement obtenus, les refus et les excuses fondés sur la migraine, les tiraillements d'estomac, ne servirent qu'à donner un nouveau stimulant aux volontés maritales du général de cavalerie, et il était au moment d'entrer d'assaut dans sa propre maison, lorsque, pour le plus grand bonheur de la comtesse, Jules de Nerville eut l'esprit d'arriver à Valenciennes, comme un effronté qu'il était, avec sa sultane favorite, mademoiselle Rose Chappuis. La nouvelle de ce scandale mit, comme on sait, la pauvre Laure au lit, et madame de Presle ne quitta plus la chambre de sa fille, près de laquelle le général se mit à rôder comme un vieux loup autour de la bergerie, espérant toujours que sa cruelle moitié sortirait un moment pour demander des sangsues ou de la tisane. Il ne fut pas heureux dans ces petites escarmouches; mais à l'heure du dîner il prenait sa revanche, et la pauvre comtesse essuyait toujours, entre la poire et le fromage, une déclaration d'amour, ou plutôt une déclaration de guerre, car le général commençait à prendre la chose très au sérieux.

Ce fut sur ces entrefaites qu'Alcide Durand commença, à force de persévérance, d'opiniâtreté, de bon sens, de feuilletons littéraires et de romans maritimes, à se faire un bout de réputation dans l'état-major et de là dans la maison de son général. Le hasard, ce dieu qui favorise quelquefois les coquins, le servit à souhait pour que la comtesse, cette femme qui naturellement honnête avait résisté aux plus aimables cavaliers de Paris, lui donnât quelque attention. En vérité, il y avait comme une combinaison machinée par un dieu ennemi, — style antique, — contre la pauvre femme.

Le général battait ses domestiques.

Alcide, au moyen de quelques bons procédés fort peu coûteux, faisait chanter ses louanges par le sien dans tous les coins de Valenciennes.

L'un était emporté, opiniâtre dans la discussion; l'autre faisait sa première étude d'être agréable et facile à son interlocuteur. L'un était vieux, l'autre était jeune.

Ces contrastes, la comtesse avait été à même déjà de les reconnaître dans les temps où mille adorateurs se pressaient sur ses pas. Certes, chacun d'eux, jeunes gens aux passions vives, l'emportait beaucoup sur un vieux soldat ridé par vingt campagnes et rendu méchant par trente rhumatismes. Mais alors la belle Mathilde jouissait de l'insigne joie d'être négligée par son mari. Résignée à une vie sans amour, elle n'avait pas contre M. de Presle le terrible grief que lui donnait maintenant le vieux feu qui se rallumait. Elle était sage pour le récompenser de ce qu'il voulait bien lui épargner son amour de vieillard. A Valenciennes, elle était fortement tentée de prendre un amant pour le punir de ce qu'il avait la sottise de l'aimer. Le fait est que c'était là un de ces torts qui ne se peuvent pardonner.

Et puis, encore une fois, c'était une époque malheureuse qui commençait pour la pauvre femme. Une série d'événements insignifiants en eux-mêmes surgirent tout d'un coup pour la pousser là où son instinct lui avait jusqu'alors défendu d'aller, pour prendre sur elle une influence que dans un autre temps ils n'auraient certainement pas eue.

Une fois, c'est un pauvre diable qui, réfugié dans les combles d'une maison qui brûle, tend les bras au ciel par la lucarne et chante d'une voix déchirante son *in manus*. Le général de Presle, qui est venu sur le lieu de l'incendie pour encourager les soldats de la garnison à jouer aux pompiers, dit froidement :

— C'est un homme perdu ! il faudrait sacrifier trop de monde pour le sauver. Dix valent mieux qu'un; c'est mathématique et militaire !

La comtesse a voulu obstinément suivre son époux; elle a pensé que le digne général s'occuperait beaucoup plus d'ordre public que d'incendie, et qu'il fallait que quelqu'un fût là pour la question d'humanité, laquelle est toujours la dernière que l'autorité agite. Elle voit, la belle Mathilde, la flamme qui monte en tourbillonnant jusqu'au grenier où le misérable s'est réfugié; à la clarté des flammes elle voit la figure horriblement contractée de cet homme; elle entend ses hurlements et elle se tord les bras en disant :

— Comment! pas un de ces hommes, pas un de ces soldats n'ira porter secours à ce malheureux? Il y a plus de cinq cents hommes amassés dans cette rue, et pas un noble cœur...

Elle est interrompue par un cri général qui s'élève. Des applaudissements, des bravos, — en France tout est comédie, — retentissent. Elle lève la tête, et, à la lueur de l'incendie, elle aperçoit sur le toit Alcide Durand s'avançant au milieu des gerbes de feu, tranquille, maître de lui. Quelquefois il disparaît au milieu d'une colonne de fumée, puis les ondulations de la flamme viennent de nouveau l'éclairer; et avec sa figure toute blanche au milieu de cette immense clarté, avec sa belle chevelure en désordre, son pas ferme sur un terrain qui va s'écrouler, il apparaît à la pauvre comtesse comme un héros, comme un Dieu.

Et lui, là-haut, entouré de fumée et de feu, il se dit à chaque pas qu'il fait avec la plus grande précaution :

— Sacré mâtin ! c'est beau, l'héroïsme, mais ça coûte cher ! Madame de Presle, j'en suis sûr, fait de la poésie en bas. Mais je n'entends pas du tout être payé en vers, au moins !

Ensuite parvenu à la lucarne, il s'écrie :

— Est-il bête, ce Flamand, d'être resté là ! Il y a des imbéciles qui devraient toujours marcher avec un sauveur pendu à la ceinture.

Mais bientôt il change de ton. S'appuyant d'une main contre l'angle d'une cheminée, il saisit de l'autre l'habitant de Valenciennes par la peau du ventre, et il l'attire sur le toit.

— Tenez-moi bien, dit-il, *pauvre infortuné*, et suivez-moi par ici, car l'escalier est en feu !

— Hélas ! je ne peux faire un mouvement.

— Stupide animal ! murmure le compatissant Alcide.

Ensuite reprenant sa voix douce :

— Cramponnez-vous à moi, mon ami, et ayez confiance en Dieu.

Alors de la rue part un concert d'acclamations. Les dames pleurent, les hommes jettent leurs chapeaux en l'air, et le général, qui seul reste froid au milieu de toute cette ivresse, ne peut s'empêcher de dire :

— Tout cela est beau, mais pourvu qu'il ne m'en coûte pas mon aide de camp. Homme romanesque ! homme trop sensible, va !

Cependant Alcide gagne du terrain. Tous les yeux le suivent avec anxiété. Sous ses pieds l'ardoise brûle, autour de lui l'atmosphère est embrasée; il a de terribles démangeaisons de laisser là son homme et de courir à l'échelle par laquelle il est arrivé, mais il combat sa peur, il la force à se taire tout en se disant :

— Par exemple, je ne ferai pas toujours de l'héroïsme comme celui-là. Bon pour une fois.

— Bravo ! bravo ! crie la foule; honneur à lui, car c'est un brave !

— Ces animaux-là, dit Alcide, me feront perdre la tête avec leurs vivat !

Enfin il touche à l'échelle que mille mains contiennent. Il est au port, il est sauvé !

Arrivé au dernier échelon, il lâche son homme, qui s'est accroché à lui comme le noyé à une planche, et il tombe dans les bras de quelques soldats jouant à ravir une petite pantomime d'évanouissement. On le croit sans connaissance, mais toutes ses facultés sont à leur poste, et il entend fort bien la douce voix de Mathilde qui dit :

— Il faudrait le transporter à l'hôtel.

Puis une main serre la sienne, un corps se penche sur lui, et il reconnaît les douces odeurs dont la toilette de madame de Presle est toujours parfumée.

— La voilà, la voilà ! dit-il, patience ! je ne serai pas toujours évanoui.

Et il se laisse transporter à l'hôtel. Par intervalles il sent qu'on lui passe un flacon de sels sous le nez.

— C'est encore elle, dit Alcide. Vive l'incendie ! elle s'est brûlée au feu.

Ainsi, autour du flegmatique jeune homme, tout est poésie, exaltation, et lui, il reste enveloppé dans sa peau d'homme indifférent, cuir racorni, impénétrable, qui le dérobe aux sottises de la sensibilité. Ce garçon fait tout à froid, même le bien : il a sauvé un homme dans l'intérêt du rôle qu'il veut jouer; il l'étranglerait fort tranquillement, je vous assure, si ce même homme se trouvait lui barrer le chemin qu'il se propose de parcourir.

Mais ce n'est pas assez du feu, l'eau doit aussi lui être favorable; les éléments sont pour lui. Comment n'arriverait-il pas ?

A peu de jours de là un enfant tombe dans un fossé des fortifications, et il disparaît sous quinze pieds d'eau. Alcide plonge, arrache encore une victime à la vilaine au nez camard, et l'enfant s'en va jouer à la fossette comme celui qu'a guéri Sganarelle.

La renommée vole et va dire aux badauds de Valenciennes le nouvel exploit de l'aide de camp du général de Presle, et chacun d'applaudir.

— C'est un vrai héros de roman, dit le vieux comte.

Les autres officiers de l'état major lui portent envie, les femmes l'admirent, la comtesse soupire en le regardant, Laure même, sur son lit de douleur, dit en pleurant :

— Ah ! si M. de Nerville était ainsi; mais...

Et lui, il combat courageusement la joie qui l'oppresse, il ne veut pas qu'elle l'étouffe, il sait que pour frapper juste il faut être maître de soi. Malgré cette prudence, il ne peut s'empêcher de dire cependant :

— Me voilà tout à fait à la mode. Qu'a-t-il fallu pour cela ? Un peu d'eau, un peu de feu !

Fidèle à son système, il recreuse sa ride, il passe de nouvelles nuits à étudier M. Sue, et il atteint dans ses veilles un degré de pâleur à rendre jaloux Debureau des *Funambules*. La comtesse, à laquelle maintenant il exprime par les yeux une ardente passion, dit dans son âme :

— Comme il est triste ! Le bien qu'il a fait ne peut même le rendre heureux ! Serait-il écrit que seule je peux lui donner du bonheur ? J'en ai peur, hélas !

Pendant ce temps-là, M. de Presle, à qui le ciel flamand continue ses bontés, se sent plus jeune de dix années, et sa cour à madame sa femme devient aussi brûlante, aussi passionnée que celle d'un brave caporal de grenadiers chargé de vingt-cinq ans et de deux galons de laine rouge. Il est là, toujours là, rôdant autour de sa femme, et celle-ci voit le moment où il lui faudra céder. Cependant elle résiste encore, et le comte, bouillant d'une volupté un peu grossière, s'écrie dans une scène conjugale qui a lieu :

— Mille diables, madame, faut-il donc que je vous fasse sommation par huissier de vouloir bien, à huitaine, coucher avec moi ? Je suis homme à le faire, au moins !

La comtesse répond par des larmes; et une distraction impardonnable lui fait jeter les yeux sur les gants d'Alcide, que celui-ci, par hasard, a oubliés dans le salon où se passe cette chaude explication.

— Morbleu ! madame, les larmes ne mènent à rien avec moi, je vous en avertis. Mille escadrons ! j'ai vu pleurer comme cela une belle Andalouse en 1809, et cela ne m'a pas empêché...

— Ah ! monsieur, il y a quelques-uns de vos souvenirs militaires que vous devriez bien laisser inédits.

— Baste ! c'est de bonne guerre... et je vous avertis que maintenant j'agirai comme en pays ennemi. Vous vous dites toujours malade, mais je suis las à la fin de tant de maladies. — Vous voudrez bien désormais être en bonne santé, madame la comtesse.

La figure de la pauvre femme est noyée de larmes, sa voix est éteinte, et c'est à peine si le farouche époux peut entendre ces mots qu'elle prononce :

— Il y a de bien exécrables droits !

Alcide, sans savoir la cause de cette guerre domestique, a remarqué pourtant cet état hostile, et il redouble de soins, de coups d'œil, de soupirs et de mélancolie. Le moment, vous le voyez, est bien choisi pour mettre en relief un homme qui deux mois avant eût été regardé par madame de Presle comme un fort beau cavalier, mais comme un insignifiant personnage. Deux mois avant elle eût remarqué que les yeux d'Alcide étaient dépourvus du feu sacré, de cette incisive expression qui révèle l'esprit et la vivacité d'imagination. Elle n'eût été que médiocrement touchée de ces airs mélancoliques, et elle eût trouvé une distance de mille lieues entre la taciturnité de ce grand corps et celle qui résulte d'une sensibilité profonde. Elle eût dit : C'est un grenadier qui a du chagrin, et non : C'est une poétique victime des passions.

Et tout pour Alcide dépendait de l'effet qu'il allait produire sur cette femme du monde. Vaincu, il était rejeté dans les amours subalternes; vainqueur, il gagnait du courage, de la confiance, bagage avec lequel on va si loin!

Enfin les choses en vinrent à un point où il ne put plus douter de l'amour de la comtesse. La pauvre femme, qui pour la première fois s'écartait de la bonne route, marchait dans la mauvaise sans la moindre précaution. Elle faisait le mal, comme toujours elle avait fait le bien, franchement, la tête haute. Emportée par sa passion,

En sortant, le docteur recommanda au général abstinence complète de tout ce qui peut échauffer le sang et irriter le système nerveux.

la première de toute sa vie, dont le total était pourtant de trente-six printemps ou de trente-six hivers, comme on voudra, elle s'y laissait aller avec un abandon qui n'eût pas manqué de la compromettre tout de suite si le froid et méthodique Alcide n'eût été là pour réparer ses bévues, ses inconséquences Raison de plus pour que madame de Presle idolâtrât tout à fait cet homme généreux qui sacrifiait l'intérêt de sa propre passion à l'intérêt d'une réputation de femme. C'était de l'honneur, de la délicatesse, de l'héroïsme, et les femmes, même celles qui font leur mari ce que vous savez qu'ils sont, aiment que l'on soit honorable, délicat et héroïque, tant il est vrai que, dans leurs vices mêmes, les femmes valent mieux que nous, grossiers animaux qui ne tenons qu'à de beaux yeux, une belle taille, de jolies formes et beaucoup d'autres choses, fort belles sans doute, mais qui n'ont rien de commun avec l'esprit et le cœur.

Sûre désormais d'être aimée d'un de ces hommes comme son imagination de femme tendre les avait toujours rêvés, la comtesse, appuyée sur cet amour, tint courageusement tête à celui de son époux. Elle se disait quelquefois, la pauvre dupe : Un regard d'Alcide me payera toutes mes douleurs!

Impassible, glacé comme un vieux général qui commande le sac d'une ville, Alcide se gardait bien de profiter tout de suite de l'heureuse chance qui s'ouvrait devant lui. Il voulait se donner les airs d'un homme qui combat sa passion. Ces airs-là sont décisifs auprès des femmes. Les témérités ne sont de mise aujourd'hui qu'entre les servantes d'auberge et les commis voyageurs.

Pendant que madame de Presle brûle pour lui, Alcide n'oublie pas qu'il a dans Valenciennes d'autres feux à nourrir. Rose Chappuis, à laquelle il a de nouveau octroyé sa faveur, est tombée, la bonne fille, dans cette même idolâtrie, ce même paroxysme qui déjà, rue d'Amboise, lui a fait vendre son lit pour le bel Alcide : c'est de la folie, de la rage. Chaque jour Alcide vient lui faire l'aveu d'une perte nouvelle au vingt et un, à l'écarté, et chaque jour l'argent de Jules de Nerville, dont elle dispose, passe dans le gousset de M. Durand. Jules rit comme un fou des dépenses de sa belle. Il est flatté d'une prodigalité qui doit lui faire honneur, dit-il. Il salue sa ruine prochaine avec beaucoup de gaieté. Il vit dans cet état moral où l'on n'est plus sensible à rien, où le cœur n'a plus d'élan, l'esprit de pénétration. Jules est un débauché qui vous fera tirer l'épée ou le pistolet à cinq pas si vous venez lui faire de la morale. — Si je veux me ruiner, moi!... que vous importe? Alors on le laisse en repos, ou l'on hausse les épaules sans qu'il le voie.

Un soir, Alcide se coucha bien heureux dans sa petite chambre qu'il occupait chez le général.

De sa fenêtre il découvrait celle de la comtesse. Là, une lampe veillait, et à sa clarté une femme tendre, repoussant le sommeil, s'occupait de lui.

Sans fatuité, il pouvait penser cela, car toute la journée les grands et beaux yeux de Mathilde avaient plongé dans les siens.

Sur une table, bien près de lui, était étalé tout l'or que la pauvre Rose lui avait donné en si peu de temps.

Et à côté de ces dépouilles du chevalier de Nerville il y avait un gant.

Un gant de femme aux doigts effilés, à la peau blanche et imprégnée des plus doux parfums, un gant qui sentait sa rue Vivienne.

Trois choses occupaient donc l'insomnie délicieuse de M. Durand.

La comtesse.

Il ne se disait pas : — Femme pure jusqu'à ce jour et que je vais perdre!

L'or de Rose.

Il ne se disait pas en rougissant : — Sur chaque pièce il me semble voir l'effigie de Jules, de mon ami; il me semble voir ce mot écrit en grosses lettres : *Lâche!*

Le gant.

Ah! pour celui-là, Alcide le regardait avec un air de méditation profonde; il appartenait à madame Bertrand.

Mais, j'y pense! vous ne connaissez pas madame Bertrand, vous qui m'avez suivi dans cette narration.

Madame Bertrand est une grande femme légitimement mariée à son époux, M. Bertrand, sous-intendant militaire.

M. Bertrand, c'était une énorme masse de chair bouffie, soufflée, apoplectique, dans laquelle il y avait des facultés arithmétiques immenses. Aussi cette machine était-elle officier de la Légion d'honneur, et très-avant dans les bonnes grâces du ministre.

Depuis la campagne de Moscou, M. Bertrand n'avait plus eu qu'un Dieu : l'argent.

Aussi madame sa femme, qui avait besoin d'être adorée, s'étaitelle constamment adressée à d'autres. Haute en couleur, taillée en amazone, ou en blanchisseuse, ce qui doit nécessairement revenir au même, ornée par le haut de cheveux d'ébène et d'une paire de sourcils à détrôner Jupiter Tonnant, madame Bertrand avait toujours trouvé, sans beaucoup de peine, des serviteurs parmi les petits jeunes gens, lesquels aiment beaucoup — je voudrais bien savoir pourquoi, — des formes masculines et un regard hardi sous un chapeau à la Bibi et dans une robe à gigots; puis, par une transition brutale, digne de son extérieur hussard, madame Bertrand était subitement passée de son goût pour les enfants, pour les amours avec les chérubins qu'elle rencontrait, à un goût plus prononcé encore pour les galants taillés en tambour-major. Maîtresse femme, elle avait juré d'enchaîner à son char la grande et la petite espèce. On sent ce que, dans de semblables dispositions, la vue de l'athlétique Durand dut produire sur elle. Les quarante-cinq ans de madame Bertrand prirent feu tout de suite, et Alcide, après s'être au préalable adroitement informé de l'état de fortune de M. le sous-intendant, décocha à la femme de celui-ci quelques-uns de ses plus beaux sourires. Il avait tout de suite calculé qu'avec ce carabinier femelle la mélancolie et tout le bataclan sentimental n'étaient pas de saison. Madame Bertrand ne comprenait pas un mot dans tout lord Byron, elle savait par cœur les contes de la Fontaine et les poésies de l'abbé Grécourt; elle bâillait sur Béranger, Désaugiers la faisait pâmer d'aise. En peinture, elle exécrait la nouvelle école, à cause de l'armure de pied en cap, mais elle était folle des Romains de David et des Zéphyrs de Girodet. Tranchons le mot : madame Bertrand était femme à porter un défi à la Contemporaine.

Inutile de dire que le galant Alcide n'eut qu'à se présenter pour vaincre. A sa seconde déclaration, on lui avait abandonné le gant dont nous venons de parler. C'était un gage du bonheur qui l'attendait.

Quand madame Bertrand cédait à un amant, elle lui jetait le gant, comme pour l'avertir que pour lui allait commencer une série de combats où il fallait force et courage, c'était comme un symbole de la vie périlleuse et agitée qui l'attendait. Mais Alcide en avait vu bien d'autres! Il ramassa le gant en jetant un complaisant regard sur sa large poitrine et en faisant saillir en se jouant les nerfs de fer qui sillonnaient ses bras.

Le lendemain du jour où ce cadeau symbolique lui avait été fait, il retourna chez madame Bertrand, et pendant une huitaine il s'appliqua à lui donner de son amour une haute opinion. La huitaine n'était pas écoulée que la fière dame, pâle et languissante, le regardait humblement et venait à lui au plus léger signe, comme la fougueuse cavale arabe que le dur Bédouin a domptée.

— C'est le moment, dit Alcide, frappons le grand coup, après la semaille il faut la moisson!

Il se disposait, ce plan bien arrêté, à quitter l'hôtel du général, lorsque le hasard amena dans le salon qu'il traversait madame de Presle, Mathilde, la douce comtesse, dont le regard était tendre, velouté, et révélait un cœur de femme aux passions vives, mais aux

M. Bertrand était une énorme masse de chair dans laquelle il y avait des facultés arithmétiques immenses.

pensées délicates, élégantes, et tout de suite il pensa au contraste que madame Bertrand ferait à côté de cette autre victime que son bon génie avait jetée dans sa route. Il s'était monté la tête toute la nuit pour jouer à celle que M. le sous-intendant nommait son épouse la scène de joueur qui déjà avait si bien réussi avec Rose. En voyant madame de Presle, près de laquelle il éprouvait un reste de timidité, soit par le sentiment de son insuffisance auprès d'une grande dame dont les manières exquises l'étonnaient encore, soit par cet ascendant que la beauté exerce sur le plus goujat; en la voyant, dis-je, il se dit vite, très-vite, pour tuer sa peur :

— Voilà mon système nerveux prodigieusement exalté. Ces états-là ne sont pas faciles à retrouver. Si je profitais de celui où je me trouve?

Et quoique le cœur lui battît un peut fort, il se décida. La comtesse, qui l'observait avec attention, lui dit en rougissant :

— Vous êtes bien pâle, monsieur. Etes-vous malade?

— Malade, répondit Alcide avec un sourire amer, *à l'Antony*, oh! non, l'âme n'a pas encore détruit le corps... C'est bien long!

— Hélas! rien ne peut donc ramener la paix dans votre cœur? Jeune... aimable, avec tant de moyens de réussir dans le monde, monsieur Durand, le bonheur devrait...

— Le bonheur, interrompit Alcide avec emportement, le bonheur! Puis, après une pose pendant laquelle il s'était placé avec beaucoup de grâce, ma foi, devant la comtesse, en jetant sur elle de flamboyants regards, il ajouta :

— Le bonheur!... mais vous ne savez donc pas que je vous adore! vous ne savez donc pas que de mon néant j'ai osé lever les yeux vers le ciel, vers vous!

Madame de Presle aimait son mari moins que jamais; elle était, l'infortunée, dans une situation bien heureuse pour la témérité d'Alcide. Toute la nuit, à la clarté de cette lampe qu'il avait remarquée, elle s'était laissée aller à des pensées trop favorables à celui qu'elle croyait digne d'elle; elle était tout amour, la pauvre comtesse! Cependant, cet aveu fait avec tant de promptitude, l'épouvanta; il lui sembla que la foudre en éclats tombait auprès d'elle, et, terrifiée, haletante, elle fut obligée de se soutenir sur le bras doré d'un fauteuil. Tout d'un coup, comme par enchantement, elle vit se dérouler devant elle sa vie pure jusqu'alors; elle vit sa famille qui la citait avec orgueil, sa vieille mère qui allait partout la donnant pour exemple aux jeunes femmes; elle vit Laure, sa fille, à qui elle préparait l'adultère pour dot. Toutes ces pensées écrasantes l'abattirent comme si un choc violent l'eût frappée, et elle tomba anéantie sur le fauteuil en se couvrant le visage de ses deux mains.

Alcide la regarda un moment avec une admiration dont il ne fut pas maître; il détailla avec un trouble plein de charme les beautés élégantes de la victime qu'il voulait immoler. Comme le sacrilége qui va porter la main sur le vase saint, il demeura indécis, inquiet, tremblant. Belle encore avec ses trente-six ans, et jusqu'à ce jour citée pour une honnête femme dans un monde où l'on n'en cite guère, douée de talents aimables, du prestige d'un grand nom, d'une position haute et de ces grâces exquises de l'éducation qu'Alcide, hélas! n'avait pas rencontrées dans ses amours, elle imprima du respect, de la vénération à cet homme. Il lui vint, à Alcide, quelque chose qui ressemblait à de l'âme, à de l'honneur; mais le naturel prit le dessus, et l'élève de M. Georges se remettant, sentit la nécessité d'échapper à une impression qui pouvait lui faire commettre quelque bévue. — Diable! se dit-il, un moment! avec du sentiment on fait de l'eau claire, et moi c'est du positif qu'il me faut.

Alors, de sa voix sombre, il reprit :

— Pardon, pardon, ange que j'ai insulté! Ah! à vous le repos, à moi le désespoir!

Et il se précipita hors de l'appartement.

Madame Bertrand était une femme qui avait besoin d'être adorée.

Arrivé sur la place de Valenciennes, il entra dans un café où il se fit servir du café tout en fredonnant :

Aussitôt que la lumière
Vient redorer nos coteaux...

— J'avais besoin de cela pour me remettre, disait-il en envoyant dans les profondeurs de son estomac de requin un verre de genièvre pour corriger la fadeur du café; oui, il me fallait un réconfortant... car j'ai été un moment au-dessous de mon rôle. Cette femme, tout imprégnée des parfums du monde, avec lesquels je n'ai pas encore fait connaissance, cette femme m'a ébloui; j'ai été fasciné, j'ai, malgré moi, baissé pavillon devant cette grâce élégante, ce confortable délicieux; — des bêtises! — mais c'est égal, le mot est lâché; je lui ai parlé d'amour un peu en corsaire, et je ne suis pas fâché de me mettre sur ce pied-là avec elle ; et puis M. Eugène Sue les a mis à la mode, les corsaires !

Ensuite il vola vers la maison où la brûlante Bertrand l'attendait.

— Je dois, disait-il, commencer aujourd'hui à mettre celle-là à contribution. Voilà bien assez d'amour comme ça ! il faut faire rentrer des fonds ! Si je ne fais rien de bon en province, que sera-ce donc à Paris ?

Madame Bertrand reçut Alcide comme à l'ordinaire, en lui sautant au cou et en le dévorant de baisers. Il se laissa aller froidement à ces caresses. Son air était renfrogné ; dans l'escalier, il avait creusé sa ride.

— Thisbé, dit-il en tombant sur un fauteuil, pardon ! tu dois me trouver bien froid ?

— Le fait est que...

— Oh ! ne me fais pas l'injure d'attribuer ce changement à de l'inconstance, à d'autres amours surtout ! Thisbé, je n'ai aimé et je n'aimerai qu'une fois dans ma vie. Faut-il te dire quelle est la femme que mon cœur a choisie ?

— Oh ? non, méchant, je crois bien que c'est moi. Je sais, Alcide, je sais que tu es un homme à la pensée haute et grave, un homme qui méprise ces amours d'un jour, fruit du caprice ou de l'emportement des sens. Je sais aussi que sous cet extérieur glacé tu caches un cœur de feu, et que, si tu aimes, tu aimes bien. Oh ! tu es l'homme que j'avais rêvé, l'homme que j'attendais !

Elle disait tout cela, madame Bertrand, avec la plus grande tranquillité ; elle qui avait passé en revue toute la cavalerie de l'armée du Nord, elle parlait de l'homme qu'elle avait rêvé, de l'homme qu'elle avait attendu !

Et dans sa bouche ces paroles n'avaient rien de choquant, parce que madame Bertrand, avec les ardeurs impétueuses d'une vivandière, avait à son service le doux parler, l'éloquence creuse mais pleine de miel d'une femme que monsieur son mari a traînée dans mille et un salons.

Et soit que la mélancolie que son amant paraissait éprouver l'eût gagnée, elle resta sans parler, le coude sur le bras d'un canapé, le menton appuyé dans sa main. Alcide la regarda avec beaucoup d'attention : il semblait étudier, sur son visage, son caractère, les penchants de son cœur ; et il remarquait dans le dessin de sa figure, sur les lignes de son front, des formes bien différentes de celles que souvent il se plaisait à suivre de l'œil chez les dames de Presle. Laure et sa mère avaient une beauté douce, délicate. Leurs traits étaient découpés mollement, chacun se détachait de l'autre avec suavité. Tout en elles était pur et élégant : il n'y avait pas jusqu'à leur organe dans lequel l'âme, pour ainsi dire, soupirait tendre, bonne, mélodieuse.

Mais madame Bertrand... oh ! madame Bertrand, c'était un autre genre. Taille haute et forte, front étroit, sourcils noirs et touffus, nez un peu recourbé, les dents magnifiques mais longues, effilées, et des lèvres minces, serrées, et puis un organe saccadé, puissant, qui annonçait une grande habitude de commander. Madame Bertrand, à quarante-cinq ans, était encore une fort belle femme, mais on ne pouvait s'empêcher de remarquer, en la regardant, qu'elle eût fait un délicieux général de grosse cavalerie.

— Allons, dit Alcide, grande ou petite, mince ou grosse, c'est une femme, rien qu'une femme. Esther la Juive et Fanny la Folle étaient aussi des amazones taillées dans ce genre-là, et j'en suis venu à bout, sans compter que leur éducation les avait autrement formées à la guerre et à la témérité.

Alors il soupira, creusa sa ride dont il fit comme une vallée. Ensuite il mit en pièces un gant beurre frais avec une colère confortable de petit-maître qui eût fait envie à Lafont du Vaudeville.

— Alcide, mon ami, qu'as-tu, et depuis quand un amant cache-t-il à celle qui l'aime un secret, une peine ?

— Moi... mais en vérité je n'ai rien.

Ici un soupir profond, immense, un soupir à mettre en mouvement le soufflet de l'orgue de Saint-Eustache, sortit de la poitrine complaisante d'Alcide.

— Il soupire, il est malheureux, dit madame Bertrand d'une voix plus douce que de coutume... Alcide, vous avez du chagrin, je dois, je veux le connaître.

— Mais en vérité, madame, il y a presque de la persécution à me dire... Je vous proteste que je suis aujourd'hui ce que j'étais hier : heureux. Ne m'aimes-tu pas, Thisbé? eh! que faut-il de plus pour le bonheur?

Tout bas il ajouta : J'aurai moins de peine encore avec celle-là qu'avec Rose Chappuis, qui pourtant n'est qu'une... En vérité on parle toujours de l'adresse des femmes, et je la cherche, moi! Avec un peu d'amour, on les conduirait toutes en Cochinchine.

Inutile de dire que cette pensée ne se trahissait en aucune manière dans sa figure. Il s'était, à force d'étude, rendu assez maître de lui pour penser joyeusement et regarder avec des larmes dans les yeux.

— Oui, je t'aime! dit l'impétueuse madame Bertrand; mais cet amour que je t'ai donné ne remplit pas ton cœur; il n'est pas assez puissant pour cicatriser une blessure qui y saigne... Tiens, Alcide, soyons francs, je vais aller au-devant de ta peine, moi!

Ici, quel que fût l'empire de M. Durand sur ce cœur dont la brûlante Thisbé venait de parler, il ne put s'empêcher de battre fort vite.

— Elle y vient! dit-il, je la vois d'ici me donner entre deux baisers quelques billets de banque; et je me fâcherai, je crierai... il faudra que je fasse mon possible pour pleurer un peu... Bonne madame Bertrand, va! je l'aime, moi; oh! oui, mais la comtesse est bien plus jolie! Imbécile! est-elle plus riche? Non. Eh bien! alors, de quoi vas-tu t'occuper?

— Oui, il faut bien que je fasse les premiers pas pour lui, disait tout haut madame Bertrand. Tiens, Alcide, j'ai deviné. Écoute :

Il ne put s'empêcher de jeter un regard prompt comme la flèche sur un secrétaire dans la serrure duquel on voyait une petite clef.

— Oui, écoute :

— Allons donc, puisque tu le veux; mais en vérité...

— Tu as de l'ennui chez le comte de Presle. Sa femme — laquelle, entre nous, est passablement bégueule — te rend peut-être la vie insupportable...

— Ah! dit Alcide tout désappointé, est-elle bête cette grande cuirassière : où diable est-elle allée pêcher cette idée-là?

— N'est-ce pas que je t'ai touché juste, ami de moi?

— Ami de moi; comme cela lui va mal ces petits mots d'intimité, ces jolis riens! Il me semble voir le comte de Presle qui voudrait faire le Colin avec ses moustaches grises.

— Eh bien, Alcide, tu ne me réponds pas? Dites, dites, monsieur, que j'ai deviné... et vous aurez trois baisers d'amour!

— Va-t'en au diable, colosse! fatigant colosse!...

Puis d'une voix plaintive comme le soupir d'une harpe éolienne :

— Non, madame, non, mon amie, vous n'avez pas deviné... Mais, je vous prie, laissons cela. Je serais plus malheureux de ma douleur s'il fallait que tu la partageasses, Thisbé!

— Oh! Alcide, tu ne sais pas aimer; et suis-je donc à toi, suis-je celle que tu aimes, si mon âme ne reçoit pas la tienne, si tu n'épanches pas en moi la peine qui te ronge? Oh! les voilà ces hommes rudes dans leurs douleurs comme dans leurs joies, ils ignorent les charmes de la confiance; leur orgueil sauvage s'irrite si l'on devine que le malheur les a frappés! Eh bien, Alcide, moi je vais te donner l'exemple, je vais te prouver que je t'aime; car je vais te dire que je souffre, te dire aussi la cause de mon mal.

— *Vivat*, pensa l'amoureux, une confidence en vaut une autre, et la mienne viendra.

S'approchant de Thisbé, il lui prit les deux mains; et avec ce regard à la fois mélancolique et bon qui avait séduit madame de Presle, il dit :

— Oui, ma chère amie, donne-moi l'exemple. Eh! n'est-ce pas toujours une femme qui apprend le bien à l'homme, qui lui dicte la vertu? Apprends-moi celle de la confiance. Tu souffres, ah! dis-moi si tu veux mon sang, ma vie, pour guérir ton mal. Ah! mille fois heureux si je pouvais te secourir. Ah! c'est quand il est l'appui d'une faible femme qu'un homme comprend toute sa dignité!

— Alcide?

— Thisbé?

— J'ai perdu hier contre madame de Séran mille écus sur parole à l'écarté. Va me les chercher, cours, vole.

Alcide fit un saut sur sa chaise, il sentit un vertige bouillonner, siffler dans sa cervelle et dans le conduit auditif qui avait recueilli les dernières paroles de madame Bertrand. Ensuite il se sentit faible, découragé, mou, flasque. Il était par terre, le pauvre Alcide.

— Eh bien! ami, comme tu deviens pâle!

— Ah! ce n'est rien! c'est-à-dire si, c'est quelque chose! J'éprouve comme un froid, là, sur le cœur... Je voudrais du vinaigre... un peu d'eau des carmes... un cataplasme, des sangsues... J'extravague, mes pensées sont folles... Oui, je suis mal. Je parle et je ne sais ce que je dis.

— En effet, je ne comprends guère quel mélange d'eau des carmes et de cataplasme tu viens me faire... C'est un effet des nerfs. Tu as les nerfs délicats, mon Alcide.

— Ah! pensa celui-ci, qui avait presque les larmes aux yeux, qui est-ce qui ne serait pas nerveux, épileptique, hydrophobe, avec une femme qui vous demande de l'argent!

Cependant il fallait sortir de là. Rester plus longtemps sans donner une réponse catégorique à Thisbé sur les mille écus dont elle avait besoin eût été une sottise, une faute irréparable.

— C'est bien singulier, disait Alcide s'écorchant les doigts de la main gauche avec les ongles de la main droite pour passer sa rage, c'est singulier, j'entame ce fameux chapitre d'argent, et il faut que je lui offre le mien... le mien... Oh! je ne trouverai jamais de paroles pour exprimer cela. Bonté du ciel! j'ai fait là une jolie connaissance!... Dieu! est-elle laide, cette madame Bertrand!

— Eh bien, Alcide, êtes-vous mieux?

— Oui, madame! oui, ma Thisbé... Pardon! j'aurais dû vaincre... oui, j'aurais dû vaincre un léger malaise quand... quand tu disais : Thisbé a besoin d'Alcide. Ainsi donc, tu as perdu cent écus à l'écarté...

— Mille écus, mon ami!

— Ah! oui, c'est vrai. Mon Dieu! mon Dieu! comme j'ai donc mal à la tête!

— Et ces quinze cents francs, il faut que tu les rendes aujourd'hui même?

— Il faut qu'aujourd'hui je rende ces mille écus. Mon mari m'a donné une forte somme à la fin du mois, l'écarté l'a dévorée, mon Alcide, et un nouvel appel de fonds serait durement reçu. J'ai donc recours à toi comme à mon meilleur ami. Va vite chez toi me chercher cette somme; si tu ne l'as pas, emprunte-la, mais il me la faut vite, très-vite!... Allons, un baiser et pars.

— L'affreuse chose qu'une femme qui joue!

— Que dis-tu, ami?

— Je dis, Thisbé, que je vais tout de suite... Ah! oui, tout de suite, car enfin c'est une dette d'honneur! Les journaux de Paris sont-ils venus, Thisbé, quelles nouvelles aujourd'hui?

— Mais, mon ami, à chaque moment il me semble entendre la voix de madame de Séran dans l'antichambre. Elle doit venir ce matin. Alcide, au nom du ciel, hâte-toi!

— Ah! sans doute... Je n'ai jamais vu d'aussi beaux yeux que les tiens, ma Thisbé!

— Fou! tu regardes ce prêt d'argent comme une chose tellement simple qu'à peine si tu t'en occupes.

— Oui, simple! dit tout bas Alcide, merci effrénée joueuse, va!

— Mais c'est pressé, horriblement pressé! Et, vois-tu, je pense comme toi, mon cher : l'argent, qu'est-ce? Un rien, une saleté; mais aujourd'hui, j'en suis honteuse, l'argent est une affaire dans ma vie : va m'en chercher, amour!

— J'y cours, dit Alcide se levant comme le criminel qui abandonne son grabat pour monter au gibet, j'y cours!

— Et qu'est-ce qui est bien content qu'on ait eu confiance en lui, qu'on l'ait traité en ami, hein, monsieur?

— Oh! c'est moi! c'est moi, bien certainement.

— Allons, donnez vite à Thisbé un bon gros baiser d'amour pour la remercier, et volez où son service vous appelle.

Alcide se laissa prendre ce baiser, comme il se laissait prendre son argent, avec infiniment de mauvaise grâce, et il se disposa à partir.

— Avant de me quittter, Alcide, dis-moi que tu ne m'en veux pas. C'est un si vilain défaut que celui du jeu! Mais que veux-tu, dans un salon que faire? Des charades? Elles m'ennuient. De la médisance? Je n'y entends rien. Et puis, vois-tu, tout ce qui est passion me plaît, à moi, dont le cœur est un foyer ardent, moi qui ne vis que d'émotions, à qui par conséquent il en faut sous peine de mort!

Les dernières paroles de madame Bertrand rendirent un peu de présence d'esprit à Alcide. On parlait du jeu : c'était le remettre dans le rôle qu'il voulait remplir à l'avenir auprès des femmes.

Il leva les mains au ciel, et d'un ton mélancolique que cette fois il n'eut pas besoin de chercher — il venait tout seul avec la demande de madame Bertrand — il dit :

— Oui, le jeu, passion fatale... Plus tard, tu sauras, Thisbé...

— Quoi?... ou plutôt tu me diras cela plus tard! Mon argent aujourd'hui, mon argent!

Alcide quitta madame Bertrand et courut à l'hôtel du comte de Presle. En passant devant la porte de madame la comtesse, il ne put s'empêcher de dire avec une bien risible sensibilité :

— Oh! elle ne joue pas, elle, j'en suis bien sûr... Mais, mon Dieu! que c'est donc ignoble une femme qui emprunte de l'argent à son amant! Ce n'est pas du tout délicat au moins!

Pauvre Alcide, quand il eut refermé sur lui la porte de sa chambre et qu'il eut tiré d'une cachette bien mystérieuse l'argent, les bijoux que Rose Chappuis lui avait donnés en moins de deux mois, il ne put s'empêcher de reculer quelques pas et de dire :

— Quelle somme! c'est énorme au moins! Allons, Jules de Nerville avait raison quand il nous disait il y a quelques mois que ses dix mille livres de rente ne dureraient pas plus d'un an. Quel enragé! Un banquier n'en donnerait pas plus à une fille d'Opéra!... Rose Chappuis qui a un groom, un cabriolet!... Quelle pitié! c'est-à-dire quel bonheur!

Il reprit après avoir chatouillé l'épiderme de sa main en le passant sur tout cet or que la pauvre Rose croyait englouti par l'écarté ou le trente et quarante, oui, quel bonheur! mais quand je pense qu'il faut là-dessus prendre une somme de mille écus pour cette grande madame Bertrand... Vieille folle! s'en aller jouer... Mais elle ne sait donc pas que c'est une horrible passion que celle du jeu! Elle n'a donc pas vu *Trente ans* à la Porte-Saint-Martin?... Et puis me rendra-t-elle cet argent?... Avec ces grands mots de confiance, de dédain de la fortune, si elle allait... si elle allait dédaigner sa dette... Oh! non! d'abord elle est riche, et ne voudra pas ruiner, assassiner un pauvre garçon qui n'a dans le monde que sa belle figure et une petite industrie... A la bonne heure, mais c'est une chose atroce de prendre son argent comme je le fais en ce moment... — sont-ils beaux ces napoléons! — de prendre son pauvre argent pour le mettre dans des mains étrangères. Il y a de quoi donner le spleen, un coup de sang, une sueur rentrée!... Et puis vraiment cela vous rend bête, absurde... comme tout ce qui force la nature d'un homme... Moi, ce n'est pas dans ma nature de prêter de l'argent! c'est plus fort que moi! est-ce ma faute si mon organisation...

Il tomba dans un fauteuil, abattu, consterné, il se surprit une larme dans les yeux, le pauvre Alcide. C'était la première fois depuis les férules du collége que l'eau de la sensibilité humectait ses yeux. Il s'était fait une douce habitude de recevoir. Donner, comme il le disait lui-même, forçait sa nature : c'était pour lui comme une maladie subite.

C'est qu'à son début dans le monde propre il était entré en relation avec madame de Presle, dont tous les rapports étaient élégants, délicats. Ce n'était pas elle, la douce et charmante femme, qui, dans un pressant besoin, eût osé demander un service d'argent à un ami. Sa vie à elle était autrement arrangée. Elle ne tenait quelquefois les cartes que pour ne pas laisser une partie de wisth mourir à la clarté des bougies. La cupidité qui fait faire des gains énormes ou d'énormes pertes était pour elle chose inconnue. Ses besoins étaient d'une nature plus exquise. Alcide, auprès d'elle, s'était habitué à voir dans une femme un bon génie donnant d'une main prodigue du bonheur, et ne demandant en échange qu'un peu d'amour. Ce n'était pas tout à fait la même chose auprès de la femme du sous-intendant militaire : madame Bertrand associait dans son cœur, — lequel était fort large, — tous les emportements de la passion aux désirs si étroits, si mesquins de la fortune. Elle avait tenté le sort par mille moyens : la loterie, l'écarté, la hausse et la baisse des fonds publics. Son rêve de tous les instants, c'était un million! Elle pensait que les vingt mille livres de rente de son mari ne lui suffisaient pas, et tout en faisant du pauvre homme le plus grand... du royaume constitutionnel de France elle se donnait un mal affreux pour l'enrichir. Elle était en querelle continuelle avec ses quarante-cinq ans, qui ne lui permettaient plus de mettre ses charmes dans la circulation commerciale. Elle n'avait plus d'amants que pour s'amuser, elle eût voulu en avoir pour spéculer.

Tout cela s'accompagnait chez elle d'une parcimonie mal calculée, qui lui faisait un jour refuser indignement le salaire d'un pauvre fournisseur, elle qui la veille avait jeté beaucoup d'or à un caprice. Il y avait à la fois dans madame Bertrand de la grande dame et de la marchande de café en poudre : furieuse dans ses paroxysmes de prodigalité, plus furieuse quand il lui fallait supporter une perte.

Telle était la femme que le vaillant Alcide avait enchaînée à son char, et à laquelle il allait porter mille écus.

La demande un peu singulière qu'elle lui avait faite le faisait réfléchir, beaucoup réfléchir, et il commençait à deviner à quelle organisation féminine il avait affaire.

— Je me suis trompé, disait-il comptant une à une les pièces d'or destinées à madame Bertrand. Je la croyais, comme toutes les femmes disposées à l'amour, infiniment prodigue. Et c'est à une avare que j'ai à tenir tête! Eh bien! nous verrons. Ah! vous jouez, madame Bertrand! et moi donc! Vous ne savez donc pas que, moi aussi, je suis un grand joueur, demandez plutôt à Rose Chappuis... Et avant un mois une comtesse adorable, un ange, vous dira aussi qu'Alcide est un joueur; elle vous dira encore ce que cela coûte! Ah! vous m'empruntez de l'argent! patience, vous me le rendrez avec les intérêts. C'est égal, il est cruel de voir ces jolies pièces d'or sortir de ce sac. Je sais bien que ce service me donne une position; c'est un moyen d'ailleurs d'en réclamer un à mon tour. N'importe, n'importe, tout n'est pas rose dans ma carrière.

Madame Bertrand, dont les appétits étaient d'une violence extrême, reçut l'argent d'Alcide avec un très-grand luxe de reconnaissance. Elle se jeta d'abord comme une louve sur la somme; ensuite, rassurée sur sa dette d'honneur, elle passa de l'argent prêté au prêteur, et elle l'inonda, elle l'assassina de caresses. Ensuite, jalouse d'aller au-devant de sa créancière, elle se disposa à se rendre chez elle. Alcide la laissa partir et prit lui-même le chemin de l'hôtel où Rose Chappuis demeurait avec Jules de Nerville.

— Oui, disait-il en marchant à travers les rues de Valenciennes et répondant aux humbles saluts que les soldats de la garnison lui administraient en passant près de lui, oui, c'est une vérité, tout n'est pas rose!

Il devait en faire l'expérience ce jour-là.

En entrant chez Jules, il vit un air de contrainte sur la figure de celui-ci et sur celle de Rose. — Diable! dit-il, ma princesse aurait-elle causé de nos affaires, ne sait-elle plus garder un secret depuis que Rose Chappuis est devenue Malvina Dorsan?

Mais il fut bientôt rassuré; Rose avait été fidèle au secret de son Alcide, et elle faisait encore son métier de femme en souffrant pour lui et en prenant généreusement pour elle tout le chagrin qui lui arrivait.

— Tu nous vois, dit Jules avec son ton ordinaire de négligence, tu nous vois, mon cher, dans une querelle conjugale... Ah! oui, c'est presque aussi ennuyeux, presque aussi bête que si nous étions mariés!

— Peut-on connaître le sujet de la dispute? dit Alcide tout à fait rassuré et tombant dans une large bergère avec toute la familiarité d'un ami de la maison.

— Ah! mon Dieu! c'est une bagatelle, dit Jules. Figure-toi que cette chère Malvina... oui, oui, bien chère; elle me coûte jusqu'à dix mille francs pas mois.

— Fi! l'avare! interrompit Malvina faisant une moue charmante sous le plus délicieux bonnet. Fi! et un gentilhomme encore!

— Tu l'entends! dit Jules. Mais, ma belle, tu serais la maîtresse d'un maréchal de France que tu n'aurais pas plus d'or à ton service. C'est une dépense effrénée que la tienne, et je te demande en quoi et pourquoi? Dans un Valenciennes! une ville à soldats, à genièvre et à charbon de terre! Oh! si c'était à Paris, je comprendrais... mais ici c'est trop fort! Aussi nous rompons, Alcide, ah! nous rompons. Et puis je crois que Malvina en a assez, de moi.

— C'est impossible, répondit celui-ci, dont le sang compacte et froid ne bouillait pas de honte, oui, c'est impossible. Eh! mais, mon cher, tu es peut-être le plus joli garçon qu'il y ait à vingt lieues à la ronde.

— Je sais fort bien cela, dit de Nerville passant ses mains blanches et délicates dans la plus belle titus noire, oui, je sais cela; mais peut-être mon genre de *beauté* ne lui convient pas. Tiens, la voilà qui pleure. Oh! Malvina, vas-tu nous donner une attaque nerveuse? Ce serait mortel, ma pauvre enfant!

Rose, en effet, paraissait tourmentée par une forte envie de se trouver mal : elle était pourpre, les veines de son cou se gonflaient; par intervalles elle entr'ouvrait sa bouche comme pour se soulager par une confidence, mais une puissance intérieure semblait aussitôt la dominer et lui couper la parole.

— Eh bien, voyons, Malvina, parle donc, disait Jules.

Puis il ajoutait, le pauvre garçon :

— Ah ! tu peux parler devant Alcide Durand : c'est mon meilleur ami.

Et Alcide Durand restait impassible et ferme. Son audacieuse confiance alla même jusqu'à lui faire dire :

— En effet, belle Malvina, pourquoi vous laisser ainsi maîtriser par je ne sais quelle pensée cruelle? Confiez-la, vous serez soulagée.

Rose le regarda avec une éloquence terrible. Ses yeux ardents semblèrent plonger dans ceux du flegmatique Alcide. Le coloris de sa figure devint plus foncé encore; ses lèvres, qu'un tremblement nerveux agitait, parurent vouloir enfin laisser place à quelques mots. Et une fois encore Alcide éprouva une certaine émotion, et il ne put s'empêcher de jeter un œil furtif sur le chevalier de Nerville; mais bah! celui-ci était un garçon de beaucoup d'esprit, et un garçon d'esprit ne s'avise jamais de croire qu'on puisse le tromper. Au lieu d'épier dans les traits de sa Malvina l'explication de cette pantomime qui eût donné à penser à plus d'un autre, il faisait agir un cure-dent sur la rangée de perles qui ressortaient derrière ses moustaches noires.

— Allons, dit-il, tu ne veux pas parler, il faut en faire son deuil. C'est dommage, j'aurais voulu qu'elle m'apprît où elle a fait passer tout cet argent... Au moins, si elle avait eu l'esprit de le placer sur le grand-livre!... moi, qui bientôt serai ruiné, je ne serais pas fâché de savoir que quelques bribes de ma fortune restent dans d'honnêtes mains. Mais, baste! elle aura gaspillé tout cela... comme je le fais, moi!

— Ah! mon Dieu, oui, dit Rose jetant sur Alcide un regard accusateur, je suis sûre qu'il ne me reste pas cinquante francs.

— Tant pis pour toi, mon enfant! répondit le chevalier, car, comme je te l'ai dit, malgré tes larmes, je pars et même...

Le domestique de Jules entra subitement et dit à son maître :

— Tout est prêt, monsieur.

— Alors, s'écria gaiement de Nerville, je continue : je pars et même je pars aujourd'hui, tout de suite!

Rose et Alcide ne purent retenir un cri de surprise.

— Oui, mes enfants, continua le chevalier, je pars; la prétendue guerre contre les Hollandais est finie, ma foi! je quitte Valenciennes et Malvina : l'une est insipide, l'autre est trop dangereuse; et puis l'une et l'autre en ont assez, de moi.

— Oh! monsieur de Nerville, dit Rose d'un ton de reproche.

— Oui, oui, mon enfant, j'ai dit la vérité. Que diable ferais-tu de moi, qui suis un homme à peu près ruiné? Tu as une soif d'argent que je ne saurais satisfaire. Il te faut un lieutenant général, ma chère, et tu sais qu'il y en a un qui ne demande qu'à t'ouvrir son cœur et son coffre-fort!

— C'est vrai, dit Rose regardant Alcide avec une expression terrible. Il me faut de l'argent! il m'en faut beaucoup! J'ai tant de besoins!... Et puis je ne suis qu'une fille entretenue, moi!... Tu as raison de me quitter Jules, puisque tu ne peux plus me payer.

En parlant ainsi, Rose pleurait; elle pleurait sans le sentir, et le chevalier regardait avec étonnement les larmes qui descendaient sur ce visage, ordinairement si gai, si fou!

— Diable de femme, dit-il, la plus... légère a quelquefois une sensibilité!... Ah çà! ma pauvre Malvina, est-ce que tu aurais fait la sottise de m'aimer?

— Oh! non, non, dit impétueusement Rose, non, mon ami, je ne t'aime pas... Est-ce que je dois t'aimer, moi qui vends de l'amour? Non, Jules, je t'ai trouvé trop bon, trop loyal, trop honnête homme pour t'aimer. Je te déteste, va! je suis ravie que tu me quittes!

— Cette pauvre Malvina, dit Jules, elle a une exaltation, un feu... Oh! il y a quelque chose dans ce cœur-là, n'est-ce pas, Alcide?

— Sans le moindre doute, dit celui-ci avec une parfaite tranquillité.

— Ainsi, reprit le chevalier, mon départ n'arrache pas ces larmes que je vois couler. Tant mieux! tant mieux! tu es une bonne fille, Malvina, de m'avoir dit cela. C'est une chose atroce pour moi de faire pleurer une pauvre femme.

— Ah! je ne pleure pas parce que tu pars, Jules... puisque je ne t'aime pas... mais je pleure parce que j'ai contribué à ta ruine. Pauvre jeune homme! habitué à l'aisance, que fera-t-il quand...

— Eh! j'ai encore mille écus de rente. Je suis riche.

— Oui, pour six mois. Tiens, Jules, fais-moi un plaisir. Accorde-moi une dernière grâce.

— Est-ce de l'argent?

— Ah! monsieur le chevalier!

— Eh bien, où serait le mal, petite bête, puisque tu n'en as plus! Tiens, tiens, voilà cent louis. Oh! j'avais pensé à tout, moi!

Rose grinça les dents et donna un coup terrible sur le marbre d'un guéridon. La bourse vola à l'autre bout de l'appartement.

— Je n'en veux pas! je n'en veux pas! disait-elle tremblante de colère...

Puis d'une voix douce, plaintive :

— Ce n'était pas cela que je voulais, Jules!

— C'est égal, prends toujours... Ne me refuse pas. J'adore *donne-moi*. Es-tu comme cela, Alcide?

— Peuh!... oui, c'est fort agréable, en effet.

Rose lança une œillade enflammée à Alcide, puis elle se jeta aux pieds de Jules; elle lui prit les mains, qu'elle baisa. Le chevalier regarda son ami, et il lui dit tout bas :

— Diable m'emporte, elle est folle.

— Je commence à le croire.

— Non, je ne suis pas folle, dit Rose se relevant avec impétuosité.. mais j'ai de l'honneur!... c'est-à-dire, non, je n'en ai pas, puisque je suis une catin! Oh! mon Dieu, que je suis malheureuse! Eh bien! est-ce qu'ils ne savent pas tous les deux ce que je suis?... et puis, monsieur le chevalier, est-ce que dans tous les *états* on ne peut pas avoir quelque chose de bon dans l'âme? est-ce qu'un peu de vertu nous est défendue, à nous autres?

— Pauvre Malvina!... en vérité, si les chevaux de poste n'étaient pas là, je crois que je ne partirais pas... elle est si piquante comme cela!

— Non, il faut partir, monsieur de Nerville, mais il faut m'accorder cette grâce que je vous demandais tout à l'heure; et à laquelle demande vous avez répondu avec de l'argent.

— De par le ciel et l'âme de mon père! je ferai ce que tu vas me demander.

— Eh bien! ne prenez plus de maîtresse dans *mon monde!*... Votre cœur doit avoir d'autres besoins, Jules! Allons! promettez-moi cela!

— Promettre! ce ne serait rien, mais je te l'ai juré... me voilà lié au moins! mais d'ou vient?...

— Oh! ne m'interrogez plus! Partez, Jules. Tenez, vous voudriez rester ici à présent que tout de suite moi je m'en irais... Je vous aime tant! Oh! il y a longtemps déjà que je rougis du mal que je vous fais. Vous avez eu une sage idée en faisant à mon insu vos préparatifs de départ. J'aurais peut-être été assez infâme pour vouloir vous retenir si vous m'aviez dit cela. Adieu! adieu!

— Adieu, soit; mais, avant de te quitter, un mot d'explication sur cet état où je te vois.

— Non, va-t'en! dit Rose avec précipitation. Si tu restais, je pourrais parler... et, je te le jure, je me tuerais ensuite. Va-t'en, Jules!

Le chevalier, vaincu par l'exaspération de sa Malvina, et voyant qu'elle était décidée à tout, jugea convenable d'éviter un éclat; il embrassa Rose, qui fondait en larmes. Il se laissa baiser les mains par elle; ensuite serrant celles d'Alcide, il dit.

— Adieu, toi, tâche de la faire parler, tu m'écriras ce qu'elle t'aura dit... Cette bonne Malvina, quels sentiments nobles!... Pourquoi diable sont-ils venus si tard?

Un moment après, Rose, qui, par la fenêtre, guettait le départ de son amant et agitait son mouchoir en signe d'adieu, s'écria :

— Voilà le postillon à cheval... Jules part... il est parti!

Ensuite elle se retourna, et s'appuyant sur le balcon de la croisée elle croisa les bras et dit en fixant sur Alcide un regard plein de feu :

— Tu es un misérable! car tu n'as pas eu une larme, une émotion pour cette scène qui nous couvrait de honte tous les deux.

— Tu es une sotte, car tu n'a pas eu un moment de prudence, de retenue pour un entretien qui en demandait tant.

— Oh! c'est que moi j'ai un cœur.

— A quoi bon, s'il ne parle qu'après que le mal est fait!

— Mais tu as trompé, *tu as volé* ton ami!

— Mais tu as trompé, *tu as volé* ton amant!

— Ah! pourquoi ai-je donc une voix dans l'âme?

— Oui! pour l'écouter si tard.
— Ce bon Jules! qu'il est noble, qu'il est généreux!... et que tu es plat, mon pauvre Alcide!
— D'accord.
— Ah! j'ai manqué de lui tout dire.
— Tu as aussi bien fait de te taire. Je l'aurais tué!
— Misérable!... Mais tu n'aimes donc rien dans le monde?
— Rien!... que le jeu et toi.
— Moi!
— Eh oui, toi. Ne te l'ai-je pas dit cent fois? Pour qui vais-je tenter si souvent la fortune? Pour toi. A qui, si je gagne un jour un million — et je l'espère — en ferai-je part? A toi. En attendant, ce n'est pas ma faute si je perds.
— Tiens, Alcide, je suis née avec de vicieux penchants J'ai vécu infâme, infâme je mourrai! Fille du coin proprement rhabillée, je porte en moi les ignobles besoins de mon ancien état; j'ai fait la toilette à mon corps, mon âme est restée sale. Je t'aime!
— Eh! ma chère, tu crois donc la vertu si facile? Vois d'où nous sommes partis! Jules, ruiné, trouvera encore dans le monde des moyens tout faits pour se rétablir. Mais nous!...
— Eh, si nous devenions riches...
— Ah! alors rien ne nous empêcherait plus de vivre proprement.
— Tiens, Alcide, dit Rose ramassant la bourse que Jules avait laissée, prends cet or et va le jouer. Va me gagner une vie propre.
— Ah çà, et toi, que vas-tu faire?
— Retourner à Paris avec le général... le comte de Vieux-Clos, tu sais?
— Oui, oui.
— Mais ne me trompe pas, Alcide, ne me trompe pas, si tu tiens à ton repos. Vois-tu, j'ai eu tout à l'heure un accès de haine contre toi. Crains une rechute.
— Sois tranquille, dans peu le général reviendra aussi à Paris, je l'y suivrai, et nous nous reverrons.
— Oui, nous nous reverrons, puisqu'il est écrit que Rose Chappuis et Alcide Durand sont faits l'un pour l'autre... Mais, encore une fois, ne me trompe pas.
— Tu sais bien qu'avec toi mon âme est toute nue.
— Oui, et ce n'est pas beau à voir, va.
— Peste! tu deviens bien sévère.
— Oh! mais tu me formeras, toi.
— Adieu, Rose.
— Adieu, Alcide.
— Diable, disait Alcide en sortant, il faudra se tenir sur ses gardes; ou plutôt il faudrait quitter cette fille, quoiqu'elle soit une mine d'or. C'est qu'elle deviendrait dangereuse au moins.... En attendant, l'échec que la vieille Bertrand a fait à ma bourse est réparé à peu près... C'est égal, c'est égal, la pétulante Chappuis m'inquiète, et — je l'ai dit déjà — tout n'est pas rose dans ma carrière.

CHAPITRE XXIV. — Dialogue dans un cabriolet et dans une prison.

Le cabriolet est dans le dernier goût. Un coursier, dont les grands parents ont joui d'une haute renommée dans la chevaline Angleterre, — cette patrie trois fois illustre des étalons de race, de lord Wellington et du cirage — l'entraîne rapidement dans la rue de Richelieu. Vif, impétueux, on voit qu'il joue avec le poids dont il est chargé, comme un ministre des finances avec un budget. Les connaisseurs s'arrêtent binocle en main; ils détaillent cette robe dorée, ces membres musculeux, ces jambes de cerf, et ils disent avec un soupir d'envie : — Belle bête, belle bête!

— Ton cabriolet et ton cheval te font un fier honneur, dit le docteur Dulock tirant de son gilet sa boîte d'or. Combien te coûtent-ils, l'avoué?

HUBERT. — *Il hausse les épaules.* Huit mille francs argent de France. Mais de quoi diable vas-tu t'occuper? Je te parle sentiment, humanité, et tu me réponds cheval. Tu es insensible comme un médecin.

DULOCK. — Et toi, bavard comme un avoué... Dis-donc, Hubert?

HUBERT. — Eh bien?

DULOCK. — Entre un bourreau et un garde du commerce, quel est le plus odieux?

HUBERT. — Est-ce que cela se demande? C'est le garde du commerce.

DULOCK. — Mais cependant toi, homme de la chicane, tu dois avoir souvent des rapports avec cette espèce-là.

HUBERT. — Tu es simple, on touche à du fumier quand cela est utile; et puis on se lave les mains.

DULOCK. — Je ne suis pas méchant, mais j'aimerais bien saigner aux quatre veines celui qui a arrêté notre pauvre ami Jules de Nerville; un si bon garçon! Ah çà, il est donc tout à fait ruiné?

HUBERT. — Oh! tout à fait. Il défierait en fait de misère un actionnaire du théâtre des Variétés.

DULOCK. — Fi! que c'est petit journal ce que tu dis là!... Maintenant, m'apprendras-tu pourquoi tu es venu me prendre chez moi à l'heure de ma consultation, ce que tu veux que j'aille faire dans cette prison pour dettes vers laquelle ton cheval anglais nous conduit si lestement.

HUBERT. — Comment! tu me demandes cela, toi?

DULOCK. — C'est que, vois-tu, c'est un des meilleurs moyens que je connaisse pour le savoir.

HUBERT. — Jules! Jules est arrêté pour dettes. Il s'agit d'une somme de douze mille francs. Cette somme, je vais la compter au greffier de la prison. Nous mettrons notre ami en liberté, et demain matin tu m'enverras deux mille écus, moitié de cette bonne action, que je veux bien partager avec toi.

DULOCK. — Ah!

HUBERT. — J'aurais bien mis Alcide pour un tiers, mais sa position ne permet pas encore...

DULOCK. — Sa position! moi je la crois excellente.

HUBERT. — Ah! bah! un joueur!

DULOCK. — Ta ta ta ta! S'il joue, c'est qu'il gagne. Jamais crâne de chrétien n'eut la bosse de la cupidité aussi développée que celui de ce grand garçon-là. Et puis c'est bien l'animal le plus tortueux, le plus sournois!... Et, par exemple, est-ce que tu es la dupe de ses airs mélancoliques, de cette face malheureuse qu'il se donne depuis son retour de l'armée?

HUBERT. — Mais, en vérité, je le crois fort à plaindre. Ne vient-il pas de donner sa démission au ministre de la guerre?

DULOCK. — Oui.

HUBERT. — Et crois-tu donc, machine que tu es... car vraiment tu deviens d'une exquise absurdité... que l'on quitte ainsi de gaieté de cœur les épaulettes et l'épée, à vingt-huit ans surtout! Alcide a laissé là le service parce que sans doute quelque mauvaise affaire, résultat du jeu, le menaçait. Il n'a pas voulu qu'on le renvoyât, il a pris l'initiative.

DULOCK. — Ecoute. Je n'en crois rien, moi... Allons, ne hausse pas les épaules. Ce geste de mépris te fait faire un mouvement qui dérange tes guides et impatiente ton cheval. Tu peux me mépriser d'ailleurs, mais il ne faut écraser personne... Qu'il te suffise de savoir que moi je vois souvent Alcide chez les dames de Presle, et que je le soupçonne fort d'hypocrisie, d'infamie et d'une foule de très-vilaines choses. Je suis au reste dans cette maison sur la piste de deux mystères, et, morbleu, je les pénétrerai.

HUBERT. — Ah! tu me diras cela, n'est-ce pas?

DULOCK. — Me confierais-tu le secret de tes clients?

HUBERT. — A mon tour j'ai dit une bêtise.

Le cabriolet s'arrête à la porte de Sainte-Pélagie. Dulock, pour la première fois de sa vie, voit le greffe d'une prison, et sa figure de médecin jovial s'altère visiblement. Pendant qu'Hubert, plus familiarisé avec l'enfer des débiteurs, prie un des gardiens d'appeler le chevalier de Nerville, on voit passer successivement dans le vestibule de la prison toutes les bêtes venimeuses que le Code de commerce nourrit : gardes du commerce, recors, huissiers. Tout cela vit, tout cela a la tête sur les épaules, les mains au bout des bras, les pieds au bout des jambes, tout cela parle, marche, rit comme les honnêtes gens. Le pauvre docteur n'en revient pas, il éprouve comme de la terreur dans ce lieu où peut vous envoyer si lestement un président de première instance qui a de l'humeur contre sa maîtresse, qui a mal digéré et qui fait du référé, le seul espoir des débiteurs qui se noient, une vraie planche pourrie. Avec sa franchise brutale qui sent un peu le professeur du quartier de l'Ecole de Médecine, Dulock est au moment de faire quelque remarque sur la triste engeance qui grouille près de lui; mais une porte s'ouvre, et Jules, le sourire aux lèvres, la joie dans les yeux, paraît vêtu d'un délicieux négligé, cravate à la Colin, pantoufles bariolées, etc.

JULES. — Ah, mes amis, quel bonheur! mais je ne dirai pas : quelle surprise! je suis dans la peine, et je vous attendais.

HUBERT. — Allons, viens trouver le greffier. Je payerai ta dette, et nous irons dîner au café de Paris.

DULOCK. — Oui. Tu dois être impatient de manger le potage de la liberté.

JULES. — Mais vraiment c'est un plaisir que j'allais me donner. Je suis libre.

HUBERT et DULOCK. — Libre!

JULES. — Eh oui, il y a une heure à peu près j'ai reçu une lettre, un paquet, dans lequel j'ai trouvé le montant de ma créance en billets de banque... Tenez, voici encore l'enveloppe... papier parfumé, et puis la plus joli petite écriture de femme.

DULOCK. — Donne. (*Il s'arme de son binocle et il regarde avec une minutieuse attention l'adresse de la lettre.*) C'est bien cela, oui, c'est son écriture... puis cette odeur de jasmin... c'est son parfum favori....

JULES. — *Il se jette au cou de Dulock, il le baise amoureusement sur la joue.* Quoi! tu connais cet ange, tu connais cette bienfaisante fée qui fait tomber mes fers? Ah! tu vas me dire... mais d'abord est-elle jolie? Quelle sotte demande! Elle doit être belle, adorable, c'est forcé, n'est-ce pas, Dulock?

DULOCK *gravement.* — Belle, adorable, oui, oui, sans doute. Mais je ne t'en dirai pas davantage, mon capitaine.

JULES. — Par exemple! je voudrais bien voir que tu me refusasses...

DULOCK. — Tu verras, tu verras, mon cher, que je te refuserai. C'est un secret de malade, un secret de cliente, que l'on ne m'a pas confié d'ailleurs, que j'ai surpris, deviné à certains signes... et tu serais mon père, mon frère, Dieu, le diable, que je ne te dirais rien. Ah! si fait, je peux te dire une chose cependant.

JULES. — Ah! je boirai tes paroles!

DULOCK. — Eh bien! je te dirai que mad... que la personne qui s'intéresse à toi est guidée par une bien mauvaise étoile, car elle est jeune, car elle est chaste et pure comme une vierge, car ses besoins sont ceux d'une âme d'ange, et toi tu n'as qu'une âme de débauché!

JULES *avec dépit*. — Tu es bien sévère, Hippocrate!

DULOCK. C'est que tu es bien corrompu, Alcibiade!

JULES. — Moi!... au fait, ça en a tout l'air... Mais, mon bon Dulock, tu sais bien aussi que tous les hommes ne laissent pas leur cœur dans la vie que j'ai menée comme les brebis laissent leur toison dans une haie d'épines... Que diable! mon cher, tu sais bien qu'il y a encore quelque chose là dedans, et que mes grandes folies sont plutôt le fruit du désœuvrement, de l'ennui, que d'un mauvais instinct. Eh! mes amis, si je ne me suis pas brûlé la cervelle, c'est seulement parce que j'ai trouvé que ma pensée intime avait encore quelque chose de celle d'un honnête homme. Si je m'étais trouvé un misérable, je me serais mis une charge de plomb dans la tête foi de Jules.

HUBERT. — Tout cela, mon cher, nous n'en doutons pas; mais tout cela ne suffit pas pour que Dulock, que j'approuve fort, trahisse un secret qui n'est pas le sien. Maintenant quitte ta prison, va ensuite faire une toilette un peu convenable, et allons dîner!

DULOCK. *Il se parle à lui-même.* — Pauvre, pauvre créature! eh bien! il y a deux mois que j'aurais deviné cela. (*Il prend brusquement la main de Jules.*) Sais-tu, mon cher, que c'est une plante frêle, délicate, et qu'il ne faudrait qu'un chagrin pour la tuer?... Oui, mais aussi je parie qu'un peu de bonheur la ranimerait. Oui, c'est une rose qui meurt à l'ombre et qui s'épanouirait forte, puissante sous un rayon de soleil... mais beau chien de soleil que le chevalier de Nerville! Imbécile, si tu avais su garder ta position!

JULES *d'un ton résolu.* — Je veux savoir le nom de cette dame, ou je ne sors pas d'ici!

DULOCK. — Nigaud! n'as-tu pas donné l'argent qu'elle t'a envoyé au greffe de la prison?

JULES. — Sans doute.

DULOCK. — Eh bien! te voilà libre en dépit de ta volonté. Si tu crois que le greffe rend quelque chose, toi!

JULES. *Il suit ses amis qui l'entraînent.* — Il a raison! il a raison!

Les trois amis montent dans le cabriolet d'Hubert et le cheval anglais part au grand trot. Tout en guidant son cheval Dulock se penche à l'oreille de l'avoué et lui dit :

— Viens demain matin prendre ton chocolat chez moi. Il faut que je te consulte sur la singulière découverte que je viens de faire. Mais causer de cela devant cet étourdi...

HUBERT. — Ce serait une faute!... quoique cependant il soit plein d'honneur, ce pauvre garçon!... Ah! dis donc, tu as parlé de chocolat, j'aimerais autant deux côtelettes... j'ai l'estomac si faible!

DULOCK. — Goinfre!

JULES. — Ah çà! que dites-vous donc là, vous autres?

DULOCK. — Savoure la liberté et laisse-nous tranquilles!

HUBERT. — Eh! au fait, oui, savoure et tais-toi! (*Il crie.*) Gare! gare donc!

DULOCK. — Malheureux! tu as manqué d'écraser un homme!

HUBERT *froidement.* — Ce n'est pas un homme!

JULES. — Eh! mais c'est M. Chose, le garde du commerce qui m'a arrêté!

HUBERT *à Dulock.* — Quand je te disais que ce n'était pas un homme!

DULOCK. *Il prend du tabac.* — C'est vrai! c'est vrai! réparation!

CHAPITRE XXV. — Une femme d'esprit absurde.

La conversation qui vient d'être rapportée explique assez la marche des événements survenus aux personnages condamnés par le sort à faire partie d'une histoire dont Alcide Durand est le héros. La famille de Presle avait abandonné le ciel flammand de Valenciennes, et elle était rentrée dans Paris, toujours accompagnée d'Alcide, qui s'était accroché à elle de toute sa force aspirante de sangsue.

L'armée du Nord en détail était revenue, M. l'intendant militaire Bertrand avec sa femme, Jules, comme on sait, avec ses dettes, et Rose Chappuis avec le vieux général comte de Vieux-Clos, qu'elle avait dédaigné d'abord, mais que l'absence du chevalier de Nerville avait enfin installé près d'elle en qualité d'amant qui paye... Honneur dont il était ravi, l'ancien guerrier!

Un mot sur chacun.

Les Presle étaient tristes : le général, parce que sa femme ne voulait pas coucher avec lui, et parce que le mystérieux Dnrand, à qui il avait fait obtenir le ruban rouge, avait subitement donné sa démission; Laure, parce qu'elle aimait sans espoir; la comtesse, parce qu'elle aimait avec adultère, parce qu'elle s'était donnée, parce qu'elle était lancée dans une vie dont l'infamie lui pesait faute d'habitude.

L'intendant militaire était gai, heureux, joufflu, content, parce qu'il était une grosse bête sans aucune passion que celle de l'argent, laquelle était satisfaite. Sa femme aussi était gaie, parce qu'elle avait un amant intarissable de feux comme le Vésuve.

Rose Chappuis, installée dans un délicieux réduit de la Nouvelle-Athènes, roulait sur l'or, vendait de la volupté au général de Vieux-Clos, en achetait de M. Durand, tout cela pour elle était l'état normal; elle crevait de santé et de bonheur.

Jules allait en prison, en sortait, grâce à une main inconnue, et allait dîner avec ses amis Hubert et Dulock à l'enseigne magnifique du café de Paris, pour y boire du meilleur.

Toutes ces existences étaient, vous le voyez, communes. Un amant, une maîtresse, un mari trompé, des dettes, qu'est-ce, je vous prie? Ce que l'on voit partout, ce qui court la rue.

Mais, la vie d'Alcide... peste! ce n'était plus de l'ordinaire. Cela était travaillé, médité, entortillé et tiraillé comme une existence de paltoquet parvenu au ministère, cela demandait une étude, un soin de tous les jours.

Au mérite incontestable de cet amant spéculateur, beaucoup de bonheur était venu se joindre; il semblait qu'une providence, bonne maman, veillât sur lui. Madame Bertrand se trouvait une bonne pâte de femme qui eût rougi de coûter un sou à son amant, et, à son retour à Paris, elle avait payé au sien les fameux mille écus de Valenciennes. Un autre que lui fût tombé sur une de ces oublieuses beautés qui perdent si facilement le souvenir d'une dette de jeu ou d'ami.

De plus, la voluptueuse Bertrand était une de ces femmes qui concilient fort bien les emportements de la double passion du jeu et de l'amour avec l'exactitude et l'esprit de méthode, de retenue, de l'avarice. Il était venu, Alcide, et la bonne dame se dépouillait de ce caractère primitif pour en prendre un tout à fait propice aux exigences de cet amant. Menée par lui, elle apprenait à donner son argent à d'autres folies que celles de l'écarté et du whist.

A elle, comme à la comtesse, il avait récité tout d'une haleine les brillants paradoxes que l'auteur de *Lélia* jette quelque part en faveur du jeu, et toutes deux, comme tant d'autres, n'avaient pu résister aux charmes de ces belles paroles. Elles avaient fini par croire qu'un joueur a son côté poétique. Tous ces grands mots de besoin, d'émotion, de charme diabolique, de joies folles, de désespoirs frénétiques, tout ce bataclan luisant, sonore, avec lequel une plume habile peut rendre noble tout ce qui est bas, propre tout ce qui est sale, avaient produit leur effet, et le joueur avait été pardonné, adoré.

Pauvres femmes! celui qui leur arrachait le pardon n'avait pas commis la faute; il était même au-dessous de cette faute.

Il sentait fort bien que son âme infirme ne pouvait même monter jusqu'à ce vice; il s'en parait, et comme d'une belle chose. Pour lui, le vice qu'il ne pouvait pas atteindre était une vertu; et puis ce beau titre de joueur faisait pleuvoir l'argent.

Cette combinaison bien conçue, bien menée, lui donnait vraiment d'agréables heures, sans compter les matériels bénéfices.

C'était plaisir pour lui d'entendre madame Bertrand avec ses éclats de voix, ses impétueuses colères de soldat aux gardes, s'emporter contre cette fatale passion qui ruinait son amant chéri. Au moins, lui disait-elle, si tu jouais, comme moi, un jeu honnête... Je sais bien que je perds quelquefois jusqu'à mille écus, mais cela est rare, et puis enfin je peux les perdre; mais toi, qui fais de cette frénésie l'histoire d'une vie d'homme, toi qui rêves une fortune, des millions avec la roulette, oh! tu n'es qu'un pauvre fou, qu'un malheureux insensé!

Et le soir, chez madame de Presle, c'était un autre langage. Là, c'était une femme élégante, distinguée, dont l'âme habitait plus haut, et qui, tout entière au bonheur d'aimer, plaignait sans doute le joueur, mais lui laissait sa passion pour qu'il fût heureux. Mathilde, comme une autre, eût trouvé de bonnes raisons pour condamner le jeu : quelle que fût la poésie de son amour pour Alcide et son dégagement entier des choses de la vie, son oubli des soins matériels de la fortune, elle avait encore assez d'arithmétique à sa disposition pour lui prouver que, de toutes les spéculations, la plus bête c'est celle du trente et quarante. Mais que lui faisait tout cela? Elle aimait, et sa passion l'enveloppait comme dans un nuage qui lui dérobait la vie positive; elle aimait, et dans ses méditations, dans ses retours sur elle-même, elle se trouvait, elle, la femme adultère, chargée d'un trop grand crime pour songer au crime dont elle n'était pas complice.

Et de ses délicates mains, l'or venait à Alcide comme une abondante pluie.

Chez madame Bertrand, il fallait qu'Alcide combattît pour sa prétendue frénésie du jeu; chez la comtesse, il n'avait qu'à la dire pour qu'on lui tendît une bourse.

Madame de Presle manquait de cette expérience, de cet aplomb si utile que donne à certaines femmes l'habitude des passions et des amants; pour le malheur de sa vie, le premier homme qu'elle eût rendu maître d'elle c'était Alcide Durand ; à trente-six ans, elle en était encore à son premier pas, et, comme au premier pas, sa passion était exclusive et éteignait en elle toute autre émotion

Elle aimait comme aime une jeune fille : de tout son être.

Dans son boudoir, seule avec son amant, elle ne savait pas, entre un mot d'amour et un baiser, étudier le caractère de cet homme à qui elle s'était donnée, et peser avec une froide raison une de ses actions, une de ses paroles.

Il faut une longue suite de galanterie pour arriver à faire de l'adultère avec réflexion, à mettre du sang-froid dans la volupté.

Un jour Alcide, qui, le matin, avait fait le total de ce qu'il avait reçu déjà de la comtesse, et qui voulait prévenir tout reproche, — il était d'une nature trop commune pour comprendre qu'une femme comme madame de Presle donne et n'y pense plus, — Alcide, dis-je, imagina de s'arracher les cheveux et de crier en style romantique :

— Enfer! pourquoi m'aimais-tu? pourquoi ne chassais-tu pas le joueur, ô Mathilde! Mais tu ne sais donc pas qu'il est infâme? que, poursuivi d'un insatiable besoin d'argent, il étend sa ruine autour de lui?

— Folie! Eh! mon ami, on partage avec le bien-aimé; que dis-je? on lui donne tout; et puis, comme la misère est ignoble, insupportable, quand elle est venue, on se tue avec lui!

Alcide éprouva un terrible battement de cœur.

— Car, vois-tu, continua-t-elle, il faudra finir ainsi. J'ai trahi mon mari, tu as trahi ton bienfaiteur. Oui, le comte, cet homme, nous sommes des infâmes envers lui!... Et, tu me l'as dit souvent, le suicide, tu l'as rêvé.

En parlant ainsi, elle effeuillait une rose sur le tapis du boudoir; quand la dernière feuille fut tombée, elle continua :

— Mais tu auras plus de courage que moi! Oui, mon Alcide a sur son beau front le mépris de la mort.

Alcide, tout intrépide qu'il fût, ne put s'empêcher de frissonner, et il se dit tout bas :

— Peste! il ne faut pas que cela tourne ainsi, et puis d'ailleurs on se tue tout seul! me voilà convié à un joli banquet, moi!

Mais il ne pouvait pas revenir sur ce qu'il avait dit si souvent, et il fit à la pauvre femme la promesse de quitter avec elle la vallée de misère qu'on appelle le monde, de fuir les hommes, leur égoïsme et leur cruauté dans les profondeurs du néant.

Dès ce jour il ne put se défendre d'une secrète inquiétude. Il savait trop bien que la comtesse avait cette force d'âme, cette élévation d'idées qui tôt ou tard vous fait prendre en haine les fautes de votre vie et vous arme contre vous-même. Mais lui, de par Dieu! il voulait vivre. Le remords, c'était du luxe!

Le pauvre garçon, il eut depuis des éblouissements, des vertiges, toutes les fois que, devant lui, madame de Presle demandait du laudanum à sa femme de chambre.

Dans tous les entretiens, la comtesse ramenait toujours cette nécessité d'en finir avec le monde. Elle qui jusqu'alors avait porté si légèrement la vie, elle n'en voulait plus. La faute qu'elle avait commise était un fardeau trop lourd pour elle. Cette volonté bien fixe de mourir, ce terme qu'elle avait eu le courage de fixer, lui donnaient un calme qui trompait tout le monde, mais qui épouvantait Alcide.

Il voyait bien que la tranquillité de madame de Presle venait de ce refuge qu'elle voyait dans un avenir rapproché, de cette mort qu'elle avait irrévocablement arrêtée, et qui finirait tout d'un coup le drame où, avec elle, il avait joué un rôle.

— Elle se tuera! elle se tuera! disait-il souvent, et alors quel fracas, quel bruit autour de moi! Et quand je lui dirai positivement à elle que cette mort je n'en veux pas, oh! de combien de mépris elle va m'accabler... Du mépris! du mépris! qu'est-ce que cela? Eh! je n'aurai que le sien! La tombe de cette pauvre folle engloutira mon secret; car la généreuse, la belle Mathilde emportera avec elle le mystère de ses générosités avec son Alcide. On parlera dans le monde du jeu, de la bourse, de la loterie; on lui donnera peut-être cette triple passion, et personne n'ira songer à moi. D'ailleurs, je dis que je suis joueur, mais je ne dis pas que je suis son amant... C'est égal, cette mort me tourmentera, donnera pour un temps une agitation pénible à ma vie. Il n'en faut pas davantage pour blanchir mes cheveux, pour faire tomber mes dents, pour donner un tic nerveux à ma figure... Il y a des exemples de ces résultats d'une grande peine sur une physionomie de joli homme.

Alcide confia sa peine à M. Georges, et celui-ci lui fit honte de sa pusillanimité. Le vieux pécheur, tout empreint encore du scepticisme qu'il avait puisé dans les orgies du Directoire et dans le monde fort romanesque de l'empire, haussa les épaules au mot de suicide.

— Elles disent toutes cela, mon cher, et elles crèvent d'apoplexie à soixante et quinze ans!

— Mais, monsieur Georges, vous êtes toujours dans de vieilles idées, vous : de votre temps, la littérature anglaise et allemande n'était pas installée dans le monde avec leur influence, on ne se tuait pas; mais aujourd'hui une femme dit adieu aux joies de la vie avec une tranquillité désespérante. On ne ferait pas de nos jours une parodie de Werther!

— Eh bien, mon enfant, après tout, si elle se tue...

— Oui, dit Alcide avec un air interrogatif, si elle se tue?...

— On l'enterrera!

— Au fait, c'est vrai. Et la terre ne couvre pas que les bévues des médecins.

Malgré ce cynisme avec lequel il parlait de mort, Alcide éprouvait un trouble secret qu'avec un amour-propre de gredin il cachait soigneusement à maître Georges.

Ce n'était pas que son sang visqueux et froid s'échauffât à la pensée d'une mort cruelle arrêtant une femme jeune encore dans la vie, comme la glaneuse dans un champ qu'elle n'a pas encore moissonné; ce n'était pas que les intimités de la belle et élégante comtesse eussent versé dans son cœur d'homme médiocre des joies exquises, une élévation de pensées, une vie nouvelle aussi pure, aussi poétique que l'ancienne avait été ignoble, et dont il était reconnaissant; oh! non, ce n'était pas cela; mais, sans partager les émotions nobles et hautes de sa maîtresse, tout en restant bien loin derrière elle, il s'était laissé prendre à quelque chose qui ressemblait à du respect.

Comme beaucoup d'épiciers en gros, et surtout en détail, qui ne comprennent pas Dieu, mais qui ont peur de lui quand le tonnerre gronde, il était à mille lieues de l'organisation délicate de Mathilde, il l'appréciait fort mal, mais cette femme lui en imposait par moments.

Il la dépouillait fort tranquillement de son argent, de son or, de ses contrats, mais au fond de son âme, dans la dernière cache de cette vilaine caverne, il y avait pour Mathilde une sorte de culte.

Cela lui était venu après la possession, en trouvant dans celle qui s'était donnée à lui de la pudeur, une grâce chaste au milieu même des plus voluptueux épanchements. Alcide, en un mot, avait toujours vécu dans des amours de bas étage; madame Bertrand elle-même ne lui donnait qu'une intimité assez commune, assez terne, celle de Mathilde l'étonnait, l'éblouissait. Il se sentait respectueux, malgré lui, comme dans un beau palais de marbre où il serait entré avec une sale chaussure.

Mais vous sentez bien qu'il ne laissait rien paraître de cette influence qui l'écrasait quelquefois. D'ailleurs, la bienheureuse ténacité de son idée fixe, l'argent, le sauvait des gaucheries que dans ses moments d'humilité il aurait pu commettre.

L'argent! oh! du moment qu'il y songeait, il oubliait tout le reste; il eût vu froidement madame de Presle au moment d'accomplir son homicide projet : de l'argent, il lui en fallait. . . . .

. . . .

— Ah! vous voilà, lui dit le comte en bâillant au fond de sa loge aux Bouffes; tout ce charivari que vous nommez de la musique m'ennuie au possible. Je vais vous laisser ma femme, et j'irai fumer militairement un cigare sur le boulevard.

— Comment! répondit Alcide avec un air dégagé, vous laissez Mozart pour du tabac de la Havane?

— Oh! mon Dieu, oui; en fait de musique, je n'aime que celle d'un régiment de cavalerie légère. Ah! si tous ces violons étaient de cuivre, je ne dis pas! Bonsoir, Mathilde; Durand te ramènera à l'hôtel.

Il sortit. En descendant l'escalier du théâtre il disait :

— Quel dommage que ce garçon-là ait quitté le service! Physique superbe, courage de lion... Il y a une passion là-dessous; mais laquelle? Ah! voilà!

Alcide, pendant tout le reste de la représentation, fut immobile et renfrogné comme la statue du Commandeur. La musique, les accents de Rubini, les délices des arts, ne purent l'arracher à son éternel dada, l'argent des autres. Il avait fait le matin un petit placement de tous ses fonds, et il éprouvait une horreur profonde du vide que présentaient maintenant les tiroirs de son secrétaire. Il semblait que les sommes qu'il avait déposées chez le banquier n'étaient plus à lui; il lui en fallait d'autres, vite, bien vite; et, comme toutes les fois qu'il avait un appel de fonds à faire, il faisait une mine de possédé; il demandait de l'argent la tristesse à la main.

Madame de Presle, laissant aussi don Juan avec ses maîtresses, regardait Alcide tendrement.

— Comme il est soucieux! disait-elle, comme cette passion fatale lui fait du mal! Elle se pencha vers lui.

— Alcide, vous souffrez.

— Oh! dit celui-ci, ce n'est rien.

Et il parut faire un effort pour sourire, un de ces efforts de noble chevalier qui veut cacher son désespoir à sa belle.

— Alcide, vous souffrez.

Elle mit devant sa figure un gros bouquet de roses, conjugale munificence du général, et derrière ce rempart embaumé elle dit :

— Alcide, tu as joué! dis le!

Ce fut alors qu'une voix sombre comme celle d'un habitant des tombeaux murmura au milieu des flots d'harmonie qui inondaient la salle de l'Opéra-Italien.

— Oui! tout est englouti; une somme assez forte, qui m'était parvenue ce matin, le dernier reste d'une grande fortune, je l'ai perdu!

— O ciel!

— Et j'ai encore perdu dix mille francs sur parole. Mathilde, à demain ce rendez-vous de mort que vous m'aviez donné pour un autre terme; ou plutôt, vivez, vous que tant d'adorations attendent encore, laissez-moi mourir.

— Non, Alcide, nous finirons ensemble... Ah! j'éprouve une volupté horrible à penser à cette mort au milieu de cette assemblée, aux accords de cette harmonie divine... Nous ne sommes pas, mon ami, des êtres comme ceux qui nous entourent en ce moment; nos âmes ont une énergie terrible... Parler de mort dans cette fête où nous sommes venus, oh! c'est du courage.

— Eh bien! pensa Alcide avec humeur, où veut-elle en venir? Je parie qu'elle va me parler asphyxie, poison, noyade... Je crois que j'ai joué trop serré.

— Mais, reprit la comtesse, tu ne peux mourir en laissant derrière cette dette de dix mille francs. Dans les crimes même de gens tels nous, il y a de la délicatesse et de la fierté. Nous payerons cette me, mon ami.

Il y a un lieutenant général qui ne demande qu'à offrir à Malvina son cœur et son coffre-fort.

— Oui, et nous mourrons ensuite, dit Alcide écumant de joie avec une figure triste comme un cimetière.

— Ami! et ma fille, et ma Laure, la laisserai-je seule avec la peine qui la ronge? Il faut encore que je satisfasse à un devoir de mère, que je surprenne le secret de cette peine qui l'abat. Ah! je veux lui laisser une douce vie sur la terre avant que d'attenter à la mienne!

— Un répit, pensa Alcide. Deux mois peut-être. C'est toujours ça.

Il était beau, Alcide, en causant ainsi avec la comtesse à l'Opéra-Buffa! De grandes fatigues l'avaient pâli. Il la possédait enfin, cette teinte mélancolique et de bon goût qu'il avait tant souhaitée, et que sa grosse santé avait si longtemps combattue! Tout prêt pour un bal auquel il devait assister après le spectacle, dans les salons du bon M. Bertrand, il avait les bas de soie, le gilet et la cravate de satin noir. Cette couleur lugubre faisait ressortir la blancheur de sa figure fatiguée. Une chevelure merveilleusement travaillée, les moustaches et le ruban rouge, achevaient de faire de lui un misanthrope fort agréable. A force de soins et d'études, il s'était donné cette physionomie d'homme comme il faut, premier passe-port pour le monde. Il était vraiment bien. Les soucis de sa vie si entortillée, de ses intrigues, beaucoup d'autres fatigues encore, l'avaient un peu maigri. Il avait maintenant un extérieur qui convenait parfaitement à ce rôle de joueur malheureux qu'il remplissait. Il pouvait impunément dire à tout le monde : J'ai perdu cent mille écus, ou j'ai perdu le bonheur. Avec une figure comme celle qu'il s'était faite il lui était permis de jouer le désespoir.

Madame de Presle le regardait avec tendresse. On lisait dans ses beaux yeux tout ce qu'elle avait fait, tout ce qu'elle était encore capable de faire pour lui.

— Ainsi, lui disait-elle, cette passion, mon ami, est insurmontable.

— Oh! répondit Alcide passant dans ses touffes de jais sa main un peu courte, un peu épaisse, un peu tailleuse de pierre, mais dont le cuir, mauvaise compagnie, s'était blanchi sous l'effort énergique de tous les cosmétiques du monde : oh! dit-il, j'ai souvent essayé... mais qui peut résister à son destin!

Il mit son mouchoir sur ses yeux, comme s'il eût voulu cacher sa honte à toute cette assemblée qui était là, et il reprit :

— Et si tu me supposes un cœur d'honnête homme, tu jugeras de mes remords quand, après ce paroxysme, je suis forcé de me dire que cet or jeté sur le tapis, il était à toi... à toi! oh! rage!

— Alcide! Alcide!

— Eh! madame, puisque je devais accepter vos dons, puisque je devais, infâme que je suis, vous emprunter de l'argent... entendez-vous, madame la comtesse! de l'argent!... Je devais aussi étouffer dans mon cœur cette autre passion, cet amour que j'avais pour vous. Concevez-vous, savez-vous ce que c'est qu'un homme qui reçoit lâchement l'aumône de l'or après avoir demandé l'aumône du bonheur? Mais c'est repoussant, c'est atroce! (Ici, il grinça les dents comme un possédé.) Ah! le rouge me monte au front quand j'y pense! Oui! oui! la mort, car je suis déshonoré!

— Alcide, la mort, parce que nous avons trompé mon mari, parce que j'ai donné à ma fille le droit de mépriser sa mère... Mais cet argent, fou que tu es d'y penser, il était à moi, il t'appartenait, mon ami. Parler de cela est indigne de nous; car je te connais, Alcide; tu n'attaches d'importance à ce bien matériel que par le chagrin puéril que tu éprouves de le tenir de moi. Riche, tu aurais jeté des trésors à mes passions, à mes folies. Je l'étais, riche, moi, j'ai fait ce que tu aurais fait à ma place... Maintenant, je n'ai plus rien que les dix mille francs que tu dois : nous les payerons, Alcide... Mais c'est assez, c'est trop parler de ces choses... En vérité, ma vie d'aujourd'hui n'a roulé platement que sur des questions d'intérêt. D'abord, le général : ce matin il me remet cent cinquante mille francs qui,

Le diable m'emporte, dit Jules, elle est folle!

dit-il, commenceront la dot de sa fille, et qu'il veut que je garde pendant un voyage qu'il va faire dans sa terre. A son retour seulement, il veut s'occuper de leur placement; et puis toi, Alcide, qui ce soir... Eh! mon ami, de grâce, ne parlons plus argent, cela donne des nausées.

Ici une idée infernale traversa la tête d'Alcide; l'impression fut si forte qu'il en devint blême. Mais cela passa encore sur le compte de sa sensibilité.

— Mathilde, dit-il, pourquoi mourir?

— Parce que la vue de mon mari, de ma fille, me désespère depuis ma faute.

— Mais l'amour que je t'ai donné te rend-il donc la vie horrible?

— Oh! non, Alcide... Mais pardonne! j'ai peu de droits à parler vertu, moi qui ai trahi tous mes devoirs. Cependant cette contrainte à laquelle je me suis condamnée, ce scandale dont je menace ma famille... Ah! loin d'elle je vivrais pour moi peut-être! Ici, sa présence me rend la vie atroce!

— Et si je t'apportais un million, fuirais-tu loin avec moi?

— Argent, encore argent!

— Madame, j'ai pris le vôtre; faut-il donc vous le répéter?

— Alcide, pardon!

— Oui! si cette passion qui jusqu'alors ne m'a donné que des tortures, si le jeu enfin me rendait ce qu'il m'a pris, fuirais-tu avec moi loin, bien loin; viendrais-tu en Italie, où je pourrais te donner une *villa* auprès d'un lac; en Suisse, où nous fuirions l'homme sur un pic perdu dans la nue; au delà des mers, sous le ciel du tropique, au bout du monde...

— Oui, oui! Oh! Alcide, j'ai vécu sans amour jusqu'à ce jour, mais j'aime et je sens que ma renommée d'honnête femme je la briserais avec joie pour te suivre... Vivre avec toi, par toi, mais, mon ami, c'est le ciel que tu m'ouvres là!

— Eh bien! Mathilde, le ciel, tu le verras peut-être.

— Mais dis-moi...

— Pas encore... Tiens, le rideau baisse; sortons. Demain, dans quelques jours, je t'apprendrai...

Un moment après, il disait en couvrant la comtesse de son manteau :

— Niaise qui veut mourir!... Oh! non, comtesse! Avant il me faut encore... et puis tu pourras te tuer! Pour moi, avec un voyage subit à la campagne, je me mets à couvert de la contagion du suicide... et à mon retour, si tu es vraiment si courageuse, PLUS RIEN!

— Tiens, Alcide, disait la comtesse se serrant près de lui dans la voiture, tu es les plus généreux des hommes!

Il ne répondit pas, parce qu'il était en train de se dire :

— Je suis enfin comme je le voulais. Je secoue le joug de cette fascination que ma noble amie avait jetée sur moi... Au fait, ce n'est qu'une femme!

— Et, reprit la comtesse, tu n'étais pas mon amant... j'ai un amant, moi!... je voudrais que tu fusses mon père!

— Au but, au but, sacré mille diables... Pitié, respect, amour; sous mes pieds tout cela!

— Ah! Alcide, ta passion même pour le jeu... elle est poétique.

— Et puis, je vous demande pourquoi une dot de cent mille écus à ce petit brimborion de jeune fille?

— Tu ne me réponds pas?

Il leva la tête et il se dit :

— Ah! tiens, c'est vrai, elle est là; je suis en voiture avec elle.

Et tout haut :

— **Je t'aime, ma vie! mon âme!**

Visite à Sainte-Pélagie.

Chapitre XXVI. — Le Médecin et sa Cliente.

Le docteur Dulock a longtemps vécu au milieu des tristes vérités de la science. Son cœur s'est un peu racorni, séché sous l'effort de cette pensée, le *sine quâ non* de l'art médical : La pitié ôte la justesse au coup d'œil et la légèreté à la main; il a assisté à toutes les belles horreurs du bistouri sur la carcasse humaine; il a entendu plus de mille malades crier, hurler, il en a vu plus de deux mille mourir. Il est dur comme un roc à présent.

Il le disait au moins, et c'est un homme fort disposé à croire ce qu'il dit. Eh bien! toute cette belle fermeté, tout ce courage un peu cynique, résultat de ses longues veilles dans les salles lugubres de l'Hôtel-Dieu, dans cette caverne ignoble où la mort se ramasse à la pelle, cette impassibilité, cet aplomb, tout cela tombe aux accents doux et mélancoliques de cette jeune fille aux yeux d'ange, qui tremble la fièvre sous les triples rideaux de son lit.

Il cherche à prendre une contenance, le digne docteur. Le voilà qui remue du pouce et de l'index le tabac d'Espagne de sa boîte d'or. Peine perdue, l'homme perce dans les moindres gestes du pauvre médecin aux abois. Dulock alors prend son parti en garçon de bon sens, et, dépouillant sa friperie insignifiante pour le moment, il se décide à se montrer tel qu'il est. Cette résolution le met tout de suite à son aise, et il n'a plus l'air emprunté, je vous jure, en prononçant les paroles suivantes :

— La fièvre! toujours la fièvre! et dire que l'art n'y peut rien! Vous allez me compromettre dans cette maison, ma chère demoiselle! vous avez ma clientèle dans vos mains.

— Ce pauvre docteur!

— Et puis on ne m'aide pas. Voilà le général parti pour sa terre. Quant à la comtesse, je ne la vois plus. Toujours enfermée chez elle; et si par hasard elle assiste à l'une de mes consultations près de votre lit, elle y apporte un air consterné, un visage abattu...

— Oui, en effet, elle change beaucoup, ma pauvre maman!

— A qui la faute, aussi! C'est à vous, qui nous donnez à tous du chagrin. Toujours malade, toujours cette fièvre...

— Mais, docteur, je ne demanderais pas mieux que de me bien porter, moi! C'est votre affaire.

— Ouiche! fit le docteur envoyant une énorme prise de la poudre espagnole dans les profondeurs de ses fosses nasales.

Laure de Presle se leva brusquement, elle appuya son coude dans la plume de son oreiller, et sa jolie tête dans sa main, puis elle s'écria :

— Que voulez-vous dire, docteur? Vous avez eu une pensée... Oh! bien certainement, il a une pensée!

Le docteur se recueillit un moment; ensuite il dit tout bas : A cet âge-là un choc ne peut être fatal. D'ailleurs il faut bien que je la tire de peine, puisque monsieur son père, au lieu de faire son métier de papa, s'en va faire des spéculations de bois dans ses propriétés et que madame sa mère fait, de son côté, je ne sais quoi qui m'a l'air de la déranger furieusement. Oui! oui! un choc, par Dieu! La réaction sera bonne!

— Vous dites donc que j'ai une pensée, ma belle malade!

Laure baissa les yeux et dit :

— Oui.

Il se plaça sur un fauteuil près du lit; et d'une voix basse, mais avec un débit fort précipité :

— Votre cœur seul est malade, dit-il; vous aimez! vous aimez comme on aime à votre âge, de toute la force de votre être! votre vie est là! Et comme la chronique du monde, méchante bavarde qu'il ne faut pas toujours croire, vous a dit que l'objet de votre amour n'était pas digne de cette tendresse d'ange, vous souffrez... Vous souffrez, mademoiselle, parce que vous aimez le chevalier de Nerville! J'ai dit.

Il avait parlé les yeux baissés pour qu'un regard de Laure ne vînt pas l'interrompre; mais un petit bruit, un froissement léger comme celui d'un papillon sur une fleur, lui fit bien vite dresser ses oreilles de docteur en médecine. Il vit alors que Laure avait laissé retomber sa tête sur le chevet de son lit. La pauvre enfant avait les yeux fermés, elle était pâle comme une morte, sa poitrine se soulevait convulsivement.

— C'est cela, dit tranquillement le docteur, c'est le spasme inévitable! Ne dérangeons personne, laissons en repos le cordon de la sonnette... Par Hippocrate! ou par Jules Cloquet! j'en ai bien vu d'autres!

Il assiste la jeune fille en homme expérimenté; il lui prodigue toutes ces niaiseries en bouteilles que les pharmaciens vendent si cher, et que la médecine ordonne pour ordonner quelque chose. Au bout de cinq minutes, Laure ouvrit les yeux, le sang remonta doucement jusqu'à ses joues, qu'il teignit d'une jolie nuance rose, et le docteur alors prit une troisième prise de tabac.

— Maman! maman!

— Maman, dit fort tranquillement Dulock, n'est pas à l'hôtel. Elle m'avait pourtant écrit ce matin au sujet d'une violente névralgie dans la tête qui l'a tourmentée toute la nuit; mais, à mon arrivée, elle avait mené sa névralgie au bois de Boulogne, dans la société de Durand. Ainsi donc, mademoiselle, il n'y a pas de maman pour le quart d'heure, il n'y a que moi, un ami, et un ami peut remplacer une mère. Vous pleurez, tant mieux! vous aurez du soulagement; je n'aime pas ces douleurs sèches.

— Ah! monsieur Dulock, qu'avez-vous dit, qu'avez-vous dit?

— La vérité, ma chère demoiselle. Le hasard, — vous le bénirez un jour, — m'a rendu maître de votre secret. J'ai trop bonne opinion de vous et de moi pour vous faire de belles protestations... Je suis un honnête homme, vous le savez; de plus je vous aime beaucoup... C'est qu'on n'a pas toujours des malades aussi aimables, au moins... Vous riez? Bon signe, parbleu! bon signe!... Je vous disais donc que le hasard m'avait rendu maître de votre secret. Je dois vous avouer aussi que certains mouvements du pouls, lorsque le *nom fatal* fut prononcé dans quelques-unes de mes visites à votre chevet, m'avaient mis sur la trace. Il y a peu de jours, dans une bien triste maison où j'étais allé voir un ami malheureux, — celui qui porte le nom fatal, — j'ai acquis une certitude.

Le docteur s'étendit complaisamment dans son fauteuil : sa figure, ordinairement sérieuse comme une ordonnance, prit une expression maligne et gaie.

— Vous vous servez pour votre correspondance, dit-il, d'un joli papier bleu azuré; et, malgré mes avis relativement à l'influence des parfums sur vos nerfs, ce joli papier a reçu les émanations d'un sachet au jasmin, votre odeur favorite, n'est-ce pas?

Laure devint rouge comme le corail. Sa délicieuse figure de jeune fille se couvrit d'une aimable confusion.

— Allons, est-ce que je n'ai pas bien deviné?

— Si, docteur... Ah! oui, d'abord j'aime beaucoup le jasmin.

— Vous aimez aussi à rendre la liberté aux pauvres captifs, et malgré l'imprudence de la démarche...

— Docteur, cet argent, ma marraine me l'a donné il y a deux ans, en me recommandant de ne rien dire à personne de ce cadeau. Il faudra, m'a-t-elle dit encore avant de mourir, l'employer à une bonne action; alors ce n'est pas moi qui ai délivré monsieur... ce monsieur, c'est ma marraine.

— On a bien raison de dire qu'il ne faut jamais laisser d'argent aux enfants!... Quelle folie! douze mille francs!

— Ma marraine avait quelquefois des idées assez bizarres, et puis elle était toujours en contradiction avec papa, qu'elle redoutait beaucoup. A son lit de mort, elle m'a bien recommandé de cacher le don de cette somme et de l'employer à une bonne œuvre. J'ai obéi, docteur.

— Oh! je voudrais bien que vous l'eussiez encore, votre marraine; elle ferait peut-être entendre raison au général, et ce pauvre Nerville... car je suis pour lui, moi! il a été si calomnié, il a toujours été si bon, si noble au milieu même de ses folies. Ah bien oui! mais elle est morte, la marraine.

— Elle est morte, interrompit Laure, mais en me laissant maîtresse de moi, en me laissant une somme de cent cinquante mille francs qu'elle a remise à papa et qu'il doit me compter le jour de mon mariage.

Ici Laure se redressa dans son lit; elle ramena avec un geste d'une délicieuse pudeur la batiste de son manteau de nuit sur sa gorge, puis, après cette action de chaste enfant, elle prit un ton décidé de petite femme.

— Docteur, dit-elle, croyez-vous que je me sois compromise?

— Autant qu'on peut se compromettre quand on offre du bonheur à un pauvre homme désespéré, quand on jette de la joie, de l'espérance là où il n'y avait que douleur et avenir perdu. La société vous condamnera, mais chacun de ses membres pris à part dirait : Elle a bien fait.

— Celui dont j'ai brisé la chaîne sait-il que c'est moi qui... Mais, oui, il le sait, c'est écrit dans vos yeux. Qu'a dit, qu'a pensé M. le chevalier de Nerville, docteur, je vous demande la vérité?

— Eh! mais il a pleuré de joie, il s'est roulé par terre, il a eu de la peine à supporter cette félicité soudaine.

— Et c'est alors que vous lui avez dit ce secret deviné par vous?

— Ma foi, ma chère demoiselle, j'aime tant Nerville, j'étais si heureux du bonheur qui lui survenait, que je n'ai pu m'empêcher... C'est que, vraiment, c'est une faveur du ciel, c'est... c'est un ange qui tend la main à un pauvre pécheur, qui peut le réconcilier avec la vie. Voyez-vous, mademoiselle, cet amour-là, c'est la plus belle action de votre vie! Bon Jules, va!

— Monsieur Dulock, sans l'aveu de mon père, dont les colères sont si terribles! sans l'aveu de ma bonne mère! Hélas! je ne leur aurai donné que du chagrin, et ils m'aiment! oh! bien tendrement!

— Maintenant, permettez que je redevienne grave et sensé... Ce ciel que vous ouvrez à Jules m'avait ébloui un moment... Mais je reprends ma raison : c'est le docteur à présent, celui dont vous avez si souvent plaisanté la flegmatique face, qui prend la parole. Vos parents, dites-vous? je m'en charge, moi! Toute ma médecine à la main, je leur prouverai que votre attachement pour le chevalier de Nerville est une maladie que le mariage seul peut guérir. On criera, on se fâchera; mais, comme avant tout on voudra que vous guérissiez, il faudra bien que le maire de l'arrondissement et M. le curé de la paroisse...

Ici Laure se glissa, prompte et frétillante comme une anguille, sous ses draps, et là, d'une voix étouffée qui amusa beaucoup le brave Dulock, elle dit :

— Docteur, quelle idée avez-vous de moi? docteur, j'ai foulé aux pieds la modestie de mon sexe? docteur, n'est-ce pas que je suis compromise?

— L'idée que j'ai de vous? vous rendrez le chevalier le plus heureux des hommes; la modestie de votre sexe? vous avez celle qui convient. Plus de modestie, ce serait de la mortification, ce serait un refus de toucher aux joies du monde comme en font les religieuses. Eh! que diable! le général ne vous destine pas au cloître! Compromise? LUI, vous et moi avons seuls votre secret... Maintenant le pouls! le pouls, s'il vous plaît!

Laure sortit de sa cachette vermeille comme une belle cerise de juin, et elle tendit son bras au docteur.

— Soixante-quinze pulsations à la minute, dit-il. Un peu d'espoir est venu aider beaucoup d'amour; nous entrons dans l'état normal. Il faut quitter ce lit, aller à la promenade, respirer un peu de ce bon air d'été que le ciel envoie enfin à Paris... et puis le reste me regarde!

— Docteur, docteur, dit la petite croisant ses mains mignonnes devant lui, ne prenez pas mauvaise opinion de moi si je n'ai pu résister. Oh! si vous saviez tout ce que j'ai fait pour cela!

— Si je le savais?... Je le sais pardieu bien! vous y avez risqué votre santé.

— Mais, maman, ma pauvre maman?

— Maman et papa m'entendront. Je parlerai d'abord franchement; s'ils me résistent, je prendrai le général par son rhumatisme et la comtesse par sa névralgie!

— Oh! non! de la droiture, docteur, mon bon ami! autrement Dieu ne serait pas avec nous.

— Dieu?... soit! mais, voyez-vous, l'intrigue est de mise quand elle a pour but de rendre les gens heureux honorablement; si les hypocrites et les diplomates ne l'avaient pas gâtée, ce serait une bien belle chose.

— Et puis si mon père refuse, si le chevalier ne m'aime pas?... car nous n'avons pas encore songé à cela.

— Est-ce que c'est possible?

— Eh bien! je laisse tout mon bien à qui voudra le prendre et je me fais sœur de charité... Ne riez pas, continua-t-elle fixant sur Dulock un regard étincelant, je le ferai! oh! je le ferai!

— Oh! je n'en doute pas, mademoiselle; mais, voyez-vous, Dieu vous aimera tout aussi bien avec le chapeau de mariée qu'avec le bonnet de religieuse.

— Et si je n'étais pas aimée?... Oh! mon Dieu!

— Encore une fois, ma belle malade, vous supposez l'impossible. Le chevalier de Nerville, au milieu de sa vie agitée, ne vous voyait que comme un ange, une vierge sacrée trop haut placée pour lui. Il était bien loin de croire qu'au ciel on songeait à lui; mais il lui en est venu un rayon, et maintenant il regarde en face son bonheur. Il s'y habitue difficilement... mais il s'y habitue. Ne pas vous aimer! mais vous oubliez donc qu'il n'y a dans Paris qu'une femme qui puisse éclipser madame la comtesse, et que cette femme c'est vous.

La petite cacha sa jolie tête dans ses mains en disant :

Oh! monsieur Dulock, sans l'aveu de mes parents!!!

— Eh! dit assez brutalement le docteur, allez donc demander au général s'il a toujours agi avec l'approbation de monsieur son papa.

— Oui, mais moi je ne suis pas dans la cavalerie légère.

— Vous êtes mieux enrégimentée que cela... dans la milice des anges!

— Oh! docteur, votre médecine est une flatteuse.

— Oh! mademoiselle, votre modestie est une peureuse.

— Vous voulez donc que j'espère?

— Je vous l'ordonne, et, si vous voulez, je vous signerai cela en forme de consultation... Oh! sans doute il faut qu'elle espère, continua Dulock en descendant l'escalier et courant comme un chevreuil vers les appartements de la comtesse.

Au moment où il entrait dans l'antichambre, madame de Presle, de retour de sa promenade, traversait cette pièce et disait à un domestique en lui jetant sa cravache : — Je n'y suis pour personne.

— Excepté pour le médecin, dit le docteur lui prenant galamment la main pour la conduire jusque chez elle.

— Ah! c'est vous, docteur?

Le trajet était assez long jusqu'à la chambre à coucher, et dans toute cette enfilade de pièces qu'il fallait traverser, la comtesse ne put trouver que ces quelques mots. Arrivée dans sa chambre, elle tomba dans un fauteuil, embarrassée par les plis de son amazone, qu'elle ne chercha pas à remettre en place au moyen d'un coup de pied, comme les premières chanteuses dans le grand morceau de la *Belle Arsène;* les yeux fixes, la bouche entr'ouverte, comme si elle subissait la fascination de quelque fantôme à l'étincelant regard, elle détachait son chapeau d'une main distraite et elle le jetait loin d'elle sur un meuble.

— Peste! dit le docteur, il y a émotion; nous pourrions bien ce soir avoir besoin du sirop d'éther pour le spasme.

— Eh bien! madame la comtesse, vous m'avez fait demander. Le domestique qui est venu de votre part m'avait parlé de névralgie. Je vois avec plaisir que la promenade a dissipé...

— Oui! oui! il y avait beaucoup de monde au bois.

Madame de Presle en répondant ainsi, conservait toujours son immobilité.

— Si le général était ici, pensa le docteur, je pourrais attribuer cet abattement, cette douleur à quelque brutalité de sa façon. — Il y a du Tartare dans ce mari-là! — Mais il est aux champs, et je ne vois pas trop... Du reste, puisqu'elle ne veut pas parler, je parlerai pour elle; elle me laisse le champ libre, profitons en!

Et tout d'un coup, sans la moindre précaution oratoire, à brûle-pourpoint, il lui raconta l'histoire de la passion silencieuse que la pauvre Laure nourrissait dans son jeune cœur pour ce mécréant de Jules de Nerville depuis près d'une année. Il entra dans tous les détails; car, quelle que fût son envie de servir la jeune fille, il voulait, avant tout, mettre sa probité d'homme à couvert, en ne cachant rien à la mère des jolis péchés de son enfant. De loin en loin il levait les yeux en parlant sur madame de Presle, pour saisir au vol l'expression du mécontentement ou de l'adhésion. Soin inutile! la comtesse restait calme, froide, immobile et comme abîmée dans la contemplation d'une pensée intime désespérante. Il y avait même par intervalles quelque chose de niais, d'hébété dans son regard, qu'elle s'efforçait de rendre attentif, mais dans lequel bientôt un sentiment bien plus puissant que celui de la politesse d'auditeur venait se refléter. Dulock suait sang et eau pour faire partager à cette belle statue le feu qui l'animait; mais il était forcé de s'avouer, non sans dépit, qu'il n'entendait rien au métier de Pygmalion.

Mais quand on parle souvent de médecine, on est habitué à un auditeur distrait et dur à la compréhension. L'intrépide Dulock ne perdit donc pas courage, et du même ton, plein de force et d'animation, il continua son amical plaidoyer.

— Je sais très-bien, disait-il, que l'on peut m'opposer les antécédents du chevalier de Nerville, mais ne vaut-il pas mieux payer son tribut à la folie avant qu'après? Pour moi, je me défie beaucoup de ces sagesses qui commencent contre nature à dix-huit ans. Ordinairement elles meurent à trente, et même plus tard!

La comtesse, femme aux mains mignonnes et délicates, pressa celles de Dulock à les briser. Il fallut au pauvre docteur toute sa galanterie de médecin des dames, pour qu'il ne poussât pas un juron dans le genre de ceux de M. de Presle le général de cavalerie.

Mais son œil exercé parcourut la figure de la belle Mathilde, et alors il se dit, le bon Dulock :

— Elle a un amant!

Puis il ajouta avec son bon sens ordinaire :

— Qu'est-ce que cela me fait?

Reprenant donc le fil de son discours : — Vous sentez, dit-il, madame, qu'il n'y a pas de conversion impossible. Le chevalier de Nerville a déjà accompli la sienne; et quant à sa ruine, dont tout le monde parle, je dois à la vérité de dire qu'elle est à plus des trois quarts accomplie.

La comtesse, dont la langue semblait s'être glacée de nouveau, se contenta de hocher la tête d'un air qui semblait dire : — Je sais cela!

— Mais, reprit Dulock, il y a un oncle que le ciel, dans sa toute bonté, vient de faire débarquer, non pas d'Amérique, les oncles ne vont plus si loin maintenant; mais tout bonnement de la Basse-Normandie, où il possède je ne sais plus combien de cent mille francs en bonnes terres, en chevaux du cru, en cidre et en pâturages. Le digne homme, que j'ai vu à l'insu de son neveu, est tout disposé à reconstruire la fortune de son jeune parent, si, comme il me l'a dit dans son langage un peu âpre de gentilhomme campagnard, une bonne famille veut bien donner accès à un méchant garnement. J'ai caché cela aussi à mademoiselle Laure; il ne faut pas trop donner d'espoir aux jeunes gens, c'est une branche à laquelle ils s'accrochent trop vite! Eh bien, madame, eh bien?

Dulock, qui commençait à s'impatienter de l'air glacé de son auditeur, prononça cette dernière interrogation d'un ton un peu brusque. La comtesse les yeux toujours fixés à la même place, la physionomie toujours renversée, la tenue toujours immobile, répondit seulement :

— Oui, oui, ah! oui, oui très-certainement.

Le docteur, furieux en lui-même comme un auteur qui voit bâiller l'auditoire à la lecture d'un manuscrit bien-aimé, le docteur, dis-je, essuya son front, que l'eau de l'impatience inondait, et il continua en se forçant à la douceur, dans l'intérêt de son ami Jules :

— Je sais fort bien que monsieur le général est, dans ce moment, fort gêné, et qu'une mauvaise spéculation...

Crac! l'étincelle sacrée anima la statue, une teinte de vie revint sur son visage, ses yeux reprirent l'éclair de l'intelligence qu'ils avaient perdu.

— Gêné?... qui?... mon mari?

— Mais, oui, madame, et je me rappelle à présent qu'avant son départ il m'avait confié cela en me recommandant de ne vous en rien dire... Il voulait vous épargner une émotion pénible... Mais il est écrit qu'aujourd'hui je ne ferai que des indiscrétions.

Tout bas il ajouta :

— Et des pas de clercs. J'en ai bien peur!

— Ainsi, dit la comtesse perçant Dulock de son regard animé, ainsi le comte a fait de mauvaises affaires! Ainsi, par une attention bonne, délicate, il voulait m'épargner...

— Mais cela est tout naturel, madame. Le général a agi en homme de cœur... Mais, pardon! je voulais vous dire que cette perte d'argent... ah! d'abord, il paraît qu'elle est énorme!... ne peut apporter aucun obstacle; car, d'une part, le grand nom que vous portez, de beaux restes d'une fortune qui peut encore se réédifier avec l'économie du général, et, de l'autre, cette fortune particulière de mademoiselle Laure...

— Plaît-il? dit une voix faible comme un soupir d'agonisant.

— Eh! sans doute, cette fortune que madame la marraine de ma charmante malade...

— Docteur! docteur! je souffre horriblement!

Mais, ma foi, Dulock n'était plus médecin, il n'était plus que l'ami dévoué, chaleureux de Jules; il n'entendit pas, et il reprit :

— Les hommes sont si féroces aujourd'hui à force de cupidité, d'avarice, que, sans doute, notre oncle de Basse-Normandie ne voudrait pas de mariage sans le legs mille fois heureux de cette délirante marraine... Honnête femme, va!... Mais, morbleu, on aura une dot à lui donner, et, dans quelques années, votre fille sera millionnaire!

— Monsieur Dulock, voulez-vous sonner ma femme de chambre? J'étouffe, je meurs!

Il la regarda, elle était livide, sa bouche se contractait, ses yeux étaient hagards.

— Je l'avais bien dit, s'écria-t-il, le sirop d'éther doit jouer son rôle!

La femme de chambre entra. Le docteur administra quelque niaiserie pharmaceutique, puis il sortit en disant :

— Il y a quelque chose! il y a quelque chose!... Serait-elle contre nous?... oh! non! la bonté même!... C'est égal, il y a de l'*embrouillamini* comme dit Jeannette ma gouvernante... J'ai bien peur d'avoir, sans le vouloir, mis la main sur deux choses qui... Mariez-vous donc! et pourquoi pas? Tout le monde n'a pas du malheur! Ce pauvre général!... avec des moustaches et la croix de grand officier!... Il est vrai que *cela* va avec tout!

CHAPITRE XXVII. — Réforme.

Madame de Presle n'avait pas dit oui; mais, comme le faisait très-judicieusement remarquer le docteur Dulock, elle n'avait pas dit non.

Jules osa donc espérer; et son oncle s'obstinant à rester dans Paris jusqu'à ce que le mariage fût une chose convenue tout à fait ou tout à fait manquée, il s'appliqua à mettre de l'ordre dans son désordre : il vendit ses chevaux, son cabriolet, qu'il avait courageusement conservés jusqu'alors, quoiqu'il en fût à ses derniers mille francs. Ce sacrifice lui coûta un peu, à lui qui s'était défait avec tant de calme de sa Malvina. Il est vrai qu'une maîtresse ne vaut pas un bon cheval!

Il abandonna aussi la rue de la Paix, et il prit un appartement modeste dans un quartier retiré. — J'ai annoncé que je me ruinerais, disait-il quelquefois; maintenant que c'est une affaire faite, me voilà tranquille. Douce chose que de savoir à quoi s'en tenir!

Hubert et Dulock, gens plus graves, ne se méprenaient pas sur cette philosophique résignation, ils savaient fort bien que dans d'autres circonstances le chevalier de Nerville eût mis deux balles dans sa tête à son dernier écu; mais il n'y avait plus de suicide à craindre, et Dulock, dans l'inventaire qu'il fit des derniers restes de l'opulence de son ami, ne l'engagea pas à vendre sa magnifique boîte de pistolets, il dit même en riant : — Tu peux garder cela, mon capitaine!

Jules subissait l'ascendant du bonheur : une femme jeune et pure l'aimait; il tenait à la vie comme un boutiquier de la rue Saint-Martin!

Ainsi que beaucoup de ses confrères en folie, il n'avait pas suivi sa vocation jusqu'à ce jour. Cette vocation, il la trouvait enfin. L'amour frais et délicat de Laure le rattachait à la vie qu'il eût quittée en crachant dessus, comme on quitte un faux ami qui vous a longtemps trompé.

Cette félicité que le ciel lui envoyait, donna tout de suite une autre direction à ses idées. Il comprit qu'il y avait de la joie ailleurs que dans les salons des beautés faciles et dans l'antichambre des usuriers. Il déserta le café de Paris; il prit un tailleur dans la rue Saint-Honoré, et un parapluie pour les jours d'orage.

Quand il rencontrait une ancienne connaissance, et que la conversation tombait sur Dieu, il ne se posait plus en athée. Il cessa de faire chorus avec ses bons amis, les sacripants ou prétendus tels, bons jeunes gens qui, avec tout ce qu'il faut pour ne pas mériter le bagne, faisaient parade dans le monde d'une magnifique immoralité. Il comprit que le rôle de don Juan demande beaucoup trop d'esprit, beaucoup trop de vigueur, beaucoup trop de poésie pour nos hommes de 1834, et il se prit à mépriser singulièrement les gamins flasques et bêtes qui voulaient continuer le grand scélérat avec des barbes romantiques et des cœurs de poule mouillée.

Il se plaça tout de suite, le garçon d'esprit qu'il était, entre le prosaïsme qu'il voyait d'un côté, et la poésie que, de l'autre, chacun autour de lui affectait sans la comprendre : il aima bien, chaudement, vertement comme un homme à la tête ardente et au cœur jeune; mais il comprit que pour arriver à un mariage, puisqu'il n'y a que cela pour en finir dans le monde civilisé, il fallait qu'il réglât un peu sa vie; sans aspirer positivement à cette quiétude épaisse et monotone qui s'assied dans chaque comptoir des commerces en gros et en détail, il porta toutes ses vues vers les joies si douces en ménage, quand on aime sa femme, si négatives quand on ne peut pas la souffrir; en un mot, il s'était fait, jeune, une existence, il s'était lancé dans un ordre d'idées, enfer factice dont, homme, il sortait fort joyeusement.

Un autre, à sa place, eût rougi d'abdiquer sa vie de roué pour un amour innocent; tuant dans son cœur les impressions naturelles, il eût bien vite étouffé ces velléités de vertu sous du champagne frappé de glace, sous des baisers de courtisane; Jules fut plus brave ou moins bête, il aima mieux être heureux sous l'influence de son oncle — une influence de cent mille francs de rente : — il se fit recevoir chez la comtesse de Presle. La comtesse crut devoir prendre sur elle cette admission en l'absence de son mari. Un oncle comme celui du chevalier de Nerville fait ouvrir toutes les portes, même celles des plus riches palais. — Style un peu vieux.

Laure et Jules nageaient dans l'espoir, ils se voyaient à l'hôtel, ils se voyaient aux promenades. L'été était venu, et leurs cœurs fleurissaient comme les haies d'aubépine blanche.

Dulock seul était soucieux. Quand le chevalier l'étouffait dans ses bras en reconnaissance de ce qu'il avait fait pour lui, il lui disait en fronçant les lèvres :

— Vois-tu, Jules, il y a, comme dit Jeannette, — c'est ma gouvernante, — une belle Picarde, d'abord! — il y a une anguille sous roche. Je n'aime pas les joies immodérées de la comtesse et ses accès de tristesse.

— Eh! mon cher, c'est nerveux! Tu dois savoir cela, toi qui es bon médecin, à ce que tu dis?

— Ta, ta, ta! ces alternatives de soleil et d'ombre n'annoncent rien de bon! Cette femme-là est sous une influence terrible qui la pétrit comme une cire molle. Je la crois mal conseillée.

— Par qui?

— Ah! voilà!

Jules n'avait plus qu'un horizon dans ce monde, et, dans l'égoïsme de son amour, il n'accordait que fort peu d'attention aux accès de madame de Presle. Heureux dans la mansarde qu'il avait louée et qu'il avait ornée des derniers restes de son opulence passée, il dépensait son traitement de capitaine en réforme fort joyeusement. Son oncle, qui le faisait paternellement espionner, était dans une ivresse tout à fait touchante. Il avait acquis la preuve que son neveu, désormais corrigé, ne faisait pas une dette pour égayer un peu son cinquième étage. Jaloux de prouver à Hubert et Dulock, qui l'avaient souvent raillé sur sa conversion, que ce nouveau genre de vie était sans arrière-pensée, il vivait avec une régularité arithmétique qui eût fait honneur à un rentier du Marais. Mais, dans cette économie même, il y avait toujours du chevalier de Nerville : il s'imposait mille privations; tout ce confortable d'intérieur si doux à savourer, il l'avait éloigné de sa demeure; son divorce avec le vin de Champagne était complet; il allait à pied malgré l'orage; mais l'argent qu'il économisait ainsi sur lui-même, il le jetait à pleines mains... en fleurs!... Laure aimait beaucoup les bouquets!...

Tous les matins il descendait de son quatrième étage, et il courait sur le boulevard en chantonnant un refrain d'Auber; là il s'arrêtait chez une bouquetière : lui qui avait déjeuné comme un garçon de bureau, il achetait un bouquet digne d'une reine. Rien n'était assez simple pour son repas du matin, — une flûte et un morceau de chocolat! — Rien n'était assez beau pour Laure. Les plus belles fleurs, morbleu! les plus rares! Il jetait un écu sur le comptoir, et il partait la joie au cœur en causant avec ses roses que la bouche de Laure allait effleurer peut-être!

Or, un jour il rencontra dans la boutique une belle dame; elle lui tournait le dos, et, comme Jules n'était pas un Joseph, il ne put s'empêcher, tout en pensant beaucoup à Laure, de remarquer une taille parfaite, une voluptueuse harmonie dans tous les mouvements de cette femme. Elle se retourna, et Jules se mit à rire.

— C'est toi, Malvina!... Eh bien, est-il vrai que le comte de Vieux-Clos, ton général, te parle de mariage?

— Mais oui, il est question de cela.

— A propos, tu sais que je suis ruiné?

— Oui, et je t'en fais mon compliment.

— Tiens, par exemple!

— Je t'en félicite, te dis-je, car la pauvreté t'a rendu sage. Tu es un homme, maintenant!

— Merci, Malvina.

— Et tu viens chercher des fleurs pour ta Laure?

— Comment sais-tu...

— Je sais tout, moi! Adieu, monsieur le chevalier, il ne faut pas me parler plus longtemps, Malvina Dorsan compromettrait le fiancé de mademoiselle de Presle. Oh! quand je serai la comtesse de Vieux-Clos!....

— Et toi aussi, tu achètes des fleurs? Ah çà! ce n'est pas pour ton général, je pense?

— Non!... un vieux péché... une ancienne passion... Mais tu ne dois pas savoir cela, va-t'en! Adieu, mon bon petit Jules!

Elle lui tourna le dos, et adressa la parole à la marchande de bouquets avec cette agreste familiarité que sa vie romanesque lui avait apprise. Jules la salua de la main; et il chercha sur le boulevard un petit Limousin à la figure noire et aux dents blanches, qui, tous les jours, portait à mademoiselle de Presle les roses de l'amour. — Style de province.

Malvina ou Rose, sous un prétexte qu'elle donna à la marchande, resta dans la boutique. Elle vit successivement entrer les acheteurs. Deux dames parurent l'occuper particulièrement; elle les vit acheter chacune un bouquet, et les remettre à des commissionnaires qui partirent tout de suite après avoir reçu une adresse dans le tuyau de l'oreille. Rose les attendit devant la borne qu'ils occupaient pendant le jour. Ils revinrent ensemble, et tous les deux se livraient à un rire d'Auvergnats qui eût fait pâlir une batterie de gros calibre. Elle les aborda avec hardiesse, — c'est que Rose en avait vu bien d'autres rue d'Amboise! — et s'adressant à celui qui lui parut le plus déluré :

— A chacun cent sous si vous dites la vérité. Où avez-vous porté ces bouquets?

— Dame, not' bourgeoise, à la même adresse, chez ce grand bel homme de la rue Olivier, ousque, sous votre respect, vous m'avez envoyé queuq'fois aussi. Il paraît qu'il aime joliment les roses, ce cadet-là!

Rose jeta son bouquet par terre, elle marcha dessus; et lançant à la face des Auvergnats les écus promis, elle partit en disant :

— Madame de Presle, madame Bertrand et mademoiselle Malvina à la fois!... Je m'en doutais! Ah! gredin!

Elle traversa la Chaussée-d'Antin plus vite qu'aucun des tilburys qui sillonnent ce quartier confortable. En un clin d'œil elle arriva devant la maison de la rue Olivier, mais elle demeura tout étonnée en voyant la façade de cette maison tendue de noir. Elle prit quelques informations, et on lui apprit que le propriétaire, M. Georges, mort la veille, allait être porté en terre. Un moment après, le cortége funèbre défila; et, dans la foule, Rose reconnut Alcide : il avait son bel air grave et mélancolique.

— Ce n'est pas le moment de lui dire des sottises, pensa-t-elle.

Et elle s'éloigna.

— Et puis, dit-elle encore, des sottises, où cela mène-t-il?... Je ne suis pas fâchée que ce monsieur soit mort, sans cela j'allais faire quelque imprudence... Dormons sur ma colère si je veux bien me venger!

En parlant ainsi, elle appuyait l'index de sa jolie main sur son front comme un traître de mélodrame.

Pendant que Rose, éclairée enfin sur son Alcide, médite contre lui de terribles représailles, le bon jeune homme s'en va pieusement enterrer son vieil ami. Il assiste à la messe mortuaire; il assiste au travail solennel des fossoyeurs : il assisterait à l'entrée de l'âme du défunt dans le paradis ou dans l'enfer, si cela lui était possible.

Alcide est un homme que rien n'étonne plus!

Une seule chose l'a un peu ému cependant, c'est l'absence de son nom sur le testament de M. Georges. Alcide s'était toujours laissé aller à de flatteuses rêveries sur ce sujet. Mais n'importe, il doit à Georges plus que de l'or, il lui doit l'exemple de ce qu'il a fait, et l'on sait la puissance de l'exemple sur un noble cœur!...

Le lendemain de la lugubre cérémonie, il voyait de sa fenêtre le magnifique mobilier de M. Georges, quitter la maison pour aller faire l'ornement de celle de quelque neveu, et, quelle que fût sa vieille admiration pour le défunt, il ne put s'empêcher de dire :

— Tout cela est fort beau! il avait pignon sur rue, rentes sur l'Etat, argent comptant; mais il a fallu la patience de trente années pour amasser cette fortune. La mienne, morbleu! est superbe déjà, et il n'y a qu'un an... Oh! quand je pense à ce que j'ai... là, dans ce tiroir... diable m'emporte! j'en ai des éblouissements; mais je m'y ferai. Il faut avoir du courage, il faut être homme!

Alors il regarde le moule de la figure de l'illustre mort qu'il avait fait prendre par un artiste habile, et qui reposait, protégé par un globe de verre, sur le marbre d'un guéridon.

Cette vue lui donna un nouveau courage; il prit son chapeau et sortit en disant d'un ton héroïque :

— D'abord, chez Rose.

— Ensuite chez madame Bertrand.

— Ensuite, chez la comtesse.

Rose le reçut à merveille; elle dissimula comme une femme, ou comme une chatte : l'homme habile y fut trompé.

Madame Bertrand lui fit l'accueil ordinaire : des caresses chaudes comme le Vésuve, et de l'argent pour la *fatale passion*.

La comtesse n'eut pas le temps de lui parler d'amour; elle venait de recevoir une lettre de son mari, dont elle avait une effroyable peur. Il lui faisait part de l'état de gêne dans lequel une fausse spéculation l'avait placé. Il donnait son approbation aux visites de Jules de Nerville. Il disait naïvement, le bon général :

— Du moment que l'oncle de *monsieur le chevalier* donne une autorisation et beaucoup d'argent, nous devons, nous autres, qui sommes aux trois quarts ruinés, oublier certains antécédents. Il ne faut pas être inexorables, Mathilde!

Ensuite il ordonnait à la comtesse de partir immédiatement pour sa terre de Brie, où l'on pouvait cacher au monde l'épouvantable crime que l'on avait commis : celui de perdre beaucoup d'argent!

Le comte de Presle ajoutait :

« En attendant mon retour, c'est-à-dire huit jours, à peu près, Alcide, le bon Alcide, se fera un plaisir de vous voir souvent; il te distraira. Quant à Laure, elle aura la visite de M. LE CHEVALIER, et je suis rassuré sur sa santé et sur l'emploi de son temps à la campagne. Ah! elle l'aimait! Sais-tu que c'est fort bien à elle! »

La comtesse obéissait toujours aux ordres de son mari. Elle ne pensa pas à rire du brusque changement de celui-ci sur le compte de *monsieur le chevalier*.

Elle ne pensa qu'à partir : le soir même, elle n'était plus à Paris.

Et la marchande de fleurs avait perdu trois pratiques.

CHAPITRE XXVIII. — Un coup de bâton.

C'était une vaste pièce comme celles que les architectes du moyen âge ménageaient au centre de leurs vigoureux édifices. Dans cette seule chambre on eût pu trouver un appartement complet d'aujourd'hui; deux même, car, sans rien ôter aux dimensions modernes, il eût été facile d'y poser deux étages l'un sur l'autre. L'ameublement était vieux comme les murs : dans le fond de l'immense salle se dressait le monumental baldaquin surmonté de quatre faisceaux de plumes et entourant un lit massif de ses mille draperies. Une seule bougie brûlait sur une table. La lumière faible et honteuse, dans ce grand espace, mourait à quelques pas du lieu d'où elle partait, et laissait dans l'obscurité le reste de l'appartement.

Au centre de la place timidement disputée aux ténèbres par cette clarté incertaine, madame la comtesse de Presle était assise auprès d'une petite table, le coude appuyé sur ce meuble, le menton captif dans sa main qui tremblait. Elle était pâle comme une mourante, ses cheveux étaient en désordre, et leur teinte d'un noir magnifique faisait encore ressortir la blancheur mate et sinistre de son visage.

A trois pas, Alcide Durand, les bras croisés, fixait sur elle un regard inquiet et observateur.

Ses bottes étaient couvertes de poussière, et ses éperons, son large pantalon à la cavalière, son habit boutonné jusqu'au collet et ne laissant s'échapper qu'un bout de ruban rouge annonçaient qu'il venait de descendre de cheval et qu'il avait brûlé le pavé de la grande route.

Dans le fond de l'appartement, une croisée donnant sur la campagne laissait apercevoir un beau ciel dans lequel jouait la mélancolique clarté de la lune.

Tout était calme au dehors. Le vent faible et mou n'apportait en glissant auprès de la comtesse et d'Alcide que le parfum des fleurs sur lesquelles il avait passé.

C'était un de ces soirs d'été, où la vie est si suave aux champs, où les ténèbres sont douces et embaumées, où le ciel, étincelant de mille feux, semble promettre du bonheur pour le lendemain; une de ces belles nuits qui font aimer Dieu et haïr le sommeil.

Mais les deux personnages réunis sous les gothiques lambris du château de Presle n'avaient plus une âme pour admirer les merveilles de Dieu, pour savourer les joies qu'il jette aux hommes.

Tous deux, ils avaient apporté aux champs les passions de la ville. Insensibles aux charmes répandus autour d'eux, ils vivaient encore de la vie du monde; c'était Paris, ses vices, ses remords, ses joies brûlantes, ses regrets cuisants qui bourdonnaient encore devant leurs yeux : Paris était avec eux à Presle!

Alcide tenait son chapeau à la main, on voyait qu'il venait d'entrer et que pas un mot encore n'avait été échangé entre lui et la comtesse. Son visage annonçait un grand trouble, et quelquefois, au froncement rapide de ses sourcils, on eût pu reconnaître qu'il rassemblait tout son courage pour un moment qui devait être décisif.

Madame de Presle leva les yeux sur lui, et d'une voix entrecoupée elle dit :

— J'ai entendu le trot de ton cheval sur la chaussée, Alcide; je me suis dit : C'est lui!... Vous veniez bien vite, n'est-ce pas?

— Oui, répondit Alcide; et cédant à une émotion puissante, il tomba dans un fauteuil. Il essuya la sueur qui ruisselait sur son front.

Madame de Presle le regardait avec anxiété. Elle voulait parler, elle prononça même quelques mots sans suite, mais d'une voix si basse, qu'ils glissaient dans l'air comme le dernier soupir d'un malade. Elle sembla se débattre quelque temps contre cette émotion qui la dominait, qui glaçait sa langue; vaincue dans la lutte, mais voulant à tout prix satisfaire l'horrible curiosité qui la possédait, elle donna deux coups du plat de la main sur la table.

Au bruit qui suivit cette action, Alcide leva machinalement la tête. Alors elle avança le bras, la main ouverte, avec un geste qui pouvait ainsi se traduire :

— Eh bien?

Et ce geste, Alcide ne le comprit que trop. Tout bas il blasphéma horriblement pour se donner l'affreux courage dont il avait besoin; et, quoiqu'au fond de son cœur une voix secrète, dernier cri de la conscience que le ciel donne à l'homme, grondât sourdement encore, il dit d'une voix assez ferme :

— Tout est perdu!

Madame de Presle le regarda fixement. Sa figure se contracta, et de sa bouche décolorée s'échappa un éclat de rire à faire trembler un bourreau. Ensuite s'arrêtant brusquement au milieu des cris de cette joie atroce, elle jeta sur Alcide un regard d'hyène; et se ruant sur lui, elle le serra à la gorge en criant :

— Rends-moi la dot de ma fille, voleur!

Alcide frissonna de la tête aux pieds. Il sentit d'abord un découragement, une terreur, qui le laissaient mou et flasque comme l'agneau dans les griffes du lion. Une envie d'en finir bien vite avec une scène qui commençait aussi violente le prit au cœur. Il pensait déjà, dans sa frayeur, à se jeter aux pieds de Mathilde et à lui dire :

— Attends! attends! je sais où est l'argent; j'irai le prendre, je te le rendrai!

Mais la comtesse ne lui en laissa pas le temps. Sa rage s'exaltant encore, elle ajouta :

— Et pourquoi prenais-tu l'argent des autres... Lâche! mendiant!

Oh! à ce dernier mot, Alcide reprit toute sa belle énergie. Il regarda la malheureuse qui ne voyait plus, qui n'entendait plus, avec des yeux pleins d'une haine et d'une malice infernales, et il dit :

— Je ne mendierai plus, va!

Ensuite soulevant Mathilde comme un bouquet de roses, il s'en débarrassa, et il la plaça légèrement sur un canapé, vieux meuble qui en savait long sans doute sur toutes les châtelaines de Presle.

L'effort que la comtesse venait de faire l'avait épuisée. A ce paroxysme de vigueur et d'énergie avait succédé une prostration complète des forces : elle demeura étendue sur le canapé, immobile, roide comme une morte, et ne trahissant sa vie que par une respiration haletante. Alcide la contempla quelque temps; ensuite il se mit flegmatiquement à la fenêtre. Il ne regardait pas les masses d'arbres qui se détachaient des ténèbres, il ne regardait pas la flèche pittoresque du clocher du village nageant dans la clarté molle de la lune, il se disait, repliant son âme bien loin de cette contemplation romanesque :

— Cette violence est une chose fort heureuse. Maintenant, elle n'aura plus que des larmes!... Mort, damnation, elles pourront couler!... Je suis riche; riche je resterai... Rose, Thisbé, Mathilde!... Il ne m'en a fallu que trois! Ce vieux dameret de Georges a tendu la main pendant trente ans... Mais elle lève un bras... elle va revenir à elle... Oh! je suis de fer, d'abord!... Je ne rendrai rien!... Rendre? n'ai-je pas tout perdu à la roulette?... Maintenant, il faudra payer un peu cette bonne fortune qui m'arrive... il faudra pleurer avec elle, et je pleurerai. J'aurai des grincements de dents, des paroles de malédiction pour l'*horrible passion* qui m'a entraîné... Je ne m'arrêterai qu'au suicide... Ah! par exemple, pour ce qui est du suicide... Oh! non, non, belle comtesse! Allons, Alcide, de l'éloquence!... Si, d'ailleurs, cette manie de l'autre monde ne la possède pas trop, je lui indiquerai un moyen de rester dans celui-ci... Pauvre femme, je lui dois bien ça!... Oh! c'est que l'idée est bonne!... Elle ouvre les yeux... Allons! ce n'est qu'un moment à passer...

Il coula doucement loin de la fenêtre, il fut se placer dans un endroit où les rayons de la lune brillaient, il se posa, il se drapa; la tête appuyée sur une main, il ébouriffa sa titus, et il regarda la lune pour que la lune l'éclairât et fît la rampe du petit théâtre où il allait jouer son rôle.

— Ainsi tout est englouti!

— Tout! malheur! malheur!

— J'ai perdu la mémoire... Ma pauvre tête!... Alcide, qu'ai-je dit en apprenant l'horrible nouvelle?

— Mathilde... vous avez dit : — Voleur! mendiant!

— La belle comtesse croisa les mains et tomba à genoux!

— Pardon! Pardon!

Avec les longues draperies blanches de son peignoir, sa superbe chevelure en désordre, ses nobles traits brillant d'exaltation, elle ressemblait à la belle pécheresse implorant Dieu.

Mais elle n'implorait qu'Alcide Durand.

— Oh! dit-il avec un sourire amer, c'est à moi de demander merci. Qu'ai-je fait, grand Dieu?

Il se leva, et donnant un grand coup de talon de sa botte sur le parquet:

— Et dire que la mort, que le suicide même nous est défendu! car, si tu meurs, Mathilde, que deviendra ta fille... pauvre jeune plante que nous avons frappée? Sa ruine! oh! elle la supportera... Mais elle mourra de ta mort, Mathilde... Dans ce moment solennel, madame, et quel que soit le crime que j'ai commis, vous devez m'écouter, mes paroles doivent aller à votre cœur comme celles d'un homme qui serait sans tache; vous avez rempli une carrière, vous! celle de la malheureuse Laure commence à peine: vous n'avez pas le droit de l'arrêter!...

— Alcide!!!

— Non, madame, vous n'en avez pas le droit. Oh! c'est horrible! c'est atroce! Mais, encore une fois, si le suicide vous entraîne, songez que vous tuez votre enfant... Douce fille à l'organisation délicate qu'un amour caché minait sourdement, que la mort d'une mère écrasera!

— Vivre! vivre!

— Oui, vivre! supporter cet exécrable fardeau de la vie, en expiation de vos fautes! vous condamner à rester dans ce monde pour que votre enfant y reste, elle qui a des joies à attendre, elle que, dans l'égoïsme de votre douleur, vous voulez frapper... Hélas! elle est donc coupable, grand Dieu! de quel forfait voulez-vous donc la punir!

— Oh! Alcide! oh! ma pauvre Laure! tout perdu! tout!

— Oui, jamais cette horrible fascination du jeu ne fut aussi puissante... J'avoue que depuis que tu as mis cette somme entre mes mains j'ai bravé tes angoisses plusieurs fois. Cette exécrable espérance qui trompe le joueur comme un phare ennemi, me soutenait! Je me disais: Un jour va venir, il n'est pas loin, où je lui rapporterai cet or et tout celui que j'aurai gagné pour fuir avec elle sous des cieux éloignés. Voilà ce qui me faisait supporter tes cruelles inquiétudes, voilà pourquoi je n'ai pas cessé ces spéculations détestables quand je sus que, dans une entrevue avec le docteur Dulock, tu avais laissé voir les tortures qui te déchiraient. Hélas c'était l'espoir de te donner, dans un autre pays, une vie douce auprès de moi, qui me rendait sourd, inexorable... Et aujourd'hui c'est la ruine, c'est la honte que je t'apporte...

Alcide en parlant ainsi était tellement ému lui-même par le sentiment du crime qu'il commettait, par cette inquiétude à laquelle l'escroc le plus audacieux ne peut échapper quand il met la main sur le bien d'autrui, que, tremblant et blême, il fut contraint de se laisser tomber dans un fauteuil. Mais cette terreur du larron ne paralyse que faiblement ses forces, comme un accès de fièvre quelquefois enchaîne d'abord l'essor d'un bon soldat, et cède ensuite à la voix du courage et à la puissance de la volonté. Alcide donc, tout en faisant un petit sacrifice à la nature, n'en continua pas moins impitoyablement, et avec le genre de courage qu'il possédait, la route qu'il s'était faite. Excité même par cette angoisse secrète qui fouettait son sang épais et froid, il trouva des paroles puissantes, il tonna comme un prophète dans l'inspiration et il arracha du cœur de la malheureuse femme le dernier espoir qui lui restât: une mort prompte!

— C'est moi, dit-il, qui dois mourir... Ah! n'est-ce pas déjà la mort que de t'abandonner! Car je dois fuir... Mon crime — je suis un criminel, Mathilde — aura pour premier châtiment la perte de ton amour... la perte de ces journées si douces passées près de toi!

Il roidit ses bras avec un effort si violent que les muscles craquèrent.

L'argent, dit-il, l'argent!... j'ai touché à l'argent d'une femme! elle m'en a donné et je l'ai reçu!... et puis j'ai pris la dot de son enfant et je l'ai jouée! Ah! misérable! si la publicité de ton crime ne devait pas couvrir de honte un ange de grâce et de bonté, j'irais dire à tous les hommes que j'ai connus: Battez-moi donc comme un lâche! crachez-moi donc au visage! C'est moi, qui ai jeté au croupier du jeu la dot de mademoiselle de Presle, que sa mère m'avait confiée! Sa mère! je lui ai fait partager ces fatales déceptions qui abreuvent le joueur, ces espérances qui le séduisent, qui, chaque jour, lui font faire un pas de plus dans l'horrible route!...

Ensuite il poussa un cri terrible, et, frappant son front, il dit:

— Mathilde, je puis encore tout réparer. Tu attends le général?...

— Oui, ce soir. Il arrive avec un M. Hubert à nous recommandé par le docteur Dulock. Ces messieurs doivent régler avec le parent du chevalier de Nerville les intérêts de ma fille dans le mariage projeté... Je dois représenter les cinquante mille écus que le comte m'avait confiés.

— Eh bien! je vais au-devant des voitures, j'arrête celle du comte et je lui dis: — J'ai pris, j'ai volé dans la chambre de madame de Presle en son absence...

— N'achève pas, malheureux! n'achève pas... Jamais je ne consentirai à cette exécrable imposture!

— Eh! n'est-ce donc pas moi qui ai joué cette somme?

— De Presle ne l'avait confiée qu'à moi, seule je lui en dois compte, dit la comtesse avec un ton de fermeté qui répandit une sensation veloutée dans les veines d'Alcide.

— Eh bien! dit-il avec emportement, tu veux me sauver. Ce que tu prétends faire pour moi, pour toi je l'entreprendrai. Ecoute: tu t'opposes à mon projet?

— Je te défends d'y songer.

— Eh bien, alors, il reste un moyen, mais il faut que tu l'approuves, ou, à l'instant même, je pars et je livre le VOLEUR au comte de Presle. Tu te tueras, n'est-ce pas, mais tu tueras aussi ta fille... et il y a un Dieu, madame! et il y a un avenir devant vous pour expier vos fautes et pour les réparer.

La comtesse se tordait les mains, sa poitrine se soulevait par bonds convulsifs, des larmes ardentes brûlaient ses yeux.

— Alcide! Alcide! dit-elle d'une voix étouffée, vous avez dit: — Il y a un moyen.

— Oh! il est ignoble, repoussant... mais voyez, à côté, celui que je vais prendre si vous refusez... A genoux, sur la chaussée du château de Presle, criant: — J'ai volé!!! et ma tête que les roues écraseront; car moi aussi je saurai mourir! L'horreur, l'infamie dans cette maison... Votre mort, votre suicide au même moment... Laure, entraînée avec nous, victime de nos passions, de nos crimes! Ah! Mathilde, tu es mère... tu payeras la faiblesse d'un moment par le sublime sacrifice de survivre à ta faute. Ecoute; il faut supposer... oui, ce château isolé... les bruits répandus, dans ce pays, de voleurs qui rôdent... d'assassinats...

La comtesse couvrit de ses deux mains son noble et beau visage, et elle dit d'une voix plaintive:

— Oh! grand Dieu, recourir à cette basse imposture... Alcide! oh non! Mais c'est pis que la mort, cela!

— Et avons-nous donc le choix des moyens? Et l'heure! l'heure qui s'écoule, ne nous serre-t-elle pas de plus en plus dans un réseau de fer?

— Prends pitié de moi, de toi, Alcide! Ce plat mensonge, cet expédient de laquais... Ah! mon Dieu! mon Dieu!

— Mathilde!

— Chut, quelle est cette voix?

— Celle de votre fille, de Laure, qui veut vivre, qui demande à vivre. Cette douce âme qui a déployé ses ailes cachées longtemps... Tiens, elle chante, la pauvre enfant!

— Elle vient! elle vient me parler de son bonheur! de cette réunion de ce soir... Cachez-moi! Alcide, cachez-moi!

— Maman, maman, dit une douce voix à la porte, maman!

— Oh! mon cœur! il va éclater... quel bonheur!

— Maman! maman!

— Mathilde, tu l'as voulu, cria Alcide, je vais parler du voleur à Laure avant d'en parler à son père. Ah! il faudra bien que tu vives, va! que tu rentres fière et heureuse dans un monde auquel moi, damné, je t'ai arrachée un moment!

Il courut à la porte, mais madame de Presle s'élança au-devant de lui.

— Allons donc! allons donc! dit-il en lui-même et suivant la pauvre femme d'un œil de lynx.

La clef tourna, et Laure, la figure joyeuse comme un soleil de mai, la tête couverte de fleurs qu'elle avait cueillies au bois, et dont elle avait chiffonné une jolie guirlande, entra dans l'appartement en chantant.

— Eh bien, maman, dit-elle, ne veux-tu pas venir au-devant de ces messieurs? La nuit est si douce! Nous n'irons que jusqu'à la croix du chemin, et nous attendrons sur l'herbe.

— Laure! dit la comtesse avec un accent terrible, écoute-moi.

— Mademoiselle, dit Alcide, il faut avant...

— Non, non, reprit la comtesse.

— Oh! maman, comme tu es pâle!... qu'y a-t-il donc?

— Mon enfant, j'ai... engagé ta dot dans une spéculation malheureuse, tout est perdu.

— Ah! mon Dieu! et papa! lui qui aime tant l'arg...!

— On me conseille un subterfuge... je ne sais quelle histoire de voleurs...

— C'est une bonne idée; je parie que c'est M. Alcide... Il est si bon!... il nous aime tant!... Oui, oui, maman, il faut mentir. Dame! ce n'est pas bien, mais le bon Dieu est en train de me protéger, il nous pardonnera... Car, lorsque j'y pense... papa, il te tuerait, ma bonne, ma jolie maman!

Et la petite se serrait contre sa mère, comme si déjà elle eût voulu la défendre contre les fureurs du terrible général. La comtesse lui prit la tête, elle la baisa avec ardeur.

— Mais, Laure, ton mariage... Tu es ruinée... Ah! pardonne! pardonne-moi!

— Oh! ne pleure pas ainsi, ma bonne mère... Et puis, Jules m'aimera toujours. Nous serons pauvres, voilà tout!... Et si son oncle se fâche, il s'en ira dans sa Normandie... Mais, mon Dieu! que de bruit pour de l'argent! l'argent, qu'est-ce?...

— Tu m'aimes donc toujours, Laure?

— Demande-moi donc si j'aime le doux soleil qui m'échauffe, les fleurs qui m'embaument, si j'aime Dieu!...

Madame de Presle ne trouvait plus de mots; la grâce enfantine de sa fille, son généreux amour filial pénétraient son cœur. Il y avait dans la voix jeune et pure de la jolie vierge, dans la douce naïveté de son regard quelque chose qui rafraîchissait les plaies cuisantes de la femme mariée, de la coupable mère, et déjà un sentiment vague, une voix secrète de l'âme, lui faisait entrevoir la possibilité de se soustraire à la honte. Aux accents de sa fille, elle commençait à comprendre l'espoir et le bonheur qu'il y aurait à échapper aux suites d'une action mauvaise: une lueur brillait au milieu de ses ténèbres. Cette clarté lui faisait entrevoir un avenir que le repentir remplirait, et au bout, Dieu avec sa miséricorde!

— Eh bien! dit vivement Laure, ce moyen!... ce moyen! Il faut l'employer tout de suite!... Ah! j'y pense; une échelle! oui! oui! une échelle appliquée au mur... et une vitre brisée!...

— L'idée est excellente, répondit Alcide en se retournant vers la fenêtre.

— Alors, j'exécute, reprit Laure.

Et avec le bout de son ombrelle elle mit en pièces deux ou trois vitres...

— Maintenant, dit-elle avec une action, un feu qui faisaient bondir de reconnaissance le cœur si affligé de la pauvre mère, maintenant je vais descendre dans le parc. Il est désert, car tout à l'heure j'ai dit bonsoir à Maurice, le jardinier, qui se retirait dans sa petite maison là-bas, là-bas, au fond du parc. Il y a, tout près, une échelle bien petite, bien légère, dont je me sers pour grimper au gros prunier... je la place contre le mur sous la fenêtre... et l'on pourra croire que des voleurs...

La comtesse, en écoutant sa fille, appuyait fortement la main sur son cœur, dont les pulsations violentes l'étouffaient. Elle baissait les yeux, humiliée du misérable expédient que l'on préparait pour la sauver.

— Songez, madame, à ce que j'ai juré, dit Alcide tout bas, acceptez ce moyen, quelque pénible qu'il soit à votre fierté, ou je m'accuse au général.

Mais déjà Laure était loin. La pauvre enfant courait sauver ceux qui avaient disposé de son sort, qui avaient sacrifié à leurs passions l'espérance de sa vie.

La comtesse, la rougeur au front, la honte dans l'âme, murmurait encore:

— Eh quoi! il faudra jouer cette plate comédie!

— Maman! maman! cria la petite voix de Laure dans le parc et au-dessous de la fenêtre, maman! maman!

Alcide et la comtesse coururent à la croisée, et à la lueur de la lune ils aperçurent dans la plate-bande qui longeait le bas du château la robe blanche de Laure. La jeune fille, au milieu des fleurs, avec sa taille svelte, ses formes délicates et son écharpe légère que le vent du soir soulevait, ressemblait à une jolie petite fée, protectrice du vieux castel, se jouant la nuit parmi les roses et les jasmins en attendant quelque sylphe son préféré.

— Vois-tu, maman, disait-elle à la comtesse, qui la regardait, accoudée sur l'appui de la fenêtre, vois-tu, l'échelle est là. Le plus fin y serait pris!

Ensuite elle fit un bond, et on la vit tomber, légère comme une feuille que le vent chasse, dans l'allée qui bordait le massif de fleurs. Là elle se pencha sur le côté, le bras en l'air, dans l'attitude d'une personne qui écoute. Tous ces mouvements, ce manége gracieux, ces voiles, blancs comme le linceul d'une morte qui revient, éclairés par la pâle lumière de la lune, formaient une apparition douce et fantastique. L'homme le moins poétique, en voyant leur grâce, leur harmonie au milieu de la grâce et de l'harmonie d'une magnifique nuit d'été, eût fait des rêves de poëte.

— Chut, chut, dit-elle, entendez-vous là-bas sur la chaussée!... Ecoutez! écoutez bien!

Et dans l'éloignement Alcide et madame de Presle recueillirent le roulement sourd de plusieurs voitures courant sur le pavé.

— Vite, maman... ton châle, ton chapeau!

Puis, d'une voix plus basse, la bonne et généreuse fille ajouta:

— Il faut laisser le temps aux voleurs...

— Allons donc! dit la comtesse quittant la fenêtre, encore ce dernier crime! Oh! Alcide, que de noblesse dans cette jeune âme, et que nous sommes misérables près d'elle!

Alcide leva les yeux au ciel pour toute réponse. Ensuite il abattit le devant du secrétaire dans lequel la comtesse plaçait ses objets les plus précieux, — autre preuve contre les larrons nocturnes, — et, prenant le bras de madame de Presle, il marcha avec Laure au-devant du comte et des personnes qu'il amenait.

La comtesse marchait en chancelant à chaque pas. La fièvre faisait bouillir son sang, ses dents claquaient.

— Maman, du courage! disait Laure en lui baisant les mains, du courage! Jules, vois-tu, m'aimera pauvre. Il laissera crier papa et son oncle, et nous nous marierons... Nous aurons un petit ménage bien modeste... au troisième sur un jardin, parce que j'aime tant les fleurs, moi!... Je danserai le galop à moi toute seule... Ah! mais non, avec Jules, quand les arbres verdiront. Quand ils seront décharnés par l'hiver, je leur chanterai de plaintives romances... Et puis j'aurai la haute main dans la maison, parce qu'il n'y aura pas de domestiques... Je lui ferai de bons petits dîners, va!... Ensuite il y aura une guerre de trois jours seulement, et mon mari, qui n'aura pas été blessé, prendra cinq cents canons, et il sera nommé général... Nous voilà riches encore une fois... Mais tu sais bien que si tu pleures toujours je ne pourrai pas être heureuse. Fais donc quelque chose pour moi, ma petite mère!

— Adorable enfant! dit Alcide. Ah! Dieu vous doit du bonheur!

— Eh bien, il m'en envoie! Entendez-vous! entendez-vous!

— Oui, oui, le bruit se rapproche, répondit Alcide, qui, dans le fond du cœur, attendait avec anxiété le moment fatal.

— Tiens, maman, tiens, regarde derrière les arbres de la grande route; vois-tu courir les lanternes des voitures?... Il y en a deux: celle de papa d'abord. L'oncle de M. Jules, M. Hubert, M. Dulock et le comte l'occupent sans nul doute; et puis par derrière, dans un cabriolet, ils auront mis tout seul le pauvre garçon!.. Je suis bien sûre qu'il pense à moi... et qu'il fouette son cheval... Pauvre bête, pourtant!...

Le bruit des voitures se rapprochait de plus en plus. Déjà l'on entendait la voix des postillons animant leurs chevaux, et le retentissement de leurs fouets qui déchiraient l'air. Madame de Presle se sentit défaillir. Laure l'entoura de ses bras et les baisers de la jeune fille la ranimèrent.

— Maman! maman! au nom du ciel ne va pas manquer de courage!... je t'en prie!

Mais la comtesse n'a pas le temps de répondre. Les voitures arrivent; elles s'arrêtent. Jules saute à terre, et présente ses hommages de futur beau-fils à madame de Presle; il serre la main d'Alcide et il jette un doux regard à Laure, qui, tout de suite, a perdu son petit air décidé, et baisse les yeux avec un trouble délicieux.

Le général présente à la comtesse M. de Céran, l'oncle du chevalier de Nerville, et l'avoué Hubert, qui, dit-il, a bien voulu faire une infidélité à ses clients pour venir à Presle régler les intérêts des jeunes époux.

Tout bas il ajoute à l'oreille de sa femme, le vieux guerrier:

— Ce Céran est un homme riche, il est bon de se l'attacher dans un moment de gêne... Et puis, corbleu! c'est un digne homme!

La société prend à pied le chemin du château: l'avenue est belle, la lune répand ses rayons pâles et doux sur les masses de verdure. Les parfums de la terre courent l'espace poussés par le vent. C'est une délicieuse promenade! Au bout de la longue allée on voit se détacher des ténèbres l'édifice imposant du château de Presle, et le comte se redresse fièrement en disant à l'oncle de son beau-fils futur:

— Voilà ma pauvre habitation!

En riant, en faisant des projets, en exaltant les joies champêtres en style de la Chaussée-d'Antin, on arrive à la pauvre habitation. La comtesse, en montant la première marche du perron, reçoit à la fois de sa fille et d'Alcide ce double avis: — Courage!...

— Oui! oui! dit-elle; mais je n'ai pu me défendre d'une première émotion.

— Ah! pense Alcide, demain tout sera fini, et moi j'aurai cinquante mille écus!... Ah! la joie! Cela brûle!

Les bougies sont allumées au salon, et déjà Hubert, méthodique et froid comme le Code civil, est entré dans l'exercice de ses fonctions. Il mentionne avec complaisance les avantages pécuniaires de M. le chevalier de Nerville. Il détaille, à la grande confusion de celui-ci, les bois, les prés, les fermes que M. de Céran, cet oncle modèle, donne à son neveu.

Pendant cette lecture, Alcide Durand, rassuré par l'air calme de Mathilde, se dit en jouant avec sa badine:

— Tout à l'heure, nous aurons un mauvais moment; mais après!... Ah! après... et moi aussi j'aurai des bois, des prés et des fermes!... Peuh! j'aimerais autant de bonnes rentes sur l'Etat, le gouvernement est solide aujourd'hui.

— Maintenant, dit Hubert, nous allons passer à l'état de fortune de mademoiselle Laure de Presle, la future.

Laure serre la main de sa mère, et d'une voix suppliante elle lui dit:

— Maman! songe aux fureurs de papa, et laisse-moi faire!

Alors elle se lève, et marchant vers la fenêtre d'un air d'insouciance et en jouant avec un bouquet, elle s'appuie un moment sur le rebord de cette croisée, puis elle pousse un cri:

— Eh bien, qu'est-ce? dit le général brusquement et frappant sur la table avec sa canne.

— Ah! mon Dieu, papa, dit la petite, il m'a semblé voir un homme qui descendait par une échelle de la chambre de maman.

— Peureuse! dit le comte, c'est l'ombre de quelque arbre. Allons, venez ici, mademoiselle!

En parlant ainsi, il la menace en riant du bout de son jonc ferré.

— Ah! je t'assure, papa, que j'ai bien vu...

— Monsieur le chevalier, interrompit le général, il faudra corriger madame de Nerville de la poltronnerie de mademoiselle de Presle... Tiens, vois, Laure, avec ton exclamation, tu as fait une peur terrible à ta maman, la voilà toute pâle! Avec ça que des imbéciles ont répandu dans le pays je ne sais quelles histoires de voleurs!

Laure se jette dans les bras de sa mère, comme pour lui demander pardon, et tout bas elle lui dit : — Maman! maman! aide-moi donc!

— Ah çà! il faut en finir, dit le général; puis nous irons souper... Monsieur de Céran, vous me direz des nouvelles de mon champagne!

— Que ce soit plus tôt que plus tard, dit le gentilhomme campagnard, car le grand air!...

La ménagère du docteur est une belle Picarde.

— Parbleu! j'aime à vous voir dans ces dispositions, crie le général d'une voix de tonnerre. Nous prouverons tout à l'heure à ces jeunes gens-là que la vieille roche boit mieux que la jeune... Allons, tu le vois, Mathilde, il ne faut pas faire attendre notre hôte... Va chercher la dot de notre fille... Ah! c'est portatif! des billets de la Banque! Morbleu! en voilà une belle invention! Va, va donc, Mathilde!

— Maman, maman, le moment est venu! dit Laure.

Alcide ne peut parler, mais il adresse à la comtesse un regard bien éloquent.

Alors madame de Presle sort de son immobilité; elle se lève, pâle, les yeux fixes, les lèvres tremblantes, et elle dit :

— La dot, elle n'y est plus! je l'ai jouée... et je l'ai perdue!!!

— Infâme! hurle le comte. Et d'un revers de sa canne il atteint la malheureuse à la tête. Mathilde tombe sans pousser un cri. Son sang a rejailli jusque sur les papiers de l'avoué Hubert!!!

Chapitre XXIX. — Remboursements.

— Le monstre! dit la comtesse de Presle.

— Le scélérat! dit madame Bertrand.

— Le gredin! dit Rose Chappuis.

Il est midi. Ces trois dames sont dans une jolie salle à manger. Sur la table, on voit les débris d'un thé complet. Les croisées ouvertes laissent la vue s'égarer dans un magnifique jardin, et, plus loin, sur les points de vue d'une campagne ravissante. Rose n'est plus Rose, elle n'est même plus Malvina. Le monde ne la connaît que sous le nom de madame de Vieux-Clos.

— Oui, mesdames, dit-elle en se préparant une dernière tartine de beurre, vous, moi, et d'autres sans doute, nous avons été la dupe de ce lâche!... Il fallait une femme comme moi pour arriver à la découverte de ce grand secret. Il fallait une persévérance, une activité, une audace que vous autres dans vos salons, dans votre vie dorée et douce, vous n'avez pas apprise, mesdames! Mais vous sentez que lorsqu'on a vendu des légumes place de l'Estrapade, et de l'amour rue d'Amboise!... Ne vous effarouchez pas!... Il y a une couronne de comte sur tout cela!... Bref, mise sur la voie en vous voyant toutes deux chez une marchande de bouquets où je venais moi-même!... grande canaille! pour qui trois femmes se ruinaient en fleurs!... mise sur la voie, je n'ai plus eu de repos, de sommeil, de bonheur... J'ai pris, parole d'honneur! le titre de femme honnête et de comtesse sans plaisir... C'étaient mes preuves contre Alcide qu'il me fallait, c'était une vengeance. J'ai pris plus de peine!... Ah! d'abord, tous les moyens ont été bons! Je me serais donnée à vingt laquais pour arriver à mon but!

— Je le crois bien, dit madame Bertrand avec un air de résolution.

— Enfin, grâce à beaucoup d'adresse, beaucoup d'or, j'ai mis la main dessus. J'ai su que le joueur ne jouait pas, j'ai su qu'il plaçait notre argent chez un banquier, j'ai su la somme... Cela m'a coûté, c'est *rapporté* que je devrais dire, une partie charmante avec le commis du Crésus... une barbe romantique!... des yeux fendus en amandes... Ce pauvre de Vieux-Clos, c'est lui qui souffre de tout cela.

— Bah! bah! dit madame Bertrand prenant son grand air.

La comtesse rougit beaucoup, et la pensée qu'elle n'avait plus le droit de crier au scandale la fit pleurer.

La bonne Rose devina sa pensée, et elle dit : — Madame de Presle, je vous demande pardon... Toute comtesse que je suis, et malgré notre sympathie de haine contre cet homme, il n'y a pas égalité entre nous. Pardon! et je continue : J'avais enfin la clef de cette sale intrigue, et j'en étais fort embarrassée dans le premier moment, lorsque la bienheureuse idée de voir madame Bertrand me prit. Je suis venue, j'ai vu et je me suis convaincue que j'ai trouvé la femme forte dont j'ai besoin pour ma vengeance... Ah! et puis j'ai fait provision de nouvelles. Vous devez en avoir soif.

Tous les deux se livraient à un rire d'Auvergnats.

— Voyons! voyons! dit la comtesse de Presle avec chaleur.

— Eh bien! le général est bien loin de se douter que vous vous êtes réfugiée dans ce château voisin du sien, et que surtout sa fille, quand elle peut s'échapper, vient vous y voir. Or, depuis huit jours vous avez cessé de recevoir la visite de l'aimable enfant; en voici la raison : Le général emmène sa fille en Italie, ils sont allés à Paris faire les préparatifs. Jules, de son côté, est parti pour rejoindre son oncle, qui a quitté Paris tout furieux après l'aventure du contrat de mariage. Le pauvre jeune homme va prier, supplier. Laissons-le faire. Pour Alcide, il se marie; et la dot ne lui manquera pas, à lui!... Nous nous en sommes chargées!... Il a bâclé en une semaine un mariage avec la fille d'un homme très-riche, très-influent dans l'Etat... un marchand de chandelle, je crois, ou de peaux de lapin... Il part ce soir... ce soir, mesdames, dans la belle chaise de poste qu'il s'est donnée! Chargé d'or, il va acheter je ne sais quel domaine de Brie... A propos, nous sommes en Brie ici.

— Oui, dit madame Bertrand, et sur la grande route de Rozai.

— Il paraît, reprit madame de Vieux-Clos, que ce gredin-là en veut à cette partie de la France... Il l'affamera si on le laisse faire!

— Oh! dit Mathilde en pleurant, quel infâme! On n'égorge pas plus froidement une pauvre femme!

— Ah! oui, dit madame la comtesse de Vieux-Clos, l'ordre établi depuis si longtemps est renversé. En conscience, les hommes sont faits pour nous enrichir, et je suis bien sûr que Dieu a dit à Adam en lui montrant Eve : Travaille pour elle! Mais les meilleures traditions se perdent, et le monde à présent pullule de jolis garçons qui vendent leurs faveurs!

Madame de Presle rougit et se couvrit le visage.

— Ah! je conçois, dit Rose, c'est humiliant; mais qu'y faire? Si les femmes pouvaient s'entendre!... on ferait une croisade contre ces monstres-là. Oh! j'en serais le Tancrède, le Renaud, le Godefroy de Bouillon!... et le Tasse au petit pied de notre bonne ville de Paris ferait un beau poëme là-dessus!

— C'est toi, Malvina!... Eh bien, est-il vrai que ton général te parle de mariage?

— Morbleu! s'écria madame Bertrand prenant une pose de colonel de hussards, ce serait un beau jour!

— En attendant, continue Rose, il faudra se venger le mieux possible de ces... quel nom leur donner? Il y en a bien un, mais on est comtesse, et vous sentez... Oh! il y avait de mon temps dans la rue d'Amboise de bien énergiques dénominations! Maintenant viennent la fadeur, le bégueulisme du dictionnaire des salons, et nommons cette sale engeance : CEUX QU'ON AIME. . . . .

. . . .

Et puis les trois dames parlèrent si bas, si bas, que le sylphe qui m'a raconté cette histoire, après l'avoir prise au vol, ne put rien entendre de la conversation, ce qui fait que le narrateur ne peut rien vous en dire.

. . . .

. . . .

Quatre jours après cet entretien, madame Bertrand disait à la comtesse :

— Allons, ma belle, voilà quarante-huit heures pour la fièvre et l'émotion, c'est assez. Quittez votre lit! C'est bien le moins à dix heures du soir.

— Grand Dieu! en aurai-je la force?

— Vous avez été si courageuse *pendant*, ne le serez-vous pas *après*? Allons vite! vite!

Mathilde se leva, et elle descendit au salon. Là, des bougies, usées déjà aux trois quarts, brûlaient sur une table de jeu. Des cartes gisaient pêle-mêle. Un vieil oncle du temps de Molière eût trouvé là une odeur de lansquenet. Madame Bertrand couvrit le tapis vert de pièces d'or et de billets de banque.

— Asseyez-vous, ma belle, et attendons...

La comtesse de Vieux-Clos est devenue châtelaine en Normandie.

— Comment! dit Mathilde, vous avez écrit au comte?

— Oui, et dans quelques minutes il sera ici. Nos parcs se touchent! Tenez, n'entendez-vous pas une marche lourde dans la grande allée, un bruit d'éperons?

A la Salpêtrière il n'exerce plus qu'en petit, et son industrie ne va plus que d'une jambe.

— Oui! oui! ah! mon Dieu!

— C'est lui, *vivat*... Ferme, ma belle, ferme!

— Est-ce que vous n'entendez pas dans l'air comme des gémissements?

— Eh! je n'entends que les oiseaux de nuit qui crient!... En vérité, vous n'avez pas plus de caractère que cet imbécile de Bertrand, mon légitime époux. Bonté divine, qu'il a donc bien fait de me gratifier de la faveur de son absence!... Mais, ma chère, remettez-vous donc!... Je vous dirai, moi, que lorsqu'on en est où nous en sommes...

— Vous avez raison, oui, vous avez raison... J'ai assez souffert, d'ailleurs... Ah! rage! quand j'y pense, l'énergie me rentre au cœur.

— A la bonne heure donc!

— Eh! oui, continua la comtesse avec feu, la vie et les hommes sont si atroces! J'ai été trompée, déchirée si cruellement!... Vous avez raison, madame Bertrand; vivons de la vie de tant de gens! Soyons infâmes!

— Cela n'est pas flatteur pour l'espèce humaine; mais cela est vrai.

Le général entra, ce vieux casseur de figure de femme; il avait l'air doux et caressant comme M. Ponchard quand il jouait le Colin du *Nouveau Seigneur*. Vrai! il ne lui manquait que des rubans roses et un chapeau blanc.

— Mathilde, dit-il d'une voix douce, comment, tu étais ici... et je ne le savais pas! Imagine-toi, qu'il y a cinq ou six jours, j'ai mis en route tout l'univers pour savoir pourquoi tu m'avais quitté!... moi, ton vieil ami! J'accours pour te demander mon pardon... Un moment de colère! un crime, madame Bertrand! Ah! j'avais mérité que l'on m'ôtât mes épaulettes, au moins.

— Bah! dit madame Bertrand, c'est une bagatelle. Vous avez battu madame, moi je bats Bertrand; nous n'en sommes pas moins des gens comme il faut.

— Il se porte bien, ce bon Bertrand? demanda le général d'un ton mielleux.

— Mais je le crois. Il est à Paris, et il est toujours en bonne santé tant qu'il peut apercevoir les toits du ministère.

— Et, continua M. de Presle avec une petite moue charmante, vous vous livrez pendant son absence aux fureurs du jeu!... Passion fatale... Voilà encore les cartes et les jetons!

— Plaignez-vous donc, dit madame Bertrand; votre femme a un bonheur! Elle vient en deux jours de me gagner tout ce qu'elle avait perdu. Vous savez, les fameux cent cinquante mille francs.

— Oui; vous m'avez écrit cela! Et c'était vous qui aviez gagné cette somme... Moment d'égarement. Oh! Mathilde!... Ainsi, quand je te croyais à cultiver tes roses, tu jouais vingt mille francs en cinq points! Oh! j'étais à mille lieues de m'en douter... C'est étonnant, car, Mathilde peut le dire, rien ne m'échappe.

— Si vous n'étiez pas venu sitôt, dit madame Bertrand, elle allait faire passer sous son nom cette propriété qui m'appartient, et sur laquelle Bertrand n'a rien à voir. Je la jouais!

— Que je ne vous interrompe pas, madame! dit le général naïvement.

Madame Bertrand se pinça les lèvres pour ne pas éclater de rire, et elle répondit:

— Non! non! il est tard et nous sommes lasses... et puis j'adore cette campagne... les promenades y sont ravissantes, les fruits délicieux. Allons, tendres époux, faites la paix, et que je vous voie échanger le baiser de la réconciliation.

Le général embrassa sa femme. Ensuite il se rua comme une bête fauve sur la table, et il ramassa toute la somme qui s'y trouvait. Pendant qu'il plaçait cet énorme tas dans une boîte, madame Bertrand disait à la comtesse:

— Si vous voulez une paix complète avec lui, il faudra être moins sévère.

— Eh! je le sais bien, dit madame de Presle en soupirant. Ah! qu'une faute entraîne d'ennuis!

— Sans doute!... Dites donc: il est bel homme encore!

— Fi! fi donc! ah! madame Bertrand!

— A propos, mesdames, s'écria le général, vous savez l'affreuse aventure de Durand?

— Oui! oui! dit madame Bertrand, ce pauvre jeune homme!

— Il allait aux environs de Tournan, à quelques lieues d'ici, pour se marier... Voilà un bon parti pour une femme!... Voilà un brave homme et un bien bel aide de camp... l'armée a fait une perte!... Il s'avançait donc sur la grande route, le digne garçon; il portait dans une famille ses vertus et ses talents... Je l'avais puissamment recommandé d'abord!... C'est un cadeau à faire, pas vrai donc, Mathilde? Crac, après la côte de Champigny, trois voleurs arrêtent sa chaise. Brave comme Alcide son patron, il veut se défendre... Un coup de feu lui casse la cuisse... et il est presque entièrement dévalisé... On a fait des recherches; mais, ouiche!

La comtesse pâlit, et son époux s'écria:

— Oh! tu l'aimais, ce pauvre garçon! je sais cela, et je t'en remercie... Mais que veux-tu? d'ailleurs on ne meurt pas d'une cuisse cassée... Avec ça le voilà estropié, ruiné... Pourvu qu'il ne me tombe pas sur les bras! Je ne suis pas riche, moi! J'ai fait des pertes cette année!...

— On m'a dit qu'il avait été recueilli dans une auberge du village de Chenevières, dit madame Bertrand.

— Oui, madame, on l'a porté là. Il a fait vendre sa voiture. Le prix de cette vente, joint à ce que les voleurs lui ont laissé dans le trouble qui suit toujours ces sortes d'attaques, lui donnera tout au plus un morceau de pain pour l'avenir. Mais le bon Dulock m'a promis de lui faire obtenir quelque petite place. C'est égal, c'est malheureux! c'était un bel homme, n'est-ce pas, ma femme?

La comtesse haussa les épaules, geste qui heureusement échappa à son mari. Ensuite elle prit un châle, elle mit ses gants, elle embrassa madame Bertrand.

Et le comte emmena sa moitié au château. En chemin il lui disait:

— Puisque tu avais la veine, pourquoi ne continuais-tu pas ta partie avec madame Durand, ma bonne?

— Eh! monsieur, on se lasse de tout.

— Pas du gain, ma belle! Fais-moi gagner, et je suis infatigable!... Tu n'as pas attrapé quelques petites choses en sus des cinquante mille écus, hein?

— Eh non, monsieur!

Deux jours après l'avoué Hubert touchait la dot de Laure, et le général disait à part lui en voyant tout cet argent:

— C'est vrai, au moins, si Mathilde avait poussé son jeu, elle gagnait le double. Ce Bertrand est si riche, c'est pain bénit de tondre là-dessus.

Une heure après il faisait cette autre remarque:

— Décidément je ne veux rien faire pour Alcide, c'est un joueur... et le jeu!... ah! le jeu!!!

Pendant ce temps-là Alcide, couché dans son auberge de village, avait le délire, et de violentes hallucinations tordaient sa cervelle. Des visions bizarres, monstrueuses, s'amoncelaient devant lui. Dans les arbres qu'il voyait par la fenêtre de sa petite chambre délabrée, il entendait des voix qui lui criaient:

— Menteur!... escroc!... Il dit qu'il est joueur, il ment! Ne le croyez pas, mesdames!!!

Quelquefois il croyait voir la table placée près de son lit danser la gavotte avec une vieille commode de noyer qui n'avait que trois pieds.

Ou bien c'étaient messieurs Bertrand, de Presle et de Vieux-Clos qui exécutaient dans l'atmosphère bleue, qu'il découvrait de son lit, un pas de châle, et qui, s'arrêtant ensemble et tirant de leurs poches des poignées d'or, se frottaient ensuite l'index de la main droite avec l'index de la main gauche en lui criant:

— Je t'en ratisse!!!

Mais une nuit il eut une vision plus cruelle encore:

Il vit ou il crut voir, — nous ne pouvons préciser, — Mathilde, comtesse de Presle, droite devant son lit. La belle et majestueuse femme fronçait ses sourcils d'ébène, et, le regardant avec des yeux qui dévoraient les siens, elle lui disait:

— Lâche! mes caresses étaient donc bien repoussantes, puisque tu me les faisais payer?

« L'amour est un bienfait de Dieu qu'il est doux de partager avec un ami: l'amour pour toi, c'était une marchandise; tu le vendais!

» Un auteur à la verve vagabonde a dépeint quelque part le duel d'une marquise avec un faquin qui l'avait outragée;

» Mais les Rosambert de ton espèce ne méritent pas tant d'honneur.

» Armées, montées sur de rapides chevaux, vêtues de fracs aussi, nous t'avons attendu.

» Et nous avons repris notre bien!

» Maintenant va donc bêler ta plainte à la justice, si tu l'oses!

» Maintenant va donc de nouveau, avec ta béquille de boiteux, essayer de te faire acheter encore.

» Adieu, affreux bancal! »

Elle lui cracha au visage et elle disparut. . . . .

. . . .

Les de Presle, Jules, sa femme et madame Bertrand sont partis à frais communs pour les eaux de Baréges.

La comtesse de Vieux-Clos fait les délices de ses domaines de Normandie.

Alcide, le boiteux, à la recommandation de Dulock, est entré comme surveillant à l'hôpital de la Salpêtrière.

Là, il n'exerce plus qu'en petit; et son industrie — il le dit quelquefois en soupirant — ne va plus que d'une jambe.

Il escroque aux vieilles femmes de l'hospice du tabac, du sucre, des bouts de chandelle et des pièces de deux sous!

FIN DE CELUI QU'ON AIME.

LE PISTOLET ANGLAIS,

PAR

MARIE AYCARD.

Quoique cette année ait été pluvieuse et l'automne mêlé d'orages, les chasseurs n'en ont pas moins battu les plaines et les bois tout comme si nous avions joui du plus beau temps possible. Dans les premiers jours de septembre, M. Alfred de Germont a pris, malgré l'incertitude du temps, son fusil, sa veste de chasse, son carnier, sa poudre, son plomb ; il s'est fait suivre d'Azor, son bel épagneul, et s'est mis en voiture, au *Plat d'Etain*, à huit heures du soir. Le lendemain matin il était à Château-Thierry. Une fois dans la patrie de la Fontaine, il n'a eu que trois petites lieues à faire pour se rendre chez M. de Lancey, vieil ami de sa famille, qui lui permet de chasser dans ses terres. M. Alfred de Germont n'est pas riche ; c'est un étudiant en droit qui a sa fortune à faire, et quand on n'a ni bois, ni terres, ni parc, on est bien aise de rencontrer parmi les amis de sa famille un vieux marquis qui mette à votre disposition de nombreuses compagnies de perdreaux et une quantité raisonnable de lièvres amoureux de thym et de rosée. Alfred fut reçu par le vieillard avec tant de grâce et de cordialité qu'il se reprocha d'être allé à la terre de Lancey seulement pour chasser, et de n'avoir pas fait entrer en ligne de compte l'esprit et le bon vouloir d'un hôte aussi aimable que le marquis ; il négligea donc un peu les lièvres et les perdrix, et devint assidu auprès du vieillard plus qu'il n'appartient à un chasseur.

— Le temps est superbe pour l'affût, lui disait M. de Lancey ; allez tuer des perdrix, Alfred, mon chef compte sur vous pour le rôti.

— Permettez-moi de ne pas sortir ce matin, monsieur le marquis, répondait Alfred, et veuillez souffrir ma compagnie ; votre chef s'entend trop bien avec le garde-chasse pour que nous manquions de rôtis.

Au fond, M. de Lancey ne demandait pas mieux que d'avoir auprès de lui un jeune homme gai et spirituel dont la présence raccourcissait ses journées et diminuait le poids de son isolement. M. de Lancey était fort riche, veuf et sans enfants ; quoique âgé de soixante-dix ans, il était encore fort et vigoureux ; mais, sans qu'il voulût en convenir, la solitude lui pesait, et cependant il ne voulait pas se décider à quitter sa terre pour venir à Paris. Alfred donna une nouvelle vie à l'intérieur du marquis ; il admira ses plantations, ses arbres demi-séculaires, et surtout le château, que M. de Lancey avait embelli, et dont il avait changé toutes les dispositions intérieures. Le marquis, avec la prolixité des vieillards, faisait l'histoire de chaque meuble ; mais en même temps, et avec le tact d'un homme de goût, il attachait à chaque circonstance futile quelque détail intéressant. Au bout d'une semaine, Alfred aurait pu écrire les chroniques du château de Lancey. Un jour, cependant, que le jeune homme était dans le cabinet du marquis, ses regards tombèrent sur un petit pistolet à manche d'ébène qui jusque-là avait échappé à ses investigations et aux récits du vieillard. Alfred se permit d'étendre la main et de prendre le pistolet sur l'étagère de velours qui le soutenait ; c'était un pistolet de poche de la fabrique de Menton, armurier célèbre qui florissait à Londres vers la fin du dernier siècle, et dont les fusils à double canon ont été longtemps recherchés par les chasseurs. Alfred examina avec attention cette arme, et il reconnut facilement que l'ouvrier l'avait finie avec un soin excessif et avait mis tout son talent à la rendre aussi sûre que juste. Les regards interrogateurs du jeune homme allaient de l'arme qu'il tenait à la main au marquis, et semblaient demander un de ces récits dont jusque-là M. de Lancey avait été si prodigue.

— Ceci, dit M. de Lancey en prenant le pistolet et en soufflant sur la batterie pour faire disparaître un peu de poussière qui s'y était engagée, ceci est l'histoire de ma vie, mon cher Alfred, c'est une aventure de ma jeunesse qui a failli me coûter la vie et l'honneur...

— L'honneur ! s'écria Alfred, vous, monsieur le marquis, en danger de perdre l'honneur ?

— Hélas ! oui, de quelque nom qu'on décore un assassinat, il n'en est pas moins flétrissant pour l'assassin, et je vous avoue que j'ai pendant trois mois nourri le projet d'assassiner quelqu'un.

— Vous ?

— Oui... ce pistolet, ajouta le marquis en se reprenant, c'est l'histoire de quelques folles pensées d'amour, c'est l'histoire de mon mariage et en même temps celle du long bonheur dont j'ai joui avec madame la marquise de Lancey, à laquelle je dois ma fortune... A ce soir, Alfred, ce soir je vous conterai une histoire ; vous la préférerez, sans doute, au cent de piquet auquel je vous condamne depuis huit jours.

Le soir venu, M. de Lancey s'établit commodément dans son fauteuil, fit ranimer le feu par son domestique, et quand il fut seul avec son jeune ami, quand les portes furent closes et que nul importun ne put venir les troubler, le vieux marquis commença :

— Vous savez, mon ami, dit-il, que je descends d'une famille distinguée, mais peu riche ; j'étais il y a cinquante ans bon gentilhomme et l'héritier futur d'une terre qui devait me donner à peine de quoi vivre. Mon père emprunta pour m'envoyer à Versailles, et j'entrai dans les gardes du corps. L'année 89 commençait, et je n'avais pas seize ans. J'étais le plus jeune des gardes du corps et le moins riche. Mon père mourut bientôt, et me laissa sans autres protecteurs que le roi et la reine de France. Nous touchions au moment où, pour la première fois peut-être depuis bien des siècles, cette protection devait être sans valeur. Le roi ne daigna pas s'occuper de moi, la reine me distingua et m'accorda une petite pension sur sa cassette. Cette faveur inattendue m'inspira la plus vive reconnaissance, et je jurai de sacrifier ma vie pour Marie-Antoinette si jamais elle avait besoin de mon bras. Les mauvais jours ne tardèrent pas à arriver pour elle. Je ne vous raconterai pas les dangers que j'ai courus ni les efforts que je tentai pour la sauver, cela m'entraînerait dans de trop longs détails, et nous éloignerait trop de l'histoire de ce pistolet que vous tenez à apprendre et que je vous ai promise. En 1800 j'étais à Londres, émigré, et j'avais vingt ans. Comme tous mes compagnons d'exil, je nourrissais une haine profonde contre le gouvernement français. Nous avions vu les merveilles de la république ; mais, semblables aux tribus d'Israël, ces merveilles frappaient nos oreilles sans ébranler nos cœurs. L'homme dont la fortune excitait surtout au plus haut degré notre haine et notre indignation, c'était Bonaparte, le premier consul ; nous ne lui pardonnions ni sa gloire ni son bonheur. Sur de faux rapports, nous avions cru que le jeune général républicain voulait renouveler en France le rôle que Monk avait jadis joué en Angleterre, et qu'après s'être emparé du pouvoir il le remettrait au roi légitime. Le premier consul n'avait garde d'y songer, et nous le regardions comme un usurpateur qui volait à Louis XVIII son sceptre et sa couronne.

Ce fut à cette époque qu'eut lieu l'explosion de la machine infernale ; elle arriva au moment où la réaction contre les jacobins était la plus ardente, un mois après la tentative de Demerville, Arena, Ceracchi, Diana et Topino-Lebrun. Les soupçons se portèrent donc d'abord sur les jacobins. Le premier consul adopta cette opinion avec chaleur ; un instant même on crut à la disgrâce de Fouché, qu'on accusait de protéger les jacobins, et qui dénonçait les chouans comme les véritables auteurs du crime. Il ne fallut rien moins que des preuves matérielles et multipliées pour détromper le premier consul. Et cependant, quoique les coupables fussent connus, la proscription des jacobins n'en eut pas moins lieu, elle fut seulement moins nombreuse. Quarante furent déportés aux îles Séchelles pour un crime commis par des chouans. Le coup partait de l'Angleterre : c'est là qu'il avait été conçu, c'était l'or de Pitt qui l'avait soudoyé. Il y fit beaucoup de sensation ; on admira le bonheur de Bonaparte, qu'une divinité protectrice semblait garantir de tout danger. Picot de Limoïlan, Saint-Réjand, Lahaye-Saint-Hilaire étaient des officiers de l'état-major de Georges Cadoudal, et avaient à Londres des amis qui haïssaient autant qu'eux-mêmes le premier consul. Un jour l'un d'eux causait avec moi de cet événement...

— Avec vous ? dit Alfred, vous connaissiez ces gens-là ?

— Hélas ! oui, répondit le marquis, ces gens-là, dont la manière de voir me fait aujourd'hui horreur, étaient alors mes compagnons d'exil et mes amis.

— Je ne puis que déplorer, dis-je à cet homme, le parti qu'ont pris Limoïlan et Saint-Réjand. Tuer Bonaparte, se défaire de l'usurpateur, rien de mieux ; mais détruire nos rues, écraser des Français sous les débris de leurs maisons, voilà ce que je ne puis pardonner à ces messieurs, voilà ce qui me révolte et m'indigne.

Mon indignation n'obtint qu'un sourire de pitié. J'ajoutai alors :

— Je vais plus loin : ces messieurs ont manqué de courage. Qu'est-ce, en effet, que le premier consul ? Un homme qui usurpe le trône de Sa Majesté, de Louis XVIII, et qui refuserait un duel si on lui faisait l'honneur de lui en proposer un : il est donc permis de le tuer, puisqu'il n'accepterait pas un combat régulier et qu'il ne reste que ce moyen de replacer le roi de France sur son trône; mais on n'a le droit que de répandre seulement le sang de l'usurpateur, et encore il faut s'exposer personnellement, avouer son action et ne pas fuir après avoir fait le coup. C'est un combat à mort, où les deux adversaires doivent rester sur le champ de bataille, eux deux seuls, ou du moins l'un d'eux.

— Voilà, continua M. de Lancey, voilà, mon cher Alfred, comment je pensais en 1800, et j'exprimai cette opinion devant un homme habile à animer mon courage et à exploiter ma vanité.

— Cela vous serait bien facile, me dit mon compagnon, à vous, dont l'adresse est si excessive, qu'avec un pistolet vous tirez les hirondelles au vol, et qu'à cent pas vous enlevez le bouchon d'une bouteille ou partagez une balle sur la lame d'un couteau.

Cette conversation avait lieu dans une des meilleures tavernes de Londres; quelques émigrés survinrent, et mon compagnon leur parla de ce que je venais de dire comme d'un projet arrêté de tuer Bonaparte. On exalta mon courage, on m'accabla de louanges, on me prédit l'immortalité, on m'enivra tellement, que je me trouvai engagé dans cette action périlleuse seulement pour avoir indiqué un moyen de l'accomplir. Insensés, qui croyions que le premier consul mort les Bourbons n'auraient qu'un pas à faire pour remonter sur le trône, et qui, comme toujours, comptions la nation pour rien ! Cependant, il faut l'avouer, cette coupable idée ne me déplaisait pas. J'étais imbu de tous les préjugés de ma caste, j'avais soif de venger mon roi, ma reine; je n'avais rien compris au grand mouvement qui s'était opéré en France; en un mot, je ne savais pas ce que c'était que la révolution. Je quittai mes amis décidé à accomplir ce coup hardi, à tenter ce que j'appelais un duel avec Bonaparte. La seule chose qui me causât quelque contrariété, c'était de m'être ouvert à trois ou quatre personnes; je voulais n'avoir aucun complice et pouvoir disposer à ma volonté du temps, du lieu, des moyens. Je revis donc mes amis et leur déclarai que de nouvelles réflexions me faisaient abandonner, ou du moins ajourner le projet conçu la veille : la tentative de Saint-Réjand était trop récente; il était nécessaire de laisser se dissiper les craintes et s'assoupir jusqu'aux soupçons. J'avais un vieux parent, émigré comme moi et retiré à Edimbourg; je déclarai qu'avant de rien entreprendre je voulais l'aller voir, et je feignis de partir pour l'Écosse. Quelques jours après je débarquai à Boulogne, accompagné d'un petit domestique anglais fort intelligent que depuis quelque temps j'avais à mon service. J'étais possesseur d'une somme assez considérable, gagnée au jeu une semaine auparavant, je pouvais donc vivre à Paris indépendant et aussi répandu ou aussi isolé qu'il me conviendrait de l'être. Une fois à Paris, la première chose dont je m'occupai fut de me faire radier de la liste des émigrés, ce que j'obtins facilement. Je voulus ensuite connaître la nouvelle société qui m'entourait; je trouvai de nouvelles mœurs, de nouvelles institutions, des vices différents de ceux d'autrefois, des vertus qui semblaient être nées d'hier. La France, en entrant dans un siècle nouveau, semblait avoir rejeté tout souvenir de l'ancien et avoir perdu la mémoire du passé.

Une chose m'étonna, sans néanmoins me désabuser : on avait oublié les Bourbons, personne ne se les rappelait, ou du moins personne n'en avait l'air. Les Français ne s'informaient pas d'eux, ne prononçaient pas même leurs noms, et ressemblaient à ces hommes qui, délivrés par le réveil d'un mauvais rêve, ne permettent pas à leur imagination d'en conserver la trace. Tous les esprits, au contraire, étaient pleins de la gloire du premier consul; on s'occupait de lui seul et de son armée; ses généraux semblaient tirer de lui tout leur lustre; il fixait leurs rangs, il leur distribuait à son gré le blâme ou l'éloge, et sa parole était un arrêt. C'était un nouveau César. Je me rappelai que Brutus était patricien.

Mon projet était aussi simple qu'il me paraissait facile à exécuter ; je n'avais ni confidents ni complices, et je me rendais à l'Opéra seul: là j'attendais le premier consul, et la première fois qu'il paraissait, je tirais de ma poche ce pistolet que vous voyez, Alfred, et j'ajustais le grand homme, que je ne pouvais pas manquer d'abattre, moi qui abattais des hirondelles au vol. Je me familiarisai avec la salle de l'Opéra, je choisis une place commode pour mon projet, au balcon, à la gauche de l'acteur, presque vis-à-vis la loge du premier consul. Bientôt l'ouvreuse me fut toute dévouée; elle s'habitua à marquer cette place d'un mouchoir, ou d'un gant ou d'une lorgnette. Je devins un habitué, un des meubles de l'Opéra, et comme j'étais joli garçon et toujours mis avec élégance, on se demandait si ce muscadin si assidu était amoureux de Bigottini ou de Gardel, ou bien si c'était la voix de Laïs qui le séduisait.

Voilà la vie que j'ai menée pendant trois mois à Paris : le matin chez moi, seul, livré aux soins de mon petit domestique anglais John, à quatre heures dînant chez Legacques, et le soir au balcon de l'Opéra. Il faut ajouter qu'après mon dîner je revenais chez moi faire ma toilette et prendre mon pistolet, dont je renouvelais la charge tous les jours.

Une fois, à l'Opéra, assis à ma place, mes regards se portaient naturellement sur la loge vide du premier consul, et je me représentais la scène qui suivrait mon attentat; je me voyais tirant de ma poche ce petit pistolet de Menton, j'entendais le bruit sec que faisait la batterie quand je l'armais, j'étendais le bras, le coup partait, et Bonaparte tombait sanglant dans le fond de sa loge. Alors, le cri des femmes, la stupéfaction du public, le silence de l'orchestre, madame Branchu s'arrêtant au milieu d'une roulade, ou Bigottini retombant sur les planches rebondissantes, et moi ! moi ! agitant dans mes mains un mouchoir blanc et criant : *Vive le roi!* Tout cela se peignait à mon imagination en traits distincts et colorés. J'étais le principal acteur de cette scène tumultueuse et terrible, dont ma mort devait sans doute être le dénoûment : je présentais donc ma poitrine aux sabres des vélites du consul, et à mon tour je tombais sans vie aux pieds des élégantes citoyennes qui m'entouraient. Tout en me familiarisant avec ces pensées, je commençais à comprendre qu'on ne tire pas sur un consul avec autant de sang-froid que sur une hirondelle; mais je n'en persistais pas moins dans mon projet. Le péril auquel j'allais m'exposer ennoblissait mon action; je n'étais pas un assassin, j'étais un ennemi qui venait donner la mort et la recevoir; j'étais comme le soldat qui met le feu à une mine, sûr d'être enseveli sous la forteresse qu'il va renverser. Un soir un jeune homme vint s'asseoir auprès de moi, et, après un moment de silence, il se pencha vers mon oreille et me dit :

— Seriez-vous assez bon, monsieur, pour me donner un instant d'audience ?

Je regardai ce jeune homme, il avait une figure commune, était mis avec richesse, mais peu de goût, et quoiqu'il affectât beaucoup de sang-froid, son agitation se décelait malgré lui dans ses regards.

— Volontiers, répondis-je, de quoi s'agit-il ?

— Oh ! peu de chose, monsieur.

— Mais encore?

— Au foyer, monsieur, si vous le voulez bien.

— Au foyer soit.

Et je suivis cet inconnu avec une palpitation de cœur dont je ne fus pas maître. On parlait beaucoup dans ce temps-là de l'habileté de Fouché, ministre de la police, et ce jeune homme pouvait être un de ses espions : mais comme ma bouche ne s'était jamais ouverte pour parler de mon projet, je n'avais contre moi que ma qualité d'émigré et le pistolet chargé qu'on aurait découvert sur moi; pour le premier de ces griefs ma radiation devait me garantir de toute poursuite, pour le second j'aurais objecté le peu de sûreté des rues de Paris et le quartier désert que j'habitais. Je suivis donc cet inconnu, qui, une fois seul au foyer avec moi, redoubla ma crainte par ses premières paroles :

— Monsieur, me dit-il, j'ai un petit service à vous demander.

Ma bouche se ployait difficilement à une locution alors encore en usage, j'y recourus néanmoins dans cette occasion :

— Lequel, citoyen? répondis-je.

— Je viens vous prier de vouloir bien quitter la place que vous occupez à l'Opéra et d'en prendre une autre... Par exemple, si au lieu de vous asseoir à la gauche de l'acteur comme vous le faites, vous vous placiez à sa droite... je vous serais fort obligé de cette complaisance.

Je vous l'ai dit, Alfred, continua M. de Lancey, je n'avais rien écrit, rien confié, je crus cependant qu'un génie chargé de veiller sur les jours du premier consul avait révélé à Fouché mes pensées les plus secrètes et que j'étais perdu. C'était le cas de mourir avec grâce, de lutter avec esprit et légèreté, je mis donc dans mes manières autant d'insolence polie qu'il me fut possible d'en mettre, et prenant un ton moitié OEil-de-bœuf, moitié muscadin :

— Par la sambleu, citoyen, dis-je, sur l'honneur, je suis vraiment fâché de ne pouvoir pas faire ce que vous demandez... Vraiment, c'est un sacrifice au-dessus de mes forces.

Et je voulus me retirer pour aller reprendre ma place; le jeune homme me retint.

— Vous refusez, monsieur?

— Demandez-moi toute autre chose, je serai ravi de vous être agréable... mais une place au balcon... non parbleu !

— C'est votre dernier mot?

— Parole d'honneur, vous m'obligerez de ne pas insister.

— Alors, monsieur, me dit ce jeune homme, vous ne refuserez pas de vous battre avec moi demain?

Je m'attendais à tout autre chose, poursuivit le marquis, et quoiqu'il soit pénible de se battre avec le premier venu, je me hâtai d'accepter et j'allai reprendre ma place. Quand l'opéra fut fini et que, retiré chez moi, je pus me livrer à mes réflexions, je supposai que le lendemain je trouverais sur le pré non un adversaire, mais un agent de Fouché qui m'arrêterait sans doute et me conduirait au donjon de Vincennes, et j'admirai la maladresse de la police, qui aurait bien mieux trouvé son compte à une arrestation immédiate. Le lendemain j'arrivai seul au lieu du rendez-vous, mon adversaire m'y avait précédé avec deux témoins.

— Citoyen, lui dis-je quand je vis qu'il s'agissait sérieusement d'un duel, quoique Français, je suis cependant à Paris sans famille et sans amis; qu'un de ces messieurs veuille bien passer de mon côté, et notre partie sera régulière.

Ma proposition fut acceptée et, sans ajouter un mot, nous croisâmes le fer. Hélas! mon ami, ce jeune homme si querelleur, qui pour un motif en apparence frivole s'était hâté de provoquer un duel, savait à peine tenir l'épée; je le blessai à la première passe, et, tout en protestant que je garderais ma place à l'Opéra, je ne voulus pas aller plus avant. Mon adversaire, convenablement placé dans un fiacre, et moi seul avec l'honnête homme qui avait bien voulu me servir de témoin :

— Monsieur, lui dis-je, je vous prie de croire que je suis fâché de ce qui vient d'arriver; ce qui me console un peu, c'est que la blessure de votre ami est légère.

—Vous le pensez? me répondit mon témoin, qui, peu familier avec ces sortes d'affaires, me parut tout troublé; vous croyez que mon ami Bernard n'en mourra pas?

— Je vous en réponds, dis-je. Ah! mon adversaire se nomme Bernard?

— Oui, monsieur.

— Il est fort singulier, votre ami Bernard; s'il se fait une habitude de rencontres pareilles à celle de ce matin, je ne lui donne pas six mois de vie.

— Pourquoi cela, monsieur?

— Parce qu'il me paraît aussi querelleur que malhabile à manier l'épée : il m'a provoqué hier soir de la manière la plus inattendue et la plus ridicule.

— Ridicule! s'écria mon témoin; hélas! il s'agit de sa vie, il s'agit de son bonheur.

— Comment, monsieur, dis-je à mon tour, la vie de M. Bernard dépend de la place que j'occupe à l'Opéra?... Expliquez-vous, de grâce, j'ai eu quelque raison pour ne rien lui demander à lui-même, mais je serai ravi de savoir le fond de tout ceci.

— Eh! vous le savez bien, répliqua l'ami de M. Bernard.

— Moi! je veux mourir si je m'en doute.

La chose était facile à expliquer; voici ce que j'appris : Vis-à-vis la place que j'occupais, aux secondes loges, par conséquent au-dessus de la loge du premier consul, se trouvait la loge de M. Van-Burner, Hollandais, qui, sous le Directoire, s'était prodigieusement enrichi dans les fournitures, et dont la fortune dépassait les bornes ordinaires de la richesse des particuliers. M. Van-Burner comptait par millions et avait une fille unique que mon adversaire, M. Bernard, devait épouser. Ma présence à l'Opéra, où, sans le savoir, je me plaçais sous les yeux de mademoiselle Berthe Van-Burner, dérangea des projets arrêtés. Le mariage était décidé, et il devait avoir lieu dans quelques semaines, lorsque mademoiselle Berthe, qui jusque-là n'avait montré aucune répugnance pour son futur époux, commença à élever quelques difficultés; elle se dit malade, elle demanda du temps, et cependant elle recevait tous les jours plus froidement M. Bernard. C'était une jeune personne charmante, mais aimée par son père jusqu'à l'idolâtrie. M. Van-Burner obéissait aux moindres fantaisies de sa fille. M. Bernard, avec la perspicacité naturelle aux amants, ne tarda pas à se convaincre que j'avais fait sur celle qu'il aimait une impression profonde; il résolut alors de m'éloigner ou de se défaire de moi s'il le pouvait: de là sa prétention de me faire quitter une place où la jeune fille pouvait me voir tous les jours d'opéra.

— Monsieur, dis-je froidement à l'ami de M. Bernard qui me donnait ces détails, comme je l'ai dit hier à votre ami, j'en suis fâché, mais il m'est impossible de me déplacer.

Je saluai, et j'allai déjeuner chez le suisse des Tuileries.

Malgré ma haine pour le premier consul et mon dévouement chevaleresque ou si vous voulez brutal pour les Bourbons, je n'appris pas sans émotion qu'une jeune fille immensément riche m'avait distingué et s'était prise pour moi d'un sentiment de préférence si violent qu'elle était sur le point de rompre un mariage presque conclu. Je n'avais pas remarqué mademoiselle Van-Burner, mais l'ami de M. Bernard ne m'avait pas laissé ignorer qu'elle était fort jolie; je pouvais donc, seulement en répondant aux attentions d'une jeune et jolie personne faire ma fortune : c'était tentant, cela valait mieux que de me faire le héros d'une tragédie homicide, que de courir au martyre en tuant le premier consul. Je rentrai chez moi sans avoir du tout renoncé à la mission que je m'étais donnée, mais en songeant qu'il serait fort agréable d'avoir pour compagne une jolie femme, de vivre sans soucis, sans chagrins au milieu de toutes les recherches du luxe et de puiser à mon gré dans la caisse intarissable d'un fournisseur. Le lendemain j'allai de très-bonne heure à l'Opéra, il y avait encore fort peu de monde quand j'arrivai, et mon premier soin fut de lever les yeux sur la place qu'on m'avait à peu près indiquée. Je vis seule, dans une loge, une fort belle personne, mise avec une extrême élégance et qui pouvait avoir vingt-quatre à vingt-cinq ans, l'allure libre, le regard hardi, et vêtue d'une façon riche mais hasardée; elle arrêta sur moi des yeux pleins de bonne volonté, et m'adressa un sourire très-expressif. Ce n'était pas là, sans aucun doute, mademoiselle Van-Burner. Je sortis pour aller aux informations. L'ouvreuse qui me conservait ma place me mit au fait :

— Cette dame, me dit-elle en faisant un petit geste gracieux, est la citoyenne Fulvie, une des femmes les plus à la mode aujourd'hui, et ce n'est pas sans raison... Vous êtes fort heureux, citoyen, si elle vous a remarqué, bien des généraux du premier consul voudraient être à votre place... Oh! oh! citoyen, tout le monde ne convient pas à la citoyenne.

J'avouai que la citoyenne méritait toutes ces louanges, et après avoir pris ces informations, je regagnai ma place et je m'aperçus que la loge qui touchait à celle de la citoyenne Fulvie n'était plus vide. Un homme de cinquante ans environ et une jeune personne l'occupaient; c'étaient M. Van-Burner et mademoiselle Berthe Van-Burner, qui venaient d'arriver. Mademoiselle Berthe, dont la pâleur et la rougeur alternatives décelaient l'amour, était d'une beauté remarquable. De beaux cheveux noirs, des yeux fendus en amande et un visage d'un ovale parfait, tout cela me parut bien au-dessus de ce que méritait la passion de l'infortuné M. Bernard. Timide et embarrassée, je crus voir néanmoins dans les yeux de la jeune fille que l'issue du combat de la veille ne lui déplaisait pas, et je me sus bon gré d'avoir inspiré de l'amour à une aussi belle personne. Je quittai l'Opéra presque amoureux. Quelques jours après, une vieille dame vint chez moi; elle se dit comtesse ou marquise, et surtout ruinée par la révolution, elle prétendit en outre avoir été autrefois très-liée avec ma famille. Je crus qu'elle venait mettre ma bourse à contribution : il n'en était rien.

— Mon cher marquis de Lancey, me dit-elle, il n'y a rien qui me rende malheureuse comme de voir des gens tels que vous, de bons gentilshommes, être privés de leur position et de leur fortune. C'est cette maudite révolution qui en est cause, elle a tout brouillé, tout confondu, et il faut vraiment un peu s'aider soi-même pour reparaître dans le monde avec les avantages auxquels on a droit. Par exemple, vous, monsieur le marquis, vous étiez riche, et la révolution vous a ruiné.

— Je n'étais pas riche, lui dis-je.

— Vous étiez fait pour l'être, marquis, et vous le seriez devenu, ou du moins vous auriez fait, sans la révolution, une grande fortune militaire.

— C'est possible.

— Eh bien, marquis, il faut entrer dans l'armée, c'est une pépinière de généraux.

— Moi servir Bonaparte, m'écriai-je, jamais!

Et cette proposition me révolta tellement que mon secret fut près de m'échapper.

— Très-bien, monsieur le marquis, reprit la vieille dame; vous pensez absolument comme moi; si j'avais un fils et qu'il mît jamais à son chapeau cette maudite cocarde tricolore, s'il prenait jamais parti pour le Corse, je l'étranglerais de mes propres mains. Mais, mon cher marquis, continua-t-elle, il n'en faut pas moins vivre, et, croyez-moi, vivre agréablement; c'est le principal. Cette philosophie n'est peut-être pas de mon âge, mais elle est du vôtre, marquis : vous ne voulez avoir aucun rapport avec le gouvernement nouveau; soit, je suis de cet avis. Eh bien! vous êtes jeune, joli garçon; vous avez un beau nom, ce qui est toujours quelque chose, quoi qu'on en dise : que ne vous mariez-vous?

— Madame, répondis-je à ce négociateur en jupon, venons au fait : vous venez me proposer d'épouser mademoiselle Van-Burner?

— C'est cela même : Van-Burner a trois ou quatre millions, mademoiselle Van-Burner est fille unique, elle héritera de cette immense fortune, qui aujourd'hui est à l'abri de tous les orages : la jeune personne est charmante, et elle se meurt, littéralement, d'amour pour vous. Ce sont de ces occasions qui ne se rencontrent pas deux fois; heureux ceux à qui leur bonne fortune les présente une fois seulement... Réfléchissez, mon cher marquis.

Cette femme m'étonnait; elle me donnait avec assurance un titre alors proscrit, et me demandait de réfléchir à une chose qui n'exigeait pas de longues réflexions : je n'avais que la cape et l'épée, et mon épée, je ne pouvais pas l'employer. J'acceptai. Il fut convenu que le soir même je sortirais de l'Opéra avant le ballet, et que mon officieuse et nouvelle amie me conduirait chez M. Van-Burner.

— Ce que c'est que d'être joli homme! dit la vieille dame en me quittant; mademoiselle Van-Burner a déclaré à son père qu'elle mourrait si elle ne vous épousait pas.

A peine la vieille dame fut-elle sortie que je reçus une autre visite. Cette fois c'était un petit domestique à livrée bleue et à la mine effrontée qui me remit une lettre. La belle Fulvie m'écrivait. Celle-ci ne m'appelait pas marquis, mais citoyen, et elle employait le *tu*, dont l'usage n'était pas encore tout à fait tombé en désuétude.

— Citoyen, me disait-elle dans son billet très-laconique, j'ai à te parler d'affaires très-particulières, et je t'attends à minuit, après l'Opéra. Je te crois trop galant homme pour manquer à un rendez-vous pareil.

Je fis une réponse gracieuse à la citoyenne, et renvoyai son messager en lui donnant quelques pièces d'or.

— Très-bien, me dis-je, la fortune, l'hymen et l'amour me viennent en aide! En sortant de chez M. Van-Burner, j'irai chez la citoyenne Fulvie.

Je passai la journée joyeusement, et le soir, avant l'opéra, j'allai chez moi faire ma toilette. Je pris machinalement ce pistolet, Alfred, je le chargeai comme d'habitude, et le plaçant sur un meuble, je donnai un dernier coup d'œil à mon miroir. J'étais toujours mis avec élégance, mais ce soir-là je redoublai de soins et de coquetterie. Il me fallait plaire à deux femmes : de l'une j'attendais une nuit de plaisir, ma fortune dépendait de l'autre. La salle était pleine quand j'arrivai à l'Opéra: Dans le couloir je me croisai avec le petit messager de la citoyenne Fulvie; il sourit en m'apercevant. Quelques pas plus loin je rencontrai la vieille dame qui m'avait fait l'honneur de venir chez moi le matin; elle se rendait dans la loge de M. Van-Burner.

— Bien! me dit-elle, vous êtes mis à peindre... Vous êtes un homme de bon goût... A ce soir, après l'opéra.

Mon ouvreuse ne m'avait pas oublié, et je pus m'asseoir à ma place accoutumée. J'eus le plaisir de voir du même coup d'œil mademoiselle Van-Burner, belle de sa jeunesse et de ses espérances, et la citoyenne Fulvie, dont les regards avaient une vivacité et une expression extraordinaires. Une mince cloison séparait ces deux femmes, si loin toutes deux de se douter qu'elles étaient rivales. Je les considérais avec une attention qui leur plaisait également à toutes deux... Vous devez, Alfred, prendre une bien mauvaise opinion de votre vieil ami; je ne me dissimule pas aujourd'hui l'immoralité de ma conduite, et je vous en fais naïvement l'aveu. Il faut songer cependant que j'étais jeune, et surtout que je n'avais pas encore eu l'honneur de voir mademoiselle Van-Burner; sa bouche n'avait fait encore ni aveux ni promesses. Eh bien! dans ce moment-là même, et malgré tout le plaisir qui m'attendait chez la femme à la mode et galante qui me couvait des yeux, je me demandais si j'accepterais le rendez-vous dangereux qui pouvait me coûter une femme charmante et un million de dot.

— Ah! baste! me disais-je, je suis encore libre, je le serai encore pendant quinze jours au moins; il vaut mieux faire une folie avant mon mariage qu'après. Mademoiselle Van-Burner ne sera jamais instruite; je ne lui dois rien encore, et pour mon futur beau-père, c'est un ancien fournisseur, il doit en avoir fait bien d'autres!

C'est ainsi que j'apaisais ma conscience, et je m'amusais cependant à comparer ces deux femmes dont j'occupais l'imagination et je faisais battre le cœur. Ma femme, je lui donnais déjà ce nom, était une des plus gracieuses personnes possibles; malgré cette passion dont elle s'était éprise subitement pour moi et dont je ne pouvais pas lui savoir mauvais gré, sa figure virginale et pure respirait l'innocence et la paix. La citoyenne Fulvie, au contraire, avait dans toute sa personne je ne sais quel abandon voluptueux qui faisait naître les désirs; dans sa figure agaçante et mutine on voyait je ne sais quoi d'engageant et de séducteur qui promettait une maîtresse comparable au moins à la Cynthie du poëte.

Tout d'un coup, un mouvement inusité agite la salle entière, le roulement du tambour se fait entendre, et le premier consul paraît dans sa loge.

C'était lui-même! et il était seul!

Les bras croisés sur la poitrine, il s'inclina devant le public, qui le salua de ses acclamations, et le spectacle commença. Je voyais Bonaparte pour la première fois; jusque-là j'avais fui l'aspect de cet homme, que je ne voulais pas connaître, que je voulais assassiner; j'étais blessé de trouver son effigie sur la monnaie et son portrait chez tous les marchands d'estampes de la capitale. A l'aspect de cette figure maigre, mais belle et pâle, qu'encadraient des cheveux noirs, de ces yeux doux et brillants, de ce front pur, une sueur froide m'inonda, je me sentis défaillir, et mon coude venant à s'appuyer involontairement sur mon habit, je sentis ce pistolet, Alfred, qui ne me quittait pas, ce pistolet instrument de mort et que j'avais chargé deux heures auparavant.

Je me rappelai alors la mission que je m'étais donnée et que depuis quelques jours j'avais complétement oubliée..... Je n'étais point venu en France pour m'enrichir par un heureux mariage, pour passer mes nuits dans les folies de l'amour. Non, j'étais un ancien garde du corps de Louis XVI, j'étais émigré, et l'homme que je devais tuer était là, devant moi, et, soit par l'effet du hasard, soit autrement, attachait ses regards sur ma personne et semblait défier ma colère et ma vengeance. Le premier consul, en effet, dirigeait vers moi ses regards perçants; immobile et fier, on aurait dit qu'il avait deviné mes desseins, mais qu'en même temps il se savait protégé par l'invisible bouclier de la Minerve, ou garanti de tout danger par cette étoile qu'il prétendait voir briller lui seul dans le ciel. J'hésitais; quelque chose dans le cœur me disait d'agir, et mon bras paralysé refusait d'obéir à cette volonté douteuse qui m'agitait. L'état où j'étais est difficile à décrire; je n'avais le sentiment que de mes sensations, j'ignorais quelle pièce on jouait et quels acteurs étaient en scène. Il est probable qu'il se présenta quelque allusion favorable à Bonaparte, car de tous les coins de la salle partit le cri :

— Vive le premier consul! Mes lèvres frémirent, ce cri me parut un défi jeté à mon courage, et recueillant toutes mes forces, j'allais agir quand mes yeux se portèrent sur la loge de mademoiselle Van-Burner; il me parut qu'elle me regardait d'un air suppliant, qu'elle me disait :

— Malheureux! ne vous perdez pas; si vous mourez, moi je succombe.

La citoyenne Fulvie me souriait toujours, et de ses lèvres de corail il me semblait voir s'échapper ces paroles :

— La vie est courte, ami, ne la perds pas en noirs complots; laisse là les armes perfides du Thrace et viens dans les bras de Cynthie.

Louis XVIII perdit sa cause; je quittai ma place, et je me rendis au foyer pour calmer un peu mon émotion et pour respirer plus à l'aise. J'avais pu tuer le premier consul et je ne l'avais pas fait! Je me dis alors que Louis XVIII lui-même n'aurait pas approuvé cette manière de se défaire d'un ennemi.

— Peut-être, continua le marquis en prenant la main d'Alfred, qui l'écoutait avec la plus grande attention, peut-être, quand je me raisonnais ainsi, n'étais-je rien autre chose qu'un jeune homme amoureux à qui les beaux yeux d'une courtisane et l'espoir d'une fortune inespérée faisaient oublier ses haines politiques... je le crois... Convenez alors que l'amour et la fortune sont bons à quelque chose... Une fois que j'eus ainsi changé de sentiments, l'air resserré du foyer ne me suffisant pas, je voulus sortir un moment pour aller respirer à l'aise et plus librement sur les boulevards.

A la porte de l'Opéra, quatre personnes m'entourèrent, deux me forcèrent d'accepter leur bras, et on me fit monter dans une voiture accompagné de mes quatre acolytes. J'étais perdu : mon mariage était manqué. Ma première pensée fut que j'étais la victime de mon rival M. Bernard. Ce jeune homme devait être riche, il devait tenir à une famille qui pouvait avoir du crédit. C'était d'autant plus facile à croire que le mariage qui devait l'unir à mademoiselle Van-Burner était un mariage de proposition. M. Bernard avait donc une fortune proportionnée aux richesses de M. Van-Burner; furieux de se voir supplanté, il avait recherché le nom et les antécédents de celui qu'on lui préférait, avait appris que j'étais un ancien garde du corps, un ancien pensionnaire de la reine, un émigré, m'avait fait passer pour un homme dangereux, et on m'avait arrêté d'autant plus volontiers que le gouvernement consulaire ne devait pas voir avec plaisir qu'un gentilhomme comme moi devînt puissamment riche du jour au lendemain. Je crus donc qu'on me conduisait à Vincennes ou au Temple, et que je serais renfermé dans quelque donjon jusqu'au moment où M. Bernard serait l'heureux époux de la riche héritière. Quoique l'espoir d'épouser mademoiselle Van-Burner fût fort doux pour moi, je regrettais plus ma liberté que mon mariage en affectant de traiter légèrement un accident qui me troublait néanmoins beaucoup.

— Messieurs, dis-je, où me conduisez-vous? prétendez-vous me retenir longtemps? et d'abord, au nom de qui m'arrêtez-vous?

— Nous exécutons les ordres de M. le ministre de la police, me répondit-on.

— M. le ministre de la police, dis-je, me fait trop d'honneur de s'occuper de moi... il m'aurait rendu le plus grand service s'il ne m'eût fait arrêter que demain; j'ai ce soir des affaires particulières, qui n'intéressent la police en aucune façon, et j'ai besoin de ma soirée.

J'étais entre les mains d'agents subalternes, qui avaient reçu l'ordre de s'emparer de moi sans bruit, sans scandale, et je n'obtins aucune réponse. Heureusement mon voyage, en compagnie de ces messieurs, ne fut pas long : au bout de dix minutes, le fiacre s'arrêta, et on me fit entrer dans l'hôtel de M. le ministre de la police.

— Vous étiez dénoncé? s'écria Alfred, qui jusque-là avait écouté en silence.

— Vous allez voir, répondit le marquis. On m'introduisit dans l'antichambre de M. le ministre, et un jeune homme, un muscadin de la figure la plus ouverte et la plus avenante, demeura auprès de moi pour diminuer sans doute la longueur du temps par les agréments de sa conversation. Je l'aurais volontiers tenu quitte de ce soin, et si j'avais tenu la dot de mademoiselle de Van-Burner, je crois que j'en aurais donné la moitié pour être un instant seul.

— Monsieur sort de l'Opéra? me demanda ce jeune homme.

— Oui, monsieur.

— Pour moi, je le dis sans honte, quoique cela fasse suspecter mon goût, l'Opéra m'ennuie, j'aime mieux Nicolet, et surtout les Variétés amusantes... Avez-vous été quelquefois, monsieur, aux Variétés amusantes?

— Jamais, monsieur, je suis un habitué de l'Opéra.

— Alors vous serez fâché de n'y avoir pas été ce soir... le premier consul y est.

— Je sors de l'Opéra, monsieur, j'ai vu le premier consul.

— A-t-il été bien accueilli, monsieur?

— Monsieur, répondis-je à cette dernière question, j'ai les plus grands torts envers le premier consul.

— Vraiment?

— Oui, monsieur... à peine si je l'ai vu, à peine si je sais ce qui s'est passé dans la salle... Je suis amoureux, monsieur, amoureux à en perdre la tête, et à l'Opéra je n'ai vu qu'une seule personne, la femme que j'aime; mes regards ne pouvaient la quitter, je suivais tous ses mouvements, rien de ce qui s'est passé autour de moi n'a pu me distraire, et j'ai le regret de ne pouvoir vous dire...

— C'est comme moi, dit mon interlocuteur officieux, je suis amoureux d'une actrice des Variétés, et franchement voilà la cause de ma prédilection pour ce théâtre! Eh bien, monsieur, quand le consul... car les Variétés, monsieur, sont aussi dignes d'un consul, quand donc le consul Cambacérès paraît à ce théâtre, je ne le vois pas; il entre, il sort sans que je m'en doute, et cependant le consul Cambacérès...

— Est un homme d'un grand mérite, me hâtai-je d'ajouter.

Et poussant un peu loin la naïveté :

— Pourriez-vous me dire, monsieur, pourquoi M. le ministre m'a fait arrêter?

— Arrêter?... Vous êtes arrêté?

— Hélas! oui, monsieur, on m'a enlevé à cette maîtresse que j'aime et qui maintenant doit se demander avec effroi la cause de mon absence.

— Ah! monsieur, quand M. le ministre connaîtra cette circonstance, il sera fâché de n'avoir pas remis à un autre moment le plaisir de vous voir.

Tout cela était dit d'un air si simple et si naturel, avec tant de politesse et une bonne foi si apparente, que je me serais rassuré si j'avais été un autre que j'étais, et si l'inspection de ma personne n'eût pas dû produire une preuve fâcheuse contre moi. Je me tus et parus accepter avec dignité l'espèce d'excuse qu'on me faisait.

Au même moment un huissier sortit d'une porte voisine qui conduisait au cabinet du ministre et dit :

— M. de Lancey.

Je m'avançai, et me laissai conduire chez le ministre.

Le ministre de la police était debout dans son cabinet, et quoiqu'il tournât le dos à la cheminée, qui était garnie de deux flambeaux, une lampe placée sur un bureau me permit de voir parfaitement sa figure, qui m'était tout à fait nouvelle, comme vous pouvez le croire, et qui depuis m'est devenue familière. Fouché était alors encore républicain, et, quoiqu'il secondât les vues ambitieuses du premier consul et qu'il devinât peut-être déjà la dictature que l'empereur ferait peser sur la France, c'était un de ces hommes dont les convictions premières ne s'effacent jamais entièrement, et d'autant plus coupables quand ils changent d'opinions, qu'ils n'obéissent alors qu'à un sentiment d'égoïsme, semblables à ces amants qui quittent une maîtresse aimée et s'attachent à une autre femme tout en regrettant la première. Bonaparte ne s'y est jamais trompé, il ne s'est fié à Fouché qu'à demi, et, dans son intérêt, il aurait mieux fait de ne s'y fier jamais.

Cet homme, qui devait être un jour le duc d'Otrante, avait la figure blême, les yeux vifs et petits, la taille élevée, et, quoique sa manière de parler fût très-persuasive, sa façon adroite et son langage apprêté étaient quelque chose à son talent de convaincre. Il m'aborda néanmoins librement. J'étais dans ses mains comme l'oiseau déjà pris dans les rets du chasseur, et traiter avec moi, ce n'était d'ailleurs qu'un jeu pour un homme aussi adroit et aussi puissant que lui. Il fit quelques pas vers moi, et, me saluant avec politesse, il me nomma par mon nom.

— Monsieur de Lancey, me dit-il, pardonnez-moi la manière un peu vive dont je m'y suis pris pour obtenir l'honneur de votre visite. J'ai craint que si je vous priais par écrit de passer à mon hôtel, cela ne vous causât quelque émotion, et j'ai chargé un de mes amis.....

— Un de vos amis! monsieur le ministre, quatre, vous voulez dire.

Fouché parut étonné d'apprendre que quatre personnes s'étaient saisies de moi; il se fit raconter tous les détails de mon arrestation, qu'il savait mieux que personne, et après s'être confondu en excuses:

— Parlons d'affaires, me dit-il; le premier consul est fort content de vous...

— De moi, monsieur le ministre! ne pus-je m'empêcher de m'écrier.

— Oui, de vous; vous avez quitté l'Angleterre pour rentrer dans votre patrie, vous avez abandonné le parti des ennemis de la France pour vous rallier aux vrais patriotes; en touchant le sol du pays vous vous êtes empressé de vous faire radier de la liste des émigrés. C'est très-bien.

En me parlant ainsi, sa bouche souriait d'une façon singulière, et de la main il me montrait sur une console le buste de Bonaparte, la tête ceinte de lauriers, et il me répétait :

— Le premier consul est enchanté de vous, monsieur de Lancey, mais moi je vous en veux.

Un peu étourdi de cet accueil auquel j'étais loin de m'attendre, et ne sachant pas si Fouché était ma dupe, ou si cette entrevue n'allait pas finir d'une façon tragique pour moi, je me hâtai de dire :

— Je n'ai jamais eu l'honneur d'approcher de vous, monsieur le ministre, et je ne croyais pas avoir été assez malheureux pour...

— Oui, oui, dit-il avec légèreté, je vous en veux, monsieur de Lancey... Que diable! pourquoi marchez-vous toujours armé ainsi que vous le faites?... Savez-vous qu'il y a des gens logés à Vincennes pour beaucoup moins?... Et cela serait fâcheux, n'est-il pas vrai? un homme comme vous, qui, ce soir, a tant d'affaires... Rendez-vous de mariage, rendez-vous d'amour... Voulez-vous me donner le pistolet que vous avez dans votre poche?

Stupéfait, anéanti, je tirai mon pistolet de ma poche et je le présentai à Fouché.

Je n'étais pas au bout de mes étonnements.

Fouché prit négligemment le pistolet, le regarda avec attention, le tourna, le retourna dans ses mains, et dit avec nonchalance :

— Mon Dieu, c'est pure fantaisie, car cette arme n'est pas dangereuse.

En parlant ainsi, il prenait sa baguette et la faisait résonner dans le canon vide.

— Vous souvenez-vous, mon ami, continua le marquis, que j'avais chargé mon pistolet avant de partir pour l'Opéra; en voyant ce pistolet vide, cette arme qui n'était pas sortie de mes mains, je crus à la magie.

— Monsieur, me dit Fouché en me congédiant, maintenant que vous êtes des nôtres, je puis vous parler avec franchise; renvoyez le petit domestique que vous avez amené de Londres, je doute qu'il vous soit jamais utile, et à moi *il ne m'est* plus nécessaire.

J'allais sortir la figure couverte de rougeur : il me rappela.

— Vous comprenez, me dit-il, que je ne crois nullement que vous ayez jamais pensé à faire un mauvais usage de ce pistolet... De ma nature, je ne suis pas soupçonneux; je pense seulement que vous ne vous croyiez pas en sûreté la nuit dans les rues de Paris, et voilà ce qui me blesse. Soyez tranquille, monsieur de Lancey, la police veille sur vous comme sur les autres citoyens. Il ne vous arrivera rien de fâcheux.

Je promis au ministre de la police d'aller désormais sans armes dans les rues de Paris.

— Surtout sans armes anglaises, ajouta-t-il avec le sourire fin qui lui était particulier.

Je pris enfin congé de Fouché. Quand je me trouvai dans la rue, je passai la main sur mon front, pouvant à peine me persuader que j'étais libre; c'était cependant hors de doute; mon pistolet seul était prisonnier; pour moi, il m'était loisible de prendre tel chemin qui me plairait. Je pris la route de l'Opéra. Quand j'arrivai sous le péristyle du théâtre, la première pièce venait de finir; et je vis sans être vu mademoiselle Van-Burner, qui, suivie de son père, remontait dans son équipage. La vieille dame, cette prétendue connaissance de ma famille, et que j'avais alors des raisons de croire mieux avec le ministre de la police qu'elle n'avait jamais été avec aucun Lancey, ne tarda pas à me joindre.

— Où vous êtes-vous caché durant les deux premiers actes, cher marquis? me dit-elle, j'ai cru que quelques belles dames vous avaient enlevé.

— J'ai été voir, lui répondis-je, un de mes amis intimes... une visite que je ne pouvais remettre.

— Vous êtes libre maintenant, marquis?

— Comme l'air, madame.

Nous prîmes un fiacre pour nous rendre à l'hôtel qu'occupait M. Van-Burner, et mon introductrice me présenta comme un de ses amis intimes qui arrivait d'Angleterre, et qui pourrait donner à l'ex-fournisseur quelques détails sur différentes maisons de commerce de Londres. M. Van-Burner me prit à part, et laissant de côté toute ruse et tout détour :

— Ma fille vous aime, monsieur, me dit-il, elle a rompu pour vous un mariage très-avancé : je vous l'offre.

Je voulus me confondre en remercîments; il m'arrêta.

— Vous devez comprendre, me dit-il en baissant les yeux, que je n'agis pas librement; je cède aux instances de ma fille, qui me menace de mourir si je ne lui donne pas le mari qu'elle aime. Un père ne doit pas offrir une fille telle que la mienne, belle, remplie des plus excellentes qualités, et riche; il attend qu'on la lui demande; je le fais par force, mais il dépendra de vous que je pense bientôt comme ma fille... Vous êtes honnête homme, monsieur, rendez ma fille heureuse.

— Monsieur, lui dis-je, je n'accepte pas le cadeau précieux que me fait votre fille; ce n'est pas d'elle-même que je veux la tenir, c'est de vous. Ouvrez-moi votre maison et jugez-moi.

Vous sentez, mon cher Alfred, continua le marquis, que je négligeai tout à fait les affaires importantes dont la citoyenne Fulvie avait à m'entretenir. Les messages de son petit domestique à livrée bleue furent inutiles. Je m'attachai à mademoiselle Berthe Van-Burner, et ce fut du fond du cœur que je dis quelques jours après à son père :

— Mon cher monsieur Van-Burner, je ne vous dirai pas que je souhaiterais que votre fille n'eût rien que sa beauté et sa vertu, cela ne serait pas vraisemblable, quoique cela fût vrai, je voudrais seulement que vous fussiez moins riche.

— Mon gendre, assez, répondit M. Van-Burner, ma fille a fait un bon choix, allons à la municipalité.

Je devins l'époux de Berthe, continua le marquis; et riche au delà de mes vœux, possesseur de cette belle terre dont vous dédaignez le gibier par amitié pour moi, mon cher Alfred, j'abandonnai pour toujours ma place à l'Opéra et je vins vivre ici avec ma femme et mon beau-père. J'ai été heureux de tout le bonheur qu'il est donné à un homme d'avoir en ce monde. Fouché avait raison. En venant en France, en faisant un riche et heureux mariage, j'étais devenu des leurs. J'oubliai des princes immobiles dans leurs façons de voir et d'agir, et enfin, oubliant la liberté comme tant d'autres, je fus fasciné par la gloire et par le génie de cet homme que j'avais voulu assassiner. Les jours de triomphe passèrent, deux fois j'ai vu les étrangers souiller le sol de mon pays, et ces princes pour lesquels j'avais émigré, je les ai vus rentrer, ramenés par l'étranger et avec la honte sur le front. Je perdis successivement mon beau-père et ma femme, et mes infortunes privées se trouvèrent ainsi liées aux malheurs publics. Seul, isolé, je résolus de ne pas sortir de cette terre où vivaient pour moi tous mes souvenirs de bonheur.

Quelques affaires litigieuses m'amenèrent à Paris, et je résolus d'aller voir Fouché, devenu le duc d'Otrante, et dont, pendant l'empire, je n'avais pas négligé la fréquentation. Il me reçut comme une ancienne connaissance, comme quelqu'un qui lui rappelait une époque brillante de sa vie, une époque où il était fier de son passé, où il ne répudiait aucun de ses actes. Dans le moment où je le vis, tout était changé; il ne rencontrait que des gens ennemis, il était préoccupé, inquiet, agité; sa conversation était brusque, saccadée, et il passait sans transition d'un sujet à un autre. Comme il se plaignait de sa santé, qui avait subi quelque sensible altération, il s'interrompit tout d'un coup pour me dire :

— Avouez-le, monsieur le marquis, vous avez voulu tuer l'empereur?

— Jamais, monsieur le duc.

— Je me trompe, reprit-il, le premier consul?

Je baissai les yeux.

— Ce diable de Bonaparte, continua-t-il, était un homme habile; il ne faisait pas comme ceux-ci qui crient à la conspiration dès qu'un rapport de police leur apprend que deux hommes se sont parlé dans le tuyau de l'oreille, qui inventeraient des complots plutôt que de s'en laisser manquer. A moins d'une évidence palpable, Bonaparte écrasait les complots dans leur germe, et après il les niait. Un complot, en effet, met en doute la légitimité du pouvoir, sa force, son existence... A propos, j'ai un pistolet à vous.

Et Fouché passa dans un cabinet attenant à la pièce où nous nous trouvions, et il en rapporta ce pistolet que je connaissais si bien; il le considéra, le retourna dans ses mains comme il avait fait vingt ans auparavant.

— Savez-vous, me dit-il, qu'avec ce pistolet et une bonne histoire qu'il serait facile d'arranger, on me ferait bien noir et Bonaparte bien soupçonneux et bien sanguinaire, il y aurait de quoi avoir dans un certain pavillon que je ne veux pas nommer une bonne pension d'abord, ensuite la croix de Saint-Louis, et peut-être mieux?

Je m'emparai du pistolet, que je mis dans ma poche, et je priai M. le duc de changer de conversation; mais Fouché ne paraissait pas disposé à me satisfaire.

— Savez-vous, me dit-il, que votre petit domestique anglais était un drôle fort intelligent? Il a été pendu à Londres pour un vol d'argenterie. Ce petit John, c'était John que vous l'appeliez...

— Oui, monsieur le duc.

— Ce petit John me coûtait très-cher : moitié plus que les ci-devant comtesses que j'employais... Eh! mon Dieu! votre comtesse, à vous, l'ancienne amie de votre famille, vous ne l'avez plus revue, n'est-il pas vrai?

— Jamais, monsieur le duc.

— Je m'en doutais... Une femme très-rusée, marquis; elle s'était glissée dans l'intimité de votre beau-père avec une adresse... Elle est morte depuis longtemps.

— Dieu lui fasse paix, monsieur le duc!

— Vous n'avez pas d'idée, reprit Fouché, combien j'aime à revenir sur le temps passé; il y a des gens qui croient que j'aime à éloigner certains souvenirs, ils se trompent. A propos, et la citoyenne Fulvie! j'espère que vous avez profité de sa bonne volonté?

Je répondis que, décidé à épouser mademoiselle Van-Burner, j'avais cru devoir être fidèle, même avant le mariage. Fouché admira ma sagesse, et m'apprit que la citoyenne avait amassé beaucoup d'argent, et qu'en 1806 il l'avait mariée à un bon gentilhomme, à l'heure où il me parlait fort bien en cour. Car la police, me dit-il, n'abandonne jamais ses serviteurs.

— Quoi, m'écriai-je, celle-là aussi était des vôtres?

— Hélas, me répondit-il, il faut bien avoir des amis partout.

Paris. Typ. A. Parent, rue Monsieur-le-Prince, 31.

ROMANS

PAUL DE KOCK.

Monsieur Dupont .. » 90
Mon Voisin Raymond 1 10
La Femme, le Mari et l'Amant 1 10
L'Enf. de ma femme » 50
Georgette .... » 90
1er VOL., BROCHÉ. 4 »

Le Barbier de Paris 1 10
*Madeleine .... » 90
Le Cocu 1 10
*Un Bon Enfant ... » 90
*Un Homme à marier » 50
2e VOL., BROCHÉ. 4 »

Gustave le mauvais sujet .... » 90
*André le Savoyard. 1 30
La Pucelle de Belleville 1 10
Un Tourlourou ... 1 10
3e VOL., BROCHÉ. 4 »

La Maison blanche. 1 30
Frère Jacques 1 10
*Zizine 1 10
Ni jamais ni toujours » 90
4e VOL., BROCHÉ. 4 »

*Un Jeune Homme charmant 1 10
Sœur Anne 1 30
Jean 1 10
Contes et Chansons » 90
5e VOL., BROCHÉ. 4 »

*Une Fête aux environs de Paris ... » 30
*La Laitière de Montfermeil 1 30
L'Homme de la nature 1 10
*Moustache 1 10
Nouv. et Théâtre ... » 70
6e VOL., BROCHÉ. 4 »

COOPER.

*Le Dern. des Mohic. » 90
*Les Pionniers .... » 70
*Le Corsaire rouge. » 90
*Fleur-des-Bois .... » 90
*L'Espion .... » 90
*La Vie d'un matelot. » 30
1er VOL., BROCHÉ. 4 »

*Le Pilote .... » 90
*Sur mer et sur terre. » 90
*Lucie Hardinge ... » 90
*Le Robinson américain .... » 60
*L'Ontario .... » 90
2e VOL., BROCHÉ. 4 »

*Christophe Colomb. 1 10
*L'Écumeur de mer. » 90
*Le Bravo .... » 90
*Œil de Faucon ... » 90
*Précaution .... » 70
3e VOL., BROCHÉ. 4 »

*Le Bourreau ..... » 90
*Le Colon d'Amériq. » 90
*La Prairie ...... » 90
*Lionel Lincoln ... » 90
*Le Paquebot ..... » 90
4e VOL., BROCHÉ. 4 »

*Eve Effingham .... » 90
*Fev. Follet ...... » 90
*Le Camp des païens. » 90
*Les Deux Amiraux. » 90
*Les Lions de mer .. » 90
5e VOL., BROCHÉ. 4 »

*Satanstoé .... » 90
*Le Porte-chaîne ... 1 10
*Ravensnet .... » 90
*Les Mœurs du jour » 90
*Les Monikins ..... » 70
6e VOL., BROCHÉ. 4 »

WALTER SCOTT.

*Quentin Durward. 1 30
*Rob-Roy 1 10
*Ivanhoé 1 30
*Le Cap. Dalgetty. » 70
*La Fiancée de Lammermoor .... » 90
1er VOL., BROCHÉ. 5 »
— RELIÉ .. 7 »

*Le Puritain 1 10
*La Prisonnière d'Édimbourg 1 30
*Le Pirate 1 10
*La Jolie Fille de Perth 1 30
2e VOL., BROCHÉ. 5 »
relié en toile ..... 7 »

MAYNE REID.

Les Chasseurs de chevelures 1 30
*Les Tirailleurs au Mexique 1 10
*Le Désert .... » 90
*Les Enfants des bois » 70
1er VOL., BROCHÉ. 4 »
relié en toile .... 6 »

*Les Forêts vierges. » 90
*La Baie d'Hudson .. 1 10
*Les Chasseurs de bisons 1 10
*Le Chef blanc .... » 90
2e VOL., BROCHÉ. 4 »
relié en toile .... 7 »

PIGAULT-LEBRUN.

*Angél. et Jeanneton » 50
La Folie espagnole. » 90
*Monsieur Botte ... » 90
Le Garçon sans souci » 70
*L'Officieux ...... » 70
1er VOL., BROCHÉ. 4 »

Les Barons de Felsheim .... » 90
L'Homme à projets 1 10
*Fanchette et Honor. 1 10
Mon Oncle Thomas. 1 10
Monsieur de Kinglin » 30
2e VOL., BROCHÉ. 4 »

Famille Luceval ... 1 10
Macédoine .... » 90
Adélaïde de Méran. » 90
La Mouche 1 10
Vie et av. de Pigault » 50
3e VOL., BROCHÉ. 4 »

*Métusko .... » 30
Jérôme .... » 90
*Monsieur Martin .. » 70
*Théodore .... » 30
*L'Égoïsme .... » 70
*Adèle d'Abligny ... » 30
*Cont. à m. petit-fils » 70
4e VOL., BROCHÉ .. 4 »

AUGUSTE RICARD.

Le Viveur .... » 90
Le Carême de ma tante .... » 70
La Sage-femme ... » 90
La Grisette ...... » 90
Le Marchand de coco 1 10
Le Portier ...... » 90
1er VOL., BROCHÉ. 5 »

*Étren. de m. oncle. » 50
Le Cocher de fiacre » 90
La Vivandière .... » 70
L'Ouvreuse de loges » 90
Le Chauffeur ..... » 70
La Diligence ..... » 90
Le Forçat libéré ... » 90
2e VOL., BROCHÉ .. 5 »

Aînée et Cadette .. » 90
Ni l'un ni l'autre .. » 90
Celui qu'on aime .. » 90
*La Chaussée d'Antin » 90
Comme on gâte sa vie » 90
Maison à cinq étages » 90
3e VOL., BROCHÉ .. 5 »

CAPITAINE MARRYAT.

*Pierre-simple .... » 90
*Japhet .... » 90
*Jacob fidèle ..... » 90
*Rattlin le marin .. » 90
*Le V. Commodore. » 90
1er VOL., BROCHÉ. 4 »

*Le Pacha .... » 90
*L'Aspirant ...... » 90
*Le Vaisseau fantôme » 90
*Le Chien diable ... » 90
*Le Pirate .... » 90
2e VOL., BROCHÉ .. 4 »

*Pauvre Jack ..... » 90

MAX. PERRIN.

*La Famille Tricot. » 90
Prêtre et Danseuse. » 70
Permiss. de dix heur » 90
Mauvaises Têtes ... » 90

ALPHONSE KARR.

*Clotilde 90
Rose et Jean ..... » 20
*La Famille Alain. » 90
Feu Bressier 1 10
*Vendredi soir .... » 50
*Einerley .... » 70
*Une Vérité par semaine .... » 50
Un homme fort en thème .... » 90
1 VOL., BROCHÉ .. 5 »

HIPPOLYTE CASTILLE.

Les Oiseaux de proie » 90
L'ascalante 1 10
*Le Markgrave ..... » 70
Compag. de la mort » 90
Le Contrebandier. » 50
Chas. aux chimères » 50
1 VOL., BROCHÉ .. 4 »

MARIE AYCARD.

*Le Comte de Horn. » 90
*William Vernon ... » 70
*La Saurel .... » 70
*Mlle Potain ..... » 70
*M. et Mme Saintot. » 50
*Mme de Linant ... 1 30
1 VOL., BROCHÉ .. 4 »

STENDHAL.

Le Rouge et le Noir. 1 50
La Chart. de Parme 1 50
Physiologie de l'amour .... » 90
L'Abbesse de Castro. » 50
1 VOL., BROCHÉ .. 4 »

CH. DICKENS.

*Les Vol. de Londres » 90
*Nicolas Nickleby .. 1 50
*Le Marchand d'antiquités 1 10

LOUISE COLET.

*La Jeunesse de Mirabeau .... » 50
Folles et Saintes .. » 70
Mme Hoffm. Tanska » 70
*Mme Duchâtelet ... » 50

VICTOR DUCANGE.

Agathe .... » 70
Albert .... » 70

PAUL DE MUSSET.

*Le Bracelet ...... » 50
*Lauzun .... » 90

COMTESSE DASH.

*Le Jeu de la Reine. » 70
*L'Écran .... » 50

A. DE LAVERGNE.

*La Circassienne ... » 70

A. ROMIEU.

*Le Mousse .... » 50

JULES LECOMTE.

*Bras-de-Fer ..... » 90

CH. SAINT-MAURICE.

Gilbert .... » 90

MISS CUMMING.

*L'Allumeur de Réverbères 1 50

SOLON ROBINSON.

*Myst. de New-York » 80

RAOUL BOURDIER.

*Mém. de Barnum. 1 [illegible]
*L'Émigrant ...... 1 [illegible]
*Les Chercheurs d'or 1 [illegible]

BRANTZ MEYER.

Le Capitaine Canot. 1 [illegible]

PERCY SAINT-JOHN.

*Robinson du Nord. 1 [illegible]

É. DE LABÉDOLLIÈRE.

*Les Fabulistes populaires .... » 70
*Le Dernier Robinson .... » 30
*Neufchâtel et les Confér. de Paris. 1 30
*La Guerre de l'Inde. 1 50
*Béranger .... » 10
L'Attentat du 14 Janvier 1858 .. 1 80

CLAUDE GENOUX.

Mémoires d'un Enfant de la Savoie. » 70

STEPHENS.

*Luxe et Misère ... 1 50

VICTOR PERCEVAL.

Mém. d'un j. cadet 1 70

Paris. — Typ. A. Parent rue Monsieur-le-Prince, 31.

www.ingramcontent.com/pod-product-compliance
Ingram Content Group UK Ltd.
Pitfield, Milton Keynes, MK11 3LW, UK
UKHW012101240726
13965UKWH00004B/1467